LE DIABLE EST UN MENTEUR

ŒUVRES DE FEMI KAYODE
AUX PRESSES DE LA CITÉ

Les Colliers de feu, 2022

FEMI KAYODE

LE DIABLE EST UN MENTEUR

Traduit de l'anglais (Nigeria)
par Laurent Philibert-Caillat

Les Presses de la Cité

Publié en Angleterre sous le titre original GASLIGHT par Raven Books, une marque de Bloomsbury Publishing Plc, en 2023.

Ce livre est une œuvre de fiction. Les noms, les personnages, les lieux et les événements sont le fruit de l'imagination de l'auteur ou sont utilisés fictivement. Toute ressemblance avec des personnes réelles, vivantes ou mortes, serait pure coïncidence.

Les Presses de la Cité, un département Place des Éditeurs
92, avenue de France – 75013 Paris

ISBN 978-2-258-19276-8
Dépôt légal : septembre 2025

À Nneka,
Pour l'espace et tout ce qu'il recèle.
Pour l'amour et tout ce qu'il rend possible.
Pour toujours.

Genèse

Qu'ils viennent le chercher pendant l'office du dimanche.

Ils devront attendre qu'il marche vers l'autel. Le laisser s'assurer que les caméras sont disposées comme il l'a indiqué lors des répétitions. Lui donner le temps de marmonner quelques balivernes en guise de prière. Certains paroissiens se pâmeront et les placeurs s'empresseront de les rattraper dans leur chute. Ce ne sera pas le bon moment.

Les enjeux sont élevés. Arrêter l'évêque Jeremiah Dawodu en plein sermon télévisé n'a rien d'une promenade de santé. Minutage et discipline sont cruciaux, respecte donc bien les étapes que nous avons définies.

Commence par ma disparition. Il aura raconté que je suis partie en voyage pour être seule. Dis aux policiers que c'est un mensonge inventé pour justifier que les appels vers mon mobile tombent directement sur messagerie. S'ils jugent ce fait comme un détail, parle-leur du chauffeur qui n'est jamais passé me prendre, et de ma voiture qui est toujours au garage. Ils risquent de rétorquer que je n'ai pas disparu depuis assez longtemps pour qu'on puisse soupçonner un crime. Ce n'est pas grave. Veille à ce qu'ils viennent chez nous. Je m'occupe du reste.

Lors du service dominical, laisse-le enjoindre aux fidèles de s'asseoir. Attends qu'il ait souhaité la bienvenue aux téléspectateurs qui le regardent de chez eux, et qu'il demande à chacun d'ouvrir sa bible au passage qu'il aura choisi de mésinterpréter. Plus il sera convaincu d'être le centre de l'attention, l'Élu, mieux ce sera.

Il dissimulera son outrage quand la police viendra. Ses gardes du corps s'avanceront pour défendre l'homme de Dieu. Les anciens protesteront. Certains d'entre eux attireront les agents à l'écart et leur offriront un pot-de-vin. Laisse faire. La démonstration sera probante. La main impie du soupçon se sera posée sur leur évêque.

S'ils l'emmènent, j'espère qu'ils le menotteront. Cela devrait le rendre un peu plus humble. Il ne pourra ni saluer ses ouailles en feignant la sérénité ni les encourager à prier pour lui. Pas non plus de poing levé pour laisser entendre que le diable est un menteur. Si cela n'est pas possible, tant pis. À ce stade, beaucoup de choses ne seront déjà plus de ton ressort.

Les semaines qui viennent s'annoncent difficiles, mais ne t'inquiète pas. Je serai avec toi à chaque étape. Fais-moi confiance. Tout est en place. Il est temps.

Au travail.

LIVRE I

La lumière luit dans les ténèbres, et les ténèbres ne l'ont point reçue.

JEAN, 1, 5

Frères et sœurs

J'ai les yeux rivés sur ce qui se passe dans l'autre sens. Tout à l'heure, c'est nous qui serons pris au piège, et j'appréhende l'embouteillage.

— Tu pourrais au moins faire semblant de t'intéresser à moi ! me lance Kenny, énervée.

— Je n'ai pas l'air de m'intéresser à toi ? dis-je en me dégageant de la file de véhicules immobiles qui se dirigent vers Lagos.

Ma sœur me regarde de travers.

— On est dans cette voiture depuis presque une heure et..., grogne-t-elle.

— Quatre-vingt-deux minutes, pour être exact. Mais je ne peux pas me plaindre puisque tu as manipulé Folake pour...

— Je n'ai manipulé personne !

Je lui en veux toujours d'être passée par ma femme pour me demander ce service.

— Dans ce cas, pourquoi tu n'es pas venue me voir directement ?

— Parce que je n'aime pas tes insinuations dès qu'on aborde le sujet de l'Église.

— Tu veux parler de ta propension à trouver refuge dans l'irrationnel ? dis-je sur un ton moqueur.

— Tu vois ! bouillonne-t-elle. C'est pour ça que je suis d'abord allée voir Folake !

— Non, Kenny Girl. Ce n'est pas pour ça.

Elle déteste ce diminutif que lui a donné notre père encore plus que moi le « Phil Boy » dont il me gratifie.

— Tu es allée voir Folake en sachant qu'un meurtre m'autoriserait à te dire que je t'avais bien prévenue.

— Il n'a pas assassiné sa femme, chuchote Kenny en désignant du menton le crâne soigneusement rasé du chauffeur.

— Tout le monde est au courant, je signale en baissant la voix à contrecœur.

— Pas que je sache.

Je souffle ostensiblement.

— À l'heure actuelle, c'est sans doute le suspect le plus célèbre de la planète.

— En effet, tout réside dans le terme « suspect », réplique-t-elle.

— Franchement, je suis très inquiet que l'idée d'un pasteur suspecté de meurtre ne te paraisse pas dérangeante.

— C'est l'œuvre du diable ! Pourquoi Évêque tuerait-il sa femme ? En plus, rien n'indique qu'elle soit morte. C'est un complot. Le monde est plein de *haters*, conclut-elle en tchipant bruyamment.

Je n'en reviens pas. Cette phrase d'une quasi-quadragénaire serait à peine digne de ma fille adolescente. Tant de ferveur religieuse me laisse pantois. Comment ma petite sœur a-t-elle pu en arriver là ?

— Tu ne connais pas le monde, Philip, poursuit-elle sur le ton miséricordieux qu'elle réserve aux gens naïfs. Il est aux mains du diable.

— Et donc ce monde a caché l'épouse de ton pasteur ?

— Évêque, me corrige-t-elle, moins touchée par mes sarcasmes que par mon absence de respect de l'étiquette.

— Peu importe : sa femme a disparu. Il pourrait être l'assistant personnel de Dieu qu'il n'en resterait pas moins le mari, donc le suspect n° 1.

— C'est pour ça qu'on a besoin de ton…

Son téléphone sonne.

— Nous sommes encore dans les bouchons, monsieur, répond Kenny avec respect. Ça n'avance pas très vite.

Ça, c'est le moins qu'on puisse dire. Ici, c'est l'« autoroute des églises évangéliques du Nigeria ». C'est le nom que je lui ai donné. Parce que c'est le chaos. La circulation devient dense dès le panneau AU REVOIR LAGOS et s'immobilise au panneau suivant, qui souhaite la bienvenue dans l'État d'Ogun.

— Ça roule un peu mieux, poursuit ma sœur. La route se dégage. On devrait être là dans une demi-heure…

Je ricane en haussant un sourcil. Pour satisfaire son optimisme, il faudrait qu'on vienne nous hélitreuiller. Les méga-églises qui bordent la route sont les seuls semblants d'ordre. Un urbaniste ferait un malaise s'il voyait ces stations-service, ces supérettes, ces marchés improvisés et autres arrêts de bus dispersés entre les congrégations. Aucune cohérence dans ce fouillis qui réduit à deux les trois voies.

— Non, il en est très honoré, *o*. Ce n'est pas un problème.

Je hausse à nouveau un sourcil, mais Kenny m'ignore. Par la fenêtre, après les parcelles des méga-églises, voici venir les écoles. Jardins d'enfants, lycées avec internat, et même campus universitaires : tout y passe. Pour chaque établissement, d'immenses pancartes colorées en forme de grandes étoiles affichent les frais d'inscription, et des listes d'équipements longues comme le bras. Les grilles qui entourent les bâtiments semblent conçues pour isoler les futurs étudiants du chaos de la route et les rassurer. Je doute qu'elles y parviennent.

— Les anciens nous attendent, dit Kenny après avoir raccroché.

— Ils n'ont qu'à patienter en priant pour un miracle.

— Arrête.

Je garde le visage tourné vers la route pour cacher mon sourire.

Deux heures et vingt-trois minutes plus tard, dans une salle de réunion plus digne d'une entreprise du Fortune 500 que d'une Église, neuf hommes et quatre femmes nous dévisagent comme si nous venions d'interrompre une discussion animée sur la chute des cours de la Bourse. Il y a davantage de tension dans cette pièce qu'au Pentagone pendant l'embuscade contre Ben Laden.

— Bonjour, monsieur, dit Kenny en s'inclinant avant de contourner l'immense table de conférences.

J'essaie de deviner la hiérarchie des anciens à l'inclinaison de ses courbettes. Ses salutations s'arrêtent lorsqu'elle atteint l'homme assis en bout de table à côté d'un fauteuil en cuir vide. Il a la cinquantaine passée de peu et serait beau s'il n'était pas si renfrogné. La peau sombre, rasé de près. Ses cheveux parsemés de gris et sa manière de joindre les mains lui confèrent une aura de proviseur sévère. Puisque Kenny s'agenouille quasiment devant lui, je suppose que c'est l'adjoint local de Jésus.

— C'est lui ? demande-t-il d'une voix de stentor accoutumée à s'adresser aux foules. Le psychologue ?

— Oui, monsieur, répond Kenny en me regardant.

L'affection que je lis dans ses yeux me réchauffe le cœur.

— Je vous présente mon frère, le docteur Philip Kehinde Taiwo. Il est psycho-criminologue, annonce-t-elle.

Je salue de la main, aussi gêné par sa fierté que par l'énoncé complet de mon nom et de ma profession. Kenny se rapproche de la femme âgée assise à côté de l'adjoint de Jésus. Elle fait mine de s'agenouiller mais la femme l'interrompt pour l'étreindre.

— J'étais justement en train de leur dire qu'ils n'auraient pas dû vous déranger, lui signale-t-elle, les yeux rivés sur moi.

— Mais enfin, tatie, m'embêter, *ke* ? Comment rester les bras croisés quand le diable est à l'œuvre ? répond Kenny qui passe son bras sur l'épaule de la femme pour la rassurer. Phil, ajoute-t-elle en me jetant un coup d'œil, voici la belle-mère d'Évêque, Mme Kikelomo Bucknor.

J'essaie de cacher ma surprise, décontenancé par la présence de la mère de la supposée victime. Je vais devoir procéder avec empathie, et non avec la totale franchise que j'envisageais.

Mme Bucknor me détaille rapidement, et je n'arrive pas à voir au-delà de son accablement. Elle ne paraît pas maquillée, et si l'on excepte ses cernes, sa peau claire rayonne de santé. Elle porte un *ìró* et un *bùbá* qui sembleraient ostentatoires si le *gèlé* assorti dont elle est coiffée n'était pas orné d'un simple nœud. Pas de bijoux. Pas d'alliance. L'aisance qui suinte d'elle semble être le seul ornement dont elle ait besoin.

— Ainsi, vous êtes bel et bien jumeaux ! s'exclame une ancienne comme si elle avait douté des dires de Kenny.

— Oui, *ma*, dis-je avec raideur.

Difficile d'être à l'aise quand treize regards sont braqués sur vous.

— Deux paires de jumeaux dans une même famille, quelle bénédiction ! renchérit Mme Bucknor.

Je doute que ma mère serait d'accord, et le ton de Mme Bucknor me paraît curieux. Plat, et dénué de l'émerveillement dont font part les gens lorsque mon arbre généalogique est passé au crible. Cela dit, on accuse le gendre de cette dame d'avoir assassiné sa fille ; ce n'est pas vraiment un moment de liesse.

— Je vous en prie, asseyez-vous, ordonne l'adjoint de Jésus.

J'obéis et je me retrouve face à lui.

— Je suis le pasteur Abayomi George. Je suis l'adjoint de l'apôtre de la congrégation de la Grâce.

J'avais vu juste : c'est le n° 2.

— Bien. Que je vous présente les anciens : comme l'a dit sœur Kenny, voici la mère de notre Première Dame, Mme Bucknor, dit-il en la désignant.

J'envoie à Kenny à l'autre bout de la pièce un regard chargé de décennies de codes fraternels : *Tu fréquentes une église où la femme du pasteur est appelée « Première Dame »* ? Elle plisse les yeux avec un air réprobateur qui me rappelle celui de notre mère. Je me retourne vers le pasteur George.

— À côté d'elle, le pasteur Richard Nwoko. Il dirige nos finances…

Afin de préserver ma santé mentale, je me dispense de retenir les noms et titres tant que je n'ai pas accepté l'affaire – si toutefois je finis par le faire. Les présentations se poursuivent. Les anciennes portent toutes des tenues africaines de bon goût et coupées par des tailleurs habiles. Les hommes, eux, sont vêtus d'élégants costumes trois pièces et de cravates. Je ne comprends pas comment ils peuvent paraître à l'aise dedans. Malgré l'air conditionné, la tension qui règne dans la pièce me donne envie de déboutonner ma chemise en coton.

— Notre gouvernance comprend bien d'autres personnes, dont différents chefs de service partout dans le monde. Mais, en raison de la nature délicate de cette affaire, nous avons jugé prudent d'observer une certaine… discrétion pour le moment.

Le pasteur George regarde autour de lui comme pour s'assurer que ce qu'il vient de dire reste conforme à ce dont ils étaient convenus.

À l'exception de Mme Bucknor, tous hochent la tête. On dirait des écoliers en retenue qui préféreraient fuir plutôt qu'affronter ce qui va suivre.

Afin de détendre l'atmosphère, j'affiche mon sourire le plus cordial et je mens éhontément.

— Je suis très honoré d'être ici. Comment puis-je vous aider ?

Première Dame

— Docteur Taiwo, je suis sûr que vous êtes au courant de la situation, commence le pasteur George. Notre apôtre a été arrêté hier en tant que suspect dans la disparition de sa femme.

Il marque un temps d'arrêt et regarde autour de lui pour trouver confirmation qu'il a bien résumé l'affaire. Les anciens opinent en poussant diverses sortes de soupirs.

— En tant que dirigeants de cette Église, nous sommes très inquiets, poursuit-il. Même si nous craignons pour la santé de notre Première Dame…

— Je persiste à penser que ce n'est pas nécessaire, l'interrompt Mme Bucknor avant de se tourner vers Kenny. Elle sera de retour d'un jour à l'autre, et la police s'en mordra les doigts.

— Nous en avons discuté et vous étiez d'accord, objecte le pasteur George en lui touchant doucement l'épaule.

Mme Bucknor ne prend pas la peine de le regarder, laissant ses yeux passer de Kenny à moi. Est-ce une demande ou une contestation ?

— C'est vraiment une perte de temps puisque nous connaissons tous la vérité, précise-t-elle en se rapprochant encore de

Kenny comme si elle voulait se faire pardonner la peine que celle-ci s'est donnée pour me faire venir.

J'ai comme l'impression qu'elle ne veut pas de moi ici…

— La vérité étant… ? je demande au pasteur George.

— Être la femme de l'apôtre peut user, dit-il. Nous le comprenons tous. Plusieurs fois par an, notre Première Dame se réserve du temps pour elle, et cela ne nous a jamais inquiétés. Nous la laissons respirer.

— Vous voulez dire qu'elle pourrait tout à fait être dans un lieu sans télévision, sans téléphone, sans Internet ni aucun média pour lui relayer l'arrestation de son mari ?

J'espère ne pas paraître sarcastique, mais la mine du pasteur se renfrogne encore plus, attestant mon échec.

— Cela peut sembler incongru aux yeux d'un étranger, bien sûr, mais Première Dame est connue pour prendre de telles retraites. N'importe qui ici vous le confirmera.

Des hochements de tête l'encouragent à poursuivre.

— Nous partons du principe qu'elle doit parler de ses projets à Évêque avant de partir, mais elle s'absente quand cela lui convient, et personne n'a jamais trouvé à y redire.

À mesure qu'il parle, ses traits se détendent un peu, et son visage devient aussi neutre que sa voix. On dirait qu'il n'aime pas beaucoup leur première dame.

— Donc vous partez du principe qu'elle doit en parler à son mari, mais elle ne l'a pas fait, et il ignore où elle s'est rendue ? C'est ça ?

Je balaie la salle du regard.

— En effet, répond le pasteur Nwoko un peu plus fort que nécessaire.

Les anciens confirment dans un murmure.

— La police a fondu sur notre église comme un blasphème et nous n'avons aucun moyen de prouver que Première Dame se repose et sera bientôt de retour.

— Votre pasteur admet ignorer où se trouve sa femme ?

— *Évêque*, me corrige le pasteur George avant de reprendre sans hésitation : En effet, oui, il l'ignore. Selon lui elle est partie quand lui est venu ici pour l'office, mais ils avaient discuté de son voyage avant.

— Combien de jours l'évêque devait-il s'absenter ?

— Nous avions un programme particulier. Une semaine de jeûne et de prière, explique le pasteur Nwoko sur la défensive, comme si ma question était une critique. Évêque est connu pour rester dans la cathédrale des jours entiers à attendre une parole prophétique du Seigneur…

— Mais vous pouvez tous certifier que, les jours qui ont précédé son arrestation…

Je m'interromps pour regarder à nouveau tout le monde.

— … l'évêque n'est pas rentré chez lui ?

— Absolument, répond Nwoko d'une voix puissante par-dessus les affirmations des autres.

— Sans l'ombre d'un doute, ajoute Mme Bucknor avec un peu moins de véhémence.

— C'est vrai, confirme Kenny. Quand mon travail me l'a permis, j'ai aussi suivi le programme. Évêque n'a jamais quitté l'église de Graceland.

— Votre première dame s'est absentée pendant un programme aussi important ? je demande à la cantonade. Et personne n'a trouvé ça étrange ?

Les anciens se regardent en se demandant qui doit lancer la prochaine réplique, et le pasteur Nwoko finit par secouer la tête comme s'il était porteur bien malgré lui d'affreuses nouvelles.

— Notre Première Dame est jeune et quelque peu impulsive.

Mme Bucknor lui jette un regard à glacer une marmite d'eau bouillante.

— Je suis navré, dit-il sans la moindre sincérité. Mais, si nous voulons que Dr Taiwo puisse nous aider, nous devons lui dire les choses telles qu'elles sont, et non telles que nous voudrions qu'elles soient. Notre Première Dame est une femme charmante, ajoute-t-il à mon intention, pourtant elle s'est récemment montrée encline à des démonstrations d'exubérance juvénile et à des sautes d'humeur imprévisibles. Nous les lui pardonnons en raison de son âge.

Je coule un regard furtif à Mme Bucknor, qui s'est recomposé un visage vierge de toute expression.

— Quel âge a la première dame ?

— Elle aura 30 ans dans deux mois, indique l'une des trois anciennes pour dissiper le malaise. C'est moi qui organise la conférence des femmes en l'honneur de son anniversaire.

Trente ans n'est pas exactement la prime jeunesse, mais je concède que cela puisse l'être pour la « première dame » d'une méga-église. Difficile d'imaginer ces anciens s'inclinant devant une femme ayant deux décennies de moins que la plupart d'entre eux.

— Et l'évêque, quel âge a-t-il ?

Je n'arrive pas plus à omettre l'article devant son titre que les anciens ne parviennent à l'utiliser autrement que comme un prénom. Leur déférence est évidente jusque dans la manière dont ils me fixent à présent. Comme s'ils n'avaient jamais imaginé que leur chef pouvait avoir quelque chose d'aussi humain qu'une date de naissance.

— Cinquante-deux ans, me répond Kenny en serrant l'épaule de Mme Bucknor en signe de soutien.

— C'est son premier mariage ?

— Naturellement ! riposte le pasteur Nwoko avec irritation. Il se concentrait sur son ministère en attendant que le Seigneur lui envoie la bonne rencontre.

Son zèle me fatigue, alors je prends quelques notes pour masquer mon impatience.

— Des enfants ?

Pas de réponse à ma question.

— Évêque et sa femme attendent encore que le Seigneur leur envoie le fruit de leur union, affirme George avec courroux lorsque je relève les yeux de mon carnet.

— Ils sont mariés depuis combien de temps ?

— Cinq ans et quelques mois, répond doucement Kenny puisque tout le monde se tourne vers le visage impassible de Mme Bucknor.

— Donc, la femme de l'évêque a disparu…, dis-je en relisant mes notes.

— Elle s'appelle Sade. *Fo-la-sa-de*, articule Mme Bucknor sur un ton acerbe.

— Et elle n'a pas disparu, intervient le pasteur Nwoko.

— Faute d'un meilleur terme…, dis-je avec un regard navré à Mme Bucknor.

Moi aussi, je détesterais que l'existence de mes enfants soit réduite à leur statut marital. Pour noyer mon embarras, je me focalise sur le pasteur Nwoko avant de poursuivre :

— Comme nous ne savons pas où elle est, cela signifie que, techniquement, elle a disparu. La première dame disparaît donc pendant trois jours, et son mari, absent du domicile pendant cette période, ignore où elle se trouve. Selon vous, c'est normal. Pourtant, hier – soit cinq jours depuis la dernière fois qu'on l'a vue –, la police est venue arrêter l'évêque sur des soupçons de meurtre ?

Un silence passe, puis le pasteur Nwoko déclare avec une solennité toute singulière :

— C'est un bon résumé de la situation.

— Et le kidnapping ? je demande. Peut-être qu'elle…

Le pasteur George secoue la tête.

— Nous nous sommes penchés sur cette éventualité. Mais nous n'avons reçu aucune demande de rançon.

— Bon. Pourquoi n'optez-vous pas pour a) attendre que votre première dame revienne afin de tout éclaircir, ou b) lancer des recherches tout en essayant de convaincre la police qu'il n'y a pas de crime ? L'option b) serait particulièrement probante avec un bon avocat.

Mme Bucknor baisse juste assez la garde pour m'adresser un regard reconnaissant.

— N'est-ce pas ce que je dis depuis le début ?

J'ai vu juste. Elle ne veut pas de moi ici.

— Ce n'est pas aussi simple, docteur Taiwo, riposte le pasteur Nwoko. L'arrestation d'Évêque ayant été très médiatisée, nous devons montrer à notre congrégation que nous ne restons pas les bras croisés. Nous avons besoin de réponses. Et de découvrir qui a avancé que Première Dame avait disparu, ou même été assassinée. Selon la police il s'agit d'une source anonyme, conclut-il avec une grimace qui ne laisse aucun doute quant à son point de vue sur ladite police, et quiconque l'a renseignée.

— Vous ne croyez pas à la source anonyme ? dis-je avec étonnement.

— Non, en effet, confirme Kenny en adressant un sourire rassurant à Mme Bucknor.

Il me paraît étrange qu'elle ne sente pas l'ambivalence de cette femme à mon sujet. Cela dit, ma sœur est ainsi. Loyale sans réserve, elle apporte son aide sans poser de questions.

— Des ennemis sont à l'œuvre, ajoute le pasteur Nwoko avec un regard circulaire comme si le coupable était dans la salle. Certains feraient tout ce qui est en leur pouvoir pour abattre cet homme de Dieu. Nous voulons savoir de qui il s'agit et ce qui a pu être dit à la police. Notre Dieu les punira.

Dans la pièce s'élèvent des « Amen » et des « Loué soit Jésus ». L'ironie consistant à vouloir tout à la fois engager quelqu'un pour trouver les coupables et les vouer au châtiment divin semble leur échapper.

— Je suis désolé, *ma*, dis-je à Mme Bucknor, mais je me dois de vous poser cette question : et s'il s'avère que la police a raison ?

— Phil ! s'exclame Kenny au milieu du chœur de hoquets qui retentit autour de la table.

— Si je dois enquêter, dis-je sans quitter des yeux Mme Bucknor mais en adoptant un ton plus doux, je dois prendre en compte ce que sait la police, et la raison pour laquelle elle a procédé à l'arrestation. Et si elle croit que la première dame est…

— Il n'est rien arrivé à ma fille, me coupe Mme Bucknor avec dureté, sans ciller.

Les anciens abondent par d'autres « Amen » et « Le diable est un menteur », avec une expression qui me met au défi de les contredire, mais je ne peux pas reculer.

— La police doit posséder des indices qui laissent envisager un crime. Si c'est le cas…

— Qui pourrait vouloir la mort de Première Dame ? s'écrie Nwoko.

Mme Bucknor tressaille et Kenny la serre contre elle. Les autres anciens lançant à Nwoko des regards pleins de désapprobation, celui-ci se tourne vers le pasteur George, en quête de soutien.

— Si nous devons envisager cette possibilité, intervient ce dernier, alors j'ai bien peur qu'il nous faille aussi nous demander qui voudrait piéger Évêque en lui faisant endosser un tel crime.

S'il s'agit bien d'un coup monté, me dis-je, et, à la manière dont me regarde l'adjoint de Jésus, je soupçonne qu'il pense la même chose.

La guerre à la porte

Il est presque 21 heures quand nous franchissons les grilles du domaine de l'Église de la Grâce pour retrouver le chaos qui nous ramènera vers Lagos. Ce n'est pas pire que prévu mais cette fois j'ai de quoi m'occuper l'esprit. Je questionne Kenny sur les anciens et le temps passe plutôt vite à l'écouter m'expliquer la hiérarchie et les dynamiques de la direction de la congrégation. Et, à l'entendre, démêler de quelle façon et pourquoi l'évêque Dawodu pourrait être impliqué dans la disparition de sa femme sera tout sauf facile.

— Sœur Kikelomo se voit comme la mère de l'Église, me confie Kenny lorsque je l'interroge sur la vieille dame.

— Ce n'est pas une ancienne ?

— Non, mais c'est tout comme. Je l'ai rencontrée quand j'ai commencé à fréquenter Graceland. Nous étions toutes les deux dans le groupe de soutien aux femmes actives.

Si Kikelomo Bucknor ne m'a pas semblé être une femme carriériste, les gens se résument rarement aux apparences ou à leur manière de parler, y compris d'eux-mêmes. J'ai appris cette leçon à mes dépens.

— Quelle est sa profession ?

— Elle était ingénieure civile au ministère du Travail. Elle a pris sa retraite.

— Quand ?

— Depuis le mariage de Sade et Évêque, je crois.

— Donc son statut au sein de l'Église s'est amélioré grâce au mariage de sa fille ?

— Ne tourne pas les choses comme ça, s'indigne Kenny. Oui, elle a obtenu davantage de responsabilités au sein de l'Église quand Sade est devenue Première Dame, mais de toute façon elle devait prendre sa retraite.

— Elle n'a pas de mari ?

— Il est décédé. Il y a pas mal de temps, à ce qu'il paraît.

Une veuve qui ne s'est jamais remariée et ne porte pas d'alliance. De plus en plus curieux.

— Quelles sont ses relations avec l'évêque ?

— Ils sont très proches, répond-elle sans hésiter. Évêque l'appelle « mère » et encourage les gens à la considérer ainsi. C'est pour ça qu'elle ne croit pas aux balivernes de la police.

D'où, peut-être, ses réticences quant à ma présence. Sa foi en l'innocence de son gendre se mêle à la loyauté qu'elle lui voue en tant que pasteur. Mais cela doit-il passer devant son inquiétude au sujet de sa fille ?

— Le pasteur George, dis-je en me rappelant sa voix atone pour évoquer Sade Dawodu, comment s'entend-il avec la femme de l'évêque ?

— Leurs relations ne sont pas idéales, déplore Kenny. Mais rien de gênant. Il y a leur différence d'âge. Sade est jeune et dynamique. Elle a des idées passionnantes concernant les programmes pour la jeunesse, elle veut organiser des ateliers d'éducation sexuelle pour les femmes célibataires, etc. Le pasteur George est plus traditionnel, mais il doit se montrer respectueux à son égard puisque c'est la Première Dame. Donc quand ils sont dans la même pièce il y a des frictions, forcément, mais nous ne nous attardons pas dessus parce que c'est surtout un conflit d'idéologies.

— Et toi ?

Nous venons d'entrer dans Lagos et la circulation s'est légèrement améliorée. Elle reste d'une lenteur désespérante, mais au moins on avance.

— Quoi, moi ? dit Kenny en haussant un sourcil méfiant.

Elle appelle la première dame par son prénom ; ça ne m'a pas échappé.

— Quelles relations avez-vous ?

Kenny prend une profonde inspiration et je lui laisse le temps de mettre de l'ordre dans ses pensées. Lorsqu'elle ne se lance pas dans des sermons, ma sœur peut s'avérer d'une perspicacité saisissante. Experte en audit, et particulièrement performante dans ce milieu dominé par les hommes, elle a un sens de l'analyse assez inédit. Un talent qu'elle semble oublier dès qu'il est question d'Église.

— Elle n'est pas heureuse, déclare-t-elle après une longue pause.

— Elle te l'a dit ?

Kenny se tourne vers moi et rechigne à poursuivre. Tant pis. J'insiste.

— Comment tu le sais ?

— Je le sais, c'est tout, riposte-t-elle avant de soupirer quand mon silence lui indique que je ne me satisferai pas de si peu.

— Bon, c'est plus ou moins une amie, même si c'est la femme d'Évêque. Elle me considère comme une sorte de tante…

— Elle n'a pas d'amies de son âge ?

— Je suis sûre qu'elle en avait avant d'épouser Évêque. Après son mariage, je pense que les gens ont eu plus de mal à tisser des liens avec elle. L'année dernière, elle semblait s'être repliée sur elle-même alors qu'avant nous passions beaucoup de temps ensemble, notamment après les réunions de prière, quand les autres étaient partis. Mais c'est terminé depuis des mois. Je lui en ai parlé et elle m'a dit que tout allait bien, qu'elle était juste très occupée. Elle mentait, mais je n'ai pas voulu insister. Pourtant je voyais bien qu'elle se sentait seule.

— Et elle faisait des retraites personnelles ?

Kenny scrute mon visage à la recherche d'une pointe d'ironie. Faute d'en trouver, elle pèse soigneusement ses mots.

— Parfois, Phil, l'Église est une vraie cocotte-minute. Tu as vu les anciens. Ils se chamaillent tout le temps ; il y a trop de politique. Évêque peut encaisser, lui. Il est plus âgé et il a de l'expérience. Et puis il embrasse sa vocation corps et âme. Tu sais, répondre à l'appel de Dieu, c'est toute son existence. Sade n'a jamais demandé ça. Elle, elle veut vivre sa vie. Pour quelqu'un d'aussi jeune, cette position ne doit pas être facile.

— Tu l'aimes bien, dis-je avec un sourire.

Ma sœur voit du bon chez tout le monde. Une particularité surprenante pour une femme formée à traquer la moindre erreur entre courbes et chiffres.

— Dis, tu acceptes l'affaire ? me demande-t-elle avec impatience.

Pas question de me laisser brusquer.

— Je vais y réfléchir.

— Alors réfléchis vite. Évêque se morfond en prison.

— Oh, s'il te plaît ! Ça ne fait qu'une journée.

— Une nuit dans une prison de Lagos, c'est dix ans. Surtout quand on est innocent.

Je lui assure qu'il sera libéré sous caution.

— Il a refusé, rétorque Kenny. Évêque veut que justice soit rendue.

Qui à part un téméraire ou un naïf choisirait cette voie ?

— Dans tous les cas, il a droit à une audience de caution.

— Ses voies ne sont pas les nôtres, annonce Kenny d'une façon si cryptique que je ne sais pas si elle parle de Dieu ou de l'évêque. Je suis sûre qu'il te dira pour quelles raisons quand tu lui parleras.

— Si je lui parle.

— Allez, Philip ! Tu sais à quel point c'est important pour moi !

Malgré mes réticences, ma curiosité professionnelle est piquée au vif. Donner des cours à l'école de police en attendant la fin de l'année sabbatique de Folake est assez ennuyeux. De plus, il s'est écoulé presque un an depuis ma dernière enquête, où j'ai flirté avec la mort. Il est temps que j'étoffe mon CV pour préparer notre retour aux États-Unis. J'ai d'anciens collègues dans les forces de l'ordre qui donneraient un rein pour travailler sur une telle affaire.

— Je ferai connaître ma décision demain au pasteur George, dis-je l'air de rien tandis que notre chauffeur bifurque vers la zone résidentielle du personnel de l'université de Lagos.

— Il est un peu tard pour que je passe dire bonjour, lance Kenny une fois que nous sommes garés devant chez moi.

Je glisse mon carnet de notes et mon stylo dans la poche latérale de ma sacoche de portable.

— Je saluerai tout le monde pour toi. Embrasse Dele et les enfants.

— Je transmettrai au *kèfèrí*.

Je ris d'entendre Kenny utiliser le mot « païen » pour désigner son mari. Dele Bhadmus est un athée notoire. Leur union est la huitième merveille du monde et les fruits en sont quatre adolescents étrangement équilibrés, ce qui crée des moments de stupéfaction aux réunions de famille.

« Comme si Hillary Clinton et Ronald Reagan étaient en couple, m'a dit Folake au mariage de ma sœur. Aussi impensable que fascinant ! »

Je remercie le chauffeur d'un billet de 1 000 nairas. Il proteste mais empoche l'argent quand je lui dis que c'est pour ses enfants, un petit quelque chose pour compenser le fait de l'avoir retenu si tard. Kenny ajoute sa gratitude à celle du conducteur en déversant sur moi en yoruba un flux de prières que je balaie de la main pour me hâter de rejoindre ma porte.

— Si tu te crois dans un Disney, tu te fourres le doigt dans l'œil, jeune fille !

La colère de Folake est sonore et semblable à aucune autre. Ma main se fige sur la poignée.

— Dans cette maison, on ne claque pas les portes sous prétexte qu'on est de mauvaise humeur !

Lara. Encore. Qu'est-ce que je ne donnerais pas pour revenir à la période bénie avant ses 15 ans ! Après une telle journée, je n'ai aucune envie de négocier avec l'extraterrestre maussade qu'est devenue ma gentille petite fille. Je prends une profonde inspiration et compte jusqu'à dix avant de tourner la poignée.

— Je crois pas avoir jamais parlé à ma mère sur ce ton, moi. Et je te conseille pas de me regarder comme ça !

Quand Folake repasse en mode « mère nigériane » et laisse tomber la syntaxe acquise après deux décennies aux États-Unis, c'est qu'il y a de l'orage dans l'air.

— Parle à ta fille, parce que j'en ai ras-le-bol ! me lance-t-elle dès qu'elle me voit.

— Qu'est-ce qui se passe ?

— C'est elle qui a commencé, papa ! réplique Lara. Moi, je n'ai…

— Qui a commencé quoi ? Tu me prends pour ta copine ? tonne Folake.

Lara a la prudence de ne pas répondre.

J'adresse à Folake le regard qui indique que je m'en occupe. Elle passe en trombe à côté de moi et fonce à l'étage.

— Tu disais ? je demande dès que j'entends la porte de notre chambre se refermer.

— Rien.

Quand elle croise les bras sur sa poitrine, Lara est le mini-moi de sa mère, sous une bonne couche d'angoisse adolescente.

— Tu t'apprêtais à tout me dire, non ?

— Mais on m'en a empêchée, non ? Donc ça s'est pas fait.

Où est la fillette qui se jetait dans mes bras à mon arrivée ? Où est notre miss Bricolage qui remontait n'importe quel gadget électronique en moins de temps qu'il n'en faut pour le démonter ? Notre rat de bibliothèque qui citait Tolkien en battant à plates coutures ses frères à Minecraft ? J'ai eu beau dire que je m'en occupais, je ne sais pas quoi dire à cette étrangère.

— Omolara, dis-je sur un ton affectueux, qu'est-ce qui te met dans une telle colère ?

La façon qu'elle a d'essuyer ses larmes soudaines me brise le cœur. Je me rapproche, prêt à l'étreindre pour la consoler. Mais elle recule, et ça m'atteint profondément.

— Tu avais promis qu'on rentrait chez nous ! m'accuse-t-elle, les yeux embués.

— Chez nous ? Qu'est-ce que tu…

— Quand on est partis des États-Unis, vous disiez tous les deux qu'on rentrait chez nous.

— Mais c'est vrai, dis-je avec un certain soulagement.

La vie en Amérique lui manque. Je peux comprendre.

— Sauf que non. C'est pas chez nous, ici. Les gens ne sont pas si gentils que ça. Il fait chaud et il y a tout le temps du bruit. Tout le monde parle en même temps. Il y a de la poussière partout. Les routes sont un cauchemar et Internet est encore plus lent que la circulation, du coup on ne peut rien faire. Littéralement ! Et puis la nourriture est très surestimée. Qui voudrait bouffer des épices H 24 ?

— Pourtant, ce n'est pas l'impression que tu avais quand on est arrivés, si ? je demande quand elle commence à s'essouffler.

— Bah, on change. Mes amis me manquent. Mon lycée. Notre quartier. Je veux rentrer chez moi.

— Mais le Nigeria c'est chez toi ! dis-je en me faisant l'effet d'un bonimenteur.

— Non. Genre vous essayez de convaincre tout le monde que c'est chez nous, mais c'est grave pas vrai !

Comme j'ai ressassé cette idée plus souvent que je ne l'aurais dû, cela me fait répondre sur la défensive :

— Pour commencer, même si tu es en colère, ne me parle pas sur ce ton. Ensuite, personne n'essaie de convaincre qui que ce soit. L'année sabbatique de maman sera bientôt terminée et nous…

— Je veux rentrer *maintenant*, me supplie-t-elle en larmes.

— Pourquoi ?

Pas de réponse.

— Pourquoi maintenant, Lara ?

Il s'écoule une minute qui me paraît fort longue. Lara ne dit rien mais son regard me met au défi d'insister. Je suis fatigué.

— Peut-être que tu devrais aller dans ta chambre. On en parlera quand tu seras prête, d'accord ?

Elle hausse les épaules avec indifférence et je n'ai pas la force de la réprimander. Mais je m'inquiète qu'elle puisse faire quelque chose qui énerve encore plus sa mère. Dans ce cas, ni ses frères qui pour l'heure se cachent dans leur chambre ni moi ne pourrons la sauver du courroux maternel.

— Omolara, dis-je quand elle a monté la moitié de l'escalier.

Elle s'arrête et me foudroie du regard comme si j'étais le Grinch qui venait de voler Noël.

— Quoi que tu fasses, ne claque pas la porte.

Action ou vérité

Une odeur d'encens émane du premier étage. Folake prend un grand bain, son rituel d'apaisement. Peut-être que ça vaut mieux. Je ne suis pas sûr qu'elle soit prête à entendre les desiderata de notre fille concernant notre retour au Nigeria. De plus, l'expérience m'a appris à attendre que la juriste assimile les informations. Sans cela, toute discussion tourne à une dispute qu'elle remporte. On ne croise pas le fer avec la professeure Afolake Taiwo sans un dossier bien préparé. Si on l'accule, ma femme est sans pitié. Mais laissez-lui le temps de réfléchir, alors elle peut vous ménager et vous laisser perdre avec dignité.

Je m'assieds sur le lit en me prenant la tête entre les mains. L'explosion de Lara me touche davantage que je ne voudrais l'admettre. De plus, elle me renvoie à mon propre ressenti de ce que j'appelle en privé notre « expérience nigériane ».

Sommes-nous chez nous ici ? Si oui, est-ce que nous voulons nous considérer comme chez nous, puisque nous avons le choix ?

En balayant notre chambre du regard, je me dis que nous avons fait de notre mieux pour améliorer le mobilier standardisé de l'université, mais que la pièce n'arrive pas à la cheville de notre chambre de San Francisco. À côté du dressing, il y a dans le mur une fissure si profonde qu'elle m'a fait faire une foule de cauchemars de maison qui s'effondre. Malgré le nombre de couches de peinture que nous passons sur le plafond, rien ne peut dissimuler la courbe des poutres bouffies par l'âge et par l'humidité. Nous avons pourtant déposé dès notre arrivée il y a dix-sept mois une demande auprès du département de maintenance de l'université.

Ce n'est pas chez nous. Je le sais. Mais à cinq mois de la fin de son congé sabbatique j'ai le pressentiment que Folake ne sera pas d'accord avec moi. Son silence concernant l'avenir m'inquiète, alors naturellement je n'aborde pas le sujet. Choisir de laisser le temps dicter nos décisions me semble sage, d'autant plus que notre départ des États-Unis repose sur un non-dit. Un fossé qui compromet tout argument que je pourrais déployer, et qui ne contribuerait qu'à renforcer sa détermination.

Ne trouvant pas le sommeil, je passe mon vieux t-shirt de l'USC avec son short assorti et me dirige vers le cellier, que nous avons converti en ce qui pourrait passer pour un bureau.

Je googlise « Sade Dawodu ». Il est déconcertant de voir que la jeune femme est presque toujours mentionnée en lien avec son ultra populaire mari. Je parcours divers réseaux sociaux et d'innombrables articles sur l'Église de la Grâce ; les références à la première dame sont invariablement des à-côtés. Sur les images, elle est auprès de l'évêque ; lui sourit avec un charme enjôleur, tandis qu'elle paraît en retrait, comme trop timide pour partager les feux de la gloire avec lui.

Elle pourrait pourtant l'éclipser : Folasade Dawodu est magnifique. Elle est élancée et presque aussi grande que l'évêque, qui est d'une taille supérieure à la moyenne. Sa peau claire rayonne de santé et, même parfaitement maquillée, la ressemblance avec sa mère est si frappante qu'elles pourraient passer pour des sœurs.

J'aurais raté le documentaire sans le hashtag *#PriezpourPremièreDame*, devenu viral dès l'arrestation de l'évêque, tout comme *#JesuisÉvêque*. C'est une vieille vidéo de 12 minutes qui met en avant le travail d'une organisation non gouvernementale appelée Girls in Control. On y voit Sade Dawodu toute jeune ; une animation graphique trace son nom et l'identifie comme l'une des administratrices de l'ONG.

« Girls in Control a pour vocation d'aider les jeunes filles à acquérir et à utiliser activement leurs compétences », dit Sade Dawodu à la caméra. Rayonnante, elle porte un t-shirt blanc floqué #CONTROL et un jean. Elle est très éloignée de l'épouse ultra glamour de l'évêque Dawodu. Sa voix est sonore, ses inflexions et son énonciation trahissent une éducation dans une école privée. « Nous vivons dans un monde où les traditions, la culture et les parents jouent un rôle crucial dans la manière dont les jeunes gens perçoivent le monde et les choix qu'ils font. La pression que subissent les filles est encore pire, et elles ont souvent du mal à se montrer à la hauteur d'attentes qui entrent en conflit avec leurs besoins et leurs ambitions. »

J'accélère jusqu'à l'apparition d'un autre administrateur, qui détaille les différentes actions que mène Girls in Control pour donner du pouvoir aux jeunes filles de 8 à 18 ans. Je suis impressionné. Ces programmes sont avant tout pratiques : ils emploient des conseillers, proposent des partages d'expérience et même des thérapies familiales pour aider les adolescents qui ont des difficultés à communiquer avec leurs parents. Il faut que je montre ça à Folake. Vu la façon dont évolue notre situation avec Lara, je ne serais pas contre l'idée de recevoir un peu d'aide.

« J'aime être une administratrice parce que très tôt dans ma vie j'ai voulu être médecin, conformément à ce que mes parents voulaient que je devienne. Je n'ai jamais réfléchi à ce que je désirais moi, et ça m'a valu des années de chagrin. » La voix de Sade Dawodu se superpose à des images de jeunes filles plongées dans différentes activités. « C'est pourquoi j'aime ce que nous faisons à Girls in Control. Si une organisation comme celle-ci avait existé quand j'étais plus jeune, j'aurais sans doute été capable de penser par moi-même, de parler en mon nom et, peut-être, de remettre en question ce que je croyais que la société attendait de moi. »

Je vérifie la date. La vidéo a été mise en ligne il y a deux ans, mais j'ignore quand elle a été tournée. D'autres administrateurs et d'autres bénévoles prennent la parole, et le documentaire se termine sur Sade Dawodu, l'équipe et plusieurs jeunes filles qui font signe à la caméra en criant : « Je contrôle ma vie ! »

La Sade Dawodu de ces vidéos contraste avec la première dame de la méga-église. Elle n'a pas cité un seul verset de la Bible et n'a paru condescendante à aucun moment. Je comprends pourquoi Kenny l'apprécie. Moi aussi, du moins cette version d'elle. J'espère que la police se trompe et que les anciens ont vu juste sur son sort.

Je tape « Évêque J. Dawodu » dans la barre de recherche. Les premiers résultats portent sur son arrestation. Plusieurs vidéos semblent avoir été mises en ligne par des gens qui assistaient à son désormais tristement célèbre dernier office. Certains ont commencé à filmer dès l'instant où l'on a empêché la police d'accéder au pupitre. D'autres se sont concentrés sur l'évêque qui interrompait son sermon pour inviter les policiers à s'approcher. Nombre de vidéos assorties du hashtag #*JesuisÉvêque* le montrent tendant les mains pour recevoir les menottes avec beaucoup de dignité.

« Dieu est bon ! » lance-t-il tandis que les caméras s'attardent sur le visage stupéfait des anciens que je reconnais, ou sur la congrégation en larmes.

Je clique sur divers sermons. Une avalanche de messages d'un Dieu bienveillant qui promet une prospérité exclusive aux fidèles et aux généreux. Des discours inspirants sur les moyens d'atteindre richesse et félicité. Rien d'original. Néanmoins, le charisme de l'homme me fascine. Il parle avec simplicité mais avec l'autorité d'un Barack Obama, accent compris. Son interprétation des Écritures est accessible et ses conseils concrets. Malgré mes préjugés envers les pasteurs pentecôtistes New Age, je me surprends à l'écouter plus longtemps que je ne l'aurais cru. Pas besoin d'une autoanalyse profonde pour saisir pourquoi.

Le révérend August Freeman.

Voilà des années que je n'ai pas repensé au pasteur de la Première Assemblée baptiste du centre de Los Angeles. Mais voir prêcher l'évêque Dawodu me rappelle l'homme que mon frère jumeau tient pour responsable de notre relation ambiguë aux Églises pentecôtistes. Cette même cadence musicale dans leurs sermons. Cette même force de conviction qui n'est pas sans évoquer celle de Martin Luther King. Ce pouvoir d'attraction qui s'exerce sur tous, sans distinction. Leur sens du discours combiné à une interprétation pragmatique des

Évangiles, moderne et consensuelle. Il était difficile de ne pas apprécier le révérend Freeman tout comme il est difficile de résister au magnétisme de l'évêque Dawodu.

Non. Ne t'aventure pas dans ces eaux. Penser au révérend Freeman est la meilleure manière de te pousser à dire non aux anciens et à Kenny. Remballe tout. C'est du passé. Vieux de plusieurs décennies. Je suis plus âgé à présent. Plus sage, du moins je l'espère. Moins impressionnable.

Vraiment ? murmure une petite voix pour me mettre au défi.

Je fais semblant de ne pas l'entendre. De plus il se fait tard et je dois amener les enfants à l'école demain. Je m'apprête à me déconnecter lorsque l'évêque appelle le chœur à se joindre à lui pour un cantique. Le chant commence avant que la caméra ne pivote vers le gigantesque chœur, dont tous les membres portent des toges Ankara. Le chantre, beau et vêtu d'un costume gris ajusté, me rappelle quelque chose. La qualité sonore de l'enregistrement est parfaite, et je suis aussi hypnotisé par la musique que par les réactions qu'elle suscite au sein de la congrégation. L'évêque Dawodu est d'abord cette présence dynamique et imposante, et un instant plus tard il est à genoux en adoration.

Ce changement subit de ton, du one-man-show à la performance collective, est appuyé par le montage de la vidéo. Rapides et syncopés, les plans durent rarement plus d'une seconde. Je clique sur pause, reviens légèrement en arrière, réduis la vitesse de lecture et la repasse.

La voilà.

Sade Dawodu est debout, mais ses mains ne sont pas levées vers le ciel, et elle ne ferme pas les yeux avec ferveur. Son expression me rappelle le regard que sa mère a adressé au pasteur Nwoko quand il a dit quelque chose de travers. Un mélange de dédain et d'autre chose. Je n'arrive pas à mettre le doigt dessus. Je me repasse la séquence. Pause, lecture. Pause, lecture. Sade regarde son mari agenouillé.

Intéressant. Je vérifie la date de mise en ligne : il y a onze mois et une semaine. Je fais une capture d'écran de la scène et zoome sur la première dame. Sans les diversions qui l'entourent, le mépris qu'elle a dans les yeux est indéniable. Et il semble dirigé contre moi. Je fixe l'image comme pour la persuader de s'animer, de cligner des yeux et de remuer les lèvres.

— Où es-tu ?

Je referme le portable quand je réalise que j'ai parlé à voix haute.

Je ne parviens à me départir du malaise qu'au moment où je vais me coucher et où j'attire Folake à moi. Mais, alors que le sommeil s'empare de mon corps épuisé, les yeux de Sade Dawodu se moquent de moi : figés, ils refusent de me révéler ce qui s'est passé.

Ou ce qui va se passer.

Coup de démarreur

La tension de la nuit reste dans l'air même après le départ de Folake pour ses cours du matin. Le soulagement de Tai et Kay à l'idée que ce soit moi qui les emmène au lycée serait hilarant si je ne me tourmentais pas à propos de ma décision dans l'affaire Sade Dawodu.

Lara descend à pas lourds, provoquant le silence immédiat de ses frères. Elle se dirige vers Kay et pose mon vieux Nikon 300 sur la table à manger.

— Arrête de prendre n'importe quel chiffon pour nettoyer la lentille. Je l'ai re-réglé. Tu ne devrais plus avoir le message d'erreur.

— Merci ! lance Kay au milieu d'une bouchée de ce qui aurait dû être son déjeuner.

— Six cents nairas. En liquide. Trouve-les d'ici ce soir.

Tout le monde en reste bouche bée. Lara est notre miss Bricolage attitrée depuis toujours, et jamais elle n'a demandé à être rémunérée.

— Mais…, proteste Kay.

— Y a pas de « mais ». J'ai vidé le cache et je l'ai mis sur mon Cloud. Si tu veux récupérer tes photos, tu casques.

Avant que je puisse intervenir, Lara me lance un « Bonjour, papa, j'attends dans la voiture » à peine audible et sort.

— Qu'est-ce qu'il lui prend ? demande Kay en faisant tomber les miettes de sa bouche avant de jeter son sac sur son épaule.

Il se montre plus précautionneux avec son appareil photo. Avant de le toucher, il s'essuie soigneusement les mains puis vérifie tout et le remise dans sa sacoche spécifique.

— Cela dit, ça reste moins cher que chez un professionnel, fait remarquer Tai en rangeant ses livres.

Il enveloppe ensuite ses sandwichs dans de l'aluminium et les fourre dans son sac.

Mes jumeaux ont 17 ans ; ils sont identiques physiquement mais différents pour tout le reste. Tai mange à heures fixes et Kay n'importe quand – son déjeuner est devenu son petit déjeuner, et je parie que son sac est plein de restes pillés dans le frigo. Tai me ressemble plus. Il évite à tout prix les conflits. Assister à la moindre altercation le démoralise. Kay tient de sa mère : il ne vit que pour la confrontation.

— Papa, s'il te plaît, me supplie Kay. Six cents, sérieusement ? Où elle veut que je...

— Tu as des économies, sers-t'en, dis-je un peu plus sèchement que je ne l'aurais voulu.

Si je suis en partie impressionné de voir ma fille demander compensation pour un service que nous tenions pour acquis, je m'inquiète aussi qu'elle ait placé ses exigences aussi haut. Sans parler du chantage pour s'assurer que son frère paiera.

Le trajet du campus au lycée du personnel se déroule en silence. Lara sera la dernière à descendre ; elle regarde droit devant elle sans un mot. Peut-être qu'elle veut parler. Au moment où je m'apprête à dire quelque chose pour l'y encourager, elle rentre la tête dans les épaules, marmonne un « au revoir » et sort.

Je dois prendre sur moi pour ne pas m'élancer derrière elle. Si elle se retourne ne serait-ce qu'une seconde, j'annule tous mes plans de la journée et je l'emmène dans un lieu propice à une discussion père-fille à cœur ouvert. Comme avant.

Je retiens ma respiration. Mais Lara ne se retourne pas.

— C'est bien, dit Abubakar Tukur en exhalant la fumée de sa cigarette dans la direction opposée à mon visage. Fantastique, même.

Nous sommes devant son bureau, à côté d'un cendrier qui déborde. Après plus d'un an à travailler avec lui, je commence à peine à m'habituer à la propension du chef de l'école de police à rouler les *r*, trace de son haoussa natif. Comme ça lui arrive plus souvent quand il est enthousiaste ou nerveux, ça me pousse à l'écouter plus attentivement.

— Ap*l*ès l'excellent t*l*avail que vous avez fait su*l* les T*l*ois d'Ok*l*iki[1], nous avons obtenu des fonds pou*l* vous off*l*i*l* un cont*l*at…

— Un contrat *à durée déterminée*, je précise, amusé par l'affection qu'il me porte et qui le pousse toujours à élever mon statut au-delà du niveau de rémunération d'un chargé de cours à temps partiel.

Mais comme le sentiment est partagé je laisse en général de côté cette dernière question. Je dois l'admettre, mes solides

1. Il s'agit de la précédente enquête de Philip Taiwo dans *Les Colliers de Feu*, de Femi Kayode (Les Presses de la Cité, 2022). *(N.d.É.)*

économies en dollars n'y sont pas pour rien. Abubakar se penche pour écraser sa cigarette. Quand il se redresse, son visage grave brille d'excitation. L'uniforme lui donne une prestance qui le fait paraître plus grand que moi et mon mètre 85.

— C'est de la sémantique, tout ça. Quoi qu'il en soit vous êtes ici. Si vous élucidez l'affai*l*e, on se*l*a peut-êt*l*e en passe de c*l*éer un v*l*ai dépa*l*tement de c*l*iminologie.

— D'abord, je n'« élucide » pas les affaires.

Là, il me gratifie d'un reniflement dédaigneux.

— Vous voyez ce que je veux di*l*e. Malg*l*é la publicité que vous avez évitée ap*l*ès les T*l*ois d'Ok*l*iki, nous jouissons enco*l*e de la bienveillance des gens qui savent ce que vous avez fait. Mais su*l* ce coup-là vous ne pou*l*ez pas fui*l* les médias.

— Eh, attendez ! j'objecte en chassant de la main l'image des paparazzi rôdant autour de moi. Cette femme peut réapparaître du jour au lendemain.

— Demain est un aut*l*e jou*l*. Mais aujou*l*d'hui vous avez été engagé pa*l* l'une des plus g*l*osses Églises du pays pour la t*l*ouver.

— Je ne vais pas la trouver. Je vous ai dit que…

— Je sais, je sais, s'impatiente Abubakar. C'est un coup monté cont*l*e son ma*l*i, et vous allez découv*l*i*l* pa*l* qui et pou*l*quoi. T*l*ès bien, tout ça, mais comment allez-vous fai*l*e si vous ne commencez pas pa*l* la *l*et*l*ouver elle ?

Mon expression doit me trahir, car je me le demande bien, en effet, et Abubakar frotte joyeusement ses paumes en libérant un flot de mots en haoussa.

— *Babu wata jayayya daga gareni*[1]*!* Je suis pa*l*tant.

1. « Ce n'est pas moi qui vous dirai le contraire. »

— Partant pour quoi ?

— Pou*l* vous donner tout ce que vous me demande*l*ez. C'est pou*l* ça que vous êtes venu me voi*l*, non ? Et pou*l* cette *l*aison que vous tolé*l*ez mon tabagisme alo*l* que vous détestez ça. Je me t*l*ompe ?

Le commandant me fait rire ; il est toujours aussi perspicace.

— La police. Je dois savoir qui l'a renseignée.

— Vous voulez le dossier ?

— Oui, et un contact avec les inspecteurs en charge de l'affaire.

— Qui s'en occupe ? Le QG ou le commissa*l*iat local ?

— Aucune idée, je lui réponds en secouant la tête. Je sais seulement où est incarcéré l'évêque.

— C'est toujou*l* un début. Où ?

— À Ikoyi, dans la prison « modèle », dis-je en consultant les notes transférées sur mon téléphone.

— Il n'est pas détenu sur le campus de son église ? s'étonne Abubakar.

Je hausse les épaules sans prendre la peine de discuter l'idée qu'une église puisse appartenir à un individu.

— Il dispose d'un logement de fonction dans le quartier. Le domaine de l'église, c'est son adresse professionnelle, mais son domicile se situe dans le quartier d'Ikoyi.

Abubakar hoche à nouveau la tête, dubitatif. Il sonde mentalement son formidable réseau pour y dénicher la source la plus apte à me donner rapidement les informations dont j'ai besoin. Il sort une nouvelle cigarette et je me hâte de parler avant qu'il ne l'allume :

— Connaissez-vous quelqu'un à la prison, par hasard ?

Quelques minutes après avoir quitté son bureau, je reçois d'Abubakar les coordonnées du directeur de l'établissement carcéral, ainsi qu'un texto m'indiquant qu'une entrevue est planifiée avec l'évêque Dawodu le lendemain.

Ce qui me distrait durant mon cours sur les techniques d'interrogatoire. Par chance, c'est une séance de jeu de rôles et non un cours théorique ; je peux donc me contenter d'écouter, de donner des conseils et de fluidifier les échanges pour en finir plus vite et retourner à la première dame disparue.

Dans mon bureau m'attend un e-mail du pasteur George. Un message mesuré, à en-tête de l'Église de la Grâce, dans lequel l'homme se dit « ravi » que j'accepte de m'occuper de l'affaire et me demande de signer et de renvoyer dès que possible le contrat de confidentialité qu'il m'adresse en pièce jointe. Comme c'est moderne, une église qui vous fait signer un contrat de confidentialité ! Je suis fort surpris que ledit contrat compte moins de trois pages. Si j'avais accepté une affaire similaire aux États-Unis, j'aurais dû éplucher un traité magistral. J'appose ma signature électronique et clique sur « envoyer ».

Après les cours, Folake étant de ramassage scolaire, j'ai quelques heures à tuer avant de braver la circulation du retour. Je sors ma pile de Post-it colorés et commence à écrire.

Bleu. *Faits.* Ce qu'on sait, ce qui est vérifiable dans le domaine public ou auprès de tiers.

Rouge. *Alertes.* Les réponses conduisant à d'autres questions et ouvrant de nouvelles pistes à explorer.

Vert. *Pistes d'investigation.*

Je compile plusieurs questions et dresse une liste rudimentaire de gens à qui les poser. Tous les anciens, bien sûr. Et d'autres membres, aussi. Le personnel de l'église ? Celui de la maison de l'évêque ? Qui y travaille ? Quid des amis de Sade Dawodu ? Des membres de sa famille ? Je dois absolument parler à Mme Bucknor. Mais pour commencer j'appelle Kenny.

— Tu ne m'avais pas dit que tu avais accepté l'offre ! me lance-t-elle dès que je lui fais part de ma requête.

Tsss !

— Tu aurais voulu que je t'envoie un petit mémo personnel ? je réponds pour la chambrer.

— *Ehen*[1], c'est comme ça que tu parles à ta sœur qui t'apporte un contrat si lucratif ?

— Tu veux une prime de mise en contact ? Bon, tu peux me faire une liste ou pas ?

— Des amis proches de Première Dame ? Je ne suis pas sûre qu'elle en ait tant. Je te l'ai dit hier.

— Oui, mais avant de devenir première dame elle devait bien en avoir ?

— Attends. Il y a le dirigeant d'une œuvre pour laquelle elle a fait du bénévolat, et puis Margie, une femme médecin au Canada. Elles étaient ensemble à l'université, et quand je suis partie en voyage à Toronto elle m'avait donné des choses pour…

— Une liste écrite, Kenny, s'il te plaît. Je ne vais pas tout retenir, là.

— Facebook, ça te dit quelque chose ? demande-t-elle sur un ton acerbe.

— Oui mais grande nouvelle : ta première dame est totalement absente des réseaux sociaux.

---

1. « Mon Dieu ! », en yoruba.

Le silence dure tellement longtemps que je crois la communication coupée.

— Kenny, tu es toujours là ?

— C'est bizarre, elle était très active sur les réseaux. Moi je ne suis que sur LinkedIn mais je connais beaucoup de gens qui la suivaient sur Twitter et Facebook.

— Qu'est-ce qui s'est passé, alors ? Aucune trace de Sade Dawodu à Zuckerbergville ni dans la Twittersphère.

J'ai l'impression que Kenny ne m'écoute même plus.

— C'est drôlement bizarre, quand même, dit-elle.

Je n'ai pas le temps de m'appesantir.

— Tu peux t'en occuper ? Je dois filer.

Je raccroche. Quand même, il faudra que je trouve pourquoi Sade Dawodu n'apparaît en ligne qu'en tant qu'épouse de l'évêque. Et à quel moment elle a cessé toute activité sur les réseaux.

Je détache un Post-it violet. *Recherches.*

Orange. *Chronologie.* La trajectoire des événements conduisant jusqu'ici. Établir des connexions. Vérifier les liens.

Abubakar avait raison. La voie du moindre effort consisterait à commencer par retrouver Sade Dawodu. À condition de partir du principe que les anciens ont raison et que la police a fait une terrible erreur dans son empressement à arrêter l'évêque. En cas de disparition les premières 48 heures de recherches sont critiques ; le compte à rebours commence dès que la personne a disparu et non quand on remarque sa disparition. Au bout de 72 heures, la police a tendance à partir du principe que le pire s'est produit. Je n'en sais pas assez pour déterminer la probabilité d'une telle issue ici. Sans base de données fiable ni système d'identification pour le Nigéria, retrouver une personne disparue doit reposer sur un mélange de chance et de prières.

Théoriquement, une personne disparue est un individu dont on ignore la localisation et dont la disparition revêt des circonstances inhabituelles. Mais, à en croire les anciens, la définition ne s'applique pas à Sade Dawodu. Vu leur zèle à affirmer que la première dame est seulement absente, la manœuvre la plus prudente pour la police aurait été d'attendre sa réapparition. Si elle n'en a rien fait, il faut se demander ce qu'elle sait d'autre.

Obtenir le dossier de l'affaire asap. Dans un monde parfait, ce serait mon point de départ. J'y aurais accès et je pourrais contacter tous les gens qui travaillent dessus. Ils sauraient que j'œuvre dans le but d'assurer à l'enquête le meilleur dénouement possible. Si un crime a été commis, ma tâche devrait consister à monter un dossier à toute épreuve pour le procureur. Dans le cas contraire, je ferais au moins économiser des millions au contribuable. Mais pas là. Les policiers n'apprécieront pas mon ingérence, surtout en sachant qui paie mes factures. J'ai besoin d'Abubakar pour obtenir le dossier, mais je ne peux pas me permettre d'attendre.

Je détache un Post-it violet et note : *Évêque Dawodu.*

Qui est cet homme accusé d'un crime qui n'a peut-être même pas été commis ?

Very important prisoner[1]

L'évêque Jeremiah Dawodu entre dans la pièce, qui paraît soudain encore plus étroite. Son impressionnante carrure est soulignée par un blazer marine si ajusté qu'on dirait que son corps a été mesuré au millimètre avant la moindre couture. Sa moustache grisonnante, soigneusement taillée, et ses cheveux ras donnent l'impression qu'il sort de chez le barbier.

— Docteur Taiwo ?

Sa poignée de main est ferme comme celle d'un politicien saluant un zélé partisan. Je repousse les réminiscences du révérend Freeman. Ce sourire contagieux. Cette camaraderie qui vous ferait croire que vous avez là un allié pour la vie.

Concentre-toi, Philip, m'ordonne la petite voix.

— Fantastique, dit l'évêque Dawodu en tirant une chaise en plastique et en désignant celle dont je viens de me relever. Soyez béni. Je vous en prie, asseyons-nous.

Nous sommes dans la minuscule salle d'interrogatoire que nous a réservée le directeur de la prison. Les murs sont d'un gris terne, avec des taches sombres dont je n'ai pas envie de

---

1. Jeu de mots avec *V.I.P.*, *very important person*, « personnalité très importante ».

connaître l'origine. Une unique petite fenêtre donne sur la cour arrière, jonchée de pièces de voitures rouillées et d'uniformes kaki séchant sur des cordes à linge de fortune. Mais tout cela disparaît dès que l'évêque s'assied et me lance un nouveau sourire chaleureux. Son énergie est positive et si détendue qu'il tient plus du directeur de restaurant cinq étoiles que du pensionnaire de système carcéral.

Sa bonne humeur, sa chemise en coton impeccable, son pantalon repassé retenu par une ceinture en cuir brun assortie à ses chaussures pointues me prennent de court. Son eau de toilette emplit la pièce, une odeur boisée rehaussée de touches d'autre chose. De la bergamote ?

— Ainsi, vous êtes le frère de sœur Kenny ?

Je l'étudie. Il me demande où j'ai vécu aux États-Unis, comment vont mes enfants et s'ils s'acclimatent. Je réponds brièvement. Lorsqu'il me questionne sur l'église que je fréquente, je sors mon téléphone.

— Est-ce que ça vous dérange si j'enregistre cette conversation ?

Il secoue vivement la main. Une montre Patek Philippe émerge brièvement de sa manchette. Je lance l'enregistrement.

— Quel est votre point de vue sur ce dont on vous accuse ? dis-je sur le même ton léger que lui, avec la même attitude pacifique.

— Ridicule, affirme-t-il avec un revers de la main qui révèle des ongles manucurés. Ma femme est en parfaite santé et devrait rentrer sous peu.

Je m'attendais à cette réponse, mais pas à la sérénité béate qui l'accompagne.

— La police se serait donc trompée ?

— Naturellement. Mais qui peut le lui reprocher ? Certaines personnes malintentionnées ont décidé d'utiliser la manière dont je conduis mon mariage pour me discréditer. Mais la police fait son travail, et je ne lui en veux pas.

— Avez-vous une idée de l'identité de cette ou de ces personnes malintentionnées ?

— Je sers le Très-Haut, répond-il en haussant les épaules, ce qui fait de moi une cible pour le diable. Ce pourrait être n'importe qui.

— Peut-être avez-vous une hypothèse ? Pour m'aider dans ma tâche ?

— Pour être honnête, je m'en moque. Si j'avais mon mot à dire, vous ne seriez pas ici. J'ai assuré aux anciens que tout cela était inutile, mais ils ont insisté. Ne vous méprenez pas : je comprends qu'ils éprouvent le besoin d'agir si l'on ne peut pas compter sur la police. Néanmoins j'avance avec foi. Ma femme sera bientôt rentrée, et tout sera terminé. Pour répondre à votre question, non, je ne vois pas qui aurait pu répandre les mensonges pernicieux qui ont mené à mon arrestation. Mais il s'agit forcément de quelqu'un qui est courant que Sade s'absente parfois pour des retraites spirituelles.

J'ai interrogé assez de suspects pour savoir que je n'ai pas affaire à la réaction type d'un homme soupçonné de meurtre, et encore moins s'il est déjà sous les verrous. Les yeux de l'évêque sont clairs et ses pupilles ne sont pas dilatées ; il a des gestes expressifs et dénués de nervosité. Le comportement d'un homme en accord avec lui-même et la situation. Bizarre.

Je change d'approche.

— Comment qualifieriez-vous vos relations avec votre épouse ?

— Merveilleuses. Bien sûr, nous avons dû surmonter des obstacles, mais Dieu nous y a toujours aidés.

Il marque un temps d'arrêt, toujours souriant, même pour chercher ses mots.

— Vous devez déjà savoir que notre union n'a pas été bénie d'un enfant. Cela crée beaucoup de tensions au sein de l'Église.

Son sourire chancelle et la tristesse emplit ses yeux.

— Je comprends que cela inquiète les gens, poursuit-il. Cela ne donne pas une bonne image de l'apôtre. Mais qui peut remettre en question la volonté de Dieu ?

— Les tensions se cantonnent-elles à l'église ?

Il y a dans le comportement de l'évêque quelque chose qui me fascine malgré moi. Il parle calmement, sans juger, et reste ancré dans la réalité. Pas de platitudes ni de versets, ni œuvre du diable et autres fariboles. Cet homme semble assumer que sa relation matrimoniale puisse être mal comprise et utilisée contre lui. Il n'attaque ni ne se défend. Il n'est que résignation.

Il soupire, son sourire disparaît complètement et il détourne les yeux comme embarrassé.

— Nous sommes des créatures d'esprit, mais nous restons de chair, docteur Taiwo. Ma femme et moi, par moments il arrive que nous nous fassions du souci. Par exemple quand nos prières semblent tomber dans l'oreille d'un sourd. Ou quand Dieu donne l'impression de mettre notre foi à l'épreuve. Cela l'affecte plus que moi, je dois l'admettre. L'Église m'occupe énormément tandis qu'elle a… un peu plus de temps pour remettre en question la volonté de Dieu. Donc, oui, la tension s'empare parfois de notre foyer, et elle a alors besoin d'une pause. Je lui donne mon entière bénédiction.

Je hoche la tête.

— Est-ce de son fait ou du vôtre ? Le problème, j'entends.

La limite entre questions pertinentes et invasives étant ténue, j'adopte un ton circonspect pour lui laisser le choix de répondre ou non.

Il rit, amusé par mon malaise.

— Docteur Taiwo, croyez-moi, notre situation a engendré des questions beaucoup plus gênantes. Je pourrais écrire un livre entier sur les tests et questionnaires que nous avons subis ces dernières années. Détendez-vous. Cela dit, nous avons vu de nombreux médecins, et leur verdict est toujours le même : nous sommes tous deux en bonne santé et aucune raison médicale ne justifie que ma femme ne porte pas un enfant à terme.

— À terme ? je m'étonne en fronçant les sourcils. Vous voulez dire... ?

— Je veux dire que ma femme a déjà porté un enfant par le passé mais que nous l'avons perdu au premier trimestre, dit-il calmement, le regard ferme.

— Quand était-ce ?

C'est une information que ne m'ont pas révélée les anciens. Et son lien avec l'affaire reste à déterminer.

— Environ trois ans et demi après notre union. Nous étions fous de joie, mais nous avons préféré le garder pour nous tant que nous n'étions pas sûrs. Avec le recul, nous n'aurions peut-être pas dû. Nous aurions sans doute mieux fait de proclamer notre bonheur sans douter de la promesse de Dieu. Les gens auraient cessé de regarder ma femme comme stérile et, d'une certaine manière, indigne de son rôle de Première Dame de l'Église de la Grâce. Je le déplore.

— C'est vous qui avez choisi de garder secrète sa grossesse ?

Il hoche la tête.

— Comprenez, docteur Taiwo, que nous avons attendu très longtemps. Nous avons prié fort, et quand c'est arrivé j'ai honte de le dire mais j'en ai été surpris. Je n'ai pas su saisir la balle au bond comme si c'était un miracle attendu. Je voulais garder encore un petit moment cette précieuse nouvelle, prendre le temps de nous y habituer avant d'en faire part à tout le monde.

A-t-il les larmes aux yeux ? Je baisse le regard sur mon enregistreur, me maudissant de n'avoir pas pris le carnet qui m'aurait permis de faire semblant de prendre des notes. Cette vulnérabilité chez un homme dont la congrégation compte plusieurs millions de fidèles me déroute. Quelle leçon d'humilité !

Cette pause maladroite laisse le temps à l'évêque de se ressaisir. Lorsque je relève les yeux, il est de nouveau tout sourire.

— Mais nous avons surmonté l'épreuve. Le Seigneur nous a entendus et Sade et moi savons qu'Il nous entendra encore. Nous devons simplement patienter et prier.

Il parle de son épouse comme s'il n'avait pas conscience des accusations qui pèsent sur lui. Une intonation pleine d'affection chaque fois qu'il prononce son nom, avec une pointe d'indulgence un peu paternelle. Je repense à la date de mise en ligne de la vidéo que j'ai vue sur YouTube il y a deux jours. Si Sade se remettait d'une fausse couche survenue quelques mois plus tôt, peut-être cela explique-t-il le ressentiment que j'ai lu dans ses yeux. Peut-être était-elle en colère à cause de cette situation où son mari a fait passer ses responsabilités envers l'Église avant ses besoins à elle.

— Parlez-moi de la dernière fois que vous l'avez vue.

Peut-être parce qu'il se doutait que je poserais la question, ou parce que la police la lui a déjà posée, il répond sans légèreté. Ni hésitation.

— J'avais une réunion administrative à Graceland. Sade était censée venir, mais ce matin-là elle était déprimée et je sentais qu'elle ne supporterait pas la pression. Donc je lui ai proposé de rester se reposer. Quand je suis rentré dans la soirée, elle avait congédié le personnel pour la journée et m'avait préparé un très bon repas. C'est ce qu'elle fait quand elle a envie de s'en aller. Cette fois, je ne sais pas pourquoi, je l'ai mal pris. Je n'en suis pas fier mais nous nous sommes disputés.

Une réponse bien préparée. Comme il s'attend à ce que je lui demande ce qui s'est dit au cours de la dispute, je n'en fais rien et le laisse avec sa mine de qui vient de confesser une faute grave.

— J'en prends l'entière responsabilité. Je ne m'attendais pas à ce qu'elle parte le lendemain. J'escomptais une soirée romantique avec elle, mais elle avait besoin d'air.

Une vive inspiration précède d'autres hochements de tête navrés. Il y a chez lui quelque chose de brisé qui me donne envie de lui tapoter le dos afin de le réconforter, mais je résiste à l'impulsion.

— Elle a dit des choses affreuses. Que je me moquais de ce qu'elle traversait, et que je m'intéressais plus à l'église qu'à notre mariage. Qu'elle avait l'impression d'être une ratée et que je ne faisais rien pour l'aider.

— Peut-être voulait-elle que vous l'accompagniez, cette fois ? dis-je non seulement pour lui témoigner un peu de compassion, mais aussi pour jeter un éclairage nouveau sur la situation.

Faire preuve d'empathie sans émettre le moindre jugement a souvent le don de faire baisser la garde dans les interrogatoires.

Cela fonctionne. L'évêque Dawodu me regarde comme si l'idée ne lui était jamais venue. Il fronce les sourcils puis hoche lentement la tête, une révélation se dessinant peu à peu dans son esprit. Le silence s'étire tandis qu'il se lève pour rejoindre la petite fenêtre. Il semble se concentrer sur les véhicules abandonnés qui jonchent le paysage.

Au moment où je commence à me dire que je devrais changer de type de question, il se tourne vers moi avec un sourire contrit.

— Si c'est ce qu'elle voulait, elle avait une drôle de façon de le montrer. En fait, à une époque…

Il se détourne comme s'il se demandait s'il est sage de poursuivre, puis ajoute :

— … j'avais peur que sa maladie ne revienne.

— Sa maladie ?

— Je n'en ai jamais parlé à personne, mais puisque vous êtes ici pour m'aider j'imagine que ce n'est pas grave.

Il soutient mon regard.

— Sade a un passif de troubles mentaux.

— Vous l'avez su avant ou après votre mariage ?

J'essaie de conserver un ton neutre. La santé mentale intervient souvent dans les disparitions inopinées.

— Après. À l'époque où nous nous sommes mariés, sa thérapie était terminée et elle ne prenait plus de médicaments, si bien que je n'ai été au courant qu'après la fausse couche, quand sa maladie a ressurgi.

— Après cet événement, a-t-elle cherché de l'aide ? Repris une thérapie ? Un traitement ?

— Nous aurions dû nous pencher sur la question mais nous ne l'avons pas fait. Elle me répétait qu'elle allait bien, et il me semblait que ce qu'elle traversait était normal. Qui peut attendre de tomber enceinte pendant plus de trois ans, puis perdre son bébé et rester en parfaite santé ? Je partais du principe qu'elle n'avait besoin que de prières et de soutien. Et j'ai cru avoir raison jusqu'à cette soirée.

— Ses symptômes, ce soir-là, ressemblaient-ils à son comportement après la fausse couche ?

Il opine.

— Pire. Bien pire. Les choses qu'elle m'a dites. Et la violence.

Il fronce encore les sourcils comme s'il faisait face à une énigme.

— Ça ne lui ressemblait pas du tout. Je n'aurais pas su l'expliquer.

— De la violence ? De sa part ?

Il ne me paraît pas du genre à tenir le rôle de la victime dans une altercation domestique.

Il abaisse le col de sa chemise et de longues éraflures ainsi que des plaies apparaissent en travers de son cou et descendent dans ses clavicules.

— J'ai dû puiser dans mes dernières ressources pour garder mon calme. Elle m'a même menacé avec un couteau. C'est l'agent de sécurité qui m'a aidé à la maîtriser et à l'obliger à lâcher son arme.

J'essaie de ne pas réfléchir à la manière dont deux hommes peuvent « obliger » une femme à quoi que ce soit.

— Qu'avez-vous fait, ensuite ?

— J'ai quitté la maison. Je suis retourné à Graceland en voiture et j'ai passé la nuit dans la maison que nous avons là-bas. Le lendemain, nous avons commencé notre programme spécial de sept jours. J'ai supposé qu'elle était partie pour sa retraite et n'avait pas appelé parce qu'elle était encore en colère ; et, pour être tout à fait honnête, je l'étais aussi.

— Ainsi, vous n'avez pas pris de ses nouvelles ?

Il prend un air plein de remords. Encore une fois, ses yeux brillent de larmes.

— J'aurais dû. Je le sais, maintenant. Mais j'étais en colère. Blessé.

— Vous n'en avez parlé à personne ?

Il secoue la tête en évitant mon regard et, d'un geste d'une inélégance surprenante, il essuie ses larmes sur la manche de sa chemise immaculée.

— Je ne pouvais pas. J'avais trop honte.

— Puis la police est arrivée.

J'espère glaner des informations qui ne soient pas celles que les anciens, comme lui à présent, délivrent sur les événements ayant mené à son arrestation.

— Et voilà où nous en sommes, dit-il en désignant la pièce d'un geste.

Rien de nouveau, donc. Je ne le connais pas assez pour déterminer s'il serait capable de tuer, mais j'ai interrogé suffisamment de meurtriers pour savoir que, si Sade Dawodu a connu un funeste sort, les chances que ce soit l'œuvre de son mari sont inférieures à ce qu'indiquent les statistiques. La sincérité de cet homme quant à ce qui s'est passé la veille du départ de sa femme, le fait qu'il reconnaisse avoir commis une erreur de jugement et ses remords sont le genre de témoignage que toute personne avisée reconnaîtrait comme des arguments qui ne plaideraient pas en sa faveur. Hormis si tout est vrai.

Je change encore d'approche.

— On m'a dit que vous refusiez d'être libéré sous caution.

Il revient s'asseoir devant moi, de nouveau avec le sourire.

— Piètre serait ma foi si je doutais que la vérité finira par me donner raison.

— Mais rester ici… Ça ne doit pas être facile.

Son sourire s'élargit et il agite l'index dans ma direction.

— L'apôtre Paul a écrit certaines de ses épîtres les plus inspirées en prison.

Je lui lance un regard appuyé.

— Les circonstances ne sont pas exactement les mêmes.

— Touché, docteur Taiwo, admet-il. Que puis-je dire ? Certains des gardiens sont membres de l'Église. De plus, pour 125 000 nairas par nuit, on m'a mis dans le quartier VIP. J'ai ma propre cellule et je peux commander des repas auprès de n'importe quel restaurant. Mais ne vous y trompez pas : ça reste une prison.

— C'est toujours mieux que d'être entassé avec les autres.

— Mais ça ne vaut pas le fait d'être lavé de tout soupçon, répond-il, et son sourire disparaît. Ce fardeau, aucun traitement de faveur ne le soulagera.

Nous observons tous les deux un moment de silence. L'absence de son épouse est en suspens dans l'air, lourde d'incertitude.

Il s'adosse à la chaise en plastique et me considère avec gravité.

— Vous pensez peut-être que je joue les martyrs. Mais pourquoi refuserais-je la caution tant que ma femme n'est pas revenue ?

Vu les circonstances, l'honnêteté me semble en effet la meilleure politique.

— Évêque, je ne vous connais pas assez pour savoir si vous jouez les martyrs. Si tel est le cas, le prix est élevé au regard de ce dont on vous accuse.

Il s'affaisse légèrement et le doute envahit son regard.

— Mais j'aurais tendance à penser que ce choix ne peut signifier qu'une seule chose.

— Quoi donc ? dit-il avec espoir.

La compassion me fait répondre plus sincèrement que je ne le devrais.

— Vous êtes convaincu que votre femme est en vie et sera bientôt de retour.

Prêt

Reste aux aguets. Toujours. Autour de lui les gens feront tout leur possible pour entretenir l'illusion de son pouvoir et de sa bénédiction. Laisse-les faire leur travail. Laisse les avocats délibérer, les policiers poser des questions, les médias spéculer. Que la congrégation entière murmure, grogne et chuchote. Rappelle-toi, nous voulons attirer des regards inquisiteurs. Défaire son masque de vertu. Nous voulons que tous les yeux soient braqués sur lui.

Attends-toi au pire. Je ne peux prédire de quelle manière lui et ses acolytes tenteront de contrecarrer tout ce que j'ai mis en place. Ne laisse rien au hasard. Détruis le dossier que je t'ai donné. Rien ne doit permettre de remonter jusqu'à toi. Ne t'avise pas de garder quoi que ce soit. Des gens prêts à agir au bon moment ont des copies en main. À ton signal ils interviendront.

Il m'a fallu beaucoup d'efforts pour obtenir le dossier médical, mais tu devais connaître le contexte, en particulier pendant les années d'université. Le médecin a montré que je n'étais ni « folle » ni « instable ». Il m'a aidée à surmonter le chagrin après la mort de papa et mon échec à la fac de médecine. Ce dossier est confidentiel. Qu'il le reste. Pas question qu'il s'en serve pour justifier ce que j'ai fait. Brûle-le quand tu auras fini de le lire.

Ne baisse pas la garde. Ne laisse pas la colère précipiter les choses. Fie-toi à moi quand je dis que j'avais prévu qu'il résiste. Même quand il semblera sur le point de gagner, ne désespère pas. Rappelle-toi : plus il sera convaincu de sa victoire, plus dure sera sa chute.

Par-dessus tout, garde ta force.

En lettres de sang

— Tu le crois ? me demande Chika dès que nous nous asseyons avec notre repas.

Nous avons choisi le coin le moins bruyant, loin des clips qui passent en boucle sur les écrans de télé et des clients qui crient leur commande.

— C'est ce que me dit mon instinct, j'avoue en me ruant sur mon assiette. Je ne sais pas encore trop comment déchiffrer cet homme. Quelque chose ne tient pas.

— Et malgré ça ton instinct te dit qu'il n'a pas tué sa femme ? Je ne comprends pas, objecte Chika avec dépit.

— C'est sa personnalité qui me laisse perplexe. Écoute, ce type est quand même le chef d'une Église qui compte des millions de membres sur la Terre. Forbes l'a classé parmi les 20 pasteurs les plus riches du monde. Je m'attendais à un peu plus d'arrogance, voire d'orgueil. Mais il est plutôt calme, raisonnable, accessible, et même assez humble pour admettre qu'il a mal manœuvré dans sa dispute avec sa femme.

— Ah, je vois. Puisque le suspect n'entre pas dans ton idée de ce que devrait être le pasteur d'une méga-église, ton instinct te dit qu'il est innocent ?

Si quelqu'un a le droit de me chercher des poux, c'est bien Chika Makuochi. J'agite un doigt en guise d'avertissement.

— Il a un alibi solide. Il était à l'église ce soir-là.

Chika s'empare d'un morceau de viande et fronce les sourcils. Il déteste les abats de bœuf.

— Il a pu la tuer avant d'aller à l'église pour se forger un alibi.

Cet argument est incontestable sans le dossier de l'enquête pour établir la chronologie. Pour la millième fois, j'espère qu'Abubakar se dépêchera de me l'obtenir.

— C'est envisageable, je concède à contrecœur.

J'abandonne ma fourchette pour attaquer le poisson frit avec les doigts. Délicieux.

— Au fait, je poursuis, tu ne t'attends pas à ce que je paie l'addition sous prétexte que Ghana High est le nouveau resto à la mode que tu as découvert ? J'ai pratiquement grandi ici.

Chika lève les yeux au ciel.

— J'avais compris, vu comment on t'a accueilli.

Chika a gagné trois fois d'affilée notre concours des meilleurs *bukas* à dénicher à Lagos. Mais pas cette fois. Il y a des mois, quand je suis venu ici avec mon père – son cabinet médical est juste au coin de la rue –, j'ai eu l'impression de rentrer chez moi. L'établissement est passé de cahute à restaurant, mais la nourriture n'a pas changé. On y sert toujours le meilleur riz *jollof* de ce côté de la ville.

Chika finit sa bouteille d'eau.

— De toute façon, c'est pour moi. Nous fêtons quelque chose, d'une certaine manière.

— Quoi ? je demande entre deux bouchées.

— Aujourd'hui, ça fait un an que nous nous sommes rencontrés à Port Harcourt.

Drôle de coïncidence que j'accepte ma deuxième affaire juste un an après la première.

— Il s'est passé beaucoup de choses, depuis, hein ?

— Adaora aura un an le mois prochain.

Je sais que je n'aurais jamais rencontré Chika sans cette trouble affaire, mais j'essaie de ne pas y associer la naissance de ma filleule. Les risques que Chika et moi avons courus à enquêter sur le lynchage des trois étudiants de Port Harcourt n'étaient rien comparés aux problèmes que nous avions avec nos familles à Lagos. La femme de Chika était pratiquement au terme de sa grossesse, et moi j'étais tourmenté par une mauvaise passe dans mon mariage ; je la devais en fait à ma paranoïa.

— Le temps file, hein ? Et rien n'a changé. Tu es toujours ma caisse de résonance.

Chika hausse un sourcil en faisant signe à une serveuse.

— C'est ce que je suis ? Une caisse de résonance ?

— Eh bien, tu pourrais devenir plus si tu utilisais tes contacts pour localiser le téléphone de la première dame. Tu peux ?

— Peut-être.

Chika brandit sa bouteille vide et désigne le réfrigérateur, derrière la serveuse.

— Qu'est-ce qui te fait penser que la police ne l'a pas déjà fait ?

— Je pars du principe que je n'obtiendrai pas le dossier à temps pour faire des déductions cruciales. Et puis il n'y aurait pas de mal à récolter des preuves qui corroboreraient celles qu'ils ont déjà.

— Et dire que tu me qualifiais de maniaque du contrôle ! répond-il en pouffant.

— Ce n'est pas du contrôle, je proteste. Je veux seulement avoir accès à des infos qui n'ont pas encore été mises à disposition.

— En quoi ce n'est pas du contrôle ? insiste-t-il tandis que la serveuse arrive avec deux bouteilles d'eau.

J'attends qu'elle soit repartie pour me pencher vers lui.

— Je sais qu'il est difficile d'obtenir des archives téléphoniques, mais si quelqu'un peut le faire c'est toi. S'il te plaît...

— C'est à la limite de l'illégalité.

— C'est pourquoi je me tourne vers toi.

— Merci, rétorque Chika, guère touché par ce douteux compliment. Dans tous les cas, il se peut que je connaisse quelqu'un, mais ça ne sera pas donné. Tu as son numéro ?

Je sors mon téléphone pour le demander à Kenny par texto, juste au moment où apparaît un message d'Abubakar.

L'IC vous fera visiter la SC.
Soyez-y à 15 heures.

L'inspecteur en charge va me faire visiter la scène du crime ? Sur l'écran de mon téléphone il est 14 h 17.

Je me lèche les doigts, heureux d'avoir presque fini.

— Ça te dirait d'être plus qu'une caisse de résonance doublée d'un pirate téléphonique ?

Un moment plus tard, le Pajero de Chika avance dans un quartier isolé de Victoria Island.

— Les affaires marchent bien pour les gens de Dieu, dit-il avec un sifflement.

Je ne peux pas le contredire. L'évêque Dawodu habite une rue où les vieilles fortunes se mêlent aisément aux nouvelles. De gros manoirs se cachent derrière des murs imposants et de hautes grilles. D'une entrée à l'autre il y a facilement plusieurs centaines de mètres.

— Vous êtes arrivé, indique le GPS.

— Je crois que c'est là, dis-je en désignant une Peugeot cabossée frappée de l'insigne de la police nigériane.

Chika se gare derrière elle.

— C'est chouette, remarque-t-il tandis que nous sortons.

— Ne dis pas ça. C'est peut-être un assassinat.

— J'ai une idée peu commune de ce qui est chouette, ricane-t-il.

Je lui adresse un regard sévère, qu'il ignore en souriant encore plus. Le sens de l'humour de Chika demande de s'y acclimater un peu, surtout si on oublie sa vie antérieure de mercenaire.

Nous franchissons le portail ouvert et un agent de sécurité à l'impressionnante musculature vient à notre rencontre. Au moment où nous allons nous présenter, une voix lance :

— Ils sont avec moi !

Le vigile se replie vers son poste et l'homme qui a parlé écrase sa cigarette sur les dalles de béton. Il est douloureusement maigre, ses dents sont tachées de nicotine et il a une épaisse tignasse parsemée de gris. Il n'a pas d'uniforme mais je distingue à travers un polo autrefois blanc le logo de la police sur le t-shirt qu'il porte.

— Ibrahim Dobra, se présente-t-il en nous rejoignant. Inspecteur, précise-t-il, en oscillant la tête de ravissement. Docteur Taiwo ? J'ai tellement entendu parler de vous !

— En bien, j'espère ! je réponds en lui tendant la main. Pardon d'être en retard. La circulation, vous savez.

Je désigne Chika.

— Et voici…

— Chika Makuochi ? me coupe l'inspecteur en écarquillant les yeux.

— Vous me connaissez ? demande Chika, incapable pour une fois de cacher sa surprise.

Dobra se tourne vers moi et débite à toute allure :

— J'ai lu l'étude de cas de votre travail sur les Trois d'Okriki. Brillant. C'est pour ça que je suis emballé à l'idée que vous travailliez sur cette affaire.

Chika et moi échangeons un regard rapide. Un fan ne peut pas faire de mal. De toute façon ce n'est pas comme si nous avions le choix, puisque Dobra nous guide d'ores et déjà au-delà d'un panonceau aux lettres défraîchies : SCÈNE DE CRIME. DÉFENSE D'ENTRER.

— Vous n'êtes pas l'inspecteur en chef ?

— Non, non, répond Dobra en franchissant d'un bond prudent les marches du perron. C'est l'inspecteur Bello. Nous faisons tous les deux partie de l'Unité spéciale d'enquête. Vous avez dû en entendre parler.

Il se tourne vers Chika avec un sourire.

— Dans la police ordinaire, il serait sous-commissaire adjoint et moi intendant. Donc c'est lui le boss, encore que je ne sois pas directement sous ses ordres.

— Je croyais que c'était lui que nous devions retrouver, j'interviens.

Si l'inspecteur remarque ma déception, ça n'entame pas son enthousiasme.

— Il ne pouvait pas venir, alors il m'a envoyé.

Mince. J'espérais vraiment rencontrer l'inspecteur chargé de l'affaire. J'avais plein de questions à poser à Bello. Mais pour l'instant mieux vaut profiter de l'enthousiasme de Dobra. Il serait idiot de gâcher cette occasion d'inspecter la scène du crime parce que je n'ai pas le guide de mon choix. Je me plaque un sourire plein d'allant sur le visage et suis Dobra dans l'entrée du manoir Dawodu. Derrière moi, Chika rit sous cape ; il a compris.

Nous sommes accueillis par une avalanche d'opulence. De hauts plafonds soutenus par des colonnes. Des cloisons en plâtre de Paris immaculé, rehaussées de motifs complexes qui ont dû nécessiter des mois de travail. Du marbre au sol, des meubles tendus de tissus damassés et des tables en teck bien lustré. Des photos grandeur nature et encadrées de l'évêque et de sa femme occupent les rares pans de mur qui ne disparaissent pas sous des draperies de velours. On se croirait dans le vestibule d'un hôtel de luxe.

L'air est chargé d'une odeur musquée. La maison n'a pas été aérée depuis qu'elle a été classée scène de crime. Il me faut un grand effort pour ne pas demander l'ouverture des immenses fenêtres. Malgré l'espace, je me sens à l'étroit.

Dobra nous remet des gants et des sacs en plastique pour les pieds.

— Désolé de ne pas être aussi sophistiqué qu'en Amérique, dit-il. J'ai suivi une formation de légiste de trois mois à Aberdeen et dans la mesure du possible j'essaie de mettre en pratique ce que j'ai appris.

Chika et l'inspecteur Dobra ont l'air ridicules avec leurs gants et leurs sacs plastique, et je ne doute pas que moi aussi.

— Nous sommes venus dès que nous avons obtenu le mandat de perquisition, il y a quatre jours. Nous avons tout mis sous scellés et laissé en l'état.

Il baisse la voix et regarde rapidement autour de lui.

— Hormis les inspecteurs, personne ne sait ce que nous avons trouvé. Mais tout est dans le dossier. Venez, s'il vous plaît.

Dobra nous fait traverser un salon qui doit faire quatre fois le mien.

— Ici, il n'y avait pas grand-chose. Nous avons récolté quelques cheveux synthétiques sans doute issus de la perruque de la victime, ainsi que des tas d'empreintes digitales du suspect et de sa femme. Et de leurs domestiques, aussi. Nous avons également quelques cheveux là, sur ce meuble.

Il s'arrête entre le salon et la salle à manger.

— Maintenant ça devient vraiment intéressant, nous annonce-t-il en nous faisant signe d'approcher. Regardez, là. Vous voyez la tache de sang ?

Je fixe un mur signalé par un morceau de carton découpé à la main et portant le chiffre 1.

— C'est notre premier indice prouvant qu'il y a eu crime, comme nous en a informés notre source.

— Vous avez analysé le sang ? je demande.

Dobra opine.

— On a eu les résultats rapidement parce que les laboratoires sont privés. On a obtenu une correspondance avec le groupe sanguin de Mme Dawodu en moins de 24 heures. Et il y en avait plus ici..., précise-t-il en désignant la tache sur le mur.

Vingt-quatre heures ? C'est inhabituellement rapide.

— Attendez, comment ça se fait que vous ayez eu des résultats si vite ? Vous connaissiez déjà le groupe sanguin de la victime ?

Dobra plisse les yeux puis incline la tête comme pour se remémorer un détail qui ne lui avait pas paru important jusque-là.

— Je crois que c'est par l'inspecteur en charge. Il a parlé de contacter le médecin de la victime. Ou sa clinique ? Je ne sais plus.

Chika me regarde en secouant la tête. *Ne va pas trop loin,* me dit son regard. Ce n'est ni le moment ni l'endroit pour remettre en question l'éthique d'un médecin qui divulgue à la police des données personnelles sans mandat. Je range l'information, assortie d'un drapeau rouge, dans un coin de mon cerveau et hoche la tête comme si ce que Dobra venait de dire était parfaitement normal.

— Par ici, reprend-il en montrant la salle à manger, vous verrez de nouvelles traces, mais pas autant qu'à d'autres endroits.

De petites gouttes de sang séché mouchettent le marbre crème de la table à manger ; ça me rappelle les cicatrices et les ecchymoses sur le cou de l'évêque.

— Avez-vous comparé le sang à celui du suspect ?

Dobra fronce les sourcils comme si ma question n'était pas pertinente.

— Je suis sûr que oui, mais lui est en vie, *ko* ? On s'est plus intéressés au sang qui correspond à celui de la victime.

La manière dont un crime est commis est tout aussi importante que le crime lui-même ; elle permet de savoir s'il y a eu préméditation ou légitime défense. La réponse de Dobra m'inquiète.

— Vous voyez ? poursuit-il en désignant le sol.

Les carreaux sont sillonnés par une longue traînée de sang.

— Je ne m'attendais pas à trouver autant d'éléments de preuve dès la première inspection, plastronne Dobra, et je devine que Chika s'agace de devoir maintenir notre statut de héros devant le jeune enquêteur.

D'un regard, je lui fais comprendre qu'on peut poser des questions malgré tout. Et j'ai besoin de me concentrer, or les commentaires incessants de l'inspecteur ne m'aident pas.

— De preuve de quoi ? demande Chika.

Dobra paraît surpris par cette remarque, puis un large sourire s'étale sur son visage.

— Ah, monsieur Makuochi. J'oubliais que vous n'êtes pas enquêteur comme le Dr Taiwo.

Chika tente de paraître navré par cette subite chute dans l'estime de Dobra, mais ce dernier ne remarque rien.

— Pour le dire simplement, il existe trois types de preuves…

Quelque chose me chiffonne concernant le sang séché sur le mur. Dans son schéma de répartition, surtout.

— … vous comprenez, à présent ? poursuit Dobra. Les preuves initiales indiquent qu'un crime a été commis, ou non.

En l'absence de mon Nikon 300, mon téléphone devra faire l'affaire. J'allume le flash.

— Et tous les éléments de preuve qu'un crime a été commis se trouvent-ils seulement sur la scène du crime ? demande Chika.

À son impatience, je devine qu'il ne s'intéresse plus au bavardage de Dobra et se contente de l'occuper pour me laisser faire mon travail.

Je prends des photos des éclaboussures sous différents angles. Sur certains clichés, j'éteins le flash. Ce sera utile pour établir des comparaisons plus tard.

— Pas du tout. Des preuves concordantes peuvent venir corroborer ces preuves initiales de n'importe où…

Je passe en revue les photos, puis les compare aux traces sur le mur. Je change de mode et passe en fonction panoramique. Une vue plus large du pan entier pourra receler bien des informations.

— Par exemple si l'arme du crime est découverte loin de la scène ? demande Chika avec le sérieux d'un premier de la classe.

— Oui, oui, vous avez compris.

Dobra semble ravi que ses enseignements soient si vite assimilés.

— Mais il faut que les empreintes du suspect sur la victime ou la scène du crime correspondent à celles qui figurent sur l'arme pour que les preuves concordent, d'où le terme « preuves concordantes » !

Je zoome sur les photos et un motif émerge. Me concentrer sur la tâche la plus importante pourrait détourner l'attention des mouchetures, à quelques centimètres. Ces points de sang évoquent plus une pulvérisation qu'une éclaboussure, laquelle aurait coulé. Il y a aussi une tache assez grosse, isolée, de sang sec. Pas étalée. Elle a simplement séché sur place, comme un glaçage sur un gâteau.

— Vous pigez ? Il y a aussi les preuves indiquant…, continue Dobra en dépassant un autre bout de carton marqué *2*, pour gagner une porte plus loin dans le couloir.

— Où est-ce qu'elle mène ? je le coupe en désignant la traînée de sang sur le carrelage.

— *Ehen*, c'est là que ça devient encore plus accablant pour le suspect.

Dobra enjambe le carton n° 3. Je passe en mode vidéo, j'appuie sur « Enregistrer » et emboîte le pas à Chika.

— Elle saignait et il a dû la traîner le long de ce couloir vers leur chambre, qui est juste là, dit Dobra en indiquant une porte.

Quelque chose cloche.

— Inspecteur, vous pensez que la victime était encore vivante quand on l'a traînée sur le sol ?

— Sans aucun doute. Dans la chambre, il y a des traces de sang indiquant une lutte. Venez, je vais vous montrer.

— Attendez, je vous prie. Si la victime était encore en vie et donc se débattait éventuellement pendant qu'on la traînait, disons par les cheveux ou par un membre, pourquoi la trace est-elle si régulière dans sa taille et sa densité ?

Je clique sur la galerie pour leur montrer les photos que j'ai prises, mais un texto de Kenny arrive.

Pourquoi ? Tu as du nouveau ?

Je ravale un juron agacé, m'excuse auprès de Dobra et réponds rapidement.

Envoie-moi le numéro si tu l'as, c'est tout.

Je me retourne vers mes camarades pour leur montrer l'écran. J'appuie sur « Lecture » et donne le téléphone à Chika pour qu'il le tienne.

— Vous voyez, dis-je. Si je devais tirer une personne qui se débat et qui saigne, elle bougerait dans tous les sens, et les traces présenteraient des irrégularités chaque fois qu'elle remuerait.

— Oui, je comprends ce que vous voulez dire, docteur Taiwo, mais les preuves sont irréfutables. Venez, venez voir.

Chika capte mes intentions et nous suivons le policier dans la chambre à coucher. Il y a tellement de cartons numérotés que je m'en veux de devoir lui annoncer que ces preuves ne font que corroborer l'hypothèse que je suis en train d'échafauder.

— Il y a du sang partout, dit Dobra en tendant le doigt. Voyez... Là... et là.

— L'arme ? je demande. Où l'avez-vous trouvée ?

— Sous le lit. Ici, précise-t-il en pointant encore le doigt.

— Laissez-moi deviner : quand vous avez cherché des empreintes, vous n'avez trouvé que celles de l'évêque et de sa femme.

— Non, répond Dobra avec un soupçon de triomphe. Il y avait aussi celles du garde.

— Celui qui se trouve dehors ? demande Chika.

— Par chance, oui.

— Je peux lui parler ?, je dis en me dirigeant vers la sortie.

Le garde arbore une mine ahurie quand il nous voit arriver. Notre entrevue au portail a été trop brève pour laisser la moindre impression. À présent, tandis qu'il se raidit à mesure que nous approchons de son poste, je l'étudie. La petite trentaine. Bien habillé, avec une coupe de cheveux rase qui évoque le coureur Carl Lewis. Son port trahit un corps musclé sous son uniforme. Épaules carrées, athlétique, armé. Il porte un pistolet rangé dans son étui au côté droit. Son talkie-walkie est si rutilant qu'il aurait pu être acheté hier.

Je le salue et lui demande son nom.

— Samson Adamu, répond-il avec raideur.

Je sais quand mon accent américain ne me sera d'aucune aide. Je me tourne vers Chika ; il comprend le message et se met à parler rapidement en pidgin, ce qui semble détendre Samson.

— *Oga,* le patron a crié mon nom, dit-il quand Chika l'interroge sur le soir de la disparition. *I come tink say arm robber don pass me enter the house. I come run inside. Wetin I see, ehn*[1]*?*

— *Wetin you see?* demande Dobra de manière plus autoritaire que ne l'aurait fait Chika.

— *Na madam o! She come hol Bishop for neck like this*[2].

Samson imite le geste en tirant sur son propre col pour indiquer la force de la prise de la première dame.

— *She come hol knife over im head. Na like say devil enter madam bodi*[3].

J'adresse une grimace à Chika quand il commence à traduire ; j'ai compris. La première dame tenait l'évêque par le cou et menaçait de le tuer. Bien plus dramatique que le récit de l'évêque, mais matériellement similaire.

— *I come dey beg madam make im give me the knife*[4]...

Le pidgin devient frénétique. Je reconnais mes limites.

Chika vole à mon secours.

— Il s'est joint à l'évêque pour supplier sa femme. Alors elle a lâché le couteau.

Chika se retourne vers Samson.

1. « J'ai cru qu'un voleur était entré dans la maison. Je suis arrivé en courant. Et qu'est-ce que j'ai vu ? »

2. « C'était madame ! Elle tenait Évêque par le cou comme ça. »

3. « Elle tenait un couteau au-dessus de sa tête. On aurait dit que le diable avait pris possession du corps de madame. »

4. « Je supplie madame de me donner le couteau. »

— *Wetin come happen?*

— *Bishop tank me well, welle. E come commot house. Me, I just siddon here dey pray make devil no come dis house again*[1].

— Madame n'est pas sortie ? je demande.

Samson secoue la tête.

— *And Bishop no come back*[2]*?* s'enquiert Dobra.

Il y a de l'inquiétude dans son ton.

— *No be for dat night, sha*[3], répond Samson avec certitude.

— Pourquoi tu ne nous l'as pas dit quand on t'a interrogé ? hurle Dobra, en nage.

Samson lève les paumes vers le ciel, perplexe.

— *You no aks me, o. You aks weda na me dey duty. I say yes*[4].

— Je t'ai demandé si tu avais vu quelque chose d'inhabituel ! crie Dobra.

— *Haba. Wetin dey unusual for husband and wife quarrel? You no get wife? Jus dis morning, my own woman chop small craze and*[5]...

S'il y avait une chaise dans les parages, Dobra se laisserait tomber dessus. L'officier volubile que nous avons rencontré plus tôt a disparu, remplacé par un homme abattu qui contemple l'ampleur de son erreur. L'excès de confiance est une faute de débutant très répandue en criminalistique. On a tendance à accorder trop de crédit à ce qui est observé, sans

1. « L'évêque me remercie. Il part de la maison. Moi je reste assis en priant pour que le diable ne revienne pas dans cette maison. »

2. « Et l'évêque n'est pas revenu ? »

3. « Il n'est pas revenu de la nuit. »

4. « Vous ne m'avez pas demandé. Vous m'avez demandé si j'étais de service et j'ai dit oui. »

5. « Ah ! Est-il inhabituel qu'un homme et sa femme se disputent ? Vous êtes marié ? Ce matin encore, ma femme est entrée en furie et... »

prendre en compte les histoires humaines qui ont engendré les preuves. Je déteste le travail bâclé, mais j'éprouve assez de sympathie pour Dobra pour avoir pitié de lui à mesure qu'il se racornit sous nos yeux.

Pour être honnête, c'est toute la police qui devrait assumer sa part de responsabilité, pas seulement l'inspecteur. Lancer une arrestation devant les médias, même pour un simple interrogatoire, sur la seule base de preuves initiales, est inhabituel. C'est un mauvais calcul. Des conclusions hâtives. Si on les faisait examiner par un avocat compétent, en dépit de tous ces cartons numérotés, aucune de ces preuves ne pourrait condamner l'évêque Dawodu pour le meurtre de sa femme. Ça peut prendre du temps, voire nécessiter le recours à des criminologues aguerris et par exemple expatriés pour avoir un avis coûteux d'expert. Mais la conclusion restera ce que Dobra soupçonne désormais : chaque tache, traînée et éclaboussure de sang de cette scène de crime est un artifice soigneusement mis en scène.

Coulisses

— Tu penses qu'elle a tout mis en scène ? demande Chika tandis que nous retournons à sa voiture.

Je contemple la circulation qui s'intensifie, mais mes pensées sont toujours chez l'évêque Dawodu, et je me repasse notre inspection. Quiconque a échafaudé ça voulait que les traces de sang racontent une histoire accablante.

— Tout a été fait pour donner l'impression d'une lutte violente, je songe à voix haute.

— Il y a bien eu lutte, dit Chika. Le type de la sécurité, Samson, y a assisté.

Je me tourne vers lui.

— Il atteste une dispute lors de laquelle Sade a menacé son mari avec un couteau. Sa version coïncide avec ce que m'a dit l'évêque.

Je lui résume le récit que Dawodu m'a fait de la dispute, en laissant de côté les détails personnels.

— Il a pu inventer toute l'histoire avec la complicité du vigile.

— Sauf que des témoins peuvent confirmer qu'il était à Graceland jusqu'au soir de son arrestation.

— Ils ont pu communiquer par téléphone, ou Samson a rendu visite à son patron à Graceland. Ils ont eu assez de temps pour accorder leurs violons.

— Pas faux. Alors admettons que l'évêque n'ait pas quitté les lieux à l'heure indiquée par Samson. Il a tué sa femme, et pour une raison ou une autre il a négligé de nettoyer sa maison de toute trace du crime. Cela laisse entendre qu'une chose aussi basique que nettoyer derrière soi est au-dessous de sa condition. Ensuite il a déplacé le corps de sa femme, par exemple avec l'aide du même garde, et il l'a abandonné quelque part ?

Je me souviens de la tenue impeccable de l'évêque, de son sens du détail, même en prison.

— Ça ne tient pas debout. Pas assez cohérent. Trop facile.

— Et si le corps est encore quelque part dans la maison, ou enterré pas loin ? spécule Chika pour tester mon hypothèse. Le jardin est assez grand, après tout.

Je suis à deux doigts de lui demander de retourner à la résidence de l'évêque. Mais le bon sens finit par l'emporter. Si l'inspecteur Dobra n'a pas l'expérience requise pour déchiffrer une scène de crime avec précision, il me semble assez méticuleux pour avoir fouillé la maison de fond en comble. Un cadavre vieux de sept jours, dans le climat humide de Lagos, se signalerait à l'odeur, à moins d'avoir été remisé dans un très grand congélateur impossible à dissimuler. Notre inspection de la vaste résidence, avant de quitter un Dobra déconcerté, n'a révélé aucune trace de terre fraîchement remuée dans les pelouses et massifs entretenus avec soin.

— Ces traces de sang ne sont pas aléatoires, je reprends avec plus d'assurance.

— Comment tu peux en être si sûr ?

Je lui parle de la science de la morphoanalyse des traces de sang, et de l'abondance d'informations qu'elle peut fournir sur une scène de crime. Les tueurs expérimentés sont très habiles pour maquiller leurs traces. En tant qu'ancien mercenaire, Chika le sait, mais rares sont les assassins à être toujours sur place lorsque la police ou les enquêteurs tentent de déterminer *comment* un crime a été commis. En cas de préméditation, le tueur contrôle tout, avant et après le crime – type d'arme, angle d'attaque, positionnement du corps et tant d'autres facteurs –, mais une chose lui échappe : la manière dont le sang va couler.

— Tout contact laisse une trace, dit Chika une fois que j'ai terminé. On nous a appris ça lors de la formation de sniper.

— Exactement. Et chaque trace raconte une histoire.

— Donc le sang dans la maison…

— … n'a pas giclé de manière imprévisible, ce qui trahit une histoire bien différente de celle que les traces sont censées raconter. C'est sûr, des efforts ont été fournis pour que tout semble aléatoire, mais dans la mesure où il est ardu d'anticiper la trajectoire d'un liquide la spécificité des traces reste un indice évident. Ces traces de sang sur la scène sont fallacieuses, et on peut remettre en question le contact.

— Mais pourquoi Sade voudrait faire accuser son mari de sa mort supposée ?

— Je n'ai pas dit que sa femme l'avait piégé. Je dis simplement qu'elle serait ma suspecte n° 1.

— Ce n'est pas pareil ?

— À moins de ne pas avoir l'intention de réapparaître, qu'est-ce qu'elle y gagnerait ?

— Peut-être qu'elle veut le punir pour quelque chose ? Voire lui faire peur, et vu sa popularité l'embarrasser ? Ou le faire chanter ? Peut-être qu'elle voulait le quitter et qu'il refusait ?

D'après le profil psychologique que m'a donné l'évêque de sa femme, toutes ces questions sont pertinentes.

— Maintenant qu'elle a réussi, elle ne devrait pas être rentrée ? je pense tout haut.

— Tu marques un point, me dit Chika en garant sa voiture en face de la mienne. Dans tous les cas, on dirait que ton évêque est innocent. Tu as fait ton job.

— Tu as avancé drôlement vite, trésor, me dit Folake depuis le lit pendant que je me déshabille en lui résumant ma journée.

J'omets cependant les éléments que mon contrat de confidentialité m'empêche de divulguer.

— Pas tant que ça. Il n'a pas été nécessaire de faire beaucoup de déductions. Les faits étaient là.

Je me laisse tomber à côté d'elle, encore éprouvé par les événements du jour, et trop fatigué pour prendre une douche tout de suite. Folake a tendance à poser des questions que seul un avocat poserait, ce qui s'avère utile lorsque je dois rédiger un rapport pour étayer une affaire qui va être jugée ou au contraire pour convaincre un procureur d'en abandonner une.

Folake met de côté son numéro de la *Harvard Law Review* et ôte ses lunettes de lecture.

— Je pense simplement que tu devrais te méfier des conclusions hâtives. C'est à l'accusation de déterminer si le poids des preuves contre l'évêque mérite un procès. Elle ne fera rien à moins d'être relativement sûre d'obtenir un verdict de culpabilité. D'après ce que tu dis, un acquittement est très possible, ce qui ne serait pas bon pour l'image de la police ou de l'État.

— Il n'empêche que d'après la scène de crime quelqu'un a essayé de le piéger.

— Tu as confirmé ce que les anciens soupçonnaient. Or tu as été engagé pour découvrir *pourquoi* l'évêque a pu être piégé, et tu ne l'as pas encore fait.

On peut toujours compter sur Folake pour aller droit au but.

— Comment y parvenir si sa femme ne réapparaît pas ?

— Comment comptais-tu faire quand tu pensais qu'elle était morte ?

Sa question me hante encore une fois qu'elle s'est endormie, alors que je m'apprête enfin à me doucher. Elle n'a pas tort. Je déteste l'admettre, mais au fond de moi je reconnais que mon empressement à boucler cette mission est étroitement lié au dédain qu'elle m'inspire.

Les religions organisées et moi avons une relation tumultueuse. Quand j'étais enfant, avec mes frères et sœurs mes parents nous ont obligés à fréquenter l'église anglicane de Saint Stephen. Les rituels, se lever, s'asseoir, répéter des cantiques et écouter de longs sermons entrecoupés de sessions interminables d'actions de grâce et d'offrandes nous ennuyaient à mourir. C'est seulement lorsque mon jumeau Taiye et moi sommes devenus adolescents et avons découvert que l'église était aussi un endroit idéal pour rencontrer des filles que nous avons commencé à apprécier d'y aller.

Lorsque nous sommes partis étudier tous les deux aux États-Unis, nous nous sommes retrouvés perdus dans une cité étrangère. Nos oncles et nos tantes étant éparpillés dans tout le pays, nous avons cherché un nouveau foyer dans un lieu de culte. C'était également un refuge contre une ségrégation que nous ne pensions pas exister à Los Angeles, vu les prétentions de la ville à la diversité. Nous voulions nous trouver un endroit à nous, hors du campus, tout en évitant les gangs, les dealers et tout ce contre quoi notre mère nous avait mis en garde avant notre embarquement dans l'avion qui allait nous emmener en Amérique.

C'est moi qui avais découvert la Première Assemblée baptiste. Ou, plutôt, qui avais découvert le révérend docteur August Freeman. M'ennuyant un dimanche matin, j'avais allumé la télé de notre studio et il était apparu, élégant et érudit. Il parlait avec vigueur mais sereinement, sans le feu et l'ardeur de beaucoup de pasteurs pentecôtistes. Même quand il demandait des offrandes, c'était avec une classe infinie. « Donnez si vous avez, mais donnez après avoir aidé votre prochain à se sortir d'une mauvaise passe. Ne donnez pas avec le sacrifice au cœur. Donnez dans la joie de savoir que vous avez fait le nécessaire sur Terre et pour votre frère. » Je l'avais instantanément apprécié.

Découvrir que l'église était située à South Central – à un arrêt de bus du campus de l'USC – était un signe. J'avais persuadé Taiye de m'accompagner au service du dimanche, et nous n'avions pas été déçus. La Première Assemblée baptiste nous donnait l'impression d'être rentrés chez nous. Des Noirs sur leur trente-et-un, un chœur tout aussi moderne que fervent, et un pasteur dont les sermons donnaient de l'énergie pour toute la semaine.

Nous nous sommes rapidement portés volontaires pour faire du bénévolat – moi en tant qu'assistant personnel du révérend Freeman, et Taiye au sein du ministère de la prière de sa femme, la révérende Tasha Freeman – et là nous avons commencé à découvrir l'envers du « business divin ». Un *soap opera* à grande échelle. Imaginez n'importe quel vice : on le trouvait au sein de la Première Assemblée baptiste. Le frère du révérend détournait des fonds, la femme du révérend – qui dirigeait le chœur – était une alcoolique fonctionnelle, sans oublier les actes de prédation sexuelle auxquels se livraient les diacres des deux sexes, et même pire. Tout ce qui se passait « en coulisses » était diamétralement opposé à ce qui se prêchait au pupitre. Mais peu importait. Mon admiration pour le révérend Freeman pesait plus lourd que toutes les combines des membres de l'église, que le Christ nous enjoignait d'aimer malgré tout puisque, au final, l'amour couvre une multitude de péchés.

Aujourd'hui encore, Taiye remercie la Première Assemblée baptiste de nous avoir empêchés de devenir des « grenouilles de bénitier ». Je remercie quant à moi le révérend Freeman de m'avoir fait repenser ma foi, ainsi que ma facilité à céder jadis au charme des hommes de foi. Me remémorer tout cela me rappelle à la douche qui m'attend. Je me relève. Folake marmonne quelque chose dans son sommeil. Je m'interromps dans mon élan pour ne pas la réveiller. Lorsque sa respiration redevient régulière, je me rends à la salle de bains.

Le service du dimanche qui a tout fait basculer repasse dans ma tête lorsque l'eau me frappe le visage. Les prières et les dévotions avaient duré plus longtemps que de coutume. L'atmosphère était chargée. Le Saint-Esprit était à l'œuvre, si bien que personne n'avait remarqué que le révérend Freeman n'était pas à son pupitre au moment où il aurait dû arriver.

Mon travail consistait à m'assurer qu'il respecte l'emploi du temps, aussi me suis-je empressé de courir jusqu'au bureau de l'église. Pourquoi n'ai-je pas frappé à la porte ? Pourquoi n'ai-je pas fait de bruit pour annoncer mon arrivée dans son bureau ? J'ai fait irruption avec un zèle de fan.

— Monsieur, on a neuf minutes de ret…

La scène que j'ai découverte m'a coupé la voix ; le révérend était penché sur plusieurs rails de cocaïne. Il a levé les yeux vers moi, le bout du nez couvert de poudre blanche. Son regard était vitreux.

— Viens, petit, a-t-il lancé, ses lèvres dessinant un sourire maniaque. Viens donc communier avec moi.

J'ai fait un pas en arrière, j'ai refermé la porte et je me suis enfui.

— J'étais au courant, m'a avoué Taiye quand je lui ai raconté ce que j'avais vu. Tout le monde le sait.

— Et tu ne m'as rien dit ?

J'étais outré. Doublement trahi.

— Je ne veux pas arrêter de venir ici, m'a dit Taiye avant de me révéler sa liaison avec la révérende Tasha Freeman.

J'étais totalement abattu.

Après ça, je ne suis jamais retourné à la Première Assemblée baptiste, mais Taiye a continué de la fréquenter pendant deux semestres et n'a cessé qu'une fois que le révérend Freeman a été arrêté pour plusieurs affaires de viols sur mineur. C'était trop. Même son amour pour Tasha Freeman n'a pu survivre au dégoût que tout le monde a ressenti.

Je n'ai pas remis les pieds dans une église – pentecôtiste ou autre – pendant plusieurs années après cette expérience. Quand je me suis marié et que Folake était enceinte des jumeaux, nous avons discuté de l'importance de transmettre le cadre, les valeurs et les normes avec lesquels nous avions grandi au Nigeria. Faute d'un mode d'emploi pour élever des enfants aux États-Unis, nous sommes revenus à nos racines anglicanes – et pas seulement parce que nos mères respectives nous avaient convaincus que nos enfants seraient bons pour l'enfer s'ils n'étaient pas baptisés. Nous avons choisi l'Église la plus traditionnelle, la plus conservatrice et la plus orthodoxe que nous avons trouvée, révérend blanc inclus, ainsi qu'une congrégation qui nous considérait comme exotiques parce que nous n'étions pas des Afro-Américains mais d'authentiques « étrangers » venus d'Afrique.

Durant les abrutissants offices dominicaux de cette église anglicane, je ne ressentais rien. Je pouvais dire que c'était « rien » parce que avant d'approcher de trop près les bas-fonds de la Première Assemblée baptiste, quand j'étais encore un membre ordinaire de la paroisse, j'avais ressenti quelque chose de particulier. Comme si j'étais lié à une force plus importante que moi. Je regrette d'avoir perdu ce sentiment, si bien qu'à présent je me situe quelque part entre le chrétien en perte de foi et l'agnostique ; pas par choix, mais en raison d'un profond instinct de conservation. L'expérience m'a appris que, quand on pratique sa foi en compagnie d'autrui, on s'expose à être blessé ou déçu. Non pas par Dieu, mais par les gens.

Alors, oui, j'ai envie que cette affaire soit conclue le plus vite possible. Elle fait ressurgir les souvenirs d'une époque que je veux laisser dans l'oubli. Elle me renvoie à ce que j'ai perdu et à quoi je continue pourtant d'aspirer. Elle me pousse encore plus loin dans mes retranchements, ce qui, je le crains, risque de détruire le peu qui m'unit encore à l'idée de Dieu. Plus je m'enfonce dans l'enquête sur la disparition de la première dame, plus le peu de foi qu'il me reste s'effiloche. Pour être honnête, je préfère ne pas savoir à quel point la dépravation peut amener un « homme de Dieu » à se faire piéger pour le meurtre de sa femme. Je ne veux pas connaître l'étendue de la haine que ce couple a suscitée pour qu'on ait envie de provoquer le genre de scandale qu'a généré l'arrestation de l'évêque.

Mais, si Folake a raison – et elle a presque toujours raison –, me ruer sur des conclusions hâtives est une façon de fuir mes responsabilités afin d'en finir au plus vite. Je sors de la douche et me sèche.

— Dieu n'est pas homme, je murmure à mon reflet.

C'est ce que maman disait chaque fois que Taiye et moi exprimions notre déception envers les religions organisées.

L'homme n'est pas Dieu, me renvoie la voix dans ma tête, et je me détourne du miroir. Je suis trop fatigué pour démêler le sens de ces paroles et d'où vient cette pensée.

Je me glisse sous les couvertures et j'enlace la taille de Folake. Le calme de sa respiration détend mon corps, mais pas mon esprit.

L'homme n'est pas Dieu. Est-ce un avertissement ? Dois-je me montrer moins critique ? Rester ouvert d'esprit si je veux vraiment découvrir le fin mot de ce qu'il est arrivé à Sade Dawodu ?

Le sommeil arrive à point nommé pour interrompre ma crainte de me retrouver empêtré dans les coulisses du business divin.

Les yeux de l'homme

Le pasteur George, n° 2 de l'Église de la Grâce, arrive à l'heure prévue, les épaules bien droites, comme prêt à en découdre. Je me lève pour l'accueillir, mais mon sourire ne parvient pas à dissiper son mécontentement ostentatoire.

— J'ai rassemblé les anciens afin que vous puissiez vous entretenir avec chacun à raison d'une heure environ, dit-il après m'avoir serré la main et salué d'un « Dieu vous bénisse » purement formel.

— Je ne pense pas avoir besoin d'autant de temps.

Le pasteur déboutonne son blazer et s'assied face à moi.

— Ils sont prêts, de toute façon. L'assistant personnel d'Évêque coordonne tout.

Un bref silence s'installe alors que je me demande comment procéder avec cet homme difficile à cerner. Je parcours la liste qu'il m'a adressée par e-mail.

— Avant de commencer, il y a là un nom avec un numéro de téléphone aux États-Unis ; une certaine LaTanya...

— Mlle Jacobson, complète-t-il d'un ton sec. C'est la directrice commerciale d'Évêque aux États-Unis.

— Directrice commerciale ? je m'étonne en relevant la tête.

— Ne prenez pas cet air surpris, docteur Taiwo, rétorque-t-il avec une expression narquoise. Évêque est un homme important, et Mlle Jacobson gère ses affaires en Amérique. Elle effectue ses réservations et se charge de la majeure partie de ses voyages internationaux.

Je ne devrais pas être surpris, en effet, mais je le suis.

— C'est une sorte d'agente ?

— On pourrait dire ça comme ça, acquiesce-t-il en haussant les épaules. Puisqu'elle n'est pas ici, j'ai indiqué son numéro américain. Vous pouvez l'appeler. Nous avons une installation pour les visioconférences.

Pourquoi la mettre sur la liste si elle n'est pas là ? J'ai envie de poser la question, mais je garde cet angle d'attaque pour plus tard. Il est vrai que j'avais demandé les coordonnées de tous les associés haut placés de l'évêque. Plutôt que d'envisager pour quelles raisons un homme de Dieu pourrait avoir besoin d'un agent, ou même d'une directrice commerciale, je me jette à l'eau.

— Parlez-moi de votre relation avec l'évêque.

— C'est mon patron au sens le plus strict du terme, mais c'est aussi mon père spirituel.

Son expression demeure impassible ; il s'adosse à sa chaise et croise les jambes.

— J'entends bien la hiérarchie. Mais que pensez-vous vraiment de lui ?

— Est-ce que cela importe ? répond-il en se braquant. Il a été choisi par Dieu pour diriger cette Église.

— Vous m'avez engagé pour…

— Exactement. Je vous ai engagé. Pourquoi l'aurais-je fait si je faisais partie des suspects ?

— Personne n'a dit que…

— Vos questions le sous-entendent. Ce que je pense de l'évêque n'a aucune importance.

L'article qu'il a mis devant « évêque » attire cette fois mon attention. Je croyais que c'était l'apanage des personnes extérieures à l'Église.

— Je dois m'attendre à la même chose de la part des autres anciens ?

Son agacement se transforme en confusion.

— Que voulez-vous dire ?

— Le côté passif agressif ?

— *Ooph*, c'est absurde, fait-il en battant l'air de la main. Je vous demanderai de vous concentrer sur le problème plutôt que de poser des questions hors sujet.

Il est arrogant, moralisateur et délibérément obtus. Je ne l'aime pas.

— Merci pour ce rappel, pasteur, je rétorque sans dissimuler mon irritation. Mais, en tant qu'expert, je suis le seul à même de juger de la pertinence des questions. Donc je répète, que pensez-vous de l'évêque ?

Le silence qui suit est tendu. J'affiche une expression qui, je l'espère, montre que je suis prêt à tout laisser tomber. Sur-le-champ. Le pasteur George détourne les yeux. Il choisit soigneusement ses mots et je me demande pourquoi.

— Écoutez, reprend-il en laissant échapper un profond soupir. Je sais que certains anciens diront que notre relation était orageuse ces derniers temps. Mais nos différends n'ont jamais été d'ordre personnel. J'ai le plus grand respect pour l'évêque.

*L'*évêque, encore. Intéressant.

— Des différends. Pouvez-vous développer ?

Il incline la tête comme s'il réfléchissait à la portée de ma question. Je ne suis pas convaincu.

— Je suis pasteur ici depuis treize ans. Depuis que la première église s'est implantée à Lagos. J'ai gravi les échelons pour devenir son bras droit, et durant toutes ces années je n'ai jamais remis en question ses décisions. J'ai étudié la parole de Dieu non pas avec mon cœur mais à travers ses yeux.

— Jusqu'à maintenant ?

Il sourit.

— Plus je m'élevais, plus mon chemin m'apparaissait clairement. Il m'est devenu évident que je devais avoir ma propre voix et prêter l'oreille à Dieu plutôt qu'à l'évêque.

— Il y a une différence ?

Son regard, vulnérable un instant, me pousse à reconsidérer ma première impression. Peut-être n'est-il pas si arrogant. Peut-être doute-t-il et essaie-t-il de le cacher mieux que la plupart des gens. *L'homme n'est pas Dieu.* Il se pourrait que, dans le business divin, le pasteur George soit l'un des rares à accepter ce truisme.

— Malheureusement, oui, dit-il. J'ai commencé à m'interroger sur la position de l'Église à propos de certains sujets. Notre implication dans la politique, par exemple. Sommes-nous dans la lignée des Églises mandatées par le Christ, ou une organisation centrée sur les exégèses d'un seul homme ?

— Cet homme étant l'évêque ?

— Oui. J'ai fait l'erreur de remettre en question certaines de ses interprétations. Lors de réunions du conseil et, quand l'instinct m'y poussait, au pupitre. Ce n'est pas bien passé du tout.

Il s'interrompt comme pour choisir le mot juste.

— L'évêque peut se montrer très colérique. J'ai été rappelé à l'ordre publiquement un certain nombre de fois.

— Il y a donc un conflit d'autorité entre vous ?

Son rire sec me prend au dépourvu.

— Nous ne sommes pas au Parlement, docteur Taiwo. Nous sommes une Église et Évêque Dawodu en est le chef. Si je ne me soumets pas à son autorité, j'ai le choix de rejoindre une autre Église ou de créer la mienne. Mais pour ce qui est d'un… quel mot avez-vous utilisé, déjà ? Un « conflit d'autorité »… ce serait un péché, et je ne suis pas prêt à tenter Dieu.

— Et son épouse ? je demande après avoir griffonné quelques mots dans mon carnet.

— Elle ne m'aime pas.

— Pardon ?

Sa franchise soudaine détonne. Il adopte l'air de qui vient de jouer un bon tour et, pour la première fois, je me dis qu'il n'est peut-être pas dénué d'humour.

— Vous ne vous y attendiez pas, hein ? En fait, elle fait partie des personnes qui ont appuyé ma réprimande publique.

— Pourquoi ?

Il hausse les épaules. Son sourire s'est envolé, remplacé par son air renfrogné.

— Quand vous la trouverez, vous pourrez le lui demander de ma part.

Cette pointe de sarcasme est censée me déstabiliser et couper court à cette série de questions. Je laisse courir. Pour l'instant.

— Parlez-moi d'elle.

— Elle est très astucieuse. Certains la croient impulsive, mais moi je la trouve surtout entière. Authentique, même. J'admire ce trait de sa personnalité. Elle donne son avis sans se soucier de plaire. Mais ça peut s'avérer très dangereux au sein d'une Église.

— Dangereux ?

Il lève la main comme pour couper court à toute interprétation erronée de ses paroles.

— Pas au sens physique du terme. Du côté des pressions politiques. Au niveau de la direction de l'Église. Je pense que tout cela l'exaspère, c'est pour ça qu'elle disparaît parfois pendant des semaines. Mais elle n'était pas comme ça avant. Avant, c'était un vrai petit soleil. Toujours un mot gentil pour chacun, toujours souriante. Respectueuse. Elle se portait volontaire dans presque chaque service : le chœur, le catéchisme, la messe. Tout ce que vous pouvez imaginer, sœur Sade y participait. Puis elle a épousé Évêque, et au fil des ans elle est devenue… eh bien, moins accessible.

Il a de nouveau abandonné l'article devant « évêque ». Il est à l'aise. Je pose les questions auxquelles il s'attendait.

— Ça n'aurait pas à voir avec le fait qu'elle n'ait pas d'enfants ?

— Cela inquiéterait n'importe quelle femme de son âge, c'est certain, mais je ne suis pas son époux. Je dis seulement que je comprends qu'elle ait besoin de faire des pauses. De temps à autre, par rapport à tout ça, ajoute-t-il en embrassant la salle d'un geste comme si elle contenait toute l'Église de la Grâce.

— Pas vous ?

— Moi non. Ma vocation, c'est 24 heures sur 24, 7 jours sur 7. Si elle est mariée à Évêque, cela ne signifie pas pour autant qu'elle ait elle aussi la vocation.

— Vous la pensez égoïste ? Irresponsable, peut-être ?

Je répète les conclusions du pasteur Nwoko pour juger de sa réaction.

— Non, docteur Taiwo. Je pense qu'elle est humaine.

Quelqu'un frappe légèrement, et nous nous tournons tous deux vers la porte.

— C'est votre prochain rendez-vous, dit le pasteur George. En avons-nous fini ?

Nous n'avons pas épuisé l'heure qu'il prétendait m'avoir allouée pour chaque entretien. Je le soupçonne de s'être arrangé pour passer le moins de temps possible avec moi. Pas si vite.

— L'évêque m'a dit qu'ils s'étaient disputés avant qu'il ne revienne à l'église ce soir-là.

Il se lève et me toise comme s'il estimait la question indigne de l'idée qu'il se faisait de moi.

— Ils sont mariés. Et après ?

Je cherche sur son visage l'indice qui trahirait sa connaissance de la scène sanglante que j'ai observée chez Dawodu. Rien.

— Je me demande à qui il a pu en parler parmi les anciens.

— Pourquoi ?

— Apparemment, tout le monde est convaincu que la première dame est partie pour l'une de ses retraites personnelles, mais quelqu'un se sert de son absence pour piéger son mari. Une ou plusieurs personnes qui étaient au courant de leur dispute et de son voyage.

— Ce n'est pas moi.

Ce déni sort de nulle part. Nous nous affrontons du regard. Je tente le coup.

— J'étais chez l'évêque hier. Vous savez, sur la scène du crime.

— Et ? demande-t-il avec intérêt. C'est une bonne chose, non ? La police nous en a refusé l'accès.

— J'ai eu de la chance, oui, dis-je en haussant les épaules. J'ai passé quelques coups de fil.

— Et ?

Je décide de mentir.

— Tout ce que je peux dire, c'est que ça ne s'annonce pas bien pour l'évêque. De nombreux détails poussent la police à croire qu'il est arrivé malheur à son épouse et qu'il est le suspect n° 1.

Les épaules du pasteur s'affaissent brièvement, puis il les redresse comme pour se redonner de la force. Ou se convaincre qu'il en a.

— C'est un coup monté, je vous le garantis. Il était ici. J'étais avec lui.

— Et les autres anciens aussi ?

Il fronce les sourcils, puis hoche la tête.

— Je ne peux pas en être absolument sûr, mais a priori je dirais qu'on peut affirmer que, oui, tous les anciens que vous avez rencontrés lors de votre première venue étaient là aussi.

J'apprécie le fait qu'il ne certifie rien. Fournir des alibis à onze anciens, sans compter Mme Bucknor, serait un peu extrême, et il est assez intelligent pour s'en rendre compte.

— Est-ce que l'évêque vous a dit pourquoi il était revenu à la congrégation ce soir-là ? Étiez-vous au courant de la dispute ? Que la première dame était partie en voyage ?

Un autre coup, un peu plus fort, se fait entendre. Cela ne parvient ni à détacher nos regards ni à dissiper la tension.

— Bientôt, dit le pasteur avec une grimace qui cède la place à un rictus cynique, cette porte va s'ouvrir et vous poserez la même question aux autres anciens. Certains vous diront peut-être que les frictions entre Évêque et moi constitueraient un bon motif pour l'embarrasser de la sorte. Je vous assure cependant que ce serait loin de la vérité.

— Mais vous concédez avoir un motif ?

— Si je convoitais une place plus élevée que celle que Dieu m'a assignée au sein de ce ministère, peut-être. Mais ce n'est pas le cas.

— Est-ce qu'ils savent que vous n'avez pas de vues sur le trône ?

Cette fois, son sourire est à la fois triste et las.

— Ils me voient avec les yeux de l'homme, docteur Taiwo.

Il marque un temps d'arrêt.

— Ils ne me connaissent pas du tout.

Une interruption notable

Cinq anciens (tous des hommes), une pause toilettes, et trois heures plus tard je suis prêt à jeter l'éponge, rongé par l'ennui. À tour de rôle, les anciens sont entrés, me donnant leur idée de ce qui avait pu pousser la police à arrêter l'évêque : trois d'entre eux ont invoqué les maléfices du diable, les deux autres pensaient que c'était un malentendu, fruit des décisions inconsidérées de la première dame. Tous insistaient sur le fait que l'évêque était à l'église au moment où la police prétend qu'on a tué sa femme, et qu'ils étaient avec lui.

J'en suis venu à identifier d'emblée les gens dont l'interrogatoire serait inutile : avides de parler, fournissant moult anecdotes, ils ramenaient constamment la conversation à leur propre interprétation de ce qui avait pu se passer, et à la direction que l'enquête devrait prendre selon eux. Ignorer leurs paroles ne m'a pas posé de problème ; je pourrai me les repasser plus tard si quelque chose jure ou ne colle pas. J'ai donc pu me contenter de les étudier : langage corporel, cadence de la voix, et tout ce qui n'était pas dit.

De tous les anciens que j'ai interrogés ces trois dernières heures, aucun ne méritait la totalité des 60 minutes allouées à chaque entretien. Ils n'ont ni originalité ni imagination, ils restent étroits d'esprit et totalement, inconditionnellement dévoués à l'évêque Jeremiah Dawodu. Ils semblaient tous différents, ils n'appartenaient pas aux mêmes ethnies, mais au fond ils pensaient tous la même chose.

Je consulte ma montre tandis que j'écoute le pasteur Coker, l'ancien qui se tient face à moi.

— Évêque est le vrai berger que Dieu a appelé pour cette génération. Un homme d'une onction hors du commun. Un grand meneur dont…

Je lui demande ce qu'il pense de la première dame, et il me ressort le même topo.

— Quelle femme de Dieu ! Vertueuse et bonne épouse !

Et leur mariage ?

— Parfait ! Ordonné par Dieu ! Quel dommage qu'il ne porte pas de fruits, mais les voies du Seigneur sont impénétrables. Regardez Sarah, dans la Bible.

Mon estomac gargouille si bruyamment qu'il ne peut pas ne pas l'entendre. Pourtant il ne trahit rien. Il continue de pérorer et je n'ai aucun scrupule à l'interrompre pour lui assurer que son témoignage me sera exceptionnellement utile. Il semble ravi du compliment et me donne même son numéro si jamais j'ai d'autres questions.

— Cette tâche que vous avez n'est pas facile, *o*. Prions pour vous donner la force.

J'attends qu'il se lève pour préparer l'entretien suivant, avant de comprendre qu'en fait il me propose de prier sur-le-champ. Je consulte ma montre de façon ostentatoire cette fois, mais il ne bouge pas.

Je prends une profonde inspiration et j'obtempère. Ça ne peut pas faire de mal. Neuf interminables minutes et quelques secondes plus tard, après avoir supplié le Saint-Esprit de m'aider dans mon enquête pour innocenter l'évêque, le pasteur Coker finit miséricordieusement par partir.

Encore deux anciens. Je ne suis pas sûr de tenir le coup. J'ai cinq minutes avant le rendez-vous suivant, le pasteur Nwoko. Je bois un peu d'eau minérale de la marque de l'Église pour me remplir l'estomac et prends des notes dans mon carnet. Des impressions sur l'instant qu'un enregistreur ne peut pas capturer. Des questions pour des recherches ultérieures. Des clarifications sur la hiérarchie de l'Église et sa politique, que Kenny pourra m'aider à obtenir plus tard.

J'envoie un texto à Chika.

Quelque chose sur les appels de S. Dawodu ?

Je n'aurais pas remarqué que la porte s'ouvrait s'il n'y avait eu la respiration haletante qui l'accompagne. Un homme d'une trentaine d'années se tient dans l'entrebâillement, le teint frais, mais mal à l'aise. Il jette un bref coup d'œil derrière lui et semble rassuré de ne voir personne. Puis il balaie du regard la salle comme pour vérifier que je suis seul. Enfin, il referme la porte avec autant de précautions qu'il l'a ouverte.

— Vous êtes l'enquêteur ? me demande-t-il.

— Je suis Philip Taiwo.

— C'est vous que je dois voir.

— Et vous êtes ?

Je parcours ma liste. Ce n'est pas un ancien.

L'homme se rapproche, ses yeux filent rapidement vers la porte comme si quelqu'un risquait de faire irruption dans la pièce.

— Je suis Victor Ewang, dit-il précipitamment.

On dirait que je suis censé connaître son nom.

Je me lève et lui tends la main, qu'il saisit et relâche si vite qu'on pourrait croire que mon contact le brûle. Je résiste à l'envie de m'essuyer sur mon pantalon tant ses paumes sont moites.

— Ravi de vous rencontrer, monsieur, dit-il.

Je parcours mes notes en fronçant les sourcils ; mon rendez-vous avec lui n'est pas prévu pour aujourd'hui.

— Le temps presse, et on m'a dit que je ne pourrais vous voir que demain, explique-t-il.

— Oui. Hélas, si je veux éviter les bouchons, je dois partir avant 16 heures.

— Je comprends, répond-il en se tournant encore vers la porte avant de revenir à moi. Mais ça ne peut pas attendre. Des gens puissants ont de bonnes raisons de faire disparaître Première Dame.

— Qui donc ?

Mes antennes se dressent. Trois minutes avant mon prochain entretien. Je le déplacerai.

Ewang poursuit.

— Elle a découvert des choses. Je le sais parce que c'est moi qui l'ai mise au courant. Mais je jure que je n'imaginais pas jusqu'où ils…

— Donnez-moi un instant pour que je décale mon rendez-vous avec…

— Non ! s'écrie-t-il avant de baisser aussitôt la voix. Pas ici. Nous nous retrouverons demain comme prévu et donnerons l'impression de nous entretenir. Mais ce que j'ai à vous dire doit être dit hors d'ici.

— Donnez-moi votre numéro, nous pouvons arranger un…

— Voici ma carte. Appelez-moi et je viendrai vous voir.

Il s'esquive aussi discrètement qu'il est venu, s'interrompant seulement pour regarder des deux côtés avant de refermer la porte derrière lui.

Sur sa carte il est écrit :

Victor Ewang
Directeur des missions internationales

Nouvelles fracassantes

Le pasteur Nwoko entre sans frapper et je l'accueille avec un sourire factice en glissant la carte dans ma poche.

— Pasteur, y a-t-il ici un endroit où nous pourrions nourrir notre âme en même temps que notre corps ?

Quoique surpris alors qu'il semblait prêt à me chanter les vertus de l'évêque, Nwoko me propose de me conduire au réfectoire du personnel. Chemin faisant, il me fait visiter le bâtiment administratif : la Sensibilisation communautaire (l'un des nombreux départements qu'il dirige), l'église des enfants, le Groupe de soutien des seniors, etc. Pendant qu'il parle, je consulte mes messages ; j'en ai reçu plusieurs. Un de Kenny, un de Folake qui me rappelle de quitter tôt Graceland pour éviter la circulation, et un étrange texto d'Abubakar.

Qu'est-ce que vous avez fait ?
Appelez. Vite.

Je fronce les sourcils et ralentis. J'aimerais le rappeler tout de suite, mais nous sommes déjà au réfectoire.

Dans une heure. Qu'est-ce qui se passe ?

— Nous pouvons nous installer là, me propose le pasteur en me désignant un coin calme dans la vaste salle, qui grouille d'employés de l'Église.

Derrière la vitre du buffet, les bains-marie regorgent de mets qui me paraissent assez peu appétissants malgré ma faim dévorante. Je n'aime guère les plats préparés que l'on trouve dans ce genre de lieu.

— Le chef aurait conçu quelque chose pour vous s'il avait su, dit le pasteur Nwoko tandis que nous contournons la file menant à des serveurs coiffés de charlottes.

Les télévisions sont toutes branchées sur la chaîne de l'Église, GraceTV. L'évêque apparaît sur de multiples écrans, élégant dans un complet bleu clair avec cravate et pochette assorties. Il lit sur un iPad, mais le son est coupé pour laisser place à des cantiques et prières chantés par le populaire Chœur de messe de l'Église de la Grâce.

À l'endroit choisi par le pasteur Nwoko, nous sommes sur le point de nous installer lorsqu'un bruit s'élève au-dessus du vacarme ambiant.

— Changez de chaîne ! crie un jeune homme qui vient d'arriver en courant.

— Que se passe-t-il ? je demande au pasteur.

— La police parle d'Évêque ! insiste le jeune homme d'une voix haletante.

Les serveurs, les convives et les conversations s'interrompent brusquement.

— Changez de chaîne !

Le pasteur Nowko se dirige vers le jeune homme.

— Il y a une conférence de presse ! s'écrie ce dernier.

Sa voix est trop forte dans le silence qui suit l'apparition à l'écran d'un officier en uniforme qui lit un papier. Un communiqué officiel. Il s'est donc passé quelque chose.

— … l'évêque s'est montré extrêmement coopératif, et la police le remercie pour sa bienveillance durant l'enquête. Cependant…

La caméra recule et je distingue d'autres policiers debout derrière l'officier, qu'un bandeau identifie comme étant l'inspecteur Lawrence Bello de l'USE, police de Lagos Island. Lorsque j'aperçois le visage grave de Dobra, notre expert en preuves, je devine ce qui va suivre. Ah. C'est pour ça qu'Abubakar voulait que je l'appelle.

— … notre enquête a prouvé que, si la police a accompli son devoir avec toute la diligence et le sérieux nécessaires, nos investigations reposaient sur un renseignement erroné.

— Loué soit le Seigneur ! Dieu est bon ! explose le réfectoire.

Mais l'inspecteur Bello continue de parler, et une partie de la foule intime rapidement le silence à l'autre en liesse, en particulier le pasteur Nwoko, qui avance vers une télévision.

— L'information qui a suscité notre action s'est révélée malintentionnée et de mauvaise foi. Notre enquête a prouvé que les indices du crime lié à la disparition de Mme Dawodu avaient été contrefaits afin de brouiller les pistes. Si cela nous a d'abord conduits à l'arrestation de l'évêque, son mari, la police tient à l'heure qu'il est à présenter ses excuses à Son Éminence, et ordonne sa libération immédiate…

Aucun rappel au silence ne pourrait plus empêcher la petite foule du réfectoire de tomber dans une exubérante extase. Certains vont jusqu'à pleurer. Les tables tanguent et des assiettes se brisent sur le sol sans que personne semble s'en émouvoir. L'officier continue de lire son texte dans l'indifférence générale.

Je tends l'oreille pour entendre la suite.

— ... nous espérons que l'épouse de l'évêque Dawodu reviendra en bonne santé, et des excuses officielles seront adressées à l'évêque et aux membres de l'Église de la Grâce dès que l'enquête aura mené à la source de cette fausse information.

Un homme se lance dans un cantique. D'autres se joignent à lui, et mon téléphone vibre dans ma main : Abubakar. Je me précipite dehors pour répondre et manque percuter le pasteur George. Je croise son regard sans parvenir à savoir si sa joie relève des informations diffusées par les écrans ou du fait que mes services ne soient plus requis.

Affaire classée

On pourrait croire que l'évêque Dawodu vient de remporter haut la main une élection présidentielle. Même la grimace caractéristique du pasteur George a disparu quand il m'informe que les anciens sont partis chercher l'évêque. Il y a un service de grâces d'urgence à organiser et cent autres choses à faire, dont une interview à CNN et à d'autres médias.

Je cherche Victor Ewang et, en lisant un à un les écriteaux sur les portes, je me rends à ce que j'imagine être son bureau. Il est vide, comme les autres pièces du bâtiment administratif. Tout le monde est parti fêter la libération de l'évêque, même si sa femme est toujours portée disparue.

J'appelle Abubakar dès que je suis sur la route qui me ramène à Lagos.

— J'ai vu les nouvelles, dis-je dès qu'il décroche.

— L'USE vous demandait.

— L'Unité spéciale voulait me voir ? Pourquoi ?

— Appa*l*emment, vos obse*l*vations ont semé le t*l*ouble aup*l*ès de l'équipe en cha*l*ge des p*l*euves.

Mon respect pour l'inspecteur Dobra monte encore d'un cran. Ce type n'est pas seulement avide de s'améliorer dans son domaine de prédilection, c'est aussi une perle rare parmi les forces de l'ordre : il est prêt à reconnaître ses erreurs, et il n'a pas dû être facile pour lui d'admettre que son rapport sur la scène de crime avait contribué à une arrestation injuste.

— Les agents c*l*aignaient que vous ne pa*l*tagiez vos conclusions avec vot*l*e client sans leu*l* en avoi*l* pa*ll*é d'abo*l*, poursuit Abubakar.

— Oh, c'est pour ça qu'ils ont organisé une conférence de presse si rapidement ?

— Je leu*l* ai dit que vous ne fe*l*iez jamais une chose pa*l*eille, mais ils ne m'ont pas c*l*u.

Si les retours que j'ai adressés à l'inspecteur Dobra ont permis la libération d'un homme accusé à tort, il n'y a aucun mal.

— Bello, l'inspecteu*l* en cha*l*ge, veut vous voi*l*.

— Pourquoi ?

— Il ne me l'a pas dit. Il a pa*ll*é de ventiler le mauvais ai*l* et de d*l*esser pou*l* vous une toile de fond.

Sa voix est tendue. Il est nerveux. L'affaire pourrait rejaillir sur l'école si je fais passer les policiers pour des incompétents. Je vais devoir rencontrer ce M. Bello. Mon plan consistant à poursuivre mes entretiens à Graceland demain après mes cours n'est plus d'actualité. Je propose à Abubakar d'être à l'école une heure avant mon premier cours, à 10 heures, et il me promet de transmettre l'information à l'inspecteur Bello.

L'appel de Chika arrive quelques minutes après.

— Mais quelle chasse au dahu ! dit-il quand je lui annonce où je me trouve.

— Je suis content pour l'évêque, mais personne ne semble s'inquiéter pour son épouse.

— Je suis sûr qu'elle est en parfaite santé, répond-il sèchement.

— Pourquoi ?

— Eh bien, d'après mon contact, son téléphone est toujours allumé.

— On peut le géolocaliser ?

Je ne plaçais pas beaucoup d'espoirs sur le front de la technologie. Mon expérience passée des bases de données nigérianes m'a révélé qu'elles sont aux ressources de la police de San Francisco ce que ma vieille Prado est à une Tesla.

— Normalement, oui. Ils ont fait une triangulation. Mais il te faudra un mandat pour obtenir l'information. Pour l'instant, tout ce que mon contact a pu confirmer, c'est que ce téléphone est très actif. Il a été éteint et rallumé quatre fois au cours des trois derniers jours. Il n'a ni émis ni reçu d'appels, mais le GPS fonctionne et enregistre sa position à Lagos.

— Si son téléphone n'a pas été volé, quelle excuse trouvera-t-elle quand elle réapparaîtra ? Si ça arrive…, je réfléchis à voix haute.

— Tu es toujours sur l'affaire ?

— Pas d'après ce que j'ai vu aujourd'hui, je réponds avec contrariété.

— Alors ce n'est plus ton problème.

Certes. Mais quelqu'un a bel et bien tenté de faire accuser l'évêque d'un crime qu'il n'a pas commis. Et je ne suis pas plus près de savoir qui, ou pourquoi, que lorsque j'ai franchi le portail de l'Église de la Grâce avec Kenny. Et je ne peux poursuivre l'enquête si mes employeurs ne veulent plus de mes services. Je remercie Chika pour son aide et raccroche assez abruptement ; je déteste les affaires en suspens.

Le coup de fil de Kenny arrive lorsque j'ai franchi la limite entre Lagos et l'État d'Ogun.

— Merci beaucoup, *ègbón mi* !

Quand Kenny m'appelle « grand frère », c'est qu'elle est très contente de moi.

— Je suis heureux pour ton église.

— Dieu ne nous abandonne jamais ! ajoute-t-elle avec exaltation.

Je lève les yeux au ciel. C'est moi qui ai compris que le sang avait été répandu de manière artificielle, pas Dieu. Je la laisse exprimer la jubilation que doivent éprouver dans le monde entier toutes les missions de l'Église de la Grâce.

— Pourquoi personne ne s'inquiète pour la première dame ? je demande.

— Mais on t'a dit que ça lui arrivait souvent de partir pendant des semaines !

La circulation ralentit avant la bifurcation vers l'autoroute de Maryland. Un vendeur ambulant passe près de moi avec des *galas* empilés sur un plateau.

— Attends, sœurette, dis-je en abaissant ma vitre tout en essayant de rassembler un peu de monnaie.

Je vais m'acheter un roulé à la saucisse. Un *gala* me calera le temps que je rentre. Le garçon me propose aussi un sachet d'eau, mais je décline. Il y a une limite à mes aventures gastronomiques sur les routes.

— Je disais donc…

J'arrache l'emballage de l'en-cas sans doute périmé, vu l'odeur de levure éventée qui s'en échappe.

— … et si tout ne va pas bien pour elle ?

— Dieu manifestera à nouveau Sa grande puissance, promet Kenny. Tu verras. Première Dame reviendra en parfaite santé. Alors le diable sera vaincu. Tu as fait ta part, *ègbón mi*, tu es notre Sherlock Holmes !

Plus je pense à Sade Dawodu, plus ces compliments me dérangent. Je prétexte une circulation laborieuse pour raccrocher ; ce n'est pas vrai. Malgré l'encombrement de la route, les files avancent de manière régulière, et je rentre à temps pour superviser les devoirs des enfants et aider Folake à préparer le dîner.

À table, les tensions mère-fille semblent s'être en partie dissipées.

— Papa, tout le monde parle des âneries de la police, commence Lara.

— Le terme « âneries » est un peu fort, dis-je en ajoutant des cubes de plantain frit à mes fèves. Elle a commis quelques erreurs.

— Les policiers sont les mêmes partout. Ils sont pleins de préjugés, dit Tai, ce qui provoque un silence gêné.

En général, nous évitons de nous rappeler pourquoi nos fils, et particulièrement Tai, en sont venus à se montrer amers envers la police. Nous n'évoquons plus l'incident qui a rendu intenable ma position au sein des forces de l'ordre, renforcé mon statut de citoyen de seconde classe et poussé ma femme à insister pour que nous quittions les États-Unis.

— Mais papa leur a montré leur erreur, dit Kay la bouche pleine.

— Non, non. J'ai juste fait mon travail. J'ai regardé la façon dont les preuves étaient…

— Et tu as vu qu'ils avaient tort ! déclare fièrement Lara. Tatie Kenny n'arrête pas de chanter tes louanges par texto.

— Ouais, ajoute Folake. Elle m'a envoyé une recette pour te préparer quelque chose, et quand j'ai plaisanté en disant qu'elle aurait mieux fait de m'envoyer la somme nécessaire pour confectionner un plat aussi extravagant, elle m'a demandé mes coordonnées bancaires !

Nous nous esclaffons à l'idée que Folake puisse accepter de l'argent de quelqu'un pour nourrir sa famille, même de la part de sa belle-sœur bien-aimée.

Le repas terminé, les garçons se replient dans leur chambre pour une partie de jeu vidéo avant que leur mère ne les oblige à se coucher. Lara s'assied à côté de moi sur le canapé, toujours fascinée par la manière dont les traces de sang m'ont conduit à établir que c'était peut-être un coup monté contre l'évêque.

— Mais elle est en vie ? demande-t-elle tandis que Folake allume la télévision puis nous rejoint.

— Nous l'espérons.

Je n'aime pas parler de mon travail à la maison, mais étant donné la popularité de cette affaire je ne peux pas la cacher à ma famille.

— Et si ce n'est pas le cas ? insiste Lara, les yeux pleins de curiosité. Genre, si elle a vraiment été assassinée et qu'on essaie de faire porter le chapeau à son mari ?

Mes yeux croisent ceux de Folake. Comment expliquer à une enfant que la plupart des homicides sont perpétrés par un membre de la famille ?

— Je suis sûre que Sade Dawodu va bien, dit Folake d'un ton ferme en zappant sur la chaîne d'information locale.

Impossible toutefois d'échapper au sujet puisque tous les reportages sont consacrés à l'évêque Jeremiah Dawodu. Des extraits de la conférence de presse sont entrecoupés d'un bref portrait de lui. Puis on passe à la prison d'Ikoyi, dont il sort en Che Guevara. L'image même de la victoire sur l'oppression. Il lève le bras et la foule l'acclame. Il serre des mains, étreint des admirateurs. Des « Loué soit le Seigneur » et « Dieu est bon » fendent l'air, recouvrant presque la voix du journaliste.

C'est seulement lorsque Dawodu embarque dans le 4 × 4 qui l'attend que le journaliste évoque sa femme disparue. Mais c'est bref, comme anecdotique. Une photo de Sade Dawodu emplit l'écran. De longs cheveux ondulés encadrent un visage au maquillage parfait. Son sourire est chaleureux et amical. C'est l'un des portraits que j'ai vus chez eux. J'attends que le journaliste indique que le sort de cette femme, dont la disparition demeure un mystère, reste préoccupant. Mais il se contente de dire que Mme Folasade Dawodu n'est pas encore rentrée chez elle, sans parler de disparition. Rien d'autre, et les informations passent aux crues du Bangladesh.

Lara pousse un profond soupir.

— J'espère qu'elle est en vie. Elle est tellement belle !

La manière dont Lara qualifie Sade Dawodu de « belle » me pousse à chercher le regard de Folake. Elle fronce les sourcils ; elle l'a remarqué elle aussi. L'envie – la jalousie ? – dans la voix de notre fille était indéniable.

Conflit d'intérêts

L'inspecteur Lawrence Bello ne s'est pas déplacé pour une visite de courtoisie.

— Vous êtes dans quel camp, docteur ? me demande-t-il une fois les présentations terminées.

— Je vous en prie, appelez-moi Philip, dis-je aussi aimablement que possible.

Abubakar fait des signes d'appel au calme, mais Bello ne le remarque pas. Ou fait semblant de ne pas le remarquer.

— Répondez à ma question, *docteur* Taiwo.

L'inspecteur est venu en civil, et non dans l'uniforme qu'il portait la veille, lors de la conférence de presse. Son visage luit de sueur, et cela ne doit rien à l'humidité ambiante. Ses lèvres pincées laissent entrevoir des dents imparfaites qui lui auraient donné une mine plus sympathique s'il n'était pas tendu comme un cobra prêt à mordre. Les vingt dernières heures ont dû lui être pénibles.

— Qu'est-ce que vous voulez dire ?

Je reste debout ; pas question de laisser cet inspecteur agité me regarder de haut.

— Rien de plus que ce que je viens de vous demander, réplique-t-il sèchement. Je vous permets de visiter la scène de crime, et vous humiliez la police.

Abubakar lève une main apaisante.

— Allons, allons, Lawrence, docteul Taiwo est...

L'inspecteur baisse la voix par respect pour Abubakar, mais ses yeux brûlent toujours de colère.

— Monsieur, je faisais partie des gens conquis par la réputation de Dr Taiwo quand vous m'avez appelé à la rescousse.

— Vous espériez que je trouverais quelque chose qui appuierait votre hypothèse ? je demande.

L'inspecteur se tourne brusquement vers moi.

— Nous avons fait ce qu'il fallait faire en fonction des preuves.

— Alors pourquoi l'avoir libéré ? je m'enquiers avec douceur afin qu'il ne croie pas que je lui cherche des noises.

— Parce qu'il se *pourrait* qu'on ait agi à la va-vite. On aurait d'abord dû étayer nos preuves.

— Alors j'ai fait mon travail, je conclus avec un geste de la main pour clore la discussion.

L'inspecteur s'avance vers moi d'un pas menaçant mais je reste stoïque. Abubakar s'interpose entre nous comme un maître d'école pour empêcher une bagarre dans la cour.

— Et c'est quoi, votre travail ? me lance Bello avec mépris.

— Établir que la série de preuves cadre avec les motifs. Ici, ce n'était pas le cas, et vous devriez me remercier. Parce que – et vous pouvez me faire confiance là-dessus – vous n'avez sans doute pas envie que tout s'écroule durant le procès. Tout juge qui se respecte aurait rejeté votre affaire.

— On le tenait, insiste-t-il. En sachant qu'il faudrait étayer les preuves, c'est vrai, mais c'est pour ça qu'on l'avait arrêté.

Je n'arrive pas à maîtriser mon incrédulité.

— Vous l'avez arrêté sur un *soupçon*, et uniquement pour ne pas l'avoir dans les pattes pendant l'enquête ?

Je me tourne vers Abubakar.

— C'est possible, ça ?

Ce dernier hausse les épaules, comme souvent quand il ne peut justifier qu'une pratique douteuse soit devenue une procédure standard.

— Pa*l*fois, on fait même ça pou*l* leu*l* sécu*l*ité, su*l*tout quand ils sont célèb*l*es comme l'évêque.

— Vous arrêtez un homme comme lui, dis-je en me tournant vivement à mon tour vers Bello, au vu et au su du monde entier, sur soupçon de meurtre, *pour son bien* ?

— Pour le bien de l'enquête, corrige Bello, les narines frémissantes. Afin de ne pas le laisser utiliser son influence pour embrouiller les preuves ou les témoins.

— Mais vous êtes parti d'emblée du principe qu'il était coupable. Je ne comprends pas.

L'inspecteur Bello ramasse un dossier famélique et froissé sur le bureau d'Abubakar.

— J'étais en train de partager cela avec le commandant quand vous êtes arrivé, dit-il en ouvrant la chemise. À 0 h 34, le 24 juin, un anonyme de sexe masculin a contacté l'une de nos lignes d'urgence.

Il me remet une feuille. La transcription est brève.

— *Bonjour, j'ai une information.*

— *Quelle information ?*

— *Un pasteur a tué quelqu'un. Je vous enverrai des preuves. Je rappellerai.*

— *Bonjour.*

— …

— *Identifiez-vous, je vous prie.*

— *[connexion coupée par l'appelant.]*

L'inspecteur me tend un autre document photocopié.

— Vingt-quatre minutes plus tard, nous avons reçu un autre appel. L'informateur insistait cette fois sur le fait qu'il avait des preuves et réclamait un numéro auquel envoyer des captures d'écran.

Je parcours le rapport d'appels.

— Cette personne nous a fourni un numéro de téléphone impossible à tracer. Vous autres américains, vous appelez ça un *burner phone*. Toutes nos lignes d'urgence sont des mobiles, si bien qu'elles peuvent recevoir textos et images.

Il me donne une autre transcription. Le nom de l'évêque Dawodu me saute aux yeux.

— Les captures d'écran révèlent des échanges entre l'informateur et le suspect.

Les numéros des mobiles ont été masqués, mais la conversation est facile à suivre. Il n'empêche…

— Pourquoi les numéros sont-ils effacés ?

— Parce qu'ils ne servent à rien. Celui de l'informateur est un *burner*, comme je vous l'ai dit, et celui que l'évêque utilisait n'est pas enregistré, si bien que nous n'avons pas pu le tracer.

J'agite le papier.

— Dans ce cas, comment pouvez-vous déterminer avec certitude que l'échange était…

Bello me foudroie du regard.

— Nous ne pouvions pas, jusqu'à ce qu'on remonte l'information et qu'on trouve des preuves sur la scène de crime.

— Oh, allons donc !

— Vous lisez la transcription ou non ? s'emporte Bello.

Il est à cran. Je contiens mon dédain pour ce travail bâclé et lis.

— *C'est fait. Je l'ai achevée.*

— *Qu'est-ce que je peux faire, Évêque ?*

— *J'ai besoin d'aide.*

— *Je peux être ici dans 20 minutes, monsieur.*

— *Apportez beaucoup de sacs en plastique.*

Je relève la tête, piqué au vif.

— Ce type avoue avoir été complice d'un crime sans qu'on lui demande rien, et personne ne trouve ça suspect ?

Bello se tourne vers Abubakar.

— Vous dites que Dr Taiwo est revenu au pays depuis combien de temps, monsieur ?

— Presque deux ans, inspecteur, je réponds avec irritation. Quel est le rapport ?

L'inspecteur tchipe comme si comprendre mes lacunes lui permettait à présent de se montrer magnanime. Le sourire condescendant qu'il m'adresse creuse ses fossettes.

— Les confessions sont fréquentes, ici. Un jour, quelqu'un se penchera sur le pourquoi, mais dans tous les cas ou presque, le coupable avoue de lui-même.

Il se retourne vers Abubakar, qui opine.

Il peut sembler logique qu'une société où les gens ne sont pas conscients de leurs droits voie proliférer les aveux. Le problème reste les fausses confessions : ceux qui avouent un crime pour en couvrir un autre, plus grave et plus important, ou pour couvrir un autre coupable.

J'agite une nouvelle fois le papier en direction de l'inspecteur.

— Vous vous êtes précipité sur ces conclusions parce que vous pensiez que le crime était en train d'être commis.

— Nous avons reçu une information. S'il y avait eu meurtre, nous savions qu'il était trop tard pour la victime. Mais si nous surprenions le coupable en train de se débarrasser du corps, là, c'était autre chose.

Bello m'arrache presque la feuille de la main et me tend une autre capture d'écran d'un unique texto. Je lis, peu impressionné :

On s'est débarrassés du corps. Il m'a obligé à l'aider.
Vous auriez dû aller chez lui.

— Lorsque nous avons appelé le numéro, personne n'a répondu. Mais nous avons continué à lui envoyer des messages, et dans ces cas-là il répondait.

Il me remet trois nouveaux papiers. Beaucoup de SMS. Je fronce les sourcils en voyant apparaître un schéma. Les messages de la police semblent rédigés à la va-vite, pleins de fautes de frappe et même d'abréviations. Ceux de l'informateur sont écrits dans un anglais correct, grammaire et ponctuation comprises. Ce n'est pas ainsi qu'écrit une personne en panique.

L'inspecteur poursuit sur sa lancée.

— Nous lui demandons où se trouve la maison, il nous le dit. Nous lui demandons où il est, il ne répond pas. Il nous annonce que nous perdons du temps parce que l'évêque lui a ordonné de se rendre chez lui pour tout nettoyer. Comme on devait faire vite on a demandé un mandat de perquisition d'urgence pour la maison de l'évêque.

— Vous y êtes donc allés pendant que l'évêque se trouvait à Graceland ? je demande.

— Nous en avions le droit, à la lueur des informations dont nous disposions, répond l'inspecteur sur la défensive.

Je lève une main apaisante.

— J'essaie de vous suivre. Quand vous êtes arrivés sur place, vous avez vu les taches de sang, mais même en l'absence de corps vous avez eu le sentiment que ceci..., dis-je en agitant la liasse, était suffisant pour procéder à une arrestation ?

— On aurait peut-être dû faire appel à un expert en preuves plus chevronné, mais Dobra était le seul disponible, et il a confirmé qu'un acte de violence s'était bel et bien produit dans la maison.

— Comment avez-vous comparé le sang trouvé et celui de la supposée victime ?

— On a reçu ça quand on était sur place, précise-t-il en me tendant une nouvelle feuille.

Comparez le groupe sanguin de Première Dame
(groupe O) et les preuves.

— Et ça ne vous a pas poussé à davantage de vigilance ?

Mon ton est délibérément sarcastique. C'est vraiment du travail d'amateur. Le peu de respect que j'avais pour lui est à deux doigts de l'évaporation totale.

— Tout s'emboîtait parfaitement, n'est-ce pas ?

— Tout à fait, répond-il, tellement sur la défensive que sa voix monte d'une octave.

Abubakar se racle la gorge. Lorsque l'inspecteur reprend, c'est plus calmement et d'un timbre plus posé.

— Mais il y avait du sang. Un informateur et toutes les preuves convergeaient vers un acte criminel.

Je ne compte pas laisser passer cette mascarade si facilement. Je jette les papiers sur le bureau d'Abubakar. Ils tombent par terre. Personne ne les ramasse.

— Ce n'était pas suffisant.

Je ne prends même pas la peine de cacher mon dédain.

— Ça l'aurait été avec un peu plus de temps pour mener l'enquête, insiste Bello.

— Assez, messieurs, tranche la voix calme d'Abubakar. Nous sommes tous dans le même camp, ici.

— J'en doute, monsieur, rétorque l'inspecteur.

Je pointe l'index en direction de cet agent à bout de nerfs.

— Vous avez arrêté un homme sur un simple soupçon de meurtre, lequel reposait sur des preuves bidon.

— C'est pour ça qu'on l'a gardé en cellule, pour son bien. Nous voulions identifier l'informateur, voire trouver le corps…

— S'il y a un *col*…, l'interrompt Abubakar, à bout de patience.

L'inspecteur tressaille. Cette remarque du commandant de l'école de police sonne comme une note éliminatoire apposée sur ses compétences d'enquêteur.

— Si l'informateur nous avait dit où se trouvait le corps, il aurait été complice de falsification de preuves, monsieur, proteste Bello.

Abubakar ne se départit pas de son air sévère.

— Commandant, dis-je, j'ai un cours à donner.

N'étant pas du genre à tirer sur l'ambulance, j'essaie de garder une voix aimable mais ferme lorsque je me tourne vers Bello.

— Il n'est pas facile d'admettre qu'on a tort, dans notre domaine, mais vous avez fait le premier pas. Cette conférence de presse était bien organisée et je pense que Dobra devrait être félicité pour avoir admis son erreur dans le rapport initial. Je ferai de mon mieux pour apaiser mes clients et je réussirai peut-être à les convaincre de ne pas porter plainte.

— Il se croit où ? demande Bello à Abubakar avant de revenir à moi avec mépris. Docteur Taiwo, on n'est pas en Amérique. Votre client est sûrement puissant, mais pas assez pour remporter un procès contre la police.

— Il n'empêche que cet homme peut vous *l*end*l*e la vie t*l*ès difficile, réplique Abubakar d'un ton morne. Ce ne se*l*ait pas t*l*ès bon pou*l* vot*l*e ca*l*iè*l*e, Bello.

L'inspecteur prend un air circonspect.

— Je sais, monsieur, et j'en suis désolé.

Il y a une gêne tandis que le commandant attrape ses cigarettes. Comme il ne fume dans son bureau que lorsqu'il est perturbé, je prends ça pour une invitation à partir.

La voix menaçante de l'inspecteur Bello m'arrête à la porte.

— Docteur Taiwo, que vous aimiez mes méthodes ou pas, un crime a été commis. Quand, comment et pourquoi, je ne sais pas, mais je jure que si Dawodu a tué sa femme je le découvrirai. Et si un malfaiteur a tout maquillé pour nous ridiculiser mon équipe et moi, je vous promets que je le trouverai lui aussi. Dans tous les cas, docteur Taiwo, je vais prouver que vous avez tort.

— J'espère bien, dis-je.

À la mine surprise de l'inspecteur, je me dis que j'ai dû avoir l'air plus sincère que je ne l'étais.

Visite céleste

Les conflits au sein des forces de l'ordre ne me sont pas étrangers. Pendant les huit ans et demi que j'ai passés aux Affaires internes de la police de San Francisco, je me suis heurté presque chaque jour à des inspecteurs. Tout le monde savait que, si Philip Taiwo enquêtait sur vous, vous alliez devoir rendre des comptes. J'examinais de près vos méthodes et tous les liens que vous pouviez avoir avec l'affaire. Je passais au crible vos antécédents, à la recherche du moindre manquement apte à influer sur l'enquête. J'étudiais vos transcriptions d'interrogatoires dans les moindres détails afin de m'assurer que tout, du lieu de l'entretien à la présence d'un avocat, avait été respecté à la lettre. J'étais la bête noire des laboratoires. J'étais célèbre pour multiplier les échanges avec les légistes et les analystes afin de passer en revue leurs rapports.

« Les flics disent que vous leur donnez l'impression que ce sont eux qui ont commis le crime, que vous les transformez en suspects », plaisantait souvent le Pr Cook, mon enseignant et mentor, quand il était consultant en psycho-criminologie pour les Affaires internes.

Peu m'importait. Je faisais mon travail. C'est pour cela que la confrontation avec l'inspecteur Bello me reste en travers de la gorge. Arrêter quelqu'un d'aussi célèbre que l'évêque Dawodu et découvrir assez de preuves pour garantir sa condamnation est la matière dont sont faites les promotions. C'est vrai partout où l'on compte des forces de police, et c'est pour l'une de ces raisons que je me montrais particulièrement dur avec les officiers du SFPD. Des vies peuvent être détruites par une enquête mal menée qui rejette un crime sur la mauvaise personne tout en profitant à l'officier en charge.

Aux États-Unis, j'aurais eu recours à une dizaine d'agences, et elles se seraient assurées que l'abus de pouvoir patenté de l'inspecteur Bello ne reste pas impuni. L'efficacité de ces agences est sujette à spéculation, mais ces structures existent. Le simple fait qu'un inspecteur ait brouillé par pure impatience ce qui aurait pu être une enquête assez simple, visant à déterminer si un crime avait été commis, aurait été un motif de sanction disciplinaire.

Je fais craquer mon cou raidi et mes articulations. Sur l'écran de mon ordinateur portable, mon rapport final sur la disparition de la première dame me renvoie mon regard. Je n'ai pas rédigé de conclusion ; il est donc inachevé. Pourtant, je dois l'envoyer, préparer ma facture pour les autorités de l'Église de la Grâce et me laver les mains de ce foutoir. La manière dont mes doigts restent suspendus au-dessus du clavier trahit cependant mon appréhension. Je ne me rappelle plus quand j'ai clôturé pour la dernière fois une affaire qui laissait tant de questions en suspens, tout en devant prétendre avoir terminé mon travail. Je prends une profonde inspiration et recommence.

Le bruit d'un hélicoptère retentit au loin et des bottes courent dans le couloir. Les silhouettes sombres des cadets passent en hâte devant mon bureau. L'hélicoptère fait à présent assez de vacarme pour que j'en déduise qu'il est au-dessus de l'école. Je referme mon ordinateur. Quoi que ça puisse être, cette distraction me ravit.

Dehors, les cadets murmurent avec excitation tout en pointant du doigt l'appareil qui atterrit au centre de l'enceinte ; ses larges pales soufflent un air de tumulte sur un après-midi calme.

C'est un Bell 407. Je le reconnais à sa cabine séparée du cockpit. Ce n'est donc absolument pas un appareil militaire. Abubakar me rejoint, les yeux écarquillés.

— J'imagine que vous n'attendiez personne ? lui dis-je.

— Non. Mais l'inspecteu*l* géné*l*al m'a appelé pou*l* me di*l*e qu'il avait donné à un hélicoptè*l*e l'auto*l*isation de se poser ici. Je lui ai demandé de qui il s'agissait, mais il ne m'a *l*ien dit. Et vous ?

Je ris de bon cœur.

— Moi ? Qui viendrait me voir en… Bon Dieu !

Les applaudissements soudains des cadets et des professeurs couvrent presque le bruit des rotors. Un homme massif en costume sombre ouvre la porte de la cabine et l'évêque Jeremiah Dawodu en descend telle une star de cinéma, vêtu d'un costume trois pièces bleu foncé et des lunettes de soleil sur le nez. Le pasteur George le suit. L'homme massif fait mine de les imiter, mais l'évêque Dawodu lui fait signe de les attendre, et il obéit. L'évêque et le pasteur se baissent légèrement pour s'éloigner des pales.

— Pou*l*quoi vous ne m'avez pas dit qu'il venait ? me reproche Abubakar. J'au*l*ais p*l*évenu les médias.

— Je n'en savais rien ! je crie par-dessus le vacarme. Il n'a été libéré qu'hier !

L'évêque fait signe à la foule de cadets qui applaudissent et sifflent pendant que leurs téléphones mobiles enregistrent son trajet jusqu'à l'endroit où je me tiens avec Abubakar.

— Docteur Taiwo, j'espère que vous ne m'en voudrez pas d'être descendu vous voir sans prévenir, me lance-t-il avec son sourire le plus large et le plus amical.

J'accepte sa poignée de main.

— « Descendu » au sens le plus littéral du terme, monsieur.

Je me tourne vers Abubakar.

— Permettez-moi de vous présenter...

— Commandant Abubakar Tukur, me coupe l'évêque en lui tendant la main. C'est un immense honneur, monsieur. Et je vous remercie infiniment d'avoir permis à Dr Taiwo de m'aider à laver ma réputation.

Abubakar sourit comme si on venait de lui remettre une médaille présidentielle.

— Tout l'honneu*l* est pou*l* nous, Évêque, répond Abubakar.

Sa voix porte davantage maintenant que le bruit des rotors est réduit à un fond sonore. Les cadets applaudissent à tout rompre et répètent en refrain « Vive l'école ! ». Je dirige rapidement l'évêque vers mon bureau. Il ne manquerait plus qu'ils ajoutent « Vive Dr Taiwo ! ». Plutôt me volatiliser qu'assister à ça.

Mon bureau ne m'a jamais semblé si petit. L'évêque Dawodu fait le tour de la pièce, faisant pivoter de-ci de-là son imposante carrure pour éprouver l'espace et mieux contempler mon mur de preuves. Le pasteur George se tient près de la porte à une distance respectueuse tandis que l'évêque scrute le fouillis de Post-it. Abubakar arbore un grand sourire et me tapote le dos comme un père gonflé de fierté. J'ai l'impression d'être un escroc vu les pensées que je nourrissais il y a cinq minutes quant à l'affaire.

— Vous avez fait tout ça pour moi ? demande avec émerveillement l'évêque Dawodu.

Je hausse les épaules, emprunté et mal à l'aise.

Il se détourne du mur pour me faire face.

— Je ne sais pas si je pourrai assez vous remercier.

Je ne sais jamais quoi faire des éloges publics.

— J'étais justement en train de préparer ma facture…

Sous le bureau, Abubakar m'écrase le pied.

— L'école app*l*écie*l*a toute bonne volonté que vous pou*l*ez lui témoigner, Évêque. Et la police également. Nous reg*l*ettons…

L'évêque balaie ses excuses de la main.

— N'y pensez plus, commandant. Les voies du Seigneur sont impénétrables. La police ne faisait que son travail.

Il se retourne vers le mur et tend la main vers un Post-it sur lequel est écrit le nom de Sade Dawodu. Doucement, il détache la photo de sa femme et la fixe longuement.

Je jette un bref regard vers le pasteur George. Son visage est aussi lisse qu'un galet. Il ne trahit rien.

— Elle va bien, je le sais, dit l'évêque d'une voix chevrotante.

Il se retourne vers nous et des larmes roulent sur ses joues. Nous détournons tous les yeux de cette émotion brute.

— Merci, merci, répète encore l'évêque.

Je m'approche de lui et l'attire vers mon fauteuil, tandis qu'Abubakar se retire en entraînant le pasteur George.

— Ce n'est rien, monsieur, je ne faisais que mon travail, dis-je aussitôt la porte refermée.

— Oui, oui, renifle-t-il. Je sais, mais sans vous le diable aurait gagné.

— On ne sait toujours pas qui est l'auteur de ce coup monté. J'aimerais pouvoir aller au bout des choses.

L'évêque prend un mouchoir.

— Je suis désolé. Je me suis laissé submerger par la miséricorde et les bienfaits du Seigneur.

— Je comprends, dis-je en m'asseyant face à lui sur une chaise visiteur. Vous ne savez toujours pas qui aurait pu faire une telle chose ?

Il m'adresse un sourire amer.

— Est-ce que ça a encore de l'importance ?

— Bien sûr, monsieur. Quelqu'un, quelque part, essaie de vous détruire...

— Docteur Taiwo, je suis l'apôtre de la quatrième plus grande Église pentecôtiste du pays. Il y aura toujours quelqu'un pour chercher à détruire les gens comme moi et tenter d'interrompre la marche des saints. Avez-vous lu les journaux, ces derniers temps ? Suivi les réseaux sociaux ? Il y a toujours un pasteur accusé de ceci ou cela. Même l'Église catholique n'est pas à l'abri de pareilles attaques.

— Qui sont rarement sans fondement, je riposte.

L'évêque hoche la tête.

— Hélas, c'est vrai. Et j'apprécie d'autant plus ce que vous avez fait pour moi. Vous m'avez cru quand personne ne me croyait. Quand tous les signes pointaient ma culpabilité et quand mes contemporains jetaient sur le pupitre un éclairage qui me privait du bénéfice du doute.

— En toute honnêteté, je n'y ai pas réfléchi. J'ai simplement fait ce pour quoi les anciens me payaient.

L'évêque Dawodu me sourit chaleureusement.

— Votre persistance dans la modestie est une belle leçon d'humilité.

Il regarde à nouveau le mur et hoche la tête avec un air ébahi.

— Tant de détails. Je suis impressionné.

Il se retourne vers moi.

— S'il vous plaît, dites-moi que votre enquête vous a permis de trouver où est ma femme.

Je fais non de la tête.

Il inspire, puis expire bruyamment.

— Elle va bien. Je dois le croire. Et elle rentrera bientôt.

Ce n'est plus le prêcheur charismatique, l'apôtre de l'Église de la Grâce, l'un des pasteurs les plus riches du monde, mais un homme qui a failli tout perdre pour un crime que, selon toutes les preuves, il n'a pas commis. Si fort, si riche, si puissant soit-on, se frotter d'aussi près à la justice laisse quelque peu diminué. Je connais ce sentiment. Je suis passé par là. Et à cause de ça je discerne quel Jeremiah Dawodu masquent le costume sur mesure et le titre. Un homme qui comprend à quel point le destin peut changer de cours si vos proches décident de vous porter le coup de grâce.

— Comme vous l'avez dit quand nous nous sommes rencontrés, j'ajoute doucement, votre femme est vivante et en bonne santé, et elle rentrera bientôt.

L'évêque opine avec gratitude. Ses yeux s'humidifient à nouveau. Il s'efforce de garder le sourire.

— Je le crois.

— Moi aussi, je conclus avec plus de certitude que je n'en éprouve.

Le blues du retour à la maison

Le silence qui règne dans la maison m'évoque celui qui suit un deuil. Le salon est plongé dans le noir. J'allume une lampe ; Folake est assise là, triste comme je ne l'ai pas vue depuis longtemps. Ça me rappelle le jour où elle a demandé à ce qu'on quitte les États-Unis. Mon estomac se noue.

— Chérie, qu'est-ce qui se passe ?

Sans prévenir, des sanglots déchirants lui secouent le corps. Je me précipite vers elle. Elle renifle dans ma chemise.

— Qu'est-ce qui s'est passé ?

Je lève son visage.

— Les enfants ?

C'est forcément ça. Ses problèmes professionnels ne peuvent pas l'abattre ainsi.

Elle acquiesce.

— Lara.

— Qu'est-ce qu'elle a encore fait ?

Mon cœur bat plus vite.

— Elle a volé.

— Quoi ?

Elle se mouche encore, mais sa voix devient plus forte.

— Elle vole, Phil. Ça fait un moment que je remarque qu'il me manque de l'argent dans mon porte-monnaie. Au début j'ai cru avoir mal compté. Mais au bout d'un moment j'ai repéré la fréquence. Deux cents nairas un jour sur deux, et depuis des semaines…

— Et tu ne m'en as pas parlé ?

— Je voulais être sûre. Aujourd'hui, c'est 1 000 nairas qui ont disparu ! Je n'ai pas pu en supporter davantage, alors j'ai confronté les enfants au dîner. Les garçons ont nié, pas elle.

C'est une sorte de soulagement. Si Lara avait menti, la faire avouer aurait poussé à l'escalade.

— Pourquoi a-t-elle pris cet argent ?

Folake sanglote plus fort, la peur sur le visage.

— Elle vole, Phil. Ça me terrifie ! Elle ne veut pas en parler. Elle a 15 ans et j'ai tellement peur que ce soit pour se droguer !

— Non, non. S'il te plaît, ne pars pas là-dedans.

— Tout est ma faute. J'ai insisté pour qu'on revienne. Et si c'est ça qui l'a poussée à chercher… ?

Voilà un raisonnement très inhabituel chez ma cartésienne de femme.

— Chérie, c'est mille fois plus facile de trouver de la drogue aux États-Unis qu'ici, et tu le sais.

Comme elle s'apprête à me contredire, j'ajoute :

— De plus, quelle drogue dure pourrait-elle trouver dans la rue pour de telles sommes ?

Je n'en sais rien moi-même, mais si j'espérais la calmer j'ai échoué.

— Je ne sais pas, dit Folake, que la détresse détourne de mes bras. Tout ce que je sais, c'est qu'aux États-Unis c'était une gentille fille heureuse, alors que maintenant…

— Elle était contente de revenir. Encore plus que ses frères.

Avec mes soucis professionnels, j'ai oublié de lui parler de ma dernière conversation avec Lara ; la culpabilité décuple ma sensation d'échec.

— Qu'est-ce qui a changé, alors ?

Faute de trouver une réponse, Folake sort brusquement de sa transe et se laisse envahir par la colère.

— Mais ça ? Ça, je ne peux pas le supporter ! Je ne l'accepterai pas ! Si elle se drogue…

— Ne pense pas à ça. S'il te plaît. Lara fait juste sa crise d'adolescence. On va élucider l'affaire. Ça ne peut pas être un problème de drogue.

Comment puis-je en être sûr ? Qui sait quels nouveaux produits peuvent être achetés en toute légalité dans les pharmacies du campus ?

— Si elle refuse de me parler, comment je peux l'aider ? dit Folake, et sa voix se brise.

— Laisse-moi m'en occuper. Je suis sûr qu'il y a une explication.

— Ce n'est pas l'une de tes affaires, Philip.

En repensant à la rapidité avec laquelle j'ai vu la falsification de la scène de crime chez l'évêque et à sa gratitude plus tôt dans la journée, je suis forcé d'admettre que je suis plus doué dans mon travail que dans mon rôle de père. Je déchiffre une scène en quelques secondes, je détermine le *modus operandi* d'un crime complexe avec une relative aisance, mais je n'arrive pas à sonder l'âme de ma fille de 15 ans.

— Je préférerais, dis-je en retenant mon souffle.

Si Folake va se coucher avant moi, je sais qu'elle ne dormira pas. Elle va lire ou corriger des copies, et le sommeil mettra du temps à venir, s'il vient. Et je m'inquiète pour elle. Elle prend son travail très au sérieux, mais rien ne lui importe plus que son rôle de mère.

Je frappe à la chambre de Lara. Pas de réponse, mais la lumière qui filtre sous le battant m'indique qu'elle est réveillée. Je pousse la porte. Elle se retourne sur son lit pour me présenter son dos.

— C'est vrai ? je lui demande, encore sur le seuil.

Silence.

— Omolara.

Je l'appelle par son nom complet, comme le fait sa mère quand elle dicte la loi. Lorsque je m'y mets aussi, Lara sait qu'elle ne pourra pas jouer la carte de la petite-fille-à-son-papa.

— C'est vrai que tu as volé ?

Elle se tourne pour me faire face avec un regard de défi.

— Je n'ai pas menti, papa. J'ai dit la vérité, comme tu m'as toujours demandé de le faire, et je suis quand même punie.

— Une confession ne te met pas à l'abri des conséquences.

— Qu'est-ce que tu veux de plus ?

— N'élève pas le ton avec moi.

Elle éclate en sanglots et je m'oblige à ne pas bouger. Non, aujourd'hui, ça ne prend pas, jeune fille. J'attends qu'elle se calme.

— Quand tu en auras fini avec ta petite scène, dis-moi à quoi te servait cet argent.

— Tu ne comprendrais pas, répond-elle entre deux sanglots.

Je viens m'asseoir au bord de son lit.

— Essaie, trésor.

— Je ne suis pas un trésor.

L'irritation interrompt les grandes eaux.

— Je ne suis plus une enfant, et il serait temps que vous arrêtiez de me traiter comme une gamine.

— D'accord, d'accord. Lara, mais pourquoi tu as volé de l'argent à ta mère ?

Elle détourne les yeux.

— Je ne peux pas te le dire.

— Tu ne peux pas ou tu ne veux pas ?

Silence, mais pas d'autres larmes.

Je glisse la main sous son menton pour faire pivoter son visage vers moi.

— Lara, les gens font des erreurs, et c'est permis. Ce qui n'est pas permis, c'est de persister dans ses erreurs. Ne pas nous dire à quoi te sert cet argent est plus grave que de l'avoir volé. Est-ce que tu comprends ?

Elle essaie de se libérer, mais je ne la lâche pas.

— Omolara, tu as 24 heures pour me dire la vérité. Dans le cas contraire, j'irai à ton lycée, j'expliquerai au principal ce que tu as fait, et je lui demanderai de mener l'enquête sur tes activités et celles de tes amis.

Un air horrifié envahit son visage ; c'est précisément ce que je voulais. Je la libère, me relève et l'embrasse sur le front. Elle ne s'écarte pas.

— Il est temps de dormir. Tu as cours, demain.

Je ferme la porte derrière moi et m'y adosse brièvement. Mettre ma menace à exécution risque d'être difficile. J'espère que Lara ne percera pas à jour mon coup de bluff.

— Elle t'a parlé ? demande Folake dès que j'entre dans notre chambre.

— Oh, elle va finir par le faire.

Je lui résume notre échange en me déshabillant. Folake écoute ; son inquiétude ne diminue pas mais elle semble satisfaite que nous tentions au moins quelque chose. Elle n'est pas du genre à attendre de voir ce qui se passe. Je la rassure à nouveau et vais prendre une douche.

Le temps que je revienne me coucher, mon épouse ronfle doucement, la *Harvard Law Review* ouverte sur la poitrine. Je pose la revue sur sa table de chevet et regagne mon côté du lit à pas de loup.

Je suis réveillé en sursaut par la vibration de mon téléphone et me maudis de ne pas l'avoir mis en mode Ne pas déranger. Je m'en empare avant qu'il ne réveille aussi Folake.

— Mmmh ? je grogne.

— On l'a retrouvée.

Je vérifie l'écran de mon téléphone. C'est Kenny.

— Qui ça ?

Soudain, pleinement réveillé, je comprends que ma question est aussi superflue que la réponse.

LIVRE II

Car il n'est rien de caché qui ne doive être découvert, rien de secret qui ne doive être connu et mis au jour.

Luc, 8, 17

Recul

Nous ne parlons pas du passé. Nous nous retrouvons depuis des semaines, nous planifions. Je donne des instructions ; tu me dis comment elles seront mises en œuvre. Mais nous ne parlons pas du passé.

Jusqu'à ce que j'obtienne mon dossier médical – ne me demande pas comment, je t'en prie –, je partais du principe que c'était parce que tu savais notre tâche plus importante que nous rappeler qui et comment nous étions. Mais c'est plus que ça, n'est-ce pas ?

Je crois que c'est parce que je ne suis plus la personne que tu as connue autrefois. Je ne suis plus l'étudiante qui chantait avec toi des duos de BeBe et CeCe Winans dans la chorale de la confrérie du campus. Ni la fille que tu essayais de faire rire avec un tel acharnement après mon échec en médecine, puis quand tu as senti qu'il y avait quelque chose entre Soji et moi. Je ne t'ai jamais dit ce qui s'était passé, mais tu l'as accepté et tu n'as jamais cessé d'être quelqu'un de bien.

Aujourd'hui encore, tu m'aides. Tu m'as prise au mot pour tout. Tu n'as jamais douté de moi, même avant que je te montre les preuves de l'enfer que je vivais. Tu comprends ? Tu n'as pas changé. Et si tu as changé, pas autant que moi, après ce que la vie m'a fait.

Ce dossier – à présent en sûreté dans un endroit où personne ne pourra s'en servir contre moi – a été une sorte de révélation. Le médecin m'avait demandé de noter dans un journal mes pensées, que je partageais avec lui chaque semaine. Je détestais ces exercices. Mais, avec le recul je me rends compte qu'ils étaient nécessaires. En voici un passage :

Je comprends à présent que c'est le poids du chagrin, et non de l'échec, qui m'a poussée à bout. Je ne suis qu'une fille qui pleure son père, mort au mauvais moment. Ne pas être devenue médecin ne fait pas de moi une ratée. Le décès de papa m'a fait prendre conscience que c'était uniquement pour lui que je voulais le devenir. Maintenant qu'il n'est plus là, je ne veux plus du tout l'être. Mais maintenant qu'il n'est plus là je ne sais pas ce que je veux devenir.

Je relis ce passage ; je suis très loin de la fille que j'étais à 19 ans. Tu le vois aussi, et peut-être est-ce pour cette raison que nous ne parlons pas du passé. C'est un lieu lointain, et nous avons parcouru trop de chemin. J'aurais seulement aimé en avoir parcouru plus avant de mettre le pied dans l'Église de la Grâce. Mais l'heure n'est pas aux regrets. Regardons vers l'avant.

Mes réminiscences n'ont guère de rapport avec ce que nous faisons – et toi en particulier, vu tout ce que tu dois mettre en place pour que le plan fonctionne. Mais sache que je t'apprécie, aujourd'hui comme avant. Tu as beaucoup de questions, je le sais, pourtant comme à l'époque du campus tu restes à mon côté, tu te bats pour moi, tu risques même ta carrière pour moi. Tu es quelqu'un de bien. En toutes circonstances et pour toutes les bonnes raisons. La seule façon dont je puisse te remercier, c'est par le biais de ces lettres, et en ne partageant avec toi que ce que tu as besoin de savoir pour accomplir ta mission. T'en révéler plus, donner des réponses à tes questions mettrait ta vie en danger. Je ne peux pas te faire ça.

Pour l'instant, travaille avec ce que tu as. Fais comme convenu, quoi qu'il arrive. Que rien ne te détourne de ton chemin. Pas même tes questions. Tout sera bientôt éclairci.

Un cirque pour les morts

— Vous êtes bien sur la messagerie de Victor Ewang, mais je ne peux pas…

Je laisse échapper un sifflement agacé et jette mon portable sur le siège passager avant d'appuyer sur l'accélérateur. Où est ce type ? Hier il était impatient de me parler, et aujourd'hui il n'est plus joignable. C'est troublant. Surtout maintenant.

L'agitation qui règne devant l'institut de pathologie de l'État de Lagos est étouffante. Des reporters avec leurs caméras ont envahi les lieux, et des colporteurs parcourent la foule avec des sachets d'eau potable, des sodas, des yaourts en bouteille et des boissons énergétiques qui clapotent dans de gros sacs en polyéthylène remplis de glace fondue.

Les trottoirs et la chaussée qui conduisent à la morgue sont encombrés de véhicules. La nouvelle de la mort de Sade Dawodu passe en boucle sur les chaînes locales et internationales depuis minuit. Son corps a été découvert flottant dans la lagune de Lekki. Il avait dérivé jusqu'à une vieille jetée où les familles pique-niquent le jour et où les jeunes font la fête la nuit. Des fêtards ont appelé la police et partagé leur macabre découverte sur les réseaux sociaux. Les photos d'un corps sur un étang ne devraient pas figurer parmi les tendances du jour. Mais cette règle ne s'applique pas lorsqu'il s'agit de la première dame de l'Église de la Grâce. La frénésie médiatique qui entoure cette tragédie frise l'obscénité.

— Je suis là, dis-je au téléphone en cherchant au-dessus de l'attroupement l'accès le plus rapide au portail.

— Je te rejoins. Rapproche-toi, me répond Kenny.

Je tente de me frayer un passage entre les gens au moment où Kenny, épuisée, apparaît sur le perron de la morgue. Elle fait signe aux gardes qui tiennent la foule en respect. L'un d'eux détache la longue chaîne en métal qui relie les deux battants. Dès que je me faufile, les badauds se pressent de plus belle et d'autres gardes accourent pour aider leur collègue à repousser la cohue jusqu'à ce que la chaîne ait été remise.

Kenny s'effondre dans mes bras et je lui tapote le dos. Elle s'écarte, sèche ses larmes et me prend la main tandis que nous entrons dans la morgue. Derrière nous, les journalistes crient des questions.

— A-t-elle été assassinée ?

— Et l'évêque ? C'est lui qui a fait le coup ?

Ce manque de compassion élémentaire me répugne, mais le processus de divulgation est faussé depuis le début. Dès que la police a eu vent que le corps retrouvé pouvait être celui de Sade Dawodu, elle s'est lancée dans une campagne d'auto-justification par le biais des médias. Même si les forces de l'ordre viennent à peine de présenter des excuses publiques à l'évêque, ce corps prouve qu'elles avaient une bonne raison de soupçonner un crime.

— Nous sommes tous ici. Nous attendons, me dit Kenny en me guidant à travers les couloirs vers une salle de réception où tous les anciens sont assis autour d'un évêque abattu.

Un autre groupe, entièrement composé de femmes, entoure Mme Bucknor, qui donne l'impression que son monde vient d'imploser et qu'elle est assise parmi les débris.

— Ont-ils formellement identifié le corps ? je chuchote à l'oreille de Kenny.

Celle-ci acquiesce et ses yeux se remplissent à nouveau de larmes. Aucun doute sur le corps, donc. Je l'attire légèrement à moi lorsque je vois le pasteur George se diriger vers nous.

— Vous êtes venu, dit-il en nous rejoignant. Merci.

— Je suis sincèrement désolé.

— Le Seigneur sait ce qu'Il fait. Pour l'instant, nous devons discuter d'affaires pratiques. C'est pourquoi j'ai demandé à sœur Kenny de vous contacter.

Kenny me lance un hochement de tête rassurant et rejoint les femmes qui entourent Mme Bucknor. Le pasteur George pose la main dans mon dos pour m'entraîner à l'écart tout en adressant un signe aux anciens et à l'évêque, à l'autre bout de la pièce.

Nous trouvons un banc dans un couloir calme menant aux toilettes. L'odeur âcre du détergent imprègne l'air. Nous nous apprêtons à nous asseoir quand l'évêque et le pasteur Nwoko nous rejoignent.

— Toutes mes condoléances, monsieur, dis-je à Dawodu. Il est l'opposé de l'homme que j'ai vu à la prison. Sa chemise bleue froissée est constellée d'auréoles de sueur. Sa respiration est saccadée et ses mains tremblent.

— Merci, répond-il.

Mais sa voix se brise comme s'il ne trouvait pas les mots pour poursuivre. Le pasteur Nwoko lui tapote le dos, ce qui semble lui redonner des forces. L'évêque désigne le banc.

— Je vous en prie, asseyons-nous.

S'ensuit un silence gêné. Personne ne semble savoir comment aborder le problème qui nous préoccupe tous.

Le pasteur George finit par se lancer.

— Docteur Taiwo, la situation est très différente à présent que nous savons…

Il ne termine pas sa phrase et l'évêque garde la tête baissée. J'opine.

— Je persiste à penser que ce n'est ni le moment ni le lieu, dit l'évêque avec désapprobation.

Mais sa protestation reste faible, parce qu'il secoue la tête comme s'il était pris dans un mauvais rêve. Le pasteur Nwoko poursuit d'une voix douce :

— Évêque, la police va réitérer ses accusations. Bien sûr, nous savons qu'elles ne tiendront pas, mais nous devons nous préparer à cette éventualité.

— Mais ce n'est pas moi, dit-il d'une voix pleine de douleur.

J'ai de la peine pour lui. Même si je suis assez consterné par le moment choisi par les anciens pour ce qu'ils vont probablement me demander, leur pragmatisme est peut-être ce dont l'évêque a besoin. Il n'est pas en état de prendre des décisions rationnelles. Nous sommes dans la version méga-église du concept « j'appelle mon avocat ». Attaquer avant d'être attaqué.

Lorsque l'évêque semble s'être un peu calmé, le pasteur George me regarde.

— Nous aimerions que vous continuiez à travailler sur l'affaire.

— Dans quel but ?

Je pose la question tout en connaissant la réponse.

— Pour découvrir qui a fait ça ! rétorque sèchement Nwoko, comme si la réponse était évidente.

— Mais je ne fais pas partie de la police. Je vous assure qu'elle fera tout ce qui est en son pouvoir pour…

— Comme elle l'a fait en arrêtant Évêque sans la moindre raison ? me coupe Nwoko avec ironie. Elle va essayer de prouver qu'elle avait raison depuis le début. Non, non, on ne peut pas se permettre de compter sur elle.

— Je ne suis pas ce genre d'enquêteur.

Je regarde les trois hommes. Ils doivent se rappeler la manière dont je leur ai été présenté il y a moins d'une semaine.

— Nous le savons bien, reprend le pasteur George. Lorsque nous avons requis vos services, nous sommes partis du principe que Première Dame était en vie. À ce moment, nous voulions seulement innocenter Évêque. Techniquement, vous n'avez pas terminé votre tâche.

Subtil chantage, mais ses yeux sont suppliants. Mince, je ne peux qu'approuver.

— J'en suis conscient. Mais ça pourrait se terminer en affaire de meurtre…

— Meurtre dont Évêque sera accusé à tort, ajoute Nwoko avec exaspération, comme si je me montrais délibérément obtus.

C'est au tour de Dawodu de calmer l'ancien.

— Peut-être devrions-nous laisser les policiers faire leur travail. Je suis sûr que s'ils mènent leur enquête à bien ils trouveront le coupable et le traîneront devant un tribunal.

— Vous savez que ça ne se passera pas ainsi, Évêque, dit George avant que Nwoko puisse parler. L'Église ne peut pas se permettre de vous voir encore une fois arrêté. Pensez aux dommages moraux que cela va provoquer…

L'évêque Dawodu se lève d'un bond et se dresse au-dessus de nous :

— Je m'en fiche !

Je flaire un relent de sueur de stress sous son eau de toilette coûteuse.

— Ma femme est morte. Elle est couchée là…

Il tend le doigt vers le couloir.

— … morte. Elle ne reviendra pas, et tout ce qui vous intéresse, c'est l'Église ?

Sa voix est assez forte pour porter jusque dans la salle de réception, et le silence qui y règne prouve que tout le monde l'a entendu.

— La police ne peut pas vous arrêter à nouveau, à moins de disposer de preuves irréfutables, monsieur, dis-je doucement.

— On ne peut pas prendre ce risque.

Le regard du pasteur George soutient fermement celui de l'évêque, tel un matador qui chercherait à intimider un taureau enragé.

— Évêque, personne ne vous demande de ne pas porter le deuil. Et personne ici ne peut prétendre ressentir ce que vous traversez. Mais notre responsabilité va au-delà des circonstances. Comme vous l'avez prêché il fut un temps, cela aussi passera. Ce dont nous voulons être sûrs, c'est que, lorsque ce sera passé, l'Église sera indemne et non fracturée.

Mon dédain pour cet homme revient au galop. Son calme et sa condescendance pour tenter d'imposer sa logique machiavélique à l'évêque m'écœurent.

Avant que je puisse intervenir, il se tourne vers moi.

— Nous devons savoir qui a fabriqué ces fausses preuves contre Évêque. Cela faisait aussi partie de votre mission.

— Ne pourrait-on pas en discuter plus tard, pasteur ? Peut-être après…

Je laisse ma phrase en suspens et regarde autour de moi.

Les yeux de l'évêque vont d'un pasteur à l'autre, résignés et abattus. Il m'adresse un sourire fatigué.

— Ils ont raison. Cela aussi passera. Faites ce que vous avez à faire, mais laissez-moi la pleurer en paix.

L'évêque s'éloigne, les épaules basses. Nwoko lui emboîte le pas.

Je refuse de briser le silence qui s'installe entre George et moi. Qu'il s'en dépêtre tout seul. Mais il ne se laisse pas démonter.

— Docteur Taiwo, il est arrivé ce qui est arrivé. Première Dame est partie rejoindre le Seigneur. Nous ne pouvons pas nous permettre d'attendre le retour de bâton. Il est logique d'agir tout de suite. Et nous avons besoin de votre aide.

— Je vais devoir demander la permission de l'école de police. Elle risque de considérer qu'il s'agit d'un conflit d'intérêts.

— Dans ce cas, démissionnez ! m'ordonne le pasteur. Nous vous paierons grassement.

Ce type est incroyable. Je hausse un sourcil, ce qui, étrangement, semble produire sur lui l'effet d'une mise en garde.

— Je vous demande pardon. Je ne voulais pas dire ça de cette façon, dit-il en guettant ma réaction. Mais, je vous en prie, docteur Taiwo, les enjeux sont colossaux. Si nous ne pouvons rien faire pour ramener Première Dame, nous pouvons faire beaucoup pour contenir les retombées sur l'Église. Aidez-nous.

Juste pour voir sa réaction, j'avance éhontément :

— Et si c'était lui qui avait fait le coup ?

— Impossible. Il était à l'église tout le temps. Nous pouvons tous nous en porter garants. Et puis regardez-le : est-ce qu'il a l'air d'être le genre d'homme à tuer sa femme de sang-froid, à jeter son corps dans une lagune et diriger un service quelques heures plus tard ?

Ce n'est pas le moment de donner à cet insupportable pasteur une leçon de psycho-criminologie. De plus, vu les informations que l'inspecteur Bello a partagées avec moi concernant l'affaire, il reste probable que l'évêque soit victime d'un coup monté.

— Et s'il est coupable d'une autre manière ?

— Non. Je ne peux pas me permettre de le penser, sinon à quoi bon vous demander votre aide ?

— Et moi, je peux ? je demande.

— Heureusement pour nous, votre travail nécessite le doute. Le mien est tout le contraire.

Teambuilding

— Pas question !

L'inspecteur Lawrence Bello frappe du poing sur la table. J'avais vu venir sa réponse, mais pas sa véhémence. J'ai demandé à le voir à son bureau. C'était peut-être uniquement pour fanfaronner, mais il a accepté. J'ai donc quitté précipitamment la morgue et allumé mon GPS en direction du QG de la police de Lagos Island, où se situe l'Unité spéciale d'enquête.

Son bureau est minuscule et très mal isolé. Des voix, des claquements de machines à écrire et le bourdonnement des imprimantes à impact filtrent des autres bureaux. La note signalant que nous en sommes à l'ère de l'informatique tarde à parvenir aux forces de police. Mais nous sommes seuls, ce qui m'encourage à parler honnêtement.

— Vous ne voulez pas refaire l'erreur de vous précipiter vers des conclusions hâtives ? Je peux vous aider à réaliser une enquête irréprochable.

— Vos services sont rémunérés par mon suspect n° 1 ! rétorque l'inspecteur avec dédain.

— Qu'est-ce que ça peut faire, si nous œuvrons tous les deux dans le même but ? Vous cherchez la vérité, n'est-ce pas ?

— Ne faites pas le malin, docteur Taiwo. Je joue ma carrière, là. Et maintenant que j'ai la preuve que nous avions vu juste depuis le début, vous voulez que je vous donne la corde pour me pendre ?

Son penchant pour le mélodrame m'épuise.

— Inspecteur, si vous faites l'erreur d'aborder cette enquête dans l'idée de prouver la culpabilité de l'évêque, c'en sera effectivement fini de votre carrière.

— Vous voyez ? Vous êtes partial. Je ne peux pas vous donner accès à nos dossiers ni au rapport du légiste.

— Non, inspecteur, c'est vous qui avez un a priori. J'essaie de vous protéger de vous-même. Donnez-moi accès aux preuves et je veillerai à ce que vous ne fassiez pas deux fois la même erreur.

— Vous allez m'aider à trouver le tueur ?

Je préférerais ne pas faire de promesse, mais ai-je le choix ?

— Considérez que ce sera un bonus, dis-je. Je soupçonne que, s'il y a un assassin, nous le trouverons dès que nous comprendrons pourquoi quelqu'un tente de piéger l'évêque, et qui.

Je tends la main. L'inspecteur est peut-être têtu, mais nous savons tous les deux qu'il a besoin d'aide.

— Je veux être informé de ce que vous découvrez à l'instant où vous le découvrez, stipule-t-il.

J'acquiesce. Au bout de plusieurs secondes, il serre ma main.

Je repars des bureaux de l'USE avec les photocopies d'un dossier pathétiquement maigre et les transcriptions des appels de l'informateur qui ont conduit à l'arrestation de l'évêque. J'ai aussi un courrier de l'inspecteur pour le légiste, afin que ce dernier me fasse parvenir le rapport d'autopsie dès qu'il sera disponible. Mais seulement lorsque l'équipe de Bello l'aura vérifié. Je peux faire avec.

Victor Ewang étant toujours injoignable, j'appelle Kenny.

— Pourquoi lui ? me demande-t-elle.

— C'est simplement une piste.

— Personne ne l'a vu, mais pour être honnête personne ne le cherche. Nous sommes encore à la morgue.

— Tu n'aurais pas un autre numéro où le joindre ?

— Je n'ai aucun numéro. Je peux demander à sa femme… ?

Je ne veux pas qu'on s'étonne que je cherche le directeur des missions internationales juste après avoir quitté la morgue, alors je dis à Kenny de ne pas s'embêter. Au moment où je vais raccrocher…

— Phil ! Attends…, ajoute-t-elle avec une certaine tension. Tu me parles de Victor Ewang. Je ne le connais pas très bien. Et je ne sais pas si c'est pertinent, mais il y a eu des rumeurs…

— À quel propos ?

— Lui et Première Dame. Certains sous-entendaient qu'il y avait quelque chose entre eux.

Intéressant.

— Et c'était le cas ?

— J'ai abordé le sujet avec Sade, une fois. Je m'inquiétais que sa mère ait vent desdites rumeurs. Bref, elle a répondu que je ne devrais pas me soucier de ce que disent les gens. Qu'elle ne faisait jamais que demander des conseils financiers à Ewang.

— Tu l'as crue ?

— Je n'avais aucune raison de ne pas la croire, mais maintenant que tu me parles de lui… Qu'est-ce qui se passe, Phil ?

Je lui réponds qu'Ewang est l'une des personnes que je n'ai pas eu l'occasion d'interroger en raison de la libération subite de l'évêque. Je veux simplement planifier un autre rendez-vous. Cette réponse semble la satisfaire. Elle me promet de se renseigner, et je raccroche.

Je consulte l'heure. Déjà plus de 15 heures. Je devrais me diriger vers la partie continentale[1] de Lagos dès maintenant si je veux parler à Abubakar avant qu'il ne quitte l'école. Mais je ne peux pas me rendre à la société de sécurité de Chika à Lekki et atteindre le Third Mainland Bridge à temps. Je vais devoir me contenter d'un coup de fil.

— Tu veux encore que je te serve de chauffeur ? répond Chika après avoir écouté ma proposition.

— Je n'ai que faire d'un chauffeur à Lagos.

— Si je me souviens bien, rétorque-t-il sèchement, j'étais bien plus qu'un chauffeur…

— Quand tu as fini par avouer qui tu étais vraiment, je réplique.

— Tu n'oublieras jamais, hein ?

— Je te le rappellerai jusqu'à la fin des temps, je lui réponds en toute sincérité.

— Me rappeler mes transgressions passées pour m'obliger à faire quelque chose, ça s'appelle du chantage.

— Et ça fonctionne ?

— Tu te doutes bien que oui, grommelle-t-il.

Je sais que je suis entre de bonnes mains. Posséder et diriger une société de cybersécurité fait de Chika et de son équipe des partenaires précieux sur cette affaire. Et savoir qu'il est un sniper émérite et a des années d'expérience de combat fait de

1. La ville de Lagos est constituée de plusieurs îles (dont Lagos Island et Ikoyi) et d'une partie continentale (« Mainland »). *(NdÉ.)*

lui la protection idéale dans une situation où je n'ai pas l'appui de la police. Nous avons déjà connu ça.

— Des progrès sur la liste des appels ?

— J'ai dit à mon gars de suspendre ses recherches quand j'ai cru l'affaire bouclée.

— Eh bien, dis-lui de reprendre. J'ai besoin de cette liste.

— Waouh, têtu ! dit Chika sur un ton caustique.

Ce n'est qu'une façade. Je parie qu'il a relancé son contact dès l'annonce de la mort de Sade.

J'insiste pour qu'il m'envoie la facture des heures de travail de son équipe. Après quelques protestations, que je contre en lui signalant que je vais être grassement rétribué, il accepte.

Les dieux de la circulation de Lagos sont de bonne humeur et je quitte le Third Mainland Bridge juste après 16 heures, à temps pour rejoindre Abubakar avant que sa journée se termine.

— Je ne sais pas si vous avez bien fait d'accepter cette affai*l*e, dit-il en secouant la tête.

— Vous n'étiez pas de cet avis, il y a quelques jours.

Nous sommes à l'endroit habituel, devant son bureau, et il fume.

— À ce moment-là, c'était une p*l*omenade de santé. Maintenant, c'est un v*l*ai me*l*dier. Tous les yeux sont su*l* nous, et pas pou*l* les bonnes *l*aisons.

— Je comprends, et c'est pour cela que j'ai besoin de votre aide.

Il hausse un sourcil, écrase sa cigarette et croise les bras sur sa poitrine.

— Pou*l*suivez.

— La police a besoin d'un dossier à toute épreuve. De plus, il est important qu'on la voie se démener pour résoudre l'affaire. L'inspecteur et son équipe n'ont pas aimé passer pour des imbéciles ; Bello fera donc tout ce qui est en son pouvoir pour découvrir qui a envoyé ces renseignements induisant que l'évêque avait tué sa femme. C'est ce qu'il m'a dit.

— C'est v*l*ai, admet Abubakar.

Mais il reste sceptique sur mes intentions réelles.

— J'aimerais mettre quelques cadets sur l'affaire. Leur faire effectuer le travail de recherche basique et transmettre leurs retours à l'équipe d'investigation. Ce serait une première vraie affaire pour nos futurs inspecteurs.

Le visage d'Abubakar se détend et il hoche la tête.

— Ah. Je vois où vous voulez en veni*l*. L'école subi*l*a moins de p*l*ession si on la voit t*l*availler avec la police ! B*l*illant.

Je ne m'attendais pas à ce qu'il refuse, mais son approbation me soulage. Vu l'importance et l'ampleur de cette mission, je vais avoir besoin d'aide. Les cadets y gagneront en expérience et leurs efforts de recherche me permettront de me concentrer sur les deux questions cruciales qui tournent dans ma tête : comment et pourquoi Folasade Dawodu est-elle morte ?

— P*l*océdons ainsi, mais ça a inté*l*êt à fonctionner, approuve Abubakar en allumant une nouvelle cigarette.

Il agite le bout incandescent vers moi.

— Sinon, ga*l*e à vous !

Malgré cet avertissement, je conserve un enthousiasme prudent. Ma répugnance initiale à me retrouver impliqué dans les petits scandales d'une Église s'estompe face à la possibilité d'un homicide. Dans mon bureau, je note rapidement de partager mes tâches avec les cadets les plus prometteurs de ma classe. Je les brieferai demain matin à la première heure.

J'ouvre la chemise en carton et la couverture me fait marquer un temps d'arrêt : *L'État contre Jeremiah Batabunde Dawodu*. Le tampon « reçu » portant l'insigne du ministère public me paraît étrange. Il est daté du jour de l'arrestation de l'évêque. Ils étaient prêts à engager des poursuites pénales si rapidement ? Avec moins de 20 pages de captures d'écran et un rapport non authentifié sur la scène du crime ? Comment est-ce possible ?

Peut-être parce que quelqu'un savait que la première dame était morte *avant* que son corps ne soit ressorti de la lagune. Quelqu'un qui était sûr que sa vie était en danger. J'attrape mon téléphone.

— Il vit sur le campus, comme la majeure partie du personnel, me répond Kenny. Phil, ta fascination pour ce type commence à me perturber.

— Ne t'inquiète pas, Kenny Girl. Je veux simplement terminer les entretiens pour me concentrer sur ce qui importe vraiment.

— Trouver l'assassin ? demande-t-elle pleine d'espoir.

— Peut-être.

Elle m'indique comment me rendre chez Ewang. Je lui présente encore mes condoléances, lui conseille de se reposer et raccroche. Puis je me prépare mentalement à la résistance que je vais devoir affronter à l'autre bout du fil, et je compose le numéro.

— Sérieusement ? s'écrie Folake quand je lui dévoile mon plan. À cette heure ? Et tu penses vraiment pouvoir rentrer ce soir ?

— Je crois. Il va me falloir du temps pour aller là-bas, mais les routes devraient être dégagées quand j'en aurai terminé.

— Et ça ne peut pas attendre demain ?

Je regarde la carte que j'ai dans les mains.

Elle a découvert des choses. Je le sais, parce que c'est moi qui l'ai mise au courant.

— Non, chérie, ça ne peut pas.

Sombres éléments

Je franchis les portes du domaine de la Grâce juste après 22 heures. Les vigiles ont la mine sombre lorsqu'ils m'aiguillent vers les quartiers résidentiels de la congrégation. Les drapeaux des pays dans lesquels est implantée l'Église sont en berne en mémoire de la première dame défunte. La route Exodus, qui conduit à la grandiose cathédrale de la Grâce, est presque déserte.

Il n'y a pas de lumière dans l'édifice, qui culmine à près de 20 mètres : la croix couverte d'or brille à son faîte, indifférente à l'atmosphère de deuil. De hauts piliers de marbre s'élèvent vers des voûtes évoquant un parapluie retourné par le vent. Il paraît que cette immense cathédrale peut accueillir 50 000 personnes. Il me faut plusieurs minutes pour la dépasser et atteindre la rue Saint Luke, où je ralentis pour lire les numéros sur les bungalows soigneusement alignés.

Devant le 18 je m'arrête et j'appelle Victor Ewang. Je raccroche quand se déclenche le message du répondeur que je connais désormais trop bien. Je descends de voiture.

Soulagé de voir la lueur d'un écran de télé dans le salon, je frappe doucement à la porte. Les rideaux s'écartent sur un visage de femme, que je salue de manière à montrer que je viens en paix. Cela ne gomme pas son froncement de sourcils, et j'entends marmonner à l'intérieur. Quelques secondes plus tard, Victor Ewang ouvre la porte. Il est en pyjama, échevelé ; il a les yeux affolés par la peur.

Il regarde à gauche, à droite, puis fait un signe de tête vers l'intérieur.

— Pas ici.

— Vous ne répondiez pas au téléphone, dis-je en guise d'excuse.

— Pas ici, murmure-t-il de nouveau de manière pressante.

— Où ?

Je ne bougerai pas avant d'en savoir davantage.

— Je vous envoie l'adresse. Attendez-moi là-bas.

Il referme la porte. J'attends dans ma voiture. Je ne partirai pas tant que je n'aurai pas reçu le message. Les rideaux s'écartent à nouveau. Même femme. Mon téléphone émet un *bip*. C'est une épingle de localisation. Je sors de l'allée ; la femme ne me quitte pas des yeux. Son épouse ? Sait-elle de quoi son mari a si peur ?

Une fois hors de Graceland, je roule pendant 17 minutes sur la voie rapide Lagos-Ibadan et prends à droite. Le GPS me confirme que je suis arrivé à destination. Ewang a choisi une autre méga-église – celle du Christ rédempteur – pour notre rendez-vous.

Je suis arrivé.

J'envoie le texto à Ewang et j'attends.

Il répond immédiatement.

Allez au parking.
J'ai une Silver Infinity.

Je suis les panneaux. Seules quelques voitures apparaissent sous les projecteurs. Ewang a choisi cet endroit parce qu'il n'y a pas de service ce soir. Le lieu est loin d'être isolé, mais l'anonymat y est possible. J'ai l'impression de jouer aux espions en terre consacrée.

L'attente me paraît interminable, j'en viens à caresser l'idée de retourner chez Ewang. Je m'apprête à lui renvoyer un texto lorsque les phares puissants d'un 4 × 4 Infinity pénètrent dans le parking. J'allume brièvement les miens et le véhicule me rejoint au ralenti. La vitre du conducteur s'abaisse.

— Montez, ordonne-t-il.

Une fois installé dans le luxueux habitacle, je vais droit au but.

— Vous avez dit avoir des informations sur la première dame ?

Au lieu de répondre, il fait marche arrière et se dirige vers une autre rue. Il dépasse un terrain de football et une école maternelle pour gagner une zone non éclairée, pleine de véhicules de chantier et d'autres machines destinées aux extensions en cours du domaine. Ce n'est pas la première fois qu'il vient ici.

— Alors ? je demande une fois que la voiture s'arrête.

Il n'y a pas de lumière hormis celle du compteur digital du tableau de bord.

— Elle a été tuée en raison de ce qu'elle avait découvert à propos de l'Église, annonce Ewang avec précipitation.

Il transpire la peur.

— L'Église ? Vous voulez dire que l'évêque est coupable ?

— Non ! Évêque n'est pas un tueur.

L'hypothèse paraît l'horrifier.

— Mais vous avez dit que l'Église…

— J'ai dit : ce qu'elle savait à propos de l'Église.

— Pourquoi vous ne commenceriez pas par le commencement ?

Il prend une profonde inspiration.

— Je dirige les initiatives d'expansion de l'Église ; je suis donc en charge des finances. J'envoie de l'argent dans différents pays pour ériger des lieux de culte, évangéliser, etc.

Je hoche la tête comme si je connaissais parfaitement les fonctions du directeur des missions internationales.

— L'Église gagne énormément d'argent, poursuit-il. Tout le monde pense que ça vient du denier, des offrandes et des dons, n'est-ce pas ?

— Ce n'est pas le cas ?

— Pas pour l'Église de la Grâce. Vous voyez, j'ai été recruté alors que je travaillais dans une banque, où je dirigeais le bureau de change. Quand j'ai débuté au sein de l'Église, on me demandait de superviser l'achat de monnaies étrangères au meilleur prix pour les transférer sur les comptes de la Grâce en Europe et aux États-Unis. C'était très simple. L'Église allouait des fonds à mon département, me donnait une liste des missions qui devaient être financées, puis j'achetais et je transférais les devises étrangères dans lesdits pays.

Il prend une inspiration et ses épaules s'affaissent.

— C'était simple.

— Jusqu'à ce que ça cesse de l'être ?

Je lui pose la question doucement, pour l'encourager.

— Jusqu'à ce que l'argent commence à venir des missions à l'étranger, me répond-il.

— Je ne comprends pas.

— Le QG est situé ici, mais on m'a demandé d'envoyer toutes les recettes en Amérique. Et pas directement. Elles devaient transiter par plusieurs banques, ce qui impliquait des tas de frais inutiles avant d'atteindre l'Amérique. C'était d'autant plus inquiétant que le naira baissait.

Je crois deviner où nous allons en venir, mais je ne veux pas me livrer à des conclusions hâtives. Je reste silencieux. Les gens ont tendance à donner davantage d'informations s'ils sentent que leur interlocuteur ne les devance pas.

— Il y a environ cinq ans, j'étais en poste depuis deux ans, on m'a demandé de transférer 10 millions de dollars américains de notre bureau en Croatie vers les États-Unis, via une banque de Hong Kong, puis de l'île Maurice. Ça m'a perturbé. C'était un transfert terriblement coûteux. Les frais de déplacement d'une telle somme via trois banques internationales étaient très élevés comparés à ceux d'un transfert direct. Alors j'ai commencé à poser des questions sur les instructions qu'on me donnait, et les réponses n'avaient aucun sens.

— Qui interrogiez-vous ?

— Au début, mon supérieur direct, le pasteur Nwoko, qui est également en charge des finances de l'Église. Mais il ne me donnait pas la moindre réponse qui puisse justifier pareilles instructions. J'ai d'abord mis ça sur le compte de l'ignorance, parce qu'au fond ce n'est pas un professionnel de la finance. Il a commencé comme trésorier de l'Église. Comme je n'étais pas proche d'Évêque, je ne pouvais pas lui en parler directement. J'ai donc fait mes propres recherches.

Les mains d'Ewang se mettent à trembler et, tout à coup, il abaisse sa vitre et sort la tête par la fenêtre comme s'il manquait d'air.

— Vous allez bien ?

Ma question me paraît idiote.

— Ça va, ça va.

Il hoche vigoureusement la tête mais ne la rentre pas dans l'habitacle.

— Vous avez fait vos propres recherches, donc ?

— Je n'aurais pas dû, mais ma curiosité a été la plus forte. Pour commencer, en Croatie notre Église compte officiellement 234 membres. Quand j'ai cherché son emplacement sur Google, j'ai vu qu'elle se trouvait dans l'un des quartiers les plus pauvres de Zagreb. Je n'avais pas accès aux comptes de la mission, mais il était impossible qu'une église de 234 paroissiens, dans les bas-fonds de Zagreb, puisse financer à hauteur de 10 millions de dollars une autre mission aux États-Unis. Quelqu'un a dû remarquer que je fouillais, parce que soudain on m'a donné un visa et un billet d'avion pour les États-Unis.

— Qui ?

— Le pasteur Nwoko. Il a dit qu'il était temps que je comprenne l'ampleur de ma mission. Deux semaines plus tard, j'étais à Houston et je rencontrais LaTanya Jacobson. C'est la directrice commerciale d'Évêque.

J'acquiesce encore, comme s'il était parfaitement normal que les millions de dollars de fonds d'une Église aboutissent à une « directrice commerciale » américaine.

— C'est elle qui m'a tout expliqué. Prenez le transfert croate, par exemple. L'argent venait d'un marchand d'armes qui avait fait un don à l'Église. Les fonds ont ensuite été transférés hors du pays. Ils sont arrivés en Amérique via divers maillons et ont été validés par les autorités comme « dons à des œuvres religieuses ». Après, eh bien, ils ont été blanchis par l'achat de matériel, de propriétés et de tant d'autres choses que l'Église pouvait déclarer dans le cadre de sa mission. Y compris des jets privés.

— Ça fait beaucoup d'argent à laver sans que les Fédéraux s'y intéressent.

— Mon frère, ne sous-estimez jamais le pouvoir d'une Église dans ce pays qui est le vôtre.

Si irritante soit-elle, son erreur sur ma citoyenneté n'a aucune importance ; je ne relève pas. Par ailleurs, l'exemption d'impôts dont jouissent les Églises aux États-Unis est aussi connue que sujette à dérives.

— En quoi cela implique-t-il la première dame ?

Ewang inspire de façon hachée mais paraît un peu plus calme à présent.

— Quand je suis revenu de ce voyage aux US, on a créé pour moi un nouveau poste. Directeur des missions internationales. Et j'en répondais directement à Mlle Jacobson, en Amérique. Mon salaire a doublé ; on m'a offert une propriété à Graceland ; j'ai enfin pu épouser ma fiancée et fonder une famille. Pendant trois ans, j'ai continué à opérer ce genre de transactions. Déplacer les dons de criminels, les envoyer à Mlle Jacobson pour les faire blanchir. Puis je suis devenu responsable des retours dans d'autres pays ciblés.

— Une partie de l'argent revient ici ?

Il hoche la tête.

— Beaucoup d'argent revient ici. Et c'est comme ça que Première Dame a commencé à soupçonner quelque chose.

— Elle n'était pas déjà au courant ?

— Je ne crois pas. Elle est venue dans mon bureau un jour et m'a demandé de but en blanc quel était mon véritable travail au sein de l'Église. Je lui ai donné la version officielle. Elle a souri et m'a dit qu'elle savait que je mentais, qu'elle allait le prouver. À partir de là c'est devenu du harcèlement. Elle m'appelait tous les jours, m'envoyait des cadeaux, m'invitait à déjeuner. Toujours gentiment, mais ses questions étaient incessantes. Une fois, elle m'a invité chez eux, sur l'Île. Évêque n'était pas là. J'étais nerveux. Nous étions seuls. Elle était...

Il baisse la tête comme pour refouler un souvenir qu'il aurait mieux valu oublier.

— Elle était...

Ainsi, les rumeurs concernant la liaison de Sade Dawodu et Ewang sont vraies. Je m'en assure en essayant de ne pas juger.

— Vous étiez intimes ?

Ewang sourit.

— Vous êtes bien gentil, docteur Taiwo, mais ce n'est pas ce qui s'est passé. Dans le fond, j'aurais bien aimé. C'est vrai, je me suis rendu dans cette maison dans l'espoir qu'il se passe quelque chose, mais Première Dame ne désirait que des informations. Dès qu'elle les a obtenues, elle a coupé les ponts.

— Il ne s'est rien passé entre vous ?

— Rien.

Je le scrute pour savoir s'il dit vrai, mais qu'aurait-il à perdre ou à gagner à mentir sur une morte ?

— Quelles informations lui avez-vous données ?

— Des documents. Certaines transactions. Le nom des donateurs, leurs coordonnées bancaires, les sommes qu'ils ont versées et celles qui leur sont revenues blanchies.

Il plonge la main dans sa poche et en sort une clé USB.

— Voici une version à jour des fichiers que je lui ai transmis. Je suis convaincu que quelqu'un dont le nom figure dans ces dossiers a découvert que Première Dame savait ce qu'il se passait et l'a fait assassiner.

— C'est dur à croire. Pardon, mais c'était la première dame, la femme de l'évêque…

— Elle disait qu'elle le haïssait, affirme-t-il sur un ton dur, comme si son ego était encore blessé. Elle disait qu'elle voulait le quitter, ajoute-t-il. C'est de la folie de ma part, mais j'ai cru que c'était pour être avec moi. Alors je lui ai donné les informations afin qu'elle dispose d'un moyen de pression. Si elle a dit à l'évêque qu'elle possédait cette liste, il sait forcément qu'une personne qui y figure a tué sa femme.

Langage corporel

J'avais raison : la circulation est moins dense après minuit. Je me gare dans mon allée peu après 3 heures du matin. Malgré la fatigue, je file dans mon bureau et j'ouvre mon ordinateur. Pas besoin d'être un génie pour comprendre ce que je vois. Des nombres, des initiales, des codes et des noms de villes défilent sur mon écran. Je parcours la liste : des centaines de transactions, à travers des dizaines d'institutions financières et autant de villes. Je vais avoir besoin d'aide.

J'envoie un texto à Chika.

Envoie-moi un coursier à la première heure.
Je t'expliquerai.

Aux environs de 5 heures, je vais me coucher sur la pointe des pieds. Au moment où je pose la tête sur l'oreiller, Folake bouge.

— Tu as eu ce que tu voulais ? marmonne-t-elle d'une voix endormie.

Je me tourne pour l'embrasser sur le front.

— Pas sûr, mais j'ai trouvé quelque chose.

Ce n'est pas le moment de penser ou de dire à quel point j'espère qu'Ewang ment. Si ce n'est pas le cas, j'ai bien l'impression de m'être encore fait avoir par un homme de Dieu. Comme avec le révérend Freedman. Ce qui remet en question la maturité et l'expérience que je suis censé avoir acquises depuis l'adolescence.

— Bien. Je déposerai les enfants, dit Folake en se rendormant.

Quelques heures plus tard et pourtant trop tôt, je me réveille dans une maison déserte. Je me douche, j'avale un café serré et je sors.

La circulation vers Lagos Island me paraît étonnamment fluide. Une impression due à mon abattement, à ma tristesse face à la tournure des derniers événements. La tâche qui m'attend m'emplit d'effroi et par réticence je fais tout défiler en accéléré, ce qui brouille la réalité du trafic. Mais en vérité la vie poursuit son cours inexorable, et je ne suis pas doué pour l'optimisme : la mort appelle.

Devant la morgue, il n'y a personne. Tout le monde suit les nouvelles de chez soi, sur son smartphone. J'envie les gens. Une autopsie sur un corps sorti de l'eau est toujours très pénible. La perspective de voir le corps de Sade Dawodu s'avère particulièrement sinistre.

À l'intérieur, l'agitation ambiante jure avec la gravité du lieu. De nombreuses personnes patientent sur les marches, et encore plus à la réception. Les familles endeuillées se mêlent aux professionnels de la mort.

— *Ehn !* C'est un cercueil en acajou, *o*. On ne peut pas faire moins cher. Regardez celui-là…

— Le transport au village n'est pas un problème, mais l'embaumement doit être fait ici…

— Incinérer ? *Haba !* Tu n'aimes pas ta mère ? Un enterrement digne de ce nom est…

Un homme vêtu d'une blouse blanc cassé se dirige droit sur moi. À sa démarche déterminée et à la manière dont ses yeux me cherchent, je devine qu'il s'agit du légiste. Il est petit, il a la cinquantaine bien tassée et pas un cheveu sur son crâne brillant.

— Docteur Taiwo ?

— C'est moi.

Nous échangeons des politesses puis il me guide à travers plusieurs couloirs jusqu'à une porte portant l'écriteau AUTOPSIE. Je prends une profonde inspiration. Le légiste s'arrête et me regarde avec inquiétude.

— Je sais que vous avez demandé des photos, mais le corps est resté immergé un certain temps. C'est très difficile de le photographier pour un diagnostic efficace, commence-t-il pour s'excuser.

— Je sais, lui dis-je pour couper court.

Il pousse la double porte. Je le suis et m'arrête à une distance respectueuse de l'unique table d'examen disposée au centre de la pièce. Le corps est couvert d'une bâche en plastique. Je serre les dents et j'avance d'un pas.

— Vu l'importance de l'affaire, on a travaillé toute la nuit, dit le légiste en contournant la table. C'est la salle des VIP.

Même dans la mort, tout le monde n'est pas logé à la même enseigne. C'est bien le Nigeria, ça.

— Le mari a payé une autopsie express, ajoute-t-il en remarquant mon expression étonnée.

— Je ne comprends pas.

Il y a un soupçon de pitié dans son sourire.

— Nous manquons cruellement de fonds, et dans de tels cas si la famille peut payer pour un service rapide nous les faisons passer en priorité.

Il retire la bâche. Le visage me saisit. Yeux exorbités, tissus distendus par l'eau, peau décolorée, lèvres enflées et langue pendante.

Je me souviens de Lara disant « Elle est si belle ». À présent il n'y a plus aucun signe de sa beauté.

— Ça va aller ? demande le légiste.

Je parviens à hocher la tête.

— Pas de trace de strangulation, poursuit-il. Nous n'avons pas pu déceler de trauma externe en raison de l'immersion prolongée.

Son regard glisse furtivement du corps à moi.

— Je vais lui couvrir le visage, ajoute-t-il.

J'ai presque envie de le serrer dans mes bras.

— Il n'y a pas grand-chose à ce niveau, de toute façon, dit-il en se penchant pour ramasser la bâche.

Avec miséricorde, il dissimule la tête de Folasade Dawodu.

— Nous avons commencé par les choses les plus évidentes.

Il désigne les bras, et sur la poitrine l'incision en forme de *Y* qui relie le sternum à l'estomac.

— Nous confirmons que les poumons de la victime étaient pleins d'eau, ce qui indique qu'elle s'est noyée.

— Vous pourriez vérifier si d'autres blessures datent d'avant la noyade ?

— Pas tout de suite, j'en suis encore aux traumas internes. La rigidité cadavérique rend difficile la détection de traumas externes, hormis ceux qui touchent les os.

— Y a-t-il des traces de violence, un coup de couteau par exemple ?

Je formule ma question avec précaution, pour éviter de mentir ouvertement.

— Ce sera dur à confirmer, mais nous allons essayer. J'ai comparé l'eau présente dans les poumons à des échantillons de l'eau de la lagune ; la toxicologie correspond à 72 %.

— C'est significatif.

J'apprécie le bonhomme. Son approche méticuleuse est rassurante et, très franchement, assez rare chez un fonctionnaire.

— Absolument, approuve-t-il. J'ai aussi examiné le contenu de son estomac.

Il désigne la pointe du *Y*.

— Un repas copieux et gras. Pas de malnutrition avant la noyade. Dans la mesure où elle était habillée, les organes génitaux étaient protégés, je cherche quand même les traces d'un éventuel rapport sexuel. C'est peu probable, mais ça vaut la peine d'essayer.

— Vous pensez pouvoir trouver quelque chose ?

Il ôte ses lunettes et les essuie sur sa blouse.

— S'il y a eu pénétration sans préservatif, il y a une chance qu'on puisse trouver des traces de sperme, à tout le moins.

Même avec l'équipement le plus sophistiqué, je doute qu'il découvre quoi que ce soit de probant à ce niveau. Les « traces » ne font jamais qu'ouvrir de nouvelles hypothèses et mènent rarement à des conclusions.

— Et au niveau sanguin ? je lui demande.

Des drogues ou des anesthésiques se seraient attardés dans le corps plus longtemps que des substances organiques. Il a remis ses lunettes, qui ne semblent pas plus propres qu'avant.

— C'est la première chose que j'ai demandée au labo puisque je n'ai décelé aucun trauma visible.

— Et ?

— Ces analyses prennent du temps, et ce n'est pas le même établissement que pour les tests de toxicologie. Les résultats ne sont pas encore arrivés. Je vous préviendrai dès qu'on les aura. Ici, poursuit-il en pointant l'abdomen, on a trouvé quelque chose d'intéressant.

Mon cœur bondit.

— Elle n'est pas… elle n'était pas…

— Enceinte ? Oh, non, s'empresse-t-il de me rassurer. Je suis au courant des difficultés qu'avait la victime à concevoir un enfant, ce qui rend d'autant plus notable qu'elle ait eu recours à une ligature des trompes.

Je ne parviens pas à cacher ma surprise.

— Elle a été stérilisée ?

— Et il y a peu, en plus, parce que les trompes étaient cautérisées et les cicatrices paraissaient récentes.

Chiffres cachés

— Waouh, fait Chika en reculant sa chaise de l'ordinateur.

— Dingue, non ? dis-je sans quitter l'écran des yeux.

— Les noms que comporte ce document suffiraient à faire tomber des gouvernements entiers ! s'exclame-t-il, incrédule.

Pour le profane, les informations que contient cette clé USB se résument à une liste de noms et de transactions bancaires entre diverses institutions financières sur l'ensemble de la planète. Mais de plus près il s'agit d'une liste explosive de célébrités (politiciens, financiers de renom) qui « donnent » tous d'immenses sommes à l'Église de la Grâce afin que l'argent soit blanchi par étapes et leur revienne propre et impossible à tracer.

— C'est le système de blanchiment le plus sophistiqué que j'aie jamais vu, dit Chika, impressionné. Et c'est légal, c'est ça le plus ahurissant.

— Uniquement parce que l'Église échappe aux contrôles financiers.

Je le rejoins de son côté de la table et me sers un verre d'eau.

— Le véritable crime, c'est la provenance de ces sommes.

Il rapproche sa chaise de l'ordinateur, puis fixe l'écran en secouant la tête.

— Sade Dawodu a peut-être été assassinée, finalement. On ne cherche pas des noises aux gens de cette liste en espérant s'en tirer en un seul morceau.

— Si elle s'apprêtait à dévoiler ces fraudes, effectivement c'est peut-être pour ça qu'elle a été tuée.

Il renifle.

— Si ton informateur dit vrai, elle a aussi pu envisager de faire chanter son mari pour obtenir le divorce. Sans la moindre visée philanthropique.

— Attends, tu justifies un meurtre, là ? je rétorque sur un ton volontairement vif.

— Bien sûr que non, mais regarde ça. Des sénateurs, des gouverneurs, des marchands d'armes, des cartels notoires et même pire. Et aussi des gros bonnets de la finance avec pignon sur rue. Chaque personne de cette liste tuerait pour qu'elle reste secrète.

— Cent dix-sept personnes ? Vraiment ?

L'ampleur de la tâche qui m'attend m'écrase. Il opine.

— Donc nous avons 117 suspects, je résume, mais nous pouvons imaginer que seule une poignée, voire un individu isolé, peut être coupable ?

— *Si* l'un d'eux est coupable, répond Chika avec prudence.

— Oui, oui.

Je balaie sa remarque. Je suis du genre impatient ; je déteste perdre du temps.

— Bien, par où on commence ?

Chika ne dit rien mais il échafaude les scénarios possibles. Malgré nos piques, nous faisons une bonne équipe. Lui, c'est l'homme d'action, il prépare le coup suivant avec précision. Moi, je suis la tête pensante, j'étudie le meilleur plan avant de faire le moindre pas.

— J'en reviens toujours à Sade, dis-je puisque mes réflexions ne m'ont mené nulle part. Si elle a voulu faire chanter son mari, pourquoi être partie de chez elle ? Où est-elle allée ? Et était-elle seule ou avec quelqu'un ?

— Et cette mise en scène pour faire croire qu'elle a été violemment attaquée ? renchérit Chika.

— Nous ne savons pas si elle en est l'autrice.

— Et ça pourrait être qui d'autre ? demande Chika, acerbe.

— Quelqu'un à qui elle se serait confiée ? Quelqu'un qui l'aurait aidée à s'échapper ?

Je fais les cent pas.

— Ewang dit que Sade l'a poussée à lui remettre ces infos. Si elle était de mèche avec une personne de la liste, et si elles avaient travaillé ensemble à faire croire qu'elle avait été tuée chez elle, cela réduit nos suspects aux résidents des environs. Ou à ceux qui ont quitté le pays récemment. Donc on peut comparer les noms avec les manifestes de vol.

— Ça n'aide pas vraiment, dit Chika en secouant la tête. Il y a au moins 20 noms locaux qui opèrent au niveau international. Ils peuvent avoir été n'importe où quand Sade a disparu. Et puis comment être sûrs que cette liste est complète ? Si ça se trouve il y a des transactions dont Ewang n'a pas connaissance.

— Certes, mais j'ai vu ce type, Chika. Il a peur. Il pense que si Sade a voulu faire pression sur son mari avec ces données, l'évêque, LaTanya et beaucoup d'autres sinon tous les gens de la liste savent que l'information vient de lui.

Il secoue de nouveau la tête.

— Ce n'est pas comme ça que ça marche. Si l'affaire profite à l'évêque, et c'est sans doute le cas, il ne voudra pas qu'on sache que le secret est éventé.

— Par conséquent ça ne peut être que l'évêque et LaTanya ?

— Sauf que LaTanya n'est pas ici, et que l'évêque ne se serait pas piégé lui-même pour endosser le meurtre de sa femme.

— On tourne en rond.

— J'imagine que c'est le but.

Cette idée me fait marquer un temps d'arrêt.

— Qui voudrait nous faire tourner en rond ?

— Je pensais à ta victime. Sauf qu'elle n'avait pas prévu de se faire vraiment tuer.

Il sait quelque chose. Je le devine à son sourire.

— Qu'est-ce que tu as trouvé ?

— J'ai fait des recherches sur le garde en service le matin de sa disparition. Il s'avère que le propriétaire de la société connaît un ami qui connaît un ami… Bref, j'ai passé quelques coups de fil hier après notre échange, et le patron m'a donné la permission de parler au vigile.

— J'aurais aimé m'en charger moi-même.

Je déteste mon ton pleurnichard.

— Je sais. Mais tu étais à des heures de bouchons d'ici. Tu veux savoir ce qu'il a fait ou tu préfères me culpabiliser pour mon initiative ?

Je me rassieds face à lui.

— Continue.

— Merci, monsieur, dit-il avec une courbette moqueuse. Donc, le garde en question aurait pris la relève le matin. Il m'a dit que son collègue de nuit, Samson (l'alibi n° 1 de l'évêque, non ?), n'avait rapporté aucun incident lors de la transmission. Il ne savait donc pas qu'il s'était passé quelque chose pendant la nuit. Et, puisque je savais que tu m'en ferais baver pour lui avoir parlé en ton absence…

Il agite son téléphone mobile devant moi. Je me redresse.

— Tu as enregistré la conversation ?

— J'ai appris auprès des meilleurs. J'appuie sur « Lecture » ou tu veux jouer au jeu des 20 questions ?

— « Lecture », s'il te plaît.

Il y a un gros bruit de fond, mais Chika a dû placer le micro de son téléphone près du garde, parce que le son est beaucoup plus clair lorsque ce dernier parle, alors que les questions de Chika sont un peu étouffées.

— *I no know say na me see madam last, o.*

— *E be like say na you, o.*

— *Na wa, o. Na so madam just die like dat*[1]*?*

Les sonorités et les multiples images propres au pidgin me donnent l'impression d'assister à la scène. C'est comme si je voyais le vigile hocher la tête, songeur face au mystère de la vie et de la mort.

— *You see am leave di house?* demande Chika.

Le garde a dû opiner puisque mon camarade poursuit :

— *Na before bishop leave or na after*[2]*?*

Je lui souris. Il a beaucoup appris en me regardant interroger des témoins. Ne pas avoir de présupposés. Donner juste assez d'informations pour orienter la conversation, mais laisser les éléments clés en suspens. Laisser le témoin combler les trous, puis tout comparer à ce qu'on sait déjà.

---

1. « Je ne savais pas que j'étais la dernière personne à avoir vu madame en vie. – On dirait pourtant bien. – Oh ! Madame est morte juste comme ça, alors ? »

2. « Vous l'avez vue quitter la maison ? » « Avant ou après le départ de l'évêque ? »

— *Bishop no dey house, o. Im car no de there when I come for duty.*

— *So, madam left alone? Her driver no come*[1]*?*

Une fois encore, je hoche la tête avec approbation. Chika a adopté la manière de parler de la personne qu'il interroge. Je me rapproche du téléphone. Le pidgin n'est pas mon fort, mais un enregistrement le rend plus facile à déchiffrer.

— *Madam don give everybody leave, o. Cook, gardener, cleaner. Everybody no come work.*

— *So, the house dey empty?*

— *I no look inside, o, but me I think say the house empty since everyone dey leave*[2].

On sent le garde un peu sur la défensive, il y a dans sa voix une pointe d'irritation sûrement liée au fait qu'il doive répéter son histoire. Mais surtout parce que, malgré ses dénégations, il est bel et bien allé voir dans la maison.

— *But her car dey compound, so how she go? She take Uber?*

— *No o. Na her friend come carry am*[3].

Je me tourne vers Chika, intrigué. Il me fait signe de continuer à écouter.

— *Her friend?* demande Chika.

---

1. « L'évêque n'était pas chez lui. Sa voiture n'était pas là quand j'ai pris mon service. – Alors madame est partie seule ? Son chauffeur n'était pas là ? »

2. « Madame avait donné sa journée à tout le monde. Cuisinier, jardinier, femme de ménage. Personne n'est venu travailler. – Donc la maison était vide ? – Je ne suis pas allé voir dedans, mais je pense qu'elle était vide puisque tout le monde était parti. »

3. « Mais si sa voiture était encore là, comment est-elle partie ? En Uber ? – Non. Son ami est venu la chercher. »

Le silence s'étire, et sans le bruit de fond on pourrait croire que la séquence est terminée.

— *Your madam don die, o.*

J'imagine que Chika s'est rapproché en regardant le garde droit dans les yeux. Mais sans menace.

— *We dey find di people wey kill am*[1].

Un autre long silence, comme si le garde réfléchissait aux mots de Chika. Il doit s'apprêter à parler parce que la voix de Chika retentit encore :

— *Dis her friend, na woman or man?*

— *Na man.*

Le garde semble sûr de lui.

— *You know am before?*

— *How I no go know am?*

Répondre à une question par une autre question. Typique des Nigérians quand ils sont certains de quelque chose.

— *E dey com di house well well.*

— *You know im name?* demande Chika.

Cette question fait rire le garde.

— *I wan know am die? Na everyday my wife dey play im music.*

— *A singer?*

— *Yes, na. Im name na Enomo Collins*[2].

---

1. « Votre patronne est morte. On veut trouver qui l'a tuée. »

2. « Son ami, c'était un homme ou une femme ? – Un homme. – Vous le connaissiez ? – Comment je pourrais ne pas le connaître ? Il venait souvent ici. – Vous savez comment il s'appelle ? – Si je le sais ? Ma femme passe sa musique à longueur de journée. – C'est un chanteur ? – Oui. Il s'appelle Enomo Collins. »

Première de la classe

Folasade. Jamais Sade. C'est comme ça que papa m'appelait quand il venait nous voir. Notre appartement était le plus petit de la maison parce que maman n'avait que moi, alors que les trois autres épouses avaient 16 enfants en tout. Je ne vivais que pour ces visites, ces moments où maman était choisie pour préparer son repas et où je n'avais pas à le partager avec les autres enfants. « Parce que ta prospérité sera la couronne de cette famille », promettait-il quand je lui demandais pourquoi il m'avait prénommée ainsi.

J'adorais les visites qu'il me rendait lorsque j'avais excellé à l'école. Quand j'avais été première de la classe, il était venu trois soirs d'affilée ! Trois jours où j'avais été la plus heureuse du monde. Quand maman passait fièrement devant les autres épouses, j'aimais me dire que j'y étais pour quelque chose.

Puis, soudain, maman a rencontré Jésus et décidé que l'approbation du Seigneur était plus importante que celle de son mari. Elle a fait ses valises et laissé un ultimatum à papa : s'il la voulait, il devait renoncer à toutes les autres.

Plus papa restait loin de nous, plus nous passions de temps à prier à l'église pour qu'il rencontre Jésus. Quand j'ai été admise à l'école de médecine, j'étais persuadée que ce serait comme quand j'avais été première de la classe. Il m'a envoyé un flacon de parfum et un mot de félicitations, adressé à sa « brillante fille Folasade ».

Il n'avait jamais fait de favoritisme et n'allait pas commencer avec moi. Et, au lieu de rencontrer Jésus, il a confondu son médicament pour la pression artérielle avec le Viagra qu'il avait acheté en vente libre, et ça l'a tué sur son épouse n° 5.

Le lendemain de son enterrement, en cours d'anatomie, j'ai observé le cadavre d'un homme assez semblable à lui par l'âge et la stature, et j'ai compris que je ne voulais pas être là. Ce semestre-là, j'ai raté l'épreuve d'anatomie. Puis la biochimie. Et continué à échouer jusqu'à ce que l'école me dise que je ne serais jamais médecin.

Il m'aura fallu une thérapie pour surmonter le deuil et les prières obstinées de ma mère afin que je termine l'université. J'ai changé de cursus. Par chance, il restait de la place au département de sociologie, alors j'ai repris à la première année. J'ai obtenu mon diplôme avec mention Bien. Je te l'ai raconté ? C'est aussi à cette époque que maman est devenue membre de l'Église de la Grâce. Et m'a présentée à Jeremiah Babatunde Dawodu.

Il m'a souri et appelée « Folasade ». J'étais en morceaux, prête à me damner. À ce moment-là je ne savais pas ce que je sais aujourd'hui. Et dont je t'ai fait partager le fardeau. Mais assez de souvenirs.

Il est temps d'allumer un incendie.

Journal des appels

Chika me tend la liasse de feuilles qu'il vient de sortir de l'imprimante posée à côté de son bureau.

— Bon, voilà le topo.

Il tourne son ordinateur vers moi pour que je puisse comparer les données imprimées à celles de l'écran.

— Sade a passé plusieurs coups de fil la veille de sa disparition. Mes cyberpotes essaient de comparer les numéros appelés aux bases de données des cartes SIM enregistrées. Je dois te dire que ce n'est pas toujours très fiable. Mais tu le sais, non ? Certains utilisent de faux noms pour acheter des cartes SIM, ou en récupèrent d'un ami ou d'un parent et ne prennent jamais la peine de modifier les coordonnées auprès de l'opérateur.

— Ce qui m'intéresse, ce sont surtout les appels qu'elle a passés le jour de sa disparition, dis-je en parcourant les tirages.

— Trois seulement. Faciles à tracer. L'un des numéros a été contacté plusieurs fois, mais personne n'a décroché. J'ai surligné les noms auxquels ils sont liés.

J'étudie la dernière page, le dernier jour où Sade a été vue en vie. Trois noms. Kikelomo Bucknor, auquel Chika a accolé

« mère ». Un certain U. Ohaeri, et Chika a ajouté « médecin ? ». Enfin, Enomo Collins, que Chika a signalé comme « chantre. »

— Le chanteur ?

— Apparemment, son poste au sein de l'Église est un à-côté. C'est un chanteur de gospel très populaire.

Je me rappelle la session de dévotion que j'ai visionnée sur YouTube il y a plusieurs jours. Le chantre ne m'était pas inconnu. J'avais déjà dû tomber sur des vidéos de lui un des rares jours où je regardais autre chose à la télé que les informations.

— S'ils ont quitté la maison ce jour-là, tu crois qu'ils avaient déjà préparé la fausse scène de crime ? demande Chika.

— On ne le saura pas sans lui poser la question !

Chika reprend son ordinateur et tape à toute vitesse.

— Là, ça dit qu'il a un studio à Anthony Village.

— Attends.

Je sors mon téléphone et compose un numéro.

— On appelle qui, cette fois ? demande Chika.

Ça sonne, je lui fais signe de se taire en mettant un doigt sur ma bouche.

— Bello, annonce la voix.

— Bonjour, inspecteur.

Je prends un ton chaleureux, ce qui fait hausser les sourcils à Chika.

— J'espère que vous ne m'en voulez pas d'appeler si tard ?

— Je suppose que c'est pour une bonne raison, docteur Taiwo, répond-il sèchement.

Je passe outre son manque d'enthousiasme.

— Le dossier. Aucune mention n'est faite d'Enomo Collins.

Sa réponse tarde à se faire entendre.

— Il devrait y en avoir une ?

Je mets le haut-parleur et pose le téléphone entre Chika et moi. Chika recule et je m'efforce de parler sur le même ton afin de ne pas trahir la présence d'un tiers en train d'écouter.

— Vous savez que c'est lui qui est passé prendre la victime chez elle le matin de sa disparition.

Silence au bout du fil.

— Inspecteur ?

— Docteur Taiwo, répond-il passablement énervé, comment voudriez-vous qu'on ait interrogé la personne censée être venue prendre la victime le lendemain de sa mort présumée ?

— Mais, même si vous la présumiez morte, n'auriez-vous pas dû… ?

— Docteur Taiwo, il est déjà établi que la police s'était fait avoir. Votre appel a pour but de souligner davantage l'incompétence de mon équipe ?

Chika passe un doigt en travers de son cou.

— Raccroche, articule-t-il silencieusement.

— Non, inspecteur, pas du tout.

Je lance un regard de défi à Chika tout en conservant un ton aimable envers l'inspecteur.

— Ce n'était nullement mon intention. Nous nous sommes mis d'accord pour partager nos informations, et je viens de découvrir…

— Mettez-le dans le rapport, docteur Taiwo. La seule chose que je peux vous dire, c'est que nous n'accorderons pas de ressources supplémentaires à cette affaire tant que le rapport d'autopsie n'aura pas été publié et que nous ne pourrons pas confirmer ou écarter formellement la piste du meurtre.

Il raccroche.

— Il ment, dis-je.

— Ou alors il est juste sur la défensive. Il a reconnu que son équipe et lui avaient été incompétents.

— Non, pas vraiment. Il a remis en question la cause de mon appel. Une parade classique.

— Tu penses qu'il est au courant pour Enomo Collins ? Tu le crois vraiment si bon enquêteur que ça ? renifle Chika. Ta foi en notre police ne cessera jamais de m'impressionner.

— Tu n'as pas l'air impressionné, je rétorque, tout aussi narquois. Écoute, je l'ai rencontré ; ce n'est peut-être pas l'inspecteur le plus compétent, mais il ne manque pas de motivation. Sa carrière est en jeu. Et il est impossible qu'il ne soit pas au courant qu'Enomo Collins était avec Sade ce matin-là.

— Pourtant il prétend le contraire, signale Chika. Sans compter qu'Enomo n'a pas été arrêté.

— Ils ne peuvent peut-être pas se permettre d'arrêter une célébrité de plus ? Tu dis que ce type est très connu.

— En effet, mais quelqu'un est mort.

— Certes, mais du point de vue de Bello quelqu'un est mort depuis le début. C'est une affaire de meurtre depuis le premier jour. Pourquoi se focaliser sur l'évêque alors qu'il y a peut-être un autre suspect ?

— Comme tu dis, remplissons les blancs avec ce que nous savons, et voyons comment ça s'accorde.

Je me rembrunis, toujours méfiant quand Chika me cite.

— Alors, qu'est-ce qu'on sait ?

Chika désigne la page Google Maps ouverte sur son écran.

— Où trouver Enomo Collins.

Une rage folle

Le SonicStudio est un bungalow situé derrière un bâtiment plus vaste abritant un cabinet d'avocats, un salon de coiffure et un certain nombre d'appartements. La pancarte d'un agent immobilier annonce des BUREAUX ET LOGEMENTS DISPONIBLES mais à en juger par la quantité de véhicules garés autour de l'immeuble je n'arrive pas à savoir où peuvent se trouver ces espaces vacants.

La porte du studio est légèrement entrouverte malgré le panonceau ENREGISTREMENT EN COURS. Chika frappe. Pas de réponse. Il pousse la porte et entre. Nous suivons le son de la musique dans un étroit couloir. Une autre porte ouverte nous conduit dans ce qui devait être un salon mais qui a été transformé en salle de contrôle du studio.

Deux jeunes hommes sont penchés sur la console. Une chanteuse apparaît sur un petit écran qui semble relié à une cabine d'enregistrement, hors de la pièce.

— Attendez, je reprends les paroles depuis le pont.

La chanteuse parle dans un micro surdimensionné et sa voix résonne dans toute la pièce.

Chika toussote.

— Excusez-moi.

Les deux jeunes hommes se retournent, avec curiosité mais sans animosité. Tous deux portent de courtes dreadlocks et ont de nombreux piercings sur le visage. J'ai du mal à les différencier.

— Nous cherchons M. Collins, dit Chika.

Jeune Percé 1 pointe du doigt un endroit derrière nous. En effet derrière nous un ronflement rauque émane d'un corps affalé sur un canapé usé. Nous avons dû le rater à cause de la musique. Je me rapproche. L'haleine d'Enomo Collins dégage une odeur aigre d'alcool. Il n'est pas rasé, sa bouche est ouverte, et ses cheveux sont aussi négligés que sa barbe.

— Les gars ! tonne la chanteuse sur l'écran. On reprend !

— Attends. Le patron a de la visite, dit Jeune Percé 2 dans la console.

Chika secoue Enomo. Avec force. Lorsque ce dernier ouvre les yeux, il me fixe comme s'il m'attendait. À en juger par son rictus, on peut supposer que, si je faisais partie de ses divagations d'ivrogne, ce n'était pas d'une manière positive.

— Dehors ! crache Enomo, ce qui pousse Chika à le relever sans ménagement.

— Ce n'est pas un accueil très chrétien.

Les deux jeunes bondissent sur leurs pieds.

— Laissez tomber, ordonne Chika. On veut juste lui poser quelques questions.

— Ça va, intervient Enomo.

Les jeunes se laissent retomber sur leur siège.

— Mais je ne vous répondrai pas, nous avertit-il.

— Oh, je vous garantis que si, dit Chika.

Avant que je puisse intervenir, il attrape l'homme par le col et le jette hors du studio.

Je regarde les deux autres.

— Désolé.

Jeune Percé 2 hoche la tête, mais son visage est empreint d'inquiétude.

— Il se comporte bizarrement, ces derniers temps. Il a des ennuis ?

— J'espère que non, dis-je pour me montrer rassurant.

— Les gars ! peste la chanteuse dans les haut-parleurs.

Les jeunes retournent à leur console et je me dépêche de sortir. Je ne peux pas laisser Chika ajouter une agression à notre liste croissante de pratiques condamnables.

Mais ma crainte était infondée. Chika et Enomo semblent parvenus à un accord. Enomo est appuyé contre le mur du bâtiment principal, et Chika lui fait face à distance. Lorsque le chanteur me voit, il raidit les épaules, sur la défensive.

— Pourquoi je devrais vous aider ? dit-il en réponse à la question que Chika a dû lui poser.

— Parce que vous êtes la dernière personne à l'avoir vue en vie, rétorque Chika.

— Selon qui ?

— Le garde qui vous a vus partir, dis-je.

Enomo hausse un sourcil.

— Quoi, je suis suspect, maintenant ?

— Est-ce qu'on a l'air de policiers ? réplique Chika.

— C'est pas M. Le-Grand-Enquêteur, lui ?

Enomo incline la tête dans ma direction, plein de mépris.

— Celui qui va sauver l'évêque ? ajoute-t-il.

Il émet un rire sec et moqueur.

— Pouvez-vous confirmer que vous étiez avec Sade Dawodu le jour où elle a disparu ?

Ma voix est ferme. Je n'aime pas qu'on me reproche de faire mon travail, surtout s'il me paraît évident que ce chanteur connaissait mon existence avant que je ne connaisse la sienne.

— Et si oui ?

Une question contre une question. C'est donc un oui.

— Puisqu'elle avait un chauffeur, pourquoi elle a fait appel à vous ? demande Chika.

Il hausse les épaules.

— C'est elle qui m'a demandé.

— C'est tout ? je dis en le scrutant.

— Il devrait y avoir autre chose ?

Son visage ne laisse rien filtrer.

— Apparemment, il y avait des traces de violence dans la maison avant son départ. Est-ce que vous avez vu…

— S'il y avait des traces de violence, c'est qu'il y a eu de la violence. Elle m'a demandé de l'emmener quelque part, et je suis venu l'aider.

— Elle était prête et vous attendait quand vous êtes arrivé ? demande Chika.

Les yeux d'Enomo se dirigent partout sauf en direction de Chika et moi.

— Avec valises et tout. J'ai à peine eu le temps de sortir de la voiture qu'elle était dehors.

Menteur. D'après le garde, Enomo est resté avec Sade au moins une heure avant qu'ils ne ressortent tous les deux de la maison et s'en aillent.

Je me rapproche de lui sans me montrer menaçant.

— Où l'avez-vous emmenée ?

Il répond sur un ton neutre :

— À Ibadan.

Chika souffle avec incrédulité.

— Elle vous a appelé pour que vous l'emmeniez à Ibadan ? Pourquoi ?

Nouvel haussement d'épaules.

— Elle voulait que personne ne sache où elle allait. Elle me faisait confiance.

Encore une fois, le ton est calme et mesuré. Une autre réplique bien rodée.

— Prouvez-le, lance Chika.

Enomo hausse un sourcil.

— Comment ? Je l'ai emmenée là-bas, je l'ai déposée et je suis rentré.

— Pourquoi vous ne vous êtes pas manifesté quand l'évêque a été arrêté ?

— J'avais peur, OK ? Un jour je dépose sa femme dans un hôtel d'Ibadan, le lendemain il est accusé de l'avoir tuée. Pas la peine d'être un génie.

Je repense au portable de Sade resté allumé alors que son corps gisait dans la lagune de Lekki.

— Avez-vous contacté Sade après l'arrestation de son mari ?

— Oui, mais elle n'a jamais répondu. Alors j'ai pensé qu'il l'avait suivie à Ibadan et l'avait peut-être tuée là-bas.

Je ne peux m'empêcher de le railler.

— Waouh ! Vous aussi vous avez tout du grand enquêteur ! Sauf que l'évêque était à Graceland au moment de la mort présumée de Sade. Des milliers de gens peuvent confirmer son alibi. Et vous, quel est le vôtre ?

— Nous étions amis, Sade et moi, d'accord ? dit-il en me fusillant du regard. Pourquoi je l'aurais tuée ?

— Je ne sais pas. À vous de nous le dire.

Il est déstabilisé que je me tienne soudain si près de lui. Pendant qu'il parlait je me suis lentement rapproché, si bien qu'à présent nos nez se touchent presque. Je l'emprisonne dans mon regard comme dans une cage invisible. S'il bouge, il donnera une impression de faiblesse ou d'avoir quelque chose à cacher. Il le sait et il tient sa position. Il me faut tout mon aplomb pour réprimer le haut-le-cœur que suscite son haleine aigre. Son regard vacille, le masque tombe une fraction de seconde puis se remet en place. Oui, il joue un rôle. Écrit par qui ? Pour quoi ?

— Donc, chez elle, vous n'êtes pas descendu de votre voiture ?

Cette question répétée l'ébranle.

— J'ai déjà dit que j'étais dans la voiture, non ?

— Ce n'est pas ce que nous a raconté le garde, remarque Chika de son côté.

Enomo n'arrive pas à cacher sa surprise. Son regard passe de moi à Chika et revient à moi. Puis, brusquement, il fait un pas en arrière et baisse la tête. Comme s'il essayait de reprendre pied dans le présent. Je regarde Chika et mes yeux lui disent : *Laissons-le respirer*. Mon camarade acquiesce et nous attendons un instant, puis je me rapproche d'Enomo ; sa tête a disparu sous ses cheveux en bataille.

— Il dit même que vous êtes resté assez longtemps..., je lui lance en cherchant à capter son regard. Peut-être assez longtemps pour mettre en scène des preuves incriminant l'évêque ?

Son corps se met à trembler et lorsqu'il relève la tête je comprends qu'il rit. Un rire amer, nerveux, qui s'achève sur un sanglot étouffé suivi d'une quinte de toux râpeuse. Je recule.

— Je vous l'ai dit. Elle m'a demandé de l'emmener et je suis venu. Je ne sais pas ce que votre garde...

— Pourquoi devrions-nous vous croire ? intervient Chika. Après tout, vous dites peut-être tout ça parce que vous avez bien conscience que vous pourriez figurer parmi les suspects ?

Enomo ignore la question et se tourne vers moi.

— Je l'ai déposée où elle voulait. J'ai pensé que la police le savait, et que si j'avais été un suspect on m'aurait contacté pour me poser des questions.

Je ne le quitte pas des yeux.

— Vous auriez pu vous présenter de vous-même quand vous avez compris qu'on accusait injustement votre évêque !

Enomo détourne le regard et fouille dans son pantalon. D'une main tremblante, il en sort une cigarette roulée. Il l'allume, tire une longue bouffée et souffle la fumée vers le ciel, loin de moi. Il y a des larmes au coin de ses yeux.

— Bien souvent, dit-il dans un nuage de fumée, la personne qui appuie sur la détente est qualifiée d'assassin. Mais la plupart du temps on ne se demande pas qui a mis l'arme dans cette main.

Chika s'approche, mû par l'impatience, et s'interpose entre Enomo et moi comme un arbitre excédé par l'attitude d'un boxeur sur le ring.

— Arrêtez de parler par énigmes.

Enomo balaie le reproche d'un geste et, les yeux pleins de défi, rétorque en soutenant le regard de Chika :

— Tu te trompes de cible, mon pote.

Je tire doucement Chika en arrière et m'avance pour poser la main sur l'épaule d'Enomo. Il ne se dégage pas, mais ses narines frémissent et sa respiration s'emballe. Je parle d'une voix douce pour l'inviter à la confiance.

— Si l'évêque est coupable de quelque chose, dites-le.

Enomo repousse ma main avec une telle violence que je recule d'un pas. La rage qui habite son regard est si intense que je sens Chika se rapprocher derrière moi, mais je l'empêche de s'interposer. La dernière chose dont a besoin Enomo est de se sentir encore plus menacé.

— À qui ? demande Enomo avec un rictus amer. À qui voulez-vous que je le dise ? Si personne n'a écouté sa femme, pourquoi on m'écouterait moi ?

— Parce que vous l'aimiez ? je suggère avec douceur.

Tout le corps d'Enomo Collins semble se vider de son oxygène. Il se laisse tomber sur le sol tel un enfant perdu. Des larmes dévalent ses joues, se mêlant à sa morve et trempant la cigarette tremblante. Le spectacle est douloureux.

— Partez, s'il vous plaît, dit-il, les épaules et la tête basses, secoué de sanglots.

— Si vous teniez à elle, insiste Chika avant que je puisse intervenir, aidez-nous.

Enomo Collins lève les yeux vers moi, son chagrin est une plaie à vif.

— C'est parce que je tiens à elle que je ferais mieux de ne pas vous aider du tout.

Questions sans réponse

Je griffonne « Enomo Collins » sur un Post-it et le colle sur le mur. Nous avons quitté le chantre quand il est devenu évident que nous n'obtiendrions rien de plus de lui. Il a séché ses larmes et répété à l'envi qu'il allait bien, mais il était à deux doigts de la crise de nerfs. Quand un suspect ou un témoin se met dans un tel état, ses propos deviennent douteux.

C'est parce que je tiens à elle que je ferais mieux de ne pas vous aider du tout.

Cet aveu tourmenté induit peut-être qu'Enomo ne sait pas grand-chose, voire rien du blanchiment d'argent auquel se livre l'Église de la Grâce. S'il avait été armé de preuves aussi accablantes pour abattre l'évêque, il n'aurait pas hésité à les divulguer, même à ses risques et périls, non ? S'il a prétendu le contraire, il ne m'a pas paru inquiet d'être suspecté de la disparition de Sade, ni même, plus tard, de sa mort. En fait, il n'y avait aucune crainte chez cet homme. Seulement de la colère.

Que voulait-il dire quand il nous a assené que Dawodu aurait aussi bien pu tuer sa femme ? Si ce témoignage corrobore les dires d'Ewang selon lesquels l'évêque sait que le meurtrier de Sade Dawodu figure sur la liste, je soupçonne que ce n'est pas ce qu'Enomo sous-entendait. C'est quelque chose de plus profond, de plus personnel. L'image de l'époux endeuillé que m'a donnée l'évêque se trouve sérieusement écornée par la détresse tout aussi sincère du chanteur. La jalousie est-elle la principale raison qu'a Enomo de détester Dawodu ? Si je ne me trompe pas et qu'il a bel et bien aidé Sade à mettre en scène le faux meurtre sanglant, peut-il également être l'informateur anonyme de la police ? Pourtant, si tel est le cas, le désarroi dans lequel l'a plongé le décès de la jeune femme ne peut signifier qu'une seule chose : il ne s'attendait pas à ce qu'elle meure.

Le vrombissement de l'air conditionné me dérange dans mes réflexions. J'éteins la machine. Je vais bientôt transpirer à grosses gouttes, mais mon esprit a besoin de silence pour penser posément.

Je m'appuie sur mon bureau pour étudier mon mur de Post-it. Les observations de l'évêque étaient justes quand il m'a rendu visite. Une visite que je vois à présent comme une pêche potentielle aux informations, afin d'estimer ce que j'ai pu découvrir durant les jours qui ont mené à sa libération. Il avait raison, cependant. Pour un œil non averti, il y a beaucoup de détails là-dedans, mais pour un professionnel ce ne sont jamais que des données sans la moindre conclusion. Avec le temps perdu dans les bouchons, les entretiens, mes cours et ma famille, j'ai manqué d'occasions pour prendre du recul sur l'ensemble. Plusieurs notes sous « Alertes », et presque toutes celles sous « Recherches » sont accompagnées de points d'interrogation. Du point de vue de la chronologie, j'en savais plus quand nous pensions que Sade Dawodu avait seulement disparu. Entre le jour où son corps a été retrouvé et maintenant, chaque élément touchant à la cause de sa mort contredit presque toutes les informations dont je disposais quand je partais de l'hypothèse initiale de la disparition.

Disparition. Disparition. *Disparition.*

C'est bien ça ! Tout est parti à vau-l'eau quand le corps de Sade Dawodu a été repêché de la lagune. Avant cela, je suivais le protocole de recherche d'une personne disparue. Quand l'affaire est devenue un possible meurtre, j'ai perdu mes repères. Mais, dans la mesure où Sade est partie de chez elle apparemment de son plein gré, ne serait-il pas prudent de continuer à supposer qu'elle est encore « portée disparue » ? Cela permettrait sûrement de savoir où elle se trouvait juste avant sa mort, et peut-être de conduire à la personne qui l'a causée ?

Aux États-Unis, j'entreverrais clairement les étapes à suivre. Vérifier les relevés de ses cartes de crédit. Suivre le numéro de sécurité sociale. Même le permis de conduire d'une personne disparue peut fournir un historique de ses destinations passées. Contraventions et amendes sont à même de révéler des informations sur ses trajets habituels et son attitude envers les forces de l'ordre. Au sein d'un système qui sacralise les données, tout entier bâti autour de l'idée que Big Brother nous surveille, la liste peut être infinie et compter de nombreuses pistes. Ici, c'est tout le contraire. Un système de cartes d'identité nationales auquel se fient peu de gens, et une économie fondée sur l'argent liquide.

J'envoie un texto à Chika.

Si je veux trouver l'historique financier de quelqu'un, comment je fais ?

La réponse bipe presque instantanément :

NVB.

Il est dans son bureau, sûrement occupé à éplucher ces 117 noms et leurs centaines de transactions.

Le Numéro de Vérification Bancaire. Ah, je n'ai aucun moyen de savoir si ce système censé détecter fraudes et blanchiment d'argent fonctionne, mais je sais que tout individu de ce pays est censé disposer d'un NVB unique, même s'il possède plusieurs comptes dans différentes banques.

J'envoie rapidement un autre message.

Tu peux accéder aux relevés bancaires de Sade ?

J'attends, plein d'espoir. La société de sécurité de Chika compte parmi ses clients certaines des plus grandes banques du pays.

Si c'est une banque Naija[1], *no yawa*. Facile.

Comme je le pensais.

Tu peux t'y mettre demain ?

Un émoji pouce levé me l'assure. Je passe au Post-it rouge suivant, qui est peut-être le plus important.

LaTanya Jacobson.

---

1. Mot argotique pour désigner le Nigéria.

Je googlise le nom. Un profil LinkedIn apparaît.

Consultante en management, expérience en petites, moyennes et grandes entreprises.

Rien n'évoque sa qualité d'agente/directrice commerciale de l'un des pasteurs les plus riches du monde. On s'attendrait pourtant à ce que ce poste, s'il est officiel, figure au sommet de son CV. Je clique sur sa photo de profil. Son épais maquillage m'empêche d'estimer son âge avec précision. Je lui donnerais la quarantaine. Elle porte une perruque au carré stylisé et un blazer très ajusté. Mains sur les hanches et coudes bien ouverts, elle affiche la posture typique d'une super héroïne des Avengers : une *power pose* tendance, aussi répandue qu'insignifiante. Son sourire artificiel fait de son rouge à lèvres une grosse entaille au milieu du visage. Je n'en sais pas plus qu'avant de me connecter. Des données sans informations et, par conséquent, sans révélation.

Je consulte l'heure. La Californie se réveille à peine. Je peux demander des faveurs auprès d'anciens collègues de la police de San Francisco, mais mieux vaut le faire de vive voix. Envoyer un e-mail pour quémander le genre de vérification dont j'ai besoin à propos de Jacobson n'est pas une bonne idée. Faute d'un mandat, la discrétion est de mise. Je note le nom de quelques amis à appeler à une heure plus décente. Si aucun ne peut m'aider, je n'aurai pas d'autre choix que demander au Pr Cook d'exercer son influence auprès des services de renseignement pour obtenir quelque chose. S'il est à la retraite, mon ancien mentor conserve une très forte influence sur les forces de l'ordre, et en matière de discrétion celui qu'on considère comme l'un des « pères de la psycho-criminologie » est un maître. Quand il en aura terminé, je devrais être en mesure de rédiger les Mémoires de LaTanya Jacobson à sa place.

Maintenant, le signal d'alerte le plus troublant de tous. Je tends la main vers un Post-it rouge, puis me ravise et prends plutôt mon carnet pour y rédiger la question, trop déconcertante et trop personnelle pour être épinglée au mur :

Alors qu'on la disait inquiète de son infertilité, pourquoi Sade Dawodu a-t-elle eu recours à une méthode de stérilisation chirurgicale ?

Heures supplémentaires

Folake m'a écrit :

Tu rentres bientôt ? J'aimerais avoir
une conversation avec Lara.

Le délai de 24 heures a expiré. Lara n'a pas révélé à quoi lui avait servi l'argent qu'elle avait volé. Les bouleversements de l'affaire Sade Dawodu ont accaparé toute mon attention. Sachant à quel point la situation désespère Folake, elle a dû faire preuve d'une volonté énorme pour se retenir de confronter Lara sans moi.

Je pars tout de suite, mais je ne pense pas
rentrer à temps pour une réunion convenable.

Pê demain matin ?

J'ai des cours tôt.
Disons demain soir.

Stp chéri.

L'inquiétude de Folake transparaît dans le choix de ses mots. Une demande présentée comme une supplique.

Demain soir. Promis.

Puisque travailler tard demain est donc hors de question, je me sens moins coupable d'appeler le légiste malgré l'heure avancée. Il décroche à la deuxième sonnerie et sa voix recèle une chaleur bienvenue quand il me salue. Je m'excuse de l'appeler si tard. Cela ne le dérange pas et il m'invite à parler. De toute façon, Manchester joue tellement mal qu'il préfère parler boutique que risquer une crise cardiaque devant le match de la Premier League.

— La ligature des trompes, je demande. Vous pouvez avoir un suivi ?

— J'ai bien peur que non. La découverte n'a pas d'incidence avec les circonstances de la mort de la victime, je n'ai donc pas cherché plus loin. Je peux seulement dire que les cicatrices sont assez récentes. Peut-être un an, pas plus.

Je pourrais faire valoir qu'une autopsie médico-légale complète devrait couvrir la possibilité d'un suicide consécutif à une détresse émotionnelle due à une maladie potentiellement mortelle. Si je sais que le bon docteur est diligent, il faudra plus que des soupçons pour le pousser à suivre une piste découverte par accident. Sade Dawodu est morte par noyade. La seule question que doit se poser un légiste est de savoir si elle a sauté dans le lac de son plein gré ou y a été poussée. Pourquoi elle ou n'importe qui d'autre peut choisir la première solution est de mon ressort, pas du sien.

— Avez-vous demandé son dossier médical à son médecin traitant ?

— Savez-vous combien des patients que j'autopsie chaque jour ont subi une opération par le passé ? demande-t-il d'un ton vif.

Cette façon qu'ont les légistes d'appeler les cadavres « patients » me laisse toujours perplexe. Comme si, après la dissection de leurs organes, les morts allaient se relever de la table, essuyer le sang et les viscères, remercier le praticien puis quitter la morgue.

— Si je devais suivre la moindre appendicectomie, je ne ferais plus rien, poursuit le légiste face à mon silence. Bref, j'ai demandé à mon assistant de contacter son médecin traitant, mais son mari ne le connaissait pas. Nous avons donc joint sa mère, mais on nous a répondu que Sade Dawodu n'avait pas de médecin traitant.

— C'est pourtant peu plausible. Même pas un gynécologue ?

— C'est exactement ce que j'ai pensé. La patiente était en relativement bonne santé et en âge de procréer. Pour une femme de son statut, j'aurais parié qu'elle avait un médecin privé quelque part, mais sa famille est sûre que non. Le mari dit qu'ils vont à l'étranger pour leurs check-up médicaux. Ce qui n'est pas inhabituel de nos jours.

Je le remercie et raccroche. La femme du chef de l'une des plus grandes Églises du pays n'a pas de médecin personnel ? Comment est-ce possible ? Avant de me raviser en songeant à l'heure tardive, je parcours encore la liste de contacts.

— Allô ?

La voix de l'inspecteur Dobra est perplexe et dénuée d'agressivité.

Je croise les doigts.

— C'est moi, mon ami, je le salue avec une joie feinte. Philip Taiwo.

— Je sais, répond-il.

Je flaire davantage de prudence que de ressentiment.

— Je voulais simplement vous féliciter. Cela a dû vous demander un effort de poser un œil neuf sur les preuves que vous avez découvertes. Mais d'après mon expérience les enquêteurs qui sont prêts à faire ce genre de chose finissent par devenir les meilleurs de la partie.

Je prie pour que la flatterie me mène quelque part.

— Merci, monsieur. J'espère que vous le direz à mes supérieurs, parce qu'on me menace de sanctions disciplinaires. Je leur ai dit que la criminalistique n'était pas une science exacte, mais ils refusent de m'écouter. Je sais qu'ils subissent des pressions eux aussi. Si cet évêque prétend nous avoir pardonné ce que nous avons fait, nous on pense qu'il veut la tête de tous les inspecteurs de l'enquête.

Il laisse échapper un sifflement las.

— Je vais voir ce que je peux faire.

J'espère que mon ton va l'amadouer.

— Il est bouleversé, j'ajoute, c'est compréhensible, et encore plus maintenant qu'on a retrouvé le corps de sa femme.

— Pour être honnête, docteur Taiwo, j'apprécierais. Je ne suis même pas sûr d'avoir encore un travail quand ce sera fini.

— Pourtant, vous faisiez exactement votre travail.

Sentant que c'est le bon moment, j'enchaîne :

— C'est pour cette raison que je vous appelle. Vous vous souvenez de m'avoir dit que vous aviez confirmé le groupe sanguin de la victime auprès de son médecin ?

— Oui ?

Sa voix est redevenue prudente.

J'adopte une voix plus enjouée, inoffensive, légèrement curieuse.

— Avez-vous son nom, par hasard ? Il ne figure pas dans notre dossier, et c'est un peu délicat de le demander à son mari en ce moment.

Le soulagement de Dobra est palpable.

— Ah, pour ça vous devrez demander à l'inspecteur Bello. C'est lui qui a contacté le médecin, qui lui a transmis les échantillons et a rapporté les résultats. Je me suis contenté d'empaqueter et d'étiqueter, et de tout envoyer au laboratoire. La seule autre chose que j'aie faite, c'est demander la confirmation du groupe sanguin.

Nous nous promettons d'aller boire un verre un jour ou l'autre et je raccroche. Je me laisse aller contre le dossier de ma chaise en me demandant s'il serait sage d'appeler l'inspecteur Bello. Sa mainmise sur toute la chaîne de l'enquête est perturbante, mais pas inhabituelle dans une situation où l'on manque de bras et de compétences. J'attrape le dossier qu'il m'a remis : aucune mention de la source de la confirmation du groupe sanguin.

La journée a été longue et je suis trop fatigué pour discuter avec un inspecteur en colère. De plus, si Dobra dit vrai quant à la chasse aux sorcières qui sévirait actuellement au sein de la police, je ne suis pas sûr d'obtenir davantage que « Faites votre demande par écrit. » Je vais devoir trouver un autre moyen de découvrir comment la police a fait authentifier le sang de Sade Dawodu.

Je prends une profonde inspiration. Il y a pire que de voir un cadavre : interroger un parent du défunt. Mais j'ai repoussé le moment de consulter Mme Kikemolo Bucknor aussi longtemps que je le pouvais.

Jolie

Un léger tapotement me réveille. Folake est penchée sur moi ; son parfum envahit l'air. Je lui adresse un sourire endormi puis me redresse vivement.

— Désolé. J'ai dormi trop longtemps.

— Ce n'est pas grave.

Elle se relève et lisse la robe à pois qui, j'en suis sûr, fait d'elle la professeure de droit la plus sexy du monde.

— Nous sommes prêts. Je voulais juste te prévenir que Lara dit avoir des crampes et ne pas pouvoir aller au lycée.

Ma surprise doit se lire sur mon visage. Lara ne rate jamais l'école.

— Je sais, opine Folake. Je pense qu'elle a peur qu'on mette notre menace à exécution.

Je m'assieds dans le lit.

— J'ai l'intention de…

— Pas encore.

Elle me repousse doucement.

— On parlera ce soir. Pour l'instant, je voudrais que tu la sondes. Vous avez la maison pour vous. Je pense que c'est le moment idéal pour une discussion père-fille.

— Tu es sûre ? Je croyais que tu voulais…

— Elle a 15 ans, chéri. Et sa propre volonté. On ne peut pas lui donner des ordres et la menacer en espérant que ça se passera bien. Si elle a des problèmes, nous devons aborder la situation en la traitant en adulte. Par tous les biais possibles. Aujourd'hui, joue au papa poule. On reprendra de là quand on unira nos forces.

Son sourire est rassurant.

Le plan me convient, mais l'idée de parler seul à Lara me met mal à l'aise. J'espérais qu'elle aurait assez de remords pour venir me voir d'elle-même. Pourtant, près d'une heure après le départ de Folake et des jumeaux, elle demeure terrée dans sa chambre.

Devant sa porte close, je repense aux échanges faciles qui me manquent tant aujourd'hui, à ces moments précieux où notre fille faisait irruption dans notre chambre sans respecter la recommandation de sa mère de toujours frapper avant. Elle sautait entre nous et nous régalait de tout ce que ses yeux américains avaient pu découvrir du Nigeria. Dans les premiers temps de notre retour, tout l'émerveillait. Le bruit. L'agitation. Les films de Nollywood. La nourriture. Les gens. Les vêtements. Tout cela l'envoûtait, et j'adorais entendre son ressenti de ce monde que nous aurions dû lui rendre moins étranger lorsque nous vivions ailleurs.

Je tente de toquer à la porte et j'obéis à un « Entre » étouffé.

Lara est recroquevillée sur son lit et scrute ostensiblement l'écran de son mobile.

— Maman dit que tu ne te sens pas très bien, je commence avec compassion.

Lara paraît surprise par mon approche. Elle s'attendait clairement à une confrontation. Elle hoche la tête.

Je m'assieds à côté d'elle et pose la main sur son front. Elle s'enfonce un peu plus dans son oreiller.

— Tu n'as pas de fièvre ? Juste des douleurs ?

Elle se détourne et reprend son téléphone pour éviter mon regard.

— Je vais prendre un comprimé, dit-elle.

— Si tu as mal au point de rater l'école, je pensais que tu en aurais déjà pris un, dis-je avec un sourire.

— J'attendais de…

— Ce n'est pas grave, Lara. Si tu penses que tu peux repousser l'inévitable en faisant semblant d'être malade…

Je hausse les épaules.

— Je ne fais pas semblant, objecte-t-elle d'un air compassé, les yeux rivés sur son mobile.

— Tu ne veux toujours pas nous dire pourquoi tu as volé l'argent ? je m'enquiers avec douceur.

— Je ne l'ai pas volé, répond-elle avec défi. Je comptais le rembourser.

— Avec quoi ? Ton colossal salaire de lycéenne ?

— J'ai des économies à la maison.

Elle se redresse, dos contre le mur, sous un poster de Zendaya. Je n'insiste pas afin qu'elle ne se referme pas comme une huître. Folake lui a confisqué sa carte bleue américaine. C'est une source de tensions, et c'est peut-être aussi pour cette raison que ce n'est pas mon argent qu'elle a volé.

— Alors ? À quoi t'ont servi les sommes empruntées ?

Mon regard lui intime de ne pas nier, d'autant plus que je consens à ne pas utiliser le mot « volées ».

Lara se glisse au bout du lit et se lève pour faire les cent pas. Une fois de plus, je m'émerveille de sa ressemblance avec sa mère. À 15 ans, elle fait déjà la même taille qu'elle. Ses cheveux, tressés en *cornrows* serrées qui finissent en mèches crépues, me rappellent la coiffure de Folake lorsqu'elle était étudiante.

Elle s'arrête et me lance un regard suppliant.

— S'il te plaît, papa, promets-moi que tu ne le diras pas à maman.

— Je ne peux pas te promettre une chose pareille.

Mon ton est sans appel.

— Mais je te promets d'y réfléchir si je vois un intérêt à garder ça entre nous. Pour l'instant.

Elle sait qu'elle n'obtiendra pas mieux. Elle rentre la tête dans les épaules comme pour plonger dans une eau glaciale puis se penche et sort une boîte en carton de sous son lit et la pose à côté de moi.

— Voilà, papa. C'est pour ça que j'ai dépensé l'argent. C'est une commande en ligne que moi et ma *bestie*...

J'ai dû froncer les sourcils parce qu'elle m'explique rapidement :

— Tu sais, mon amie du lycée, elle l'a commandé pour moi avec sa carte bleue, et je l'ai remboursée en liquide.

Je lis les étiquettes d'un assortiment de flacons et de pots de cosmétiques.

— De la crème éclaircissante pour la peau ?

Je suis abasourdi.

— Tu as acheté ça ? Pourquoi ?

— Parce que j'en avais marre qu'on m'insulte. « Noiraude », « Écran total ». Tu sais comment on m'appelle au lycée ? « L'Ombre. » Je me prends ça en pleine face.

— Tu as donc décidé de te blanchir la peau ?

Elle hausse les épaules.

— Juste un peu. Juste assez pour ne pas être aussi foncée. Franchement, jamais je n'aurais imaginé une chose pareille. Même dans mes hypothèses les plus folles.

— Tu vois ? Ce n'était pas pour faire des bêtises.

Elle me scrute en quête d'une validation de son point de vue. Sans résultat. Ses traits s'affaissent.

— Je… euh, j'en avais juste marre des vannes. Je…

Sa voix s'éteint. J'attends, me retenant de l'aider à trouver les mots. Il faut que ce soient les siens. Voyant que je ne l'empêcherai pas d'aller au bout de sa pensée, elle prend une profonde inspiration, détourne les yeux et marmonne comme si elle avouait un triste secret :

— Je veux juste être jolie.

— Pardon ? Qu'est-ce que…

— Jolie !

Son visage se froisse et les larmes lui montent aux yeux.

— J'ai dit que je voulais être *jolie*.

— Tu es belle, dis-je doucement.

Elle l'est. Depuis qu'on l'a mise dans mes bras à l'hôpital Saint Bernard, 3,7 kg de joie babillante qui m'attrapaient les doigts, ma fille est belle.

Lara balaie mes paroles d'un geste de la main. À son expression, il est clair qu'elle ne me croit pas.

— Tu es mon père. Tu ne vas pas me dire le contraire.

— Ta peau ne t'avait jamais posé de problème, avant.

Elle ricane et essuie son visage sur sa manche.

— Tout le monde s'inquiète de sa peau, papa. Certaines ont de la chance, il leur suffit de se laver la figure ou de mettre une crème anti-acné. Moi, je fais partie des malchanceuses.

Alors j'ai décidé de faire quelque chose, dit-elle en désignant la crème sur le lit.

— Qu'est-ce qui est différent, ici ? Pourquoi penser que tu es malchanceuse ?

Mon cerveau fonctionne à plein régime pour trouver quelque chose de pertinent à dire.

Lara vient s'asseoir près de moi. La boîte de crème éclaircissante est posée entre nous et il me faut toute la volonté du monde pour ne pas la balancer à l'autre bout de la pièce. Je m'apprête à lui prendre la main, mais elle la retire et je n'insiste pas.

— Tu sais quoi, papa ? Quand on était aux États-Unis je savais exactement qui j'étais, je savais ce qu'on attendait de moi. J'avais des parents intelligents et en toute logique je devais réussir. J'étais consciente de ces trucs-là et, tu vois…

Elle hausse les épaules et m'adresse un sourire las.

— … ça m'allait à peu près. Tu vois, comme quand un truc est pas parfait mais qu'on apprend à faire avec.

J'opine comme si je comprenais, mais je n'en suis pas sûr. J'attends.

— Je ne sais pas, papa… C'est bizarre, maman et toi, vous avez fait beaucoup d'efforts pour aider Tai et Kay à survivre en tant que Noirs en Amérique… Vous avez dû croire que j'apprendrais par osmose ou quelque chose comme ça.

— Je ne saisis pas, dis-je même si en vérité je commence à saisir.

— C'est plus pareil, papa. Je savais pas à l'époque, mais maintenant, je… je pige, tu vois ? Maman disait qu'elle voulait qu'on soit bien dans notre peau. Et c'est cool. Mais ici, aller dans ce lycée…

Elle a un petit rictus.

— … où on se moque de la peau dont maman disait qu'on devait être fiers, ça me fait me demander si ce que vous vouliez dire c'était pas juste qu'il fallait être bien dans notre peau en tant que Noirs, et pas dans notre peau elle-même. Tu vois ce que je veux dire ?

— On veut que vous soyez fiers d'être noirs partout et à tout point de vue.

J'essaie de me retrouver dans ce qu'elle dit sans suranalyser.

— Tu saisis pas, papa. Ici, le problème c'est pas d'être noir, c'est d'être, tu sais, genre le bon type de noir.

— Qui t'a dit une chose pareille ? je demande, outré.

— Les surnoms, papa, me dit-elle avec patience, comme si j'étais long à la comprenette. Les vannes, au lycée, je vois bien que je suis pas le type de Noire jolie.

J'espère distinguer sur son visage quelque chose qui me rassurerait sur le fait qu'il s'agit d'un préjugé et non une expérience vécue. Mais non. C'est sa vérité. Et en quelle proportion cette vérité relève-t-elle de notre faute en tant que parents ? Avons-nous dépensé trop de temps et d'énergie à élever nos garçons en tant que jeunes Noirs en Amérique sans considérer ce que signifiait être une fille noire en Amérique ? Lara avait 12 ans quand Folake a commencé à insister pour qu'on fasse une pause loin des États-Unis. Nous ne nous sommes jamais inquiétés pour notre fille parce qu'au moment où nous aurions dû le faire nous étions déjà au Nigeria, où tout le monde est noir.

Je regarde les boîtes, puis Lara qui essuie ses larmes. Je ne veux pas l'interrompre. Elle a besoin d'être entendue. Et j'ai besoin de comprendre.

— Au début, j'ai pris ça comme des blagues, tu vois. Je voulais pas qu'on me traite d'emo, genre trop sensible. Je voulais qu'on voie que je pouvais encaisser les vannes, et pas qu'on pense que j'étais une *cheugy* de base...

J'ai dû encore froncer les sourcils, parce qu'elle traduit aussi sec.

— ... que j'étais pas cool, genre, quelqu'un qui...

— J'ai compris.

Je préférerais qu'elle continue à parler plutôt que de me donner un cours accéléré sur l'argot de la génération Z. Pour ça, il y a Google.

— Non, t'as pas compris, papa !

Elle se lève.

— Tu piges pas. Je déteste quand vous dites que vous pigez un truc alors qu'à moins d'être moi vous pouvez pas !

— D'accord, d'accord. Aide-moi à comprendre, alors.

Mon ton conciliant a raison d'elle ; ses épaules s'affaissent et elle renifle.

— Je t'écoute, dis-je doucement.

Elle prend une profonde inspiration et poursuit.

— Quand on a commencé à me donner des surnoms, je prenais pas ça comme des insultes. J'essayais de m'habituer à la vie *naija*, d'avoir des bonnes notes, tout ça. La première année, c'était dingue. J'avais pas le temps de genre piger qu'on se foutait de moi.

C'est vrai. Les premiers mois de notre retour au Nigeria ont été mouvementés. On s'est surbookés pour rattraper le temps perdu. Lara passait les week-ends chez mes parents pour apprendre le yoruba. Les garçons s'intégraient par le biais du sport, en brillant dans l'équipe de basket de leur école. Folake et moi travaillions dur pour leur offrir une vie qui les mettrait à l'abri des difficultés de Lagos. Répondre aux besoins matériels de nos enfants nous a demandé tellement de temps qu'il ne nous en restait presque plus pour nous pencher sur leurs difficultés individuelles. Et pourquoi nous serions-nous inquiétés ? Après tout, nous étions de retour chez nous. En sécurité.

— Quand j'ai commencé à comprendre ce qu'ils signifiaient vraiment, ces surnoms, j'étais paumée. Comment j'étais censée réagir ? Chez nous, je savais qui j'étais. Mais ici, je ne sais pas, conclut-elle en secouant la tête.

— Tu es ma fille, Omolara Adunni Taiwo.

Sa lucidité me rend humble. Sa perspicacité emplit mon cœur de fierté. Ses conclusions me dévastent.

Elle sourit malgré ses larmes, comme pour me rassurer.

— Je sais, papa. Mais dehors… je suis juste une fille.

— Viens.

Elle n'obéit pas, je la rejoins et l'emmène vers le miroir en pied près du lit. Nos regards se trouvent dans la glace.

— Sérieux, papa ! proteste-t-elle. Si tu me fais réciter Maya Angelou je ne te parle plus jamais !

— Répète après moi : « Je suis la fille de mon père. »

Elle croise les bras sur la poitrine et lève les yeux au ciel.

— Papa, c'est trop le seum…

— « Je suis la fille de mon père », j'insiste.

— « Je suis la fille de mon père », dit-elle enfin, raide et à contrecœur.

— « L'important n'est pas la manière dont les autres me voient, mais comment je me vois. »

Elle répète, mais avec moins de mauvaise grâce.

— « Je suis belle de bien des façons, grandes et petites. À l'intérieur et à l'extérieur. »

Elle éclate en sanglots mais répète, puis se retourne et enfouit sa tête contre ma poitrine.

— « Je suis magique. Je suis lumineuse. Je suis réelle. »

Les mots me viennent droit du cœur et Lara les répète entre ses larmes. Je regarde autour de moi en parlant dans ses cheveux. Les signes sont tous là, sous mes yeux. Des posters de Zendaya, Beyoncé, Alicia Keys. Des artistes noires qui ont toutes une chose en commun : la clarté de leur peau. Comment ai-je pu passer à côté ?

— « Ma peau est l'armure qui garde ma vérité. Et ma vérité est beauté. »

Sa voix se brise davantage, les sanglots s'intensifient. Mon cœur se fend. Je tiens bon. Je la serre dans mes bras et continue de répéter ces mots qui sont autant pour elle que pour moi.

Un chagrin particulier

J'ai encore plus de mal à laisser Lara vu ce qui m'attend. Avant que Kenny passe me prendre, nous avons rangé les crèmes et ma fille a admis que sa mère devait être mise au courant.

« Je lui parlerai, lui ai-je promis. Puis nous en discuterons tous les trois. »

Lara a protesté, sans conviction. Ses aveux ont cédé la place au soulagement. Faire face à sa mère ne lui semble plus aussi difficile. Il n'empêche qu'elle n'a pas voulu retourner au lycée et que je n'ai pas insisté. Les douleurs menstruelles sont peut-être réelles mais même si elles ne le sont pas, je comprends qu'elle n'ait pas envie de faire face aux harceleuses de l'école.

— Qu'est-ce qui est arrivé à son mari ? je demande à Kenny quand son chauffeur quitte la route surchargée Mobolaji Bank Anthony pour gagner un quartier plus paisible d'Ikeja.

Pas de boutiques. Pas de colporteurs. Pas de hautes clôtures, mais plusieurs panneaux annoncent des chiens de garde et le numéro du comité de surveillance du quartier.

— Je te l'ai dit. Elle est veuve, mais ils étaient séparés avant sa mort, répond Kenny. Je ne connais pas les détails. C'était une troisième ou une quatrième épouse, et quand elle a consacré sa vie au Christ elle est partie.

— Pourquoi ?

Kenny me regarde avec étonnement. Son visage est très légèrement maquillé ; elle porte un chemisier gris et un foulard noir. Puisqu'elle prend sur son temps de travail pour m'accompagner, j'espère que cette tenue peu flatteuse est un signe de respect envers la mère de la défunte.

— Elle ne pouvait pas demeurer au sein d'un foyer qui est un péché aux yeux de Dieu et des hommes.

— Kenny, tout indique que Dieu n'a rien contre la polygamie.

— C'est dans l'Ancien Testament, ça ne compte pas, rétorque-t-elle en balayant ma remarque de la main. D'après l'évangile du Christ, l'homme s'attachera à sa femme, et non à ses femmes.

— Si je me souviens bien, ce verset apparaît aussi dans l'Ancien Testament, je lui signale, sourire ironique aux lèvres.

Elle m'ignore et tapote l'épaule du chauffeur.

— On est arrivés. Garez-vous là.

Le conducteur arrête la voiture devant une maison à étage. Kenny ajuste son foulard et s'extirpe laborieusement de la voiture, comme si une tâche très déplaisante l'attendait.

— Tu m'as dit qu'elle était d'accord pour parler, je lui rappelle tandis que nous franchissons les portes de la résidence.

— Sa fille est morte. Bien sûr qu'elle veut parler à l'homme qui essaie de trouver l'assassin.

— Techniquement, j'essaie d'innocenter son gendre.

— Quelle différence ?

Dans ces circonstances, je ne peux pas critiquer sa logique.

Plusieurs personnes sont assises dehors. Kenny en salue certaines et j'esquisse un signe de la main. Ce n'est pas le bon moment pour faire connaissance.

On nous conduit à l'étage, dans la chambre de Mme Bucknor, une grande pièce qui s'ouvre sur une sorte de petit salon. Elle est assise sur le lit double, entourée de deux femmes âgées. Kenny lui chuchote quelque chose à l'oreille, et les femmes s'empressent de partir, le regard aiguisé par la curiosité. Kenny serre l'épaule de Mme Bucknor et les imite, non sans m'avoir lancé un coup d'œil m'intimant de la ménager. Comme si je pouvais faire le contraire.

Mme Bucknor se lève, entrouvre légèrement la porte et revient vers moi pour désigner le salon, où je la suis.

— Je suis navrée de ne pouvoir vous recevoir plus formellement, dans le grand salon, mais ma maison est pleine de visiteurs.

— Ce n'est pas grave, *ma*, dis-je en m'asseyant.

Elle-même a choisi, face à moi, un fauteuil à oreilles.

Je suis de nouveau frappé par la ressemblance entre Mme Bucknor et sa fille défunte. Sa peau claire et ses cheveux gris bien coiffés lui confèrent une allure royale. Son boubou bleu marine tout simple révèle un cou étonnamment lisse pour son âge. Elle serre un mouchoir sec dans ses doigts crispés, mais je ne saurais dire si c'est à cause de l'arthrite ou si c'est sa façon de garder contenance malgré le chagrin.

— Je vous présente mes plus sincères condoléances, *ma*.

Mme Bucknor hoche la tête et se tamponne délicatement les yeux avec son mouchoir, bien qu'ils soient secs. Un simple réflexe ?

— *Mi ò ní pé, ma*, ajouté-je espérant pouvoir tenir ma promesse que ça ne sera pas long.

Je sors mon carnet et mon stylo. Je n'ai pas le courage de lui demander la permission d'enregistrer notre conversation.

— Ça ira. Kenny m'a dit que vous aviez des questions à me poser.

Je prends sa sérénité comme un encouragement.

— Madame, est-ce que votre fille vous a dit où elle allait le jour de son départ ?

— À Ibadan.

J'essaie de dissimuler ma surprise face à la rapidité de sa réponse. Jusqu'à ce que je parle avec Enomo, j'avais l'impression que personne ne connaissait cette destination. Et Mme Bucknor ne m'en avait rien dit lorsque je l'avais rencontrée avec les anciens.

— À un endroit où elle s'était déjà rendue ?

Mme Bucknor fronce les sourcils.

— Je sais seulement que lorsqu'elle a appelé pour dire qu'elle s'en allait je lui ai demandé où, et elle m'a répondu : « Quelque part à Ibadan. » Je lui ai demandé de me passer un coup de fil quand elle serait arrivée.

— Elle l'a fait ?

— De là-bas ?

Elle semble d'abord méfiante, puis bouleversée.

— Visiblement, elle n'y est jamais arrivée…

Elle porte le mouchoir à son nez et souffle bruyamment.

Je la laisse se remettre avant de poursuivre.

— Vous a-t-elle appelée le jour de son départ ? Peut-être en chemin ?

Elle fait non de la tête.

— Elle a téléphoné le soir précédant son départ. En fait, elle était très abattue parce que Évêque et elle avaient eu une dispute. Je l'ai apaisée.

Elle était donc au courant de la dispute avant que l'évêque ne lui en parle.

— Vous a-t-elle fait part des raisons de cette dispute ?

Mme Bucknor baisse la tête, dépitée.

— Ne pas avoir d'enfants l'affectait plus que ça ne l'affectait lui. Elle pouvait se montrer très émotive à ce sujet ; elle voulait désespérément lui donner un enfant.

— Elle avait l'impression que c'était sa faute ?

Mme Bucknor est-elle au courant de la stérilisation de sa fille ? Comment puis-je le lui demander ?

— Elle n'avait pas la patience d'attendre la volonté de Dieu.

— Ils… hum, ils n'ont jamais cessé d'essayer ?

Elle lève les yeux, surprise.

— Pourquoi auraient-ils fait cela ? Il n'y avait aucune raison que Dieu ne réponde pas à leurs prières.

Elle ne sait donc pas. Je fais machine arrière.

— Quand ces disputes survenaient, est-ce qu'elles pouvaient s'avérer… violentes ?

Elle secoue la tête.

— Quand Sade m'a appelée, elle pleurait comme je ne l'avais jamais entendue pleurer. Évêque avait perdu patience, et je crois qu'elle était en colère elle aussi. Elle ne m'a pas donné de détails, mais à sa façon de parler j'ai soupçonné que la dispute avait dégénéré.

Je fronce les sourcils. L'évêque a prétendu n'avoir jamais levé la main sur sa femme, malgré ses provocations. Et le garde l'a confirmé. Si Sade Dawodu a téléphoné à sa mère pour lui signaler l'altercation avec son mari, lui a-t-elle fait croire qu'il y avait eu violence pour s'attirer sa compassion ?

— A-t-elle dit que son mari l'avait frappée ?

Mme Bucknor secoue vigoureusement la tête.

— Pas explicitement, mais elle voulait venir vivre ici quelque temps ; je lui ai dit qu'elle ne pouvait pas quitter son foyer pour une simple querelle.

— Pourtant, si la situation était devenue violente...

Elle se mouche encore bruyamment, détourne les yeux, mais quand elle reprend la parole elle se montre sur la défensive.

— Qu'est-ce que j'étais censée faire ? Évêque est un homme de Dieu, mais il reste un homme. Et son époux. Je ne voulais pas être le genre de femme qui encourage sa fille à venir se réfugier dans les jupes de maman chaque fois que son mariage bute contre un obstacle.

— Vous pensez qu'elle aurait appelé la police si elle avait senti que sa vie était en danger ?

Son expression me laisse penser qu'elle n'a jamais envisagé cette idée.

— Peut-être que c'est pour ça que la police accuse Évêque.

Puis elle semble revoir la question et secoue de nouveau la tête, comme pour en chasser une pensée désagréable.

— Mais jamais il ne lui aurait fait de mal. Je lui ai dit qu'elle se faisait un drame pour rien.

— Mais si elle avait dit qu'il...

Je ne termine pas ma phrase : elle a levé la main pour m'interrompre.

— Écoutez, docteur Taiwo, reprend-elle avec un regard dur. Sade pouvait être très pénible. Je suis sa mère, je le sais. Évêque avait été si compréhensif, il était resté avec elle alors qu'elle ne lui donnait pas d'enfant. Il pourvoyait à ses besoins. De temps à autre, je pense qu'il est normal que l'homme perde patience. Donc c'est ce que j'ai dit à Sade, et ça l'a calmée. Ou du moins je l'ai cru. Elle a même promis de présenter ses excuses à Évêque avant son voyage.

— Elle ne vous a pas dit que l'évêque était déjà parti pour Graceland ?

— Au moment où elle me parlait, répond Mme Bucknor en secouant la tête, je suis sûre qu'Évêque était encore dans la maison. Je lui ai dit de s'agenouiller et de s'excuser immédiatement. Je suis sûre qu'elle l'a fait.

Intéressant. L'évêque n'a jamais parlé de la moindre excuse ni d'un coup de fil à sa belle-mère ce soir-là. Je fais semblant de noter quelque chose puis parcours mon carnet comme à la recherche d'un détail.

— Connaissez-vous un certain Pr Uzoma Ohaeri ?

Elle prend une vive inspiration qui se termine en toux. Je lève la tête.

Mme Bucknor fronce les sourcils dans un effort pour se souvenir.

— Je ne crois pas.

— Votre fille lui a passé plusieurs coups de téléphone mais il n'a jamais répondu. Je me demande s'il s'agit d'un médecin, si elle l'appelait parce qu'elle avait un… un problème de santé…

— Je ne connais pas de Pr Ohaeri. Son spécialiste en fertilité était au Royaume-Uni. Évêque doit avoir les coordonnées de la clinique, mais Sade ne m'a jamais parlé d'un Pr Ohaeri. En fait, maintenant que j'y pense, Sade m'a appelée le jour de son départ. Nous n'avons pas parlé longtemps. Elle m'a juste dit où elle allait et combien de temps elle serait absente.

— Alors Sade n'a jamais demandé d'aide pour des… des problèmes psychologiques ?

— Pourquoi ? C'était une bonne chrétienne. Les bons chrétiens n'ont pas de problèmes psychologiques.

Je la fixe jusqu'à ce qu'elle porte de nouveau son mouchoir à son nez et se mouche encore bruyamment. Lorsque ses yeux reviennent à moi, ils sont pleins de défi. Elle sait que je me demande pourquoi elle m'a d'abord fait croire que Sade ne l'avait pas appelée le jour de son départ, avant de comprendre que j'avais accès aux appels de sa fille. Si elle a commencé par mentir, pourquoi devrais-je croire ce qu'elle dit sur la santé mentale de Sade ?

Elle se lève.

— Si vous avez d'autres questions, n'hésitez pas à demander à votre sœur de vous ramener ici. Je ferai tout ce qui est en mon pouvoir pour innocenter Évêque et vous aider à trouver les assassins de ma fille.

Dans quel ordre ? Cette question reste en suspens. Son regard ne quitte pas le mien. Ferme. Et malgré tout il ne laisse rien filtrer. J'essaie de deviner ce qu'elle ne révèle pas. Quand Sade a appelé sa mère le jour de son départ, lui a-t-elle dit quelque chose qui risquait de nuire à l'évêque ? En tout cas, d'après le regard de Mme Bucknor, il est clair que l'entretien est terminé. Je me lève à mon tour et scrute son visage, espérant lui montrer qu'elle peut me faire confiance.

Mais ses yeux restent secs et déterminés. Insister serait un manque de tact. Les murs qu'elle a dressés autour d'elle sont impénétrables, je ne peux donc pas poser la question qu'elle doit avoir devinée.

Qui protège-t-elle ? Sa défunte fille ou son gendre ?

Le diable dans un détail

La convocation arrive juste au moment où la voiture de Kenny se gare devant le portail de l'école de police. J'avais espéré travailler un peu dans mon bureau puis rentrer en Uber à temps pour notre discussion avec Lara.

Je me tourne vers Kenny.

— D'après le texto que je viens de recevoir, le rapport d'autopsie est prêt et la police a demandé à le présenter à l'évêque. Le pasteur George veut que je sois là.

— À Graceland ? demande Kenny. Tu pourras y être à temps ?

Il est à peine midi. La circulation devrait être moins frénétique maintenant que l'heure de pointe du matin est passée ; mais dans une heure l'enfer recommencera.

— Prends ma voiture, propose-t-elle. Mon bureau est sur le trajet. Vous me déposerez, puis le chauffeur pourra t'emmener à Graceland et t'y attendre.

— Mais comment tu rentreras ? Ça peut prendre du temps avant de…

— Ne t'inquiète pas. J'utiliserai une voiture de service.

Je la remercie avant d'écrire au pasteur George.

Je serai là. Pourrais-je vous parler
avant ou après le briefing de la police ?

Il répond sur-le-champ.

Bien sûr.

Dès que nous avons déposé Kenny à son cabinet, j'appelle Abubakar.

— C'est inhabituel, me dit-il après avoir été mis au courant.

— N'est-ce pas ? La police se déplace pour présenter le rapport d'autopsie… vous pouvez vous renseigner à ce propos ?

— Oui, je vais le fai*l*e. Mais c'est peut-êt*l*e pou*l* p*l*ésenter des excuses.

— Des excuses ?

— J'ai le *l*appo*l* sous les yeux. J'étais censé vous le donner. Il y est clai*l*ement dit que la mo*l* de Mme Dawodu *l*ésulte d'un suicide pa*l* noyade.

Pas la peine de parler au commandant de ma conversation avec le légiste.

— Oui, mais pourquoi présenter des excuses ?

— Pou*l* son a*ll*estation abusive ?

L'inspecteur Bello essaie donc de se faire bien voir de l'évêque, peut-être pour sauver sa carrière. Lui remettre le rapport d'autopsie assorti d'excuses formelles devrait faire son petit effet.

— Pourriez-vous m'envoyer des captures d'écran du rapport ?

Les cinq pages se lisent rapidement. Tout est conforme à ce dont j'ai parlé avec le légiste. Quand je constate que la ligature des trompes est mentionnée, je dois me retenir de dire au chauffeur d'accélérer. Rien ne pourrait me priver de l'occasion de voir le visage de l'évêque quand ce détail lui sera révélé.

Le bureau de Dawodu ressemble au salon d'un antiquaire de luxe, et contient tellement d'or que ça en fait mal aux yeux. Une imposante table en acajou occupe le centre de la pièce, séparant de l'entrée le siège – ou plutôt le trône – de l'évêque.

Je pensais voir tous les anciens rassemblés, mais seuls les pasteurs George et Nwoko sont là, assis sur un long canapé en cuir blanc. On dirait qu'ils attendent les résultats d'un test médical. Tendus, impatients et nerveux. Nwoko martèle l'accoudoir du bout des doigts. George arbore sa mine renfrognée habituelle mais à son blazer intégralement boutonné et aux tremblements intermittents de sa jambe droite je devine sa tension.

La source de leur malaise me semble perchée au bord du bureau de l'évêque. LaTanya Jacobson paraît encore plus intimidante en personne que sur sa photo LinkedIn. Maquillage, faux cils, blush, ongles, cheveux. Elle a l'air si extravagante qu'on la croirait sortie de la RuPaul's Drag Race, le célèbre concours de drag queens.

L'évêque est l'image même du commandant en chef ; il s'avance vers moi avec une mine très sérieuse, les mains tendues, sans sourire. Il ne semble pas franchement enchanté, mais j'ai tout de même du mal à concilier sa démarche résolue et l'homme brisé qui a identifié le corps de sa femme il y a moins de 72 heures. J'ai l'intuition que sous ce vernis charmant et pieux, l'évêque Dawodu n'est peut-être pas aussi vertueux qu'on pourrait s'y attendre.

— Docteur Taiwo, dit-il en me serrant fermement la main avant de retourner s'asseoir derrière son bureau. Content que vous soyez là.

Je promène un regard appuyé sur la pièce.

— Je suis en avance ?

— Je voulais que vous fassiez le point sur vos recherches avant l'arrivée de la police. Vous connaissez les pasteurs, mais vous n'avez pas rencontré ma directrice commerciale, LaTanya Jacobson. Elle vient d'arriver de Houston.

Je serre la main de la femme, qui m'adresse un sourire dur et me jauge du regard. J'essaie de ne pas retirer ma main lorsque ses yeux descendent puis remontent pour s'arrêter au niveau de ma ceinture. Elle incline la tête, songeuse. Je la trouve vulgaire. Pas exactement le genre de personne que j'imaginerais dans le bureau d'un pasteur. Même si je n'avais pas parlé à Ewang, la présence de cette femme ici m'aurait convaincu que quelque chose cloche.

— Enchanté, madame.

— Docteur Taiwo. Postdoctorant de l'USC. Presque dix ans au sein des Affaires internes du SFPD. Un CV impressionnant.

— Vous me flattez, mademoiselle Jacobson.

Elle m'encourage à l'appeler « LaTanya » et agite ses serres, peintes de multiples couleurs et parsemées de sequins.

— Dans tous les cas, vos références impeccables sont parfaites pour un client aussi renommé que Jerry.

Jerry ? Cette familiarité contraste avec la révérence que tous adoptent à l'égard de l'évêque.

— LaTanya gère mes réservations internationales et mes intérêts commerciaux aux États-Unis, explique Dawodu tandis que nous nous asseyons autour de la table. Elle a gentiment fait le déplacement pour m'offrir son soutien moral.

— Je serais venue plus tôt si vous m'aviez écoutée, dit-elle sur un ton de reproche.

— Plus tôt ce n'était pas nécessaire, mais à présent, eh bien, j'apprécie votre présence.

La réponse de l'évêque est calme, mais j'y décèle une mise en garde. Apparemment, ce n'est pas la première fois qu'ils ont cette conversation. Peut-être même juste avant mon arrivée ?

— Docteur Taiwo, commence le pasteur George d'une voix plus forte que de coutume, pour mettre fin à la scène. Nous espérions un rapport sur vos avancées...

— J'en suis encore aux balbutiements.

— Oui, mais à ce stade, y a-t-il un risque que si la police se pointe ce soit pour arrêter Jerry ? demande LaTanya.

— La police dit qu'elle vient présenter le rapport d'autopsie de Première Dame, intervient George avec une posture et un ton désapprobateurs.

Le « Jerry » semble le hérisser lui aussi.

— Je pense que nous devrions honorer la défunte en ne procédant pas à des conclusions hâtives, ajoute-t-il.

— Vous comprenez sans doute quelle méfiance tout le monde éprouve envers la police, docteur Taiwo, me glisse l'évêque avec un sourire navré. Elle a commis plusieurs erreurs qui m'ont privé de la paix nécessaire pour pleurer ma femme. Ma congrégation s'inquiète qu'elle récidive, ou pire.

— Je vous assure, Évêque, que la police vient bel et bien pour vous présenter le rapport d'autopsie de votre épouse.

— Ce rapport, intervient Nwoko, vous l'avez vu ?

— Pas dans sa version définitive.

Je préfère mentir. Pourquoi Nwoko se montre-t-il si nerveux ?

— J'ai rencontré le légiste, mais il ne l'avait pas encore terminé.

Quelqu'un frappe doucement à la porte et la secrétaire de l'évêque entre.

— La police est là.

Nous nous dirigeons vers la salle de conférences, l'évêque ne voulant pas rencontrer les officiers dans son bureau.

« Je ne veux pas de leurs absurdités dans mon espace personnel », a-t-il expliqué en se levant, et nous l'avons tous suivi.

La façon dont nous nous arrêtons derrière lui lorsqu'il entre dans la pièce a quelque chose de comique. Par-dessus son épaule, je comprends pourquoi. Bello est seul. Ce n'est pas la délégation à laquelle tout le monde s'attendait.

Dès que je croise le regard de l'inspecteur, je vois que présenter des excuses est la dernière chose qu'il a en tête. Sa posture est pleine d'assurance. Ses lèvres sont plissées en un rictus dédaigneux lorsqu'il se lève pour nous saluer. Il nous invite à nous asseoir comme s'il était notre hôte, puis s'éclaircit très démonstrativement la gorge.

— Le rapport d'autopsie est arrivé. Votre femme s'est noyée et tout porte à croire qu'il s'agit d'un suicide ou d'une mort accidentelle.

Il pousse un dossier sur la table de conférences, que LaTanya intercepte avant qu'il n'arrive à l'évêque. L'inspecteur poursuit.

— D'après ce rapport, la mort de votre épouse n'est donc pas un assassinat.

Le pasteur Nwoko n'est qu'indignation vertueuse.

— Donc Évêque n'est plus suspect ?

Je reste concentré sur LaTanya tandis qu'elle parcourt avec application le rapport. Je trouve fascinant que Dawodu, dont le regard demeure braqué sur l'inspecteur, laisse cette femme le lire avant lui.

— Cela dépend de lui, répond Bello en agitant la main vers l'évêque. Nous ne devons pas oublier qu'on a essayé de faire croire qu'il avait tué sa femme. Si j'étais lui, j'aimerais savoir qui.

Le soulagement de Dawodu est palpable. Il fait un geste dans ma direction.

— C'est pour cela que j'ai engagé Dr Taiwo. Mais à ce moment-là je croyais que mon épouse était en vie. Maintenant qu'elle est morte, à quoi bon ? Il est temps qu'on me laisse la pleurer en paix.

Son ton est mesuré comme s'il s'adressait à ses ouailles. Ce n'est pas celui qui vient d'apprendre que sa femme s'est suicidée.

— Je comprends, dit Bello avec une compassion feinte. Mais pouvez-vous nous aider à clore le dossier une bonne fois pour toutes ? Peut-être en nous donnant quelques éléments sur les raisons qui auraient pu pousser votre épouse à se tuer ?

Ses épaules s'affaissent. Pendant quelques secondes, le seul bruit dans la salle est celui de LaTanya qui tourne les pages. Elle fronce les sourcils et je devine qu'elle a atteint le fameux passage.

— Je vais devoir vivre avec cet échec jusqu'à ce que le Seigneur me rappelle à Lui.

L'évêque regarde les deux anciens avec un air attristé.

— Je ne pouvais pas vous révéler que Première Dame souffrait de dépression clinique. Pourtant, si je l'avais fait, peut-être auriez-vous joint vos prières aux miennes…

— Jerry…

L'évêque lance un coup d'œil vif à LaTanya pour lui recommander de rester sur ses gardes. Elle lui transmet le dossier en pointant du doigt un paragraphe.

— Donc le problème venait d'elle ? demande Bello sur un ton innocent.

Les pasteurs Nwoko et George échangent un regard alarmé lorsque l'évêque lève la tête et se met debout. Une image du révérend Freeman, le nez plongé dans la cocaïne, traverse mon esprit. L'empereur est nu et il est le dernier à le savoir. *L'Homme n'est pas Dieu.*

— C'est impossible !

— Quoi ? demande Bello avec un sourire hypocrite. Que votre femme ne pouvait pas avoir d'enfants parce qu'elle s'était fait ligaturer les trompes ?

Les pasteurs lâchent un hoquet. LaTanya convainc l'évêque de se rasseoir.

— Jerry, vous n'êtes pas obligé de dire quoi que ce soit…

— Vous devez retirer ça du dossier, ordonne l'évêque en foudroyant du regard l'inspecteur. Ça n'a aucun lien.

L'inspecteur lève la main pour couper court à ses reproches.

— Au contraire. Si vous prétendez que votre femme s'est suicidée parce qu'elle ne pouvait pas avoir d'enfants…

— J'ai dit qu'elle était dépressive ! rugit l'évêque.

— Calmez-vous, ordonne doucement Bello.

Il se moque très ostensiblement de Dawodu. Pire, il le cherche.

— N'avez-vous pas dit être un homme de Dieu ? Bon, d'accord, elle était dépressive, mais c'était parce qu'elle ne pouvait pas avoir d'enfants, *abi* ?

Ce n'est pas vraiment une question mais il s'interrompt, comme s'il attendait ou espérait être contredit.

La main de LaTanya est posée sur le coude de Dawodu, à la fois pour le mettre en garde et le retenir ; il évolue dans un domaine périlleusement litigieux. Mieux vaut se taire. Je ne comprends pas quel pouvoir elle exerce sur lui parce qu'il bouillonne, dans une posture résolument défensive, tout en fixant l'inspecteur.

— *Ehen,* reprend Bello avec condescendance. Si vous saviez tous les deux qu'elle était stérilisée, en tant que chrétiens vous avez dû espérer un miracle, et vivre dans un état d'optimisme qui...

Il claque rapidement des doigts, cherchant le mot juste.

— ... comment vous dites dans vos sermons, déjà ?

— Assez ! ordonne le pasteur George d'une voix si puissante que tout le monde se raidit, comme au garde-à-vous.

Il est resté silencieux si longtemps et je me focalisais tellement sur LaTanya et l'évêque que je ne lui ai pas prêté attention.

— Mon Dieu ne sera pas moqué ici, inspecteur. Vous nous avez transmis le rapport, à présent veuillez quitter les lieux.

— Je veux qu'on efface ça, dit l'évêque à l'inspecteur. Je veux que ce passage soit effacé du rapport.

— Pourquoi ? demande Bello avec une vague curiosité. Vous demandez à faire éliminer des preuves ? Ce serait contraire à la loi, monsieur. J'ai déjà assez d'ennuis comme ça.

LaTanya se lève et entraîne l'évêque avec elle.

— C'est terminé. Ne lui parlez plus. Venez.

L'inspecteur se lève à son tour. En voyant la manière dont ils se défient, chacun à un bout de la table, je me réjouis de sa présence.

— Avant de partir, pourriez-vous aider la police au sujet d'un détail sur lequel nous enquêtons encore ? Vous savez, l'identité de la personne qui a passé ces coups de fil à nos services.

LaTanya secoue lentement la tête, et au moment où elle s'apprête à formuler un avertissement l'évêque agite la main avec impatience. Mauvaise idée. Si j'étais son avocat, je l'aurais bâillonné au bout de dix minutes.

— Un fauteur de troubles, quelqu'un qui veut ma chute, dit-il avec une exaspération outragée.

— Ou quelqu'un qui savait que votre femme allait mourir ?

L'inspecteur balaie la pièce du regard.

— Vous voyez, si l'autopsie ne peut certifier l'heure exacte de sa mort, la durée d'immersion est estimée à plus ou moins six jours. Ce qui signifie que feu Mme Dawodu pouvait être en vie lorsque la police a reçu l'appel disant qu'elle avait été assassinée.

Il se tourne vers l'évêque avec un sourire froid.

— Vous avez une idée de la raison pour laquelle votre femme aurait voulu vous faire arrêter pour sa mort avant qu'elle ne se produise ?

LaTanya attire l'évêque à elle et dit d'un ton sans appel :

— Ne répondez pas, Jerry.

Il semble abasourdi. Ce qu'implique cette question semble le frapper subitement.

— Je vous ai dit qu'elle n'était pas bien. Je n'ai pas réussi à l'aider. J'ai essayé, dit-il, confus et blessé.

— Chut, ça va, trésor. Vous n'avez pas à répondre.

LaTanya est parvenue à le conduire à la porte, qu'elle ouvre, et l'évêque la suit comme hypnotisé.

Le pasteur Nwoko rassemble les feuilles éparses du rapport et lance à Bello un regard noir.

— Vous ne voyez pas qu'il est en deuil ? Où est votre compassion ?

L'inspecteur ne répond pas. Nwoko fait mine de vouloir ajouter quelque chose, mais George l'interrompt en lui saisissant le coude et se tourne vers l'inspecteur avec une grande lassitude.

— Merci, monsieur l'agent, pour votre travail, dit-il d'un ton neutre. Veuillez nous tenir au courant des suites de l'enquête concernant la personne qui a pu tenter de piéger l'évêque.

Il se tourne vers moi.

— Je serai dans mon bureau, docteur Taiwo. Je crois me rappeler que vous vouliez discuter ?

George et un Nwoko outré quittent la pièce.

Je m'adosse au dossier de ma chaise, le regard posé sur l'inspecteur, et laisse le silence s'étirer.

— Pourquoi détestez-vous l'évêque ? je demande avec nonchalance quand sa gêne se mue en agacement.

— Hormis le fait qu'il va me coûter mon travail ?

— C'est personnel et ça date d'avant, vous le savez.

Il se redresse de toute sa taille, ajuste son uniforme quand bien même ce n'est pas nécessaire, et aligne très démonstrativement la visière de sa casquette sur son front, de sorte qu'une partie de son visage est cachée. Uniforme complet. Il est en représentation.

— Docteur Taiwo, au lieu de me psychanalyser, demandez-vous ce qu'un soi-disant homme de Dieu a pu faire pour qu'on veuille lui faire porter le chapeau du meurtre de sa femme.

— Nous sommes donc d'accord sur le fait que c'est un coup monté ? je demande avec ironie.

— C'est établi depuis un moment. Votre job était de découvrir pourquoi. Apparemment, vous n'avez pas réussi, si ?

Je garde les yeux sur lui, insensible à son attaque contre mon professionnalisme et mes compétences. De plus, je ne vais pas contredire des faits.

— Alors, avant de remettre en question la façon dont je fais mon job, on arriverait peut-être quelque part si vous faisiez le vôtre, dit Bello.

Il m'adresse un salut moqueur et sort.

Je prends mon téléphone et j'éteins l'enregistrement. Je ne peux pas m'empêcher d'avoir un sourire contrit après cette sortie grandiloquente. Si seulement il savait que son défi est une arme à double tranchant ! Pour faire mon travail, je vais devoir empiéter sur son affaire et creuser jusqu'à comprendre pourquoi il se sert de la police pour faire tomber l'évêque Jeremiah Dawodu.

Le problème des plumes

L'espoir. Je l'ai perdu par bribes. Ses plumes m'ont été arrachées une à une jusqu'à ne plus rien avoir pour m'élever au-dessus des vents implacables qui soufflent contre moi. Le retrouver m'obligerait à me reconstruire pièce par pièce, plume par plume. Si j'essaie et que je réussis, où volerai-je ? Qui serai-je ? Je ne le sais pas et même : je ne veux pas le savoir.

Tu te demandes pourquoi j'ai fait tout cela en ayant décidé de ne plus être là pour savourer la victoire que constituera sa chute. À présent, tu sais. J'ai perdu l'espoir. J'ai scruté ma vie au-delà de sa défaite et je n'ai rien vu. Un abîme où tout ce que le futur peut promettre sera entravé par mon passé.

Donner un but à son existence, dit-on. Le but apporte un sens. Je suis d'accord. Le détruire est mon but. Le démasquer. L'exposer dénué de sa cape de sainteté. Nu. Révélé à toi et au monde entier, afin que tous voient qu'ils ont placé leur foi dans les mains d'un homme ordinaire. Pas un dieu. Un simple colporteur qui prône l'espoir comme remède au manque de but, de sens.

Si mes plans fonctionnent et qu'il tombe, pour quoi vivrai-je ? Je ne veux pas le savoir. Le peu d'espoir que m'a donné mon but, je le place en toi. Alors quand tu penseras à moi tire quelque réconfort à l'idée que tout ce que tu fais m'aide à atteindre mon objectif.

Il doit tomber. Et ne te contente pas d'une chute qui ne serait ni bruyante ni suffisamment spectaculaire.

Viré

Je me dirige vers le bureau du pasteur George. La taille et l'ampleur des ministères de la Grâce ne peuvent être appréciées qu'en parcourant le long couloir des bureaux administratifs. Depuis la salle de conférences, à mi-chemin entre le bureau de l'évêque Dawodu et celui du pasteur George, j'ai compté au moins vingt pièces. Je dépasse ensuite un espace qui fait deux fois la taille de la salle de conférences. Tout est en verre. Plusieurs personnes portent des casques audio, certaines parlent rapidement, d'autres opinent en écoutant leur interlocuteur à l'autre bout de la ligne. Certaines ont les yeux fermés, les mains jointes, et semblent prier. Même sans le panonceau qui identifie le ministère des Prières on le sentirait par la ferveur qui règne dans la pièce.

Je me rends compte que je ralentis, ému par ce spectacle. Combien de suicides ont été empêchés ? Combien de mariages sauvés ? Combien de gens gravement malades cherchent ici quelque réconfort après l'annonce d'une maladie incurable ?

Même si je taquine Kenny à propos de sa dévotion à l'Église plutôt qu'à sa propre évolution spirituelle, j'envie sa foi. La simplicité de s'en remettre à une puissance supérieure face à la complexité quotidienne du Nigeria est un mécanisme de survie que j'aurais aimé avoir développé. Les prêcheurs prospères comme Dawodu sont souvent critiqués parce qu'ils vivent dans le luxe grâce aux deniers de la veuve et de fidèles dont les revenus moyens sont inférieurs à dix dollars par jour. Pourtant, en regardant cette équipe de prière, je me rappelle une fois de plus le bien que peuvent faire les organisations telles que l'Église de la Grâce. Redonner aux plus pauvres, créer une communauté et, plus que tout, offrir de l'espoir au sein d'une nation qui a pris à sa population la moindre raison d'en avoir. Si l'on considère que l'essor des églises pentecôtistes, au début des années 1980, a coïncidé avec l'effondrement du naira, la mise en place de plusieurs mesures d'austérité et la présence d'une junte militaire qui a pillé les ressources pétrolières du pays, on a tendance à donner raison à Karl Marx, selon qui la religion est l'opium du peuple. L'espoir, ce besoin humain fondamental, voilà ce qu'elle offre.

Je continue à avancer dans le couloir. Les révélations perturbantes que j'ai découvertes sur l'Église de la Grâce ne font qu'aggraver le dilemme. Comment un endroit dont le cœur est si pourri peut-il faire un tel bien ? Il serait naïf de penser que les circonstances de la mort de Sade Dawodu sont particulières, une exception et non la règle. En vérité, le pouvoir absolu dont disposent les chefs des Églises engendre très certainement des abus. La corruption est l'issue inévitable de la foi aveugle et de la dispense à rendre des comptes pour les autorités d'une Église.

Le pasteur George n'est pas seul dans son bureau. À travers la porte de verre apparaît une silhouette féminine. Lui a les mains sur ses épaules. Ses yeux sont fermés et il semble prier. Je recule de quelques pas et j'attends.

Quelques minutes plus tard, la femme quitte le bureau et s'arrête en me voyant. J'essaie de situer son visage et de comprendre pourquoi elle m'adresse ce regard implorant.

— S'il vous plaît, dites-lui de rentrer à la maison, me lance-t-elle.

Je la reconnais enfin : le visage derrière les rideaux chez Victor Ewang.

— La nuit où vous êtes venu chez nous, il vous a parlé, poursuit-elle. Quand il est revenu, j'ai senti chez lui un grand soulagement.

Je ne sais pas trop comment réagir. Qu'est-ce qu'elle sait, au juste ? Je ne dis rien.

Elle m'attrape la main et je réprime un tressaillement quand ses ongles s'enfoncent dans mon bras.

— Dites-lui que tout va bien. Qu'il doit rentrer. Quoi qu'il ait fait on doit pouvoir le régler.

— Votre mari n'est pas chez vous ? demandé-je.

— Depuis la nuit dernière. S'il vous plaît, monsieur, si vous savez quelque chose…

Je retire sa main avec autant de ménagement que possible.

— Madame Ewang ?

Elle hoche la tête, comme pour s'excuser.

— Je n'ai pas vu votre mari et ne lui ai pas parlé depuis cette nuit-là.

— Qu'est-ce que vous lui avez dit ? demande-t-elle, désespérée.

— J'ai bien peur de ne pas pouvoir vous le révéler, dis-je doucement.

— C'est ce qu'il répond chaque fois que je lui demande ce qui le tracasse, dit-elle, ahurie.

— Je suis désolé.

C'est tout ce que je peux dire. Je me retiens de lui adresser quelques paroles réconfortantes qui ne déboucheraient que sur d'autres questions. Je désigne le bureau du pasteur George.

— Je dois y aller.

De fait, ce dernier nous observe à travers la porte depuis le début. Mme Ewang semble s'en rendre compte. Elle marmonne une excuse, baisse la tête et s'éloigne à petits pas rapides.

Est-il possible qu'Ewang se cache jusqu'à en savoir plus sur la mort de Sade Dawodu ? Je crains qu'il ne soit parti sans en parler à sa femme. Cela dit, la peur de Victor Ewang vient de ce qu'il sait. Dans ces conditions, s'éloigner de sa famille est peut-être la meilleure façon de la protéger.

J'entre tandis que le pasteur retourne s'asseoir derrière son bureau.

— Je me demande pourquoi Mme Ewang vous a agrippé ainsi, dit-il.

— Si j'ai bien compris, son mari n'est pas rentré.

Je réponds timidement, en feignant la surprise.

— Oui, c'est ce qu'elle m'a dit. J'ai prié avec elle pour qu'il lui revienne. Mais pourquoi vous en parler à vous ?

— Je ne comprends pas.

Je baisse le regard et tire une chaise pour m'asseoir en face de lui.

— Vous avez discuté avec frère Victor ?

— Il figure sur la liste d'entretiens que vous m'aviez donnée.

J'essaie de rester serein, mais franchement son ton m'irrite. Il me traite comme un employé récalcitrant. Moi. Ses questions m'inquiètent, aussi. Puisqu'il est le n° 2 de l'Église de la

Grâce, je dois partir du principe qu'il sait ce qui se déroule au département Missions internationales.

— Oui, mais quand lui avez-vous parlé ?

— Le jour où vous m'avez pratiquement supplié de reprendre l'affaire, je riposte pour le mettre sur la défensive.

— Pourquoi être allé le voir en premier ? Il y avait d'autres gens qui…

— Vous voulez un exposé sur mes méthodes de travail ? je le coupe.

Le pasteur George est pris de court ; il hausse les épaules comme pour dire « C'est vous qui voyez », s'empare d'une feuille et me la tend.

Le titre est éloquent : « Fin de contrat. »

— Vous me renvoyez ?

— Non, docteur Taiwo. Simplement nous n'avons plus besoin de vos services. La mort de Première Dame a été formellement déclarée comme étant un suicide. Évêque n'est plus suspect. L'Église n'est plus menacée. Pourquoi continuer à remuer inutilement la boue ?

Je l'observe. Est-ce que je commencerais à m'approcher un peu trop de quelque chose ? Est-ce qu'il sait que je suis au courant pour les virements ?

— Mais nous ne savons toujours pas qui a voulu piéger votre évêque.

— Qu'est-ce que ça peut faire, à présent ? dit-il d'une voix plus forte que jamais.

— Je croyais…

— Dcoteur Taiwo, veuillez compiler vos notes de frais dès à présent, et expédier votre facture à l'Église à mon intention.

— Je n'aime pas ne pas aller jusqu'au bout des choses.

— Ce n'est pas mon problème, docteur Taiwo. Fermez la porte derrière vous en partant, et puisse le Seigneur vous bénir.

Je me lève, incapable de me souvenir quand j'ai éprouvé une telle exaspération pour la dernière fois. Une telle humiliation. J'ouvre la bouche pour l'envoyer paître, pasteur ou non, mais m'interromps lorsque je déchiffre enfin son comportement : sa grimace a disparu. Il a repoussé sa chaise pour avoir la place de croiser les jambes. Son regard est fermé, et son visage dénué d'expression. Il me veut en colère. Hors de moi, même. Il veut que je parte.

Je repose la lettre sur le bureau.

— Comme je viens de vous le dire, je n'aime pas ne pas aller jusqu'au bout des choses.

Je veille à ne pas refermer la porte derrière moi.

Dépôt sauvage

Je bouillonne ; si je ne suis pas porté sur la violence, j'ai envie de frapper une chose sur laquelle figurerait le visage du pasteur George. Je saute sur le siège arrière de la Range Rover de Kenny et j'ordonne au chauffeur de quitter le domaine de la Grâce le plus vite possible. Plus vite je serai loin d'ici, mieux je me porterai.

Comment ose-t-il ? Qu'est-ce qu'il cache ? Mettre fin à mon contrat avant que je n'aie rendu mon rapport préliminaire ? Et avec une telle grossièreté ? Tout ça, c'est la faute de Kenny. C'est à cause d'elle que j'ai accepté cette affaire. Je ne travaille pas de cette manière, d'habitude. Tourner autour des problèmes, montrer patte blanche. Avancer sans remettre en question les objectifs qui changent d'un jour sur l'autre. Puis me faire lâcher au moment où tout s'emballe, une fois que je me suis émotionnellement investi…

Je consulte l'heure : 18 h 17. Encore deux heures de bouchons. Je suis trop remonté pour affronter ça. Je pourrais marcher sur un bout du chemin, histoire de brûler une partie de mon énergie négative, et laisser le chauffeur me rattraper plus loin. Mais le bon sens finit par prévaloir. J'appelle Kenny.

Elle écoute mes élucubrations avec une abnégation si inhabituelle que l'inquiétude me fait marquer un temps d'arrêt.

— Tu es là ? je demande.

Un profond soupir me parvient à l'autre bout du fil.

— Je suis là.

— Tu n'as rien à dire ? j'accuse.

— J'attendais que tu aies terminé.

— Qu'est-ce que tu veux que j'ajoute ? Qu'il m'a viré ? Ça ne m'était encore jamais arrivé de ma vie !

Mon ego est meurtri. C'est ma conversation avec Lara qui m'a lancé sur cette spirale descendante. C'est la dernière goutte d'eau.

— Il peut te virer, mais ça ne signifie pas que tu n'es plus sur l'affaire, précise Kenny.

— Qu'est-ce que tu veux dire ? Le contrat stipule que…

— Je veux dire que c'est moi qui te paierai, Phil.

— Tu plaisantes.

— Non, dit-elle si sereinement que je la crois.

Cela a le don de me calmer. Je l'avais appelée pour me défouler, pas pour changer d'employeur.

— Allons, Kenny, s'ils ne veulent pas que je découvre ce qui est arrivé à leur première dame, je ne pense pas que tu…

— C'était mon amie, Phil ! s'écrie-t-elle avec une telle détresse que je me reproche instantanément d'avoir déversé ma colère sur elle.

— Je suis désolé, Kenny Girl, mais j'ai essayé.

— Je sais bien. C'est pour ça que tu dois continuer.

— Contre la volonté de l'Église ?

— S'il le faut, ainsi soit-il, assène-t-elle d'une voix mesurée et sèche.

Il paraît que ses subalternes la craignent, et je commence à comprendre pourquoi.

— Je ne peux pas accepter ton argent, je proteste. Et puis il y a plusieurs problèmes éthiques à prendre en compte. Pour commencer, qui représentes-tu ?

— Comment ça ?

— Qui t'a donné un mandat pour enquêter ou louer les services d'un enquêteur ?

Cette question est vaine ; ma sœur s'y connaît en mandats et en confidentialité.

— Foutaises. On est au Nigeria, Phil Boy, et je m'accorde le mandat pour lancer des recherches sur ce qui a pu arriver à ma chère amie.

— C'était un suicide, dis-je avec ménagement.

— Quand bien même, je veux savoir pourquoi ! sanglote Kenny. Sa mère aussi d'ailleurs. Tous ceux qui la connaissaient et l'aimaient veulent le savoir.

— Je comprends, Kenny, mais les gens qui souffrent de problèmes psychologiques…

— Sade était la personne la plus stable que je connaisse, crache-t-elle.

— Mais tu disais qu'elle était malheureuse…

— Malheureuse, oui. Je n'ai pas dit qu'elle était dépressive ni abattue au point de mettre fin à ses jours. Tu ne la connaissais pas, Phil. Moi si. Avant qu'elle se replie sur elle-même, elle était pleine de vie, positive. Quelque chose l'a poussée à penser que vivre n'en valait pas la peine, et j'aimerais savoir quoi.

— Quoi que ça puisse être, ton Église risque de ne pas en ressortir grandie, du moins d'après ce que j'ai pu trouver jusque-là.

— Tu te rappelles ce que répétait papa ? « La vérité avant la religion. » C'est la première fois de ma vie que je comprends ce qu'il voulait dire. Je veux la vérité, Phil, et si ça me coûte la camaraderie de mon prochain, ainsi soit-il.

Cette Kenny-là me paraît très différente de celle que je côtoie depuis mon retour des États-Unis.

— Je refuse que tu me paies, en tout cas, dis-je avec fermeté.

Je n'ose pas me l'avouer aussi clairement mais je suis bien soulagé que mon travail ne soit pas vain. Et, plus que tout, je veux savoir ce qui est arrivé à Sade Dawodu.

— C'est agréable, dit Folake en s'installant sur le fauteuil en raphia de la véranda.

Je lui tends un verre de vin et m'assieds à côté d'elle. C'est effectivement agréable. Je suis arrivé beaucoup plus tard que promis. Quand je lui ai dit avoir discuté avec Lara, elle a préféré que je lui raconte notre entretien avant de soumettre notre fille à un nouveau round. J'ai pris du vin, deux verres, et espéré créer ainsi le cadre idéal pour une conversation calme et détendue. Les enfants sont couchés, mais puisqu'ils ne sont sûrement pas encore endormis, j'ai proposé que nous nous installions dehors, où les risques qu'ils nous écoutent sont moindres.

Je reste silencieux un instant, feignant de savourer le calme de la nuit. Folake paraît apprécier le silence. Elle écarte de son visage ses longues boucles pour siroter son vin. La lueur chaleureuse de la lampe du porche caresse ses pommettes. Elle s'est démaquillée et sa peau sombre est si fraîche que j'ai envie de poser mille petits baisers dessus. *Concentre-toi, Philip, et cesse d'atermoyer.*

— Je suis assez détendue pour entendre ce que tu as à dire.

— Qui prétend que j'ai quelque chose à dire ?

Je fais mine d'être offensé, mais je souris.

— Et si je voulais simplement passer une soirée avec ma femme ?

— Pas au beau milieu d'une affaire qui te turlupine, même si la police dit qu'elle est classée. Et ces regards de chiot que tu m'envoies ne sont pas là pour m'attirer au lit. Allez, crache le morceau.

— Lara m'a dit à quoi lui avait servi l'argent.

Folake repose son verre sur le tabouret.

— Et ce n'est pas pour ce que tu penses.

— J'ai pensé à des tas de choses, Philip, répond-elle avec impatience.

— Elle l'a utilisé pour acheter des, hum, produits de beauté.

— Du maquillage ? Absurde. Tu sais combien de fois notre fille a fouillé dans mes affaires pour…

— Plutôt des crèmes, en fait.

Cette fois, elle ne dit rien mais s'interroge.

— Des crèmes éclaircissantes, je précise en la regardant droit dans les yeux.

— Quoi ? glapit-elle à un volume raisonnable mais avec une telle incrédulité qu'il est clair qu'elle était loin d'imaginer ça.

— Elle dit que les filles du lycée se moquent d'elle. Elles la traitent de « noiraude » ou d'« ombre ». Elle voulait s'éclaircir la peau.

— Tu plaisantes !

Maintenant, elle parle si fort que les enfants l'entendent sans aucun doute. Bravo pour la discrétion…

— Dis-moi que tu plaisantes.

Mon silence lui indique que non. Elle attrape son verre d'une main tremblante. J'ignore si c'est de surprise ou de colère.

— Je lui dis tout le temps qu'elle est belle, dit-elle. Elle le sait.

— Nous sommes ses parents. Apparemment, à ce que j'ai compris, on le dit pour cette raison.

— J'ai toujours voulu qu'en grandissant elle devienne sûre d'elle. Elle est brillante. Ses résultats scolaires sont ahurissants. Je n'aurais jamais pensé que… Je croyais qu'elle était… Elle a toujours été si…

Je lui prends la main. Aux yeux du reste du monde, mon épouse est une femme accomplie et pleine d'assurance, mais à de rares moments tout s'effrite pour elle, et elle chancelle au cœur de ce monde qui l'a toujours jugée en fonction de son sexe et de sa couleur de peau. Aux États-Unis, notre couleur pouvait engendrer violence et peur. Elle s'est élevée au-dessus de ce constat grâce à son intellect et à son professionnalisme, afin de prouver qu'elle ne se résumait pas à sa couleur ni à sa nationalité. Mais la bataille a été dure et avait comporté son lot de défaites.

Nous sommes ensemble depuis assez longtemps pour que je sache que Folake craint d'avoir pu laisser entrevoir ses doutes à sa fille, et même les lui avoir transmis. Et elle n'est pas la seule. Dès que j'ai tenu Lara dans mes bras, j'ai su que rien ne m'importerait jamais plus que de la protéger. L'aider à devenir forte, à affronter les défis que la vie placerait sur son chemin. Malgré sa récente phase de rébellion, je pensais que nous avions réussi.

— C'est une adolescente, dis-je pour consoler Folake et moi par la même occasion. Ça peut être une période difficile.

— Ce n'est pas normal, dit-elle. C'est juste pas possible.

— Tu préférerais quelque chose de pire ? De la drogue ?

Ma plaisanterie tombe à plat, y compris à mes propres oreilles.

— De bien des façons, c'est pire, Philip. Tu ne comprends pas ? C'est pour ça qu'on a voulu quitter l'Amérique. Rentrer chez nous, où nos enfants devaient se sentir à l'aise. Bien dans leur peau.

Ce n'est pas le moment de lui signaler que le « je » serait plus approprié qu'un pluriel.

— Je sais, mais les ados peuvent se montrer cruels. Je…

— Non, non. Pas comme ça, insiste-t-elle. Comment on en est arrivés là ?

— Je ne sais pas, chérie, tout ce que je peux dire c'est que les moqueries…

— Le harcèlement, rectifie-t-elle. C'est du harcèlement.

— Je suis d'accord. Ce harcèlement l'affecte et c'est pour ça qu'elle a acheté ces crèmes.

— Mais pourquoi elle ne m'en a pas parlé ?

L'angoisse qui filtre dans sa voix me serre le cœur.

— Peut-être qu'elle s'est dit que tu ne comprendrais pas ? Tu lui répètes sans cesse qu'elle est belle. Elle a peut-être cru que tu allais te mettre en colère ou être déçue.

J'ai l'air de me raccrocher aux branches, mais je dirais n'importe quoi pour gommer la douleur qui a envahi ses traits.

— En fait, Phil, je suis folle de rage. Contre les petites brutes qui s'en sont prises à la mauvaise personne. Notre enfant. Elles ne l'emporteront pas au paradis.

— On peut en discuter ?

J'essaie de maîtriser mon angoisse face à une impression de déjà-vu. Folake parlait exactement de cette façon quand elle a voulu attaquer en justice la police de Seattle. C'est parce que je l'en ai dissuadée qu'elle a insisté pour que nous quittions les États-Unis.

« Temporairement, Phil, disait-elle. On a tous besoin d'une pause par rapport à ce pays. Le temps que les enfants se définissent au-delà de leur couleur. C'est le bon moment, avant qu'ils ne soient trop grands. »

J'ai donné mon accord. Pas de tout cœur, mais sur le bon moment pour les enfants.

— Est-ce qu'on peut en parler ? je répète avec inquiétude.

Folake me regarde comme si j'étais de mèche avec les harceleuses de Lara.

— De quoi tu veux parler ? Ce lycée dit avoir zéro tolérance pour le harcèlement, je vais juste veiller à ce qu'il applique sa politique. Ces filles vont le payer.

— Chérie, ce sera la parole de Lara contre la leur. Nous n'avons aucune preuve.

Mais je ne fais que verser de l'huile sur le feu.

Folake se penche vers moi, les yeux flamboyants.

— Ma preuve est là-dedans, dit-elle en désignant la maison. Prête à se tartiner le visage de produits chimiques dangereux à cause de la cruauté de ses camarades ! Non ! Je vais dénoncer ce comportement ! Ces filles ont besoin d'apprendre que leurs actes ont des conséquences ! Aux États-Unis, on a dû supporter d'être traités comme des trucs exotiques, bizarres ou je ne sais quoi, et non comme des humains. Tu sais combien de fois à l'école j'ai dû défendre mes dreadlocks ? Combien de fois j'ai dû dire non à des gens qui voulaient…

Elle forme des guillemets avec les doigts.

— … juste les toucher ? Être noir en Amérique était déjà assez dur, mais avoir la peau sombre c'était encore pire. Et maintenant que nous sommes là où nous devrions tous nous sentir chez nous parce que nous sommes tous noirs, c'est la même chose ! Nous ne sommes plus seulement coupables d'être noirs aux yeux des Blancs, mais aussi d'être trop noirs aux yeux des autres Noirs !

— Je sais, je sais…

Nous avons eu cette conversation bien des fois, mais à propos de nos propres expériences : au travail, dans les magasins, lors d'événements aussi innocents qu'un dîner entre collègues et amis. À présent, c'est le bien-être de notre enfant qui est en jeu, et on ne peut pas en discuter de manière aussi froide, aussi fataliste. Les mots me manquent.

— On a quitté l'Amérique pour ça ? siffle Folake. Non. Pas question !

Elle se lève si brutalement que son verre manque de tomber. S'il ne faisait pas nuit, elle partirait sur-le-champ pour le lycée de Lara. Devinant où elle va, je me lève pour l'en empêcher.

— Chérie, discutons-en avant que tu n'en parles à Lara. C'est à moi qu'elle s'est confiée.

Folake fait volte-face et je recule d'un pas.

— Il ne s'agit pas de toi, Phil. Notre fille a besoin de savoir que je l'écoute, la soutiens, et que je sais ce qu'elle traverse parce que je suis passée par là. Et elle le comprendra, même si je dois le lui marteler à chaque heure du jour. En commençant dès maintenant.

Je dois bien admettre que je suis battu.

— On peut au moins se mettre d'accord sur les prochaines étapes avant que tu lui parles ?

— Les prochaines étapes ? Dans le désordre…

Elle commence à compter sur ses doigts, le regard brûlant.

— Elle va donner le nom de chacune de ces filles afin qu'elles soient signalées pour harcèlement. Elle va renvoyer ces crèmes à quiconque les lui a vendues et se faire rembourser. Et je vais faire un procès à la personne qui vend du poison à une mineure…

— Elle dit avoir commandé en ligne.

Folake est sur le sentier de la guerre.

— Encore mieux ! Ça veut dire qu'il s'agit d'une société. Quand j'en aurai terminé, elle paiera des frais d'avocat pendant des décennies.

— Folake, je crois…

Un crissement de freins me coupe la parole. Des phares aveuglants foncent droit sur nous. Je pousse Folake sur le patio. Elle tombe, m'entraînant dans sa chute. Les lumières se rapprochent dangereusement. Je pivote pour amortir le choc et nous atterrissons tous les deux sur le flanc. Figés, nous regardons les phares dévier brusquement. Puis nous nous relevons et fonçons vers la porte d'entrée.

Le couinement des pneus sur l'herbe stoppe notre course. Nous nous retournons en même temps. Le véhicule, un minivan Volkswagen gris aux vitres teintées, s'est arrêté. Je fais un pas dans sa direction mais Folake me tire vivement en arrière.

— Attends, ordonne-t-elle.

La porte coulisse. Un gros paquet roule au bord du patio. Les phares se rallument. Les pneus manquent d'écraser une masse sombre au sol. Un corps repose sur notre pelouse.

Je bondis par-dessus et m'élance derrière le van qui s'éloigne rapidement. Je cherche mon téléphone à tâtons, puis l'icône « Appareil photo ». Le minivan accélère tandis que je lance une vidéo. Je cours plus vite, le cœur battant à tout rompre. Il fait trop sombre pour lire la plaque. J'accélère encore.

Le minivan ralentit pour négocier un virage. Je me rapproche suffisamment pour constater qu'il n'a pas de plaque d'immatriculation. Vaincu, je laisse retomber mon bras. Le van disparaît dans la nuit.

Pas de temps à perdre. Je rentre en courant chez nous. Mes enfants sont dehors, en pyjama. Folake est penchée sur la silhouette.

— Il va bien ? demande Lara depuis la porte.

Je prends Folake dans mes bras, détourne son visage de la scène et baisse la tête.

Les yeux de Victor Ewang me renvoient mon regard. Immobiles et vides. Morts.

Réfugiés

— Rentrez, rentrez…

Je pousse Folake et les enfants dans la maison. Occuper chacun en lui donnant quelque chose à faire. C'est la meilleure manière de surmonter le choc. Rester en mouvement. Je demande à Kay d'aller chercher son appareil photo, à Folake d'appeler la sécurité du campus, et Tai réconforte Lara en la berçant dans ses bras. J'attrape des gants de cuisine, Kay me donne l'appareil et je sors.

Je prends autant de photos que possible du corps d'Ewang, en essayant de ne pas repenser à la dernière fois que j'ai vu cet homme, ou son épouse abattue. Je me concentre sur la tâche pour contenir mes émotions. Sans le flash du Nikon 300, j'aurais raté le papier qui dépasse de sa poche de poitrine ensanglantée. Le sortir avec les gants de cuisine est difficile, et encore plus le déplier sur le corps du mort, le prendre en photo et le remettre dans la poche.

La sirène de l'ambulance se rapproche. Les voisins arriveront bientôt, enhardis par la présence de l'équipe de sécurité du campus. J'accélère, enregistre le calvaire de Victor Ewang à chaque clic.

Ligoté. Les bleus sur ses poignets sont récents. Hématomes violents. Lutte.

Torturé. Ongles arrachés.

Battu. Sa chemise est mal boutonnée. Déshabillé puis rhabillé ? Il y a des taches de sang dessus, au niveau de la cage thoracique.

Bâillonné. Décoloration autour des lèvres et sur les joues.

Étranglé. De profondes ecchymoses sur la gorge. Yeux exorbités et langue pendante.

Les gyrophares des voitures de sécurité suivies de l'ambulance interrompent cet examen post-mortem improvisé. Je retourne dans la maison, j'arrache mes gants en demandant à Kay d'aller ranger l'appareil dans sa chambre. Le temps qu'il revienne, le vacarme règne dehors. Quelqu'un va frapper à notre porte d'un moment à l'autre.

— Bon. Je sais que vous avez tous peur, mais restez à l'intérieur et laissez maman et moi nous occuper de tout.

Mes enfants hochent la tête. Nous nous étreignons brièvement, puis Folake et moi sortons affronter les gyrophares et les voisins curieux.

Ma pelouse ressemble à une scène d'accident. Les voisins affluent, les étudiants convergent et les téléphones portables sont dégainés tandis que l'équipe du département de pathologie de l'université enveloppe le corps dans une housse en plastique fatiguée et le jette littéralement dans l'ambulance. Je frémis à l'idée de toutes les preuves qui risquent d'être perdues à cause de la manipulation brutale réservée au corps de Victor Ewang.

— Le van est arrivé par là ?

Le chef de la sécurité du campus désigne l'ouest. C'est un ancien soldat : épaules carrées, dos droit. Il arpente les abords de la scène avec assurance, les yeux plissés comme s'il cherchait des indices qu'un être ordinaire ne remarquerait pas. Il n'est pas policier, mais il est autoritaire et pragmatique.

Folake et moi opinons. J'essaie de voir ce que font les deux secouristes dans l'ambulance. J'espère qu'ils ne détruisent pas davantage de preuves. Il fait sombre, mais on dirait que personne ne rouvre la housse mortuaire.

— Votre femme et vous étiez assis là ?

Il désigne les deux verres de vin sur la véranda. J'acquiesce en m'évertuant à dissimuler mon impatience. Nous lui avons déjà raconté deux fois les événements qui ont précédé le largage du corps sur notre pelouse, et je sens que Folake fait de son mieux pour garder son calme tout en feignant d'ignorer les badauds qui se tiennent à une distance respectable de la scène.

— Je pense que nous avons répondu à toutes vos questions, dit-elle. Comme vous pouvez l'imaginer, nous sommes tous sous le choc. On pourrait peut-être en reparler lorsque vous aurez contacté la police et qu'elle demandera nos dépositions ?

— Je comprends bien, *ma*, dit l'officier avec respect avant de se tourner vers moi. Docteur Taiwo, la sécurité de la communauté universitaire est ma priorité. Je dois donc vous demander si vous avez la moindre idée de ce qui aurait pu motiver un tel acte.

Je tente de paraître impassible.

— Pas la moindre.

— Mais vous connaissiez la victime ?

— Je crois.

— Vous croyez ?

Son expression est l'image même de l'incrédulité.

Pas question que je révèle des informations sensibles devant la moitié de l'université de Lagos.

— Je n'ai pas bien vu son visage, je mens. Mais il ressemble à l'un des membres du personnel de l'Église de la Grâce. J'ai travaillé comme consultant là-bas. Je ne peux guère vous en dire plus, monsieur. Mais je vous assure que quand la police arrivera je me montrerai aussi coopératif que mes clauses de confidentialité me le permettent.

Je ne pense pas que le chef de la sécurité soit au courant ou se soucie du fait qu'un meurtre rend caduque toute clause de confidentialité, car il se contente de hocher la tête comme si mes propos étaient parfaitement logiques. Le regard dur de Folake semble le mettre mal à l'aise, l'ambulance est prête à partir et sa présence est la seule chose qui retient les curieux. Il a de quoi remplir ses papiers.

— D'après ce que vous savez, ai-je la moindre raison de craindre pour la sécurité du campus ?

Quand je réponds, ma voix est beaucoup plus calme que mon pouls.

— Je ne peux rien vous garantir, monsieur, mais d'après ce que je sais pour le moment, je ne vois pas qui pourrait courir le moindre danger sur ce campus.

J'ai la nausée. C'est arrivé chez moi. Le corps d'Ewang est un message clair que je ne peux pas me permettre d'ignorer. La sécurité de mon foyer a volé en éclats. Nous sommes en danger.

— C'est possible, dit-il sans conviction et à juste titre. Mais pour le bien de tous je pense qu'il serait bon que je poste deux ou trois gardes armés dans les environs de cette maison…

Il désigne les habitations situées de part et d'autre de la nôtre.

— … et là, et là.

Des gardes armés ne feront qu'attirer un peu plus l'attention sur nous, mais avons-nous le choix ? Je regarde les badauds. Tous nous lorgnent – il n'y a pas d'autre mot – et spéculent. Je perçois aussi une certaine méfiance chez nos voisins les plus proches, des gens avec qui nous n'avons échangé que des banalités. Ils ne nous connaissent pas assez pour croire qu'il s'agit d'un acte de violence isolé. Ils ont besoin d'être rassurés, de se sentir protégés par la sécurité du campus.

L'autre option est de partir. De quitter notre foyer. Non, pas une fois de plus. Je regarde Folake et son expression m'indique que c'est à moi de décider.

Je me tourne vers le chef.

— Je pense que poster des gardes armés est une bonne idée, mais je suis sûr que tout le monde sera un peu plus détendu si nous… si nous nous éloignons quelque temps. Le temps que les choses se calment.

Le soulagement se lit sur son visage. Il prend nos coordonnées et me fait promettre de l'appeler quand nous saurons où passer la nuit. J'apprécie qu'il ne me demande pas une adresse. J'ignore encore quel est le meilleur endroit où aller.

Le chef souhaite une bonne nuit à Folake, plus chaleureux qu'à son arrivée, et rappelle son équipe. Nous regardons s'en aller les voitures et l'ambulance toutes sirènes hurlantes.

— Où va-t-on ? demande Folake.

— Dans un endroit sûr.

Il est presque minuit quand nous arrivons chez Chika. Il nous attend. Il tope avec les jumeaux, étreint Lara, balaie les excuses de Folake qui s'en veut de les déranger, sa femme Onyinye et lui.

— Oh, allons, il ne s'est jamais rien passé d'aussi excitant depuis que nous avons emménagé, dit-il en nous faisant entrer.

Les jumeaux commencent à décharger les sacs que nous avons remplis à la hâte. Je m'apprête à les aider mais Chika insiste pour que je rejoigne Folake et Lara. Rien ne sert de discuter.

À l'intérieur, Onyinye tient dans ses bras une Adaora endormie. Je n'ai pas vu ma filleule depuis deux mois, et je suis surpris par sa taille.

— *Mama!* couine-t-elle dès qu'elle voit Folake.

Toute trace de sommeil s'est évanouie.

Folake la prend des bras d'Onyinye et commence à couvrir de baisers son petit visage. Elle est très amie avec l'épouse de Chika depuis la naissance d'Adaora. Et l'enfant, qui a tendance à beaucoup pleurer, roucoule toujours quand elle se retrouve dans les bras de Folake. Elle s'y pelotonne et s'y endort promptement.

« Je suis la femme qui murmure à l'oreille des bébés », plaisante souvent Folake en soulageant Onyinye, épuisée mais reconnaissante.

L'accouchement a été laborieux. Au cours des premières semaines, comme la mère d'Onyinye est morte depuis longtemps et n'a donc pas pu se charger des *omugwo*, les soins post-partum traditionnels, Folake est devenue une sorte de mère de substitution.

— Qu'est-ce qu'on fait debout ? dit Onyinye. J'ai préparé à manger. Venez, vous devez être affamés.

— On a déjà dîné..., intervient Lara.

Les jumeaux arrivent avec notre sac de voyage.

— Parle pour toi, rétorque Kay. Moi, tatie Onyinye, je meurs de faim.

Tai se tapote l'estomac.

— L'adrénaline a désintégré mon dîner. Je pourrais manger un âne.

Tout le monde a un rire gêné. Les événements de la nuit nous ont tous ramenés à une époque que nous aurions préféré oublier. Je pose un baiser sur le front d'Adaora et lui fais des grimaces qui la ravissent. Aucun de nous n'est prêt à aller se coucher. Ma filleule a bien mérité son surnom : « Lapin Duracell ».

Je reste en retrait tandis que tout le monde se rend dans la cuisine. Chika ferme la porte et se tourne vers moi.

— Je dois dire, docteur Taiwo, que pour un enseignant tu as le don de t'attirer des ennuis.

— Oh, non, je réponds à voix basse avec colère. C'est le type qui a fait ça qui va avoir des ennuis.

Il me tapote le dos, le visage dur, le regard de pierre.

— Excellente philosophie, Doc.

Décoder des chiffres

— Papa ! Papa !

La voix de Tai me propulse dehors.

J'ai beau essayer d'accélérer la séquence, tout se déroule dans un ralenti atrocement douloureux.

La scène qui m'attend est le cauchemar que tout parent noir redoute. Mes jumeaux sont couchés par terre, plaqués au sol par deux officiers de police en uniforme, et deux autres braquent leur arme sur Folake et moi. Du coin de l'œil, je vois que ma femme pousse Lara dans la maison. J'ai les mains levées, mon regard est rivé sur ces deux officiers massifs, un chauve, l'autre affublé d'une épaisse tignasse couleur de terre, ainsi que sur deux autres, tendus à bloc, prêts à presser la détente.

— Ce sont nos fils ! Nous vivons ici ! s'écrie Folake.

La peur et la panique donnent une tonalité étrange à sa voix, même à mes propres oreilles.

Mais les policiers n'écoutent pas.

— À terre. Mains en l'air.

Nous nous agenouillons, les mains levées. Mais ils répètent leurs instructions sans abaisser leur arme, sans ôter le genou du cou de mes fils.

Nous avons loué la maison sur Airbnb. Je suis venu pour passer un entretien à l'université. Je débite mon CV avec précipitation, sans oser baisser les mains pour sortir ma carte d'identité du SFPD.

Ils n'écoutent pas.

— Papa ! Dis-leur que tu travailles pour la police ! grogne Kay.

— Ferme-la ! répond le policier perché sur mon fils, en appuyant un peu plus fort du genou, ce qui arrache à Folake un cri d'animal blessé.

Mes mains toujours levées se font suppliantes tandis que j'essaie de ne pas laisser s'insinuer le désespoir dans ma voix.

— S'il vous plaît. Laissez-moi vous montrer ma carte. Je travaille pour la police. De San Francisco. Je peux vous montrer mes papiers.

— Je veux voir vos mains ! crie le gros agent chauve.

Mes fils ont du mal à respirer. Ma femme pleure. J'entends Lara sangloter à l'intérieur. Si seulement je pouvais sortir ma carte ! La leur montrer…

La crosse du pistolet me frappe au visage…

Je me réveille, mon cœur bat trop vite, puis si lentement que je crains qu'il s'arrête. Ce cauchemar ne s'arrête pas dans mes hurlements mais toujours de lui-même, au même point. Juste avant que le sang ne coule de mon front, et que les larmes et les reniflements de mes fils ne prouvent mon impuissance.

— Encore ce rêve ? dit Folake tout près de moi. Il y a longtemps que tu ne l'avais pas fait.

— Ce qui s'est passé hier soir a dû le rappeler, dis-je avec résignation.

Elle pose la main sur mon bras et le caresse.

— On n'est pas à Seattle, chéri. On est chez nous. Au Nigeria. En sécurité.

— Vraiment ? je demande d'une voix morne, sans attendre de réponse.

Je dépose un baiser sur son front, lui dis de se rendormir, ramasse mon portable près du lit et sors de la pièce à pas de loup.

La maison de Chika est immense. Pas ostentatoire, simplement immense. Cinq chambres à coucher. Une cuisine grande comme un terrain de foot. Je ne peux m'empêcher d'envier sa réussite de l'année passée. Sa société de sécurité prospère tellement qu'il a pu se faire construire une maison à la hauteur de ses goûts et de ses ambitions. Si je suis resté en retrait de la gloire et de la célébrité que l'affaire des Trois d'Okriki nous a values, Chika, lui, en a profité pour tisser des liens avec notre riche client et décrocher d'autres contrats. Moi non, parce que je cherchais encore comment convaincre ma femme que notre avenir était en Amérique. Je n'étais pas prêt à m'installer au Nigéria.

J'ouvre la porte du réfrigérateur à double battant. J'ai besoin de sucre. Quelque chose de doux pour chasser le goût sec de la peur et de l'anxiété.

— Monsieur n'arrive pas à dormir ? demande Chika dans mon dos.

Je me retourne et j'ouvre une canette de jus de fruits.

— Tu peux parler.

Il est un peu plus de 6 heures. Nous sommes allés nous coucher à 2 heures passées, quand Adaora ronflait comme seuls les enfants peuvent le faire après avoir épuisé les adultes.

Chika se dirige vers la Nespresso. Je descends le jus d'orange.

— J'en veux bien un aussi.

Il hoche la tête, sort deux tasses d'un placard où les capsules de café sont soigneusement rangées.

— Le plus corsé, j'imagine, dit-il en insérant un Intenso dans la machine.

Je m'installe à la table à manger. Mes mains tremblent. J'essaie de les stabiliser en posant le menton sur mes poings serrés.

Chika place une tasse devant moi.

— Tu as le droit d'être nerveux.

Je m'empare du café sans le regarder.

— Je ne suis pas nerveux. J'ai peur. Comment une affaire de disparition ordinaire peut-elle se transformer en… ça ?

— J'ai de nouveau parcouru la liste. Ce genre de truc devait fatalement arriver à cet Ewang. Et, s'ils savent que tu sais, ce qui s'est passé cette nuit n'a rien d'étonnant non plus.

— Je ne peux pas oublier ce que je sais.

— Donc nous devons écrémer cette liste le plus vite possible.

Je lui parle du pasteur George et de mon contrat annulé.

— Ce type sait que tu as parlé à Ewang, alors ?

— Ça ne veut pas dire pour autant qu'il est dans le coup.

Chika est un homme d'action. Et je détesterais qu'il agisse sur un soupçon qui se révèlerait faux.

— À ce stade, tout le monde est suspect. Et ton pasteur George est le bras droit du grand chef, non ? C'est donc lui qui aurait le plus à gagner si les machinations de Dawodu sont rendues publiques.

— Tu penses que c'est lui qui a tout manigancé ? Qu'il a fait tuer Sade, même ?

— Pour la première dame, je ne suis pas sûr. Mais en ce qui concerne Ewang j'aurais tendance à penser que George en sait plus qu'il n'en dit.

— Pourquoi me parlerait-il d'Ewang avant de me virer si c'est pour lâcher son corps devant chez moi ?

— Pour montrer ce qu'il peut faire, je dirais. Pour que tu saches qui tire les ficelles.

Je bois une gorgée de café. Certes, le pasteur George est arrogant, voire vaniteux, mais il ne me semble pas manquer à ce point de subtilité.

— Je ne sais pas, Chi. Possible aussi que ces épisodes n'aient aucun lien. Que l'assassin d'Ewang figure sur cette liste, et que le pasteur George ait juste fait son travail en me retirant une affaire qui a été résolue par la police. Il m'a dit que son seul souci était l'Église, et qu'à présent que l'évêque était lavé de tout soupçon il n'avait plus besoin de mes services.

— Il n'y a pas de coïncidences. C'est ce que tu dis tout le temps.

— Oui, il y a des interactions, mais la plupart du temps elles sont fortuites.

— Tu es convaincu que le tueur est sur la liste ?

— Tu as ton portable dans les parages ?

Chika me regarde comme si je venais de poser une question débile.

L'image s'ouvre sur l'écran de Chika. Je lui ai proposé d'aller dans son bureau pour étudier les photos que j'ai prises du corps de Victor Ewang. Je détesterais que quelqu'un d'autre les voie au saut du lit.

Chika zoome sur le message, qui semble particulièrement menaçant lorsque son unique phrase tapuscrite occupe tout l'écran.

Dr T, nous savons que vous savez. Parlez, et vous serez le prochain.

— Une feuille A4.

J'éprouve le besoin de prononcer ces mots à voix basse.

— Pliée dans la poche poitrine de sa chemise. Ils voulaient que je la trouve.

— Tu l'as laissée sur le corps ?

— Je me suis dit que ça valait mieux. Si la police la trouve et évoque le sujet dans son enquête, on pourra partir du principe qu'elle n'a pas connaissance de la liste, non ? Et puis je ne peux pas trafiquer les preuves.

— Ça se tient.

Chika s'adosse à sa chaise et joint les mains.

— Donc, dit-il, malgré les preuves du contraire, la mort de Sade Dawodu n'est pas un suicide.

— On peut partir de ce principe sans trop risquer de se tromper. Elle savait quelque chose et quelqu'un a voulu s'assurer qu'elle ne parlerait pas.

— Et ça ne peut pas être son mari puisque le coup monté visait à lui faire endosser le meurtre.

— C'est là que ça se complique.

— Peut-être pas tant que ça si on part du principe qu'elle a essayé de faire chanter l'un des noms de la liste, et que ledit nom a décidé de faire d'une pierre deux coups : tuer la femme et faire porter le chapeau au mari. *Chikena*[1]. Fin de l'histoire.

— Mais il a été libéré. Dans le genre rebondissement…

— Son arrestation était peut-être un message ? Maintenant il sait qu'on le tient à l'œil et il a passé un accord ? Réfléchis-y. Si Ewang était à l'origine de la fuite, et s'ils veulent encore faire affaire avec l'évêque à présent intimidé, ils se débarrassent d'Ewang et lancent un avertissement à Dawodu. Puis les affaires reprennent comme d'habitude.

— Si on n'arrive pas à réduire la liste au tueur le plus probable, on reste tous en danger.

Chika retourne à son ordinateur. Après quelques clics, des noms, des chiffres, des photos et des lieux emplissent l'écran.

— Bon, voilà où nous en sommes avec la liste. Quand tu m'as demandé le code NVB, ça m'a fait réfléchir. Si on peut l'utiliser pour trouver les transactions financières de Sade Dawodu, on doit pouvoir en faire autant pour tous les Nigérians de la liste. J'ai dû faire intervenir de grosses pointures pour obtenir tous ces NVB.

— Ça a marché ? je demande avec espoir.

— C'est toi qui vas me le dire. Mes gars travaillent dessus non-stop depuis trois jours. T'inquiète, j'ai fractionné les missions afin qu'aucun n'ait une vue d'ensemble.

Encore quelques clics.

— Alors, la liste. Nous avons trouvé tous les comptes des fonds venus du Nigeria et nous les avons croisés avec les NVB de l'Église. Chacun des ministères a le sien, mais nous en avons obtenu la plupart. Ce qui nous a permis d'identifier

1. « Terminé », en igbo.

les transactions qui passaient par le compte de l'Église vers des comptes offshore. Maintenant, imagine que tu figures sur cette liste et que tu saches que ton dispositif de blanchiment a été mis au jour. Qu'est-ce que tu fais ?

— J'interromps toutes les transactions jusqu'à ce que le problème soit réglé, pour éviter qu'on remonte jusqu'à moi ?

— Voilà. Eh bien, figure-toi que sur les 117 noms que compte cette liste, avec des centaines de transactions pour chacun, presque personne n'a interrompu ses versements à l'Église au cours des six derniers mois.

— Presque personne ?

— Oui. Rien d'étonnant à ce qu'une partie des transactions reste consistante. Par exemple, certaines sont mensuelles, d'autres ont lieu trois ou quatre fois par an. Ça complique les choses parce qu'il nous faudrait étudier les tendances de chacun de ces NVB au cours des trois dernières années au moins.

Chika fixe l'écran et tape à toute vitesse. Je ne l'ai jamais vu comme ça. Même ses lunettes de lecture tendance contrastent avec l'image du dur à cuire qui m'accompagnait lors de notre précédente affaire. Je ne sais pas quel versant de lui je préfère, mais chacun des deux a des compétences qui m'aident à me sentir un peu plus en sécurité.

— Ceux-là.

Chika surligne une longue liste de noms et de numéros de compte.

— Ils virent des fonds à échéance régulière, chaque trimestre. Cinquante-deux noms au total. Parmi eux, deux seulement n'ont pas fait de virements au cours des deux derniers trimestres.

Les noms surlignés ne me disent rien, mais les chiffres qui les accompagnent comportent assez de zéros pour me faire tourner la tête.

— Ce type-là est un homme d'affaires de premier plan spécialisé dans le pétrole, les produits manufacturés et les médicaments. Le schéma de ses virements évoque une forme d'évasion fiscale.

Chika surligne un autre nom inconnu sur l'écran.

— Celui-ci est intéressant. En ce moment, il est en prison à Dubaï pour escroquerie aux avances de frais et usurpation d'identité. Il a été arrêté plus tôt dans l'année, donc nous pouvons comprendre pourquoi il n'a pas viré de fonds à l'Église ces derniers temps.

Un homme costaud, vêtu de Louis Vuitton de la tête aux pieds, apparaît sur l'écran. Je le reconnais. Son arrestation dans la suite d'un hôtel sept étoiles à Dubaï a fait les gros titres il y a quelques mois.

— À moins qu'il ne parvienne à s'évader de la prison la plus surveillée de Dubaï, dis-je, je pense qu'on peut le rayer de la liste des suspects.

— On ne peut pas exclure l'idée que ses acolytes puissent vouloir garder la liste secrète. Ses avoirs ont été saisis et il ne faut pas que l'argent qu'il a confié à l'Église soit découvert.

J'acquiesce.

— Oui, mais c'est une opération de blanchiment, ce n'est pas de la finance. Ils paient l'Église pour qu'elle lave l'argent et le leur renvoie après avoir prélevé sa part.

Chika s'est remis sur son trackpad.

— On peut éliminer M. Vuitton, alors, dit-il. Ensuite, on a regardé les transactions sporadiques et isolé les noms qui n'avaient pas fait de virement au cours des sept derniers mois.

— Pourquoi sept ?

Chika me regarde comme si j'étais censé le savoir.

— Ewang a dit avoir parlé de la liste à la première dame il y a environ un an. J'ai pensé qu'elle n'avait pas agi tout de suite ; j'ai estimé qu'elle avait pu attendre trois ou quatre mois.

— Bien vu.

— J'ai appris auprès des meilleurs, docteur Taiwo, dit Chika, moqueur, avant de retourner à son clavier. Cinq noms n'ont pas transféré le moindre fonds depuis sept mois. Deux gouverneurs, une sénatrice qui siège à la commission d'allocation des ressources du delta du Niger, et les deux autres sont des hommes d'affaires bien connus. Juste pour être sûrs, on a ensuite comparé toutes les transactions sur l'année entière avec tout l'échantillon. Pour les 117 noms. Les comptes restent équilibrés. Hormis ces cinq-là, tout le monde a continué à faire ses dépôts et retraits sur cette période.

— On peut donc partir du principe que les cinq savent ?

Chika opine.

— Ça pourrait être n'importe lequel d'entre eux. Ce sont tous des gens importants qui ont beaucoup à perdre.

— Ouaip. Cinq possibilités, plus ceux-là, répond Chika en désignant l'écran. Eux, ils font des virements mensuels et récupèrent leur argent blanchi au même rythme. Ils sont 26. Par chance, seuls deux d'entre eux n'ont pas effectué de transactions ces trois derniers mois. Regarde les noms.

J'écarquille les yeux en en reconnaissant un.

— L'autre, tu ne vois peut-être pas qui c'est, dit Chika. C'est un juge de la Cour suprême. Il a présidé à divers procès d'envergure dont les coupables se sont sortis. À présent on comprend pourquoi. Quant au premier... Eh bien tu le connais.

Richard Kelechi Nwoko.

Je ne suis pas totalement surpris : Ewang m'avait signalé que le pasteur Nwoko était son supérieur direct. Il n'empêche que le pasteur George n'apparaît nulle part, et je me demande bien pourquoi il a voulu que je laisse tomber l'affaire s'il n'est pas impliqué dans le blanchiment.

— Ma sœur veut que je poursuive mes recherches. Je pense qu'elle flaire du louche. Elle prétend que c'est parce que la première dame était son amie mais je pense qu'elle soupçonne quelque chose.

— Eh bien, après ce qu'il est arrivé à Victor Ewang, espérons qu'elle veuille seulement savoir ce qui s'est passé avec son amie.

J'ai un frisson. Je consulte l'heure. Kenny doit être réveillée et se préparer pour aller au travail. Je devrais l'appeler.

La main de Chika m'interrompt. Je déteste quand il devine mes pensées. Je pose mon téléphone sur le bureau, entre nous.

Il s'adosse à sa chaise et désigne l'ordinateur avec un geste ample et un sourire triomphant.

— Avant d'appeler ta sœur, attends *le plat de résistance*. Les archives financières de feu Mme Dawodu.

Je me redresse. Chika s'apprête à me donner des informations qui vont changer le cours de l'enquête.

— À l'aide du NVB, nous avons suivi ses transactions sur les douze derniers mois. D'abord, rien d'important. Regarde, jusqu'il y a dix mois, son compte en banque contenait moins que ce que je gagne en un mois. Puis tout à coup un afflux d'argent. Tu vois ? Tous les mois, sans exception, 20 millions de nairas ont été versés sur son compte. Devine par qui.

— L'évêque.

— Bingo. D'abord, il ne lui donnait absolument rien, et soudain il est devenu extrêmement généreux.

— Et il faut toujours se méfier de ce qui sort de nulle part.

— Exactement. Ce qui me laisse penser qu'elle a utilisé les informations d'Ewang pour le faire chanter, et qu'il a craché au bassinet. Je t'avais bien dit que ta victime risquait de ne pas être si innocente, non ?

Ça me laisse sceptique.

— Mais elle s'est quand même suicidée ?

Chika agite le doigt.

— C'est un suicide *présumé*. En outre, après un crime, on est rarement à l'aise avec sa conscience.

— Donc ?

— Je pense qu'elle avait planifié quelque chose, et que ça s'est retourné contre elle. Alors elle a demandé de l'aide. Je ne peux pas dire pour quoi, mais regarde ici.

Il rapproche son siège du bureau et ouvre un autre dossier.

— Il y a six mois, elle a commencé à vider son compte. On a suivi ses virements jusqu'à un livret d'investissement dont l'unique bénéficiaire est sa mère. On ne peut pas lui reprocher d'avoir voulu mettre sa mère à l'abri du besoin, si ? Mais la question est de savoir si cette dernière était au courant que sa fille investissait pour elle. C'est un compte fiduciaire unique, et d'après le montant des transferts, le montant actuel pourrait être de 40 millions de nairas. Une autre transaction bizarre, qui a été ordonnée le jour de la disparition de Sade, nous a menés à un compte que nous avons rattaché à une adresse à Ibadan. Deux millions.

Je fronce les sourcils.

— À Ibadan ? Et tu ne peux pas savoir à qui ?

— Le tout-puissant NVB vient une fois de plus à notre secours. Attends.

Il clique, et le portrait d'un homme distingué apparaît. C'est la page du trombinoscope de l'University College Hospital d'Ibadan. Le Pr Uzoma Ohaeri porte un complet très chic avec cravate et chemise rayée. Il est tout en gris, et il a une belle chevelure abondante, façon Don King. Il doit avoir un peu plus de 60 ans. L'intitulé de son poste attire mon attention : psychiatre.

Peut-être que l'évêque Dawodu avait raison : sa femme avait bel et bien des problèmes psychologiques. Mais Mme Bucknor était-elle au courant ? Si sa fille consultait un psychiatre avant d'épouser l'évêque, ne connaissait-elle pas le nom de ce médecin ? Ou Sade le voyait-elle en secret ?

— Encore une chose, dit Chika.

Décidément, il est en forme aujourd'hui.

— Il y a plus ? je demande.

— Approche, dit-il en désignant de nouveau l'écran. Une autre personne a bénéficié des largesses de Sade. Regarde, là. Deux paiements. Vingt-deux millions de nairas chaque fois. Virés sur ce compte.

Chika surligne le numéro du bénéficiaire, le copie et continue de parler en ouvrant un autre programme. Si je le connaissais moins bien, je dirais qu'il frime.

— Ce logiciel nous a permis de synthétiser toutes les transactions liées à un NVB précis. Tu vois, je colle le numéro dans la boîte de recherche…

Il s'exécute, appuie sur « Entrée » et recule pour que je voie le nom correspondant au NVB.

L. Bello. *L'inspecteur Lawrence Bello.*

Qui se joue de qui ?

— Vous ne dev*l*iez pas, dit Abubakar.

Sa surprise est visible à sa manière d'oublier la cigarette qui se consume entre ses doigts tachés de nicotine.

— Vous voulez dire que je ne peux pas rapporter ce que j'ai découvert à l'Unité spéciale d'enquête ? Il faut que je signale tout ça.

Je parle trop fort, d'une voix où la colère se mêle à la peur. Ça ne me plaît pas.

— Un cadavre a été largué devant ma maison.

— Mais vous ne savez pas si c'est lié à…

— Tout est lié, Abubakar. La sécurité de ma famille est en jeu.

Abubakar se rappelle sa cigarette et essaie d'en tirer une bouffée. Mais il n'en reste rien et il l'écrase.

— Je vous entends bien. Mais l'a*l*gent dont vous pa*l*lez doit avoi*l* été *l*épa*l*ti jusqu'au sommet. Vous allez vous heu*l*ter à des mu*l* qui vous empêche*l*ont de découv*l*i*l* quoi que ce soit.

— Mais on doit faire quelque chose !

— Pou*l* a*l*iver à quoi ?

Sa question ressemble à une réprimande.

— Si Mme Dawodu soudoyait Bello, ajoute-t-il, vous ne savez pas pou*l*quoi.

— Mais si nous le confrontons aux preuves il pourra nous avouer à quoi servait l'argent.

— Je pa*l*ie que ce n'était pas à couv*l*i*l* une f*l*aude financiè*l*e impliquant le ma*l*i que la police a a*ll*êté pou*l* suspicion de meu*l*t*l*e.

La logique de sa remarque me coupe dans mon élan. J'aurais pu y penser si j'avais été moins inquiet pour ma famille. Mais découvrir que l'inspecteur en charge de l'enquête sur laquelle je travaille est de mèche avec la victime ne m'aide pas vraiment à nourrir des pensées rationnelles.

Je tente une autre approche.

— Et si la police était impliquée dans le chantage ?

Abubakar attrape son paquet de Rothmans.

— Ça ne tient pas debout. Si la police était au cou*l*ant du blanchiment d'a*l*gent, elle au*l*ait pu app*l*ocher l'évêque pou*l* lui exto*l*quer de l'a*l*gent. Il est plus p*l*obable que les deux incidents ne soient pas liés. La seule pe*l*sonne à avoi*l* détenu toutes les *l*éponses était Mme Dawodu. Si vous voulez savoi*l* ce qui se passe, je vous suggè*l*e de ne pas aller voi*l* Bello tout de suite.

— Ma famille et moi restons des cibles, dis-je sur un ton qui trahit ma frustration.

Abubakar agite son briquet vers moi. La cigarette, pas encore allumée, pend à ses lèvres, ce qui brouille un peu plus ses propos.

— La pe*l*sonne qui est de*ll*iè*l*e tout cela ne sait pas ce que vous savez. Cela dev*l*ait vous p*l*otéger. Se*l*vez-vous-en pou*l* p*l*end*l*e l'avantage. Puis *l*evenez me voi*l* avec des p*l*euves évidentes du lien, et à pa*l*ti*l* de là je p*l*end*l*ai les choses en main.

Je n'ai pas la tête au cours que je donne. Il en va de même pour les cadets. La nouvelle de la mort de Victor Ewang et du lieu où l'on a retrouvé son corps s'est répandue, et les élèves brûlent de me poser des questions. J'ai beau leur dire avec la plus grande fermeté que je ne peux pas livrer les détails d'une affaire en cours, cela n'arrête pas leurs bavardages tandis que je tente sans conviction de leur enseigner l'art d'analyser les preuves d'une enquête. Cinquante minutes plus tard, je m'empresse de quitter la salle avant que quelqu'un ne vienne me voir.

Kenny m'attend devant mon bureau. Elle porte des lunettes noires qui la font ressembler à une veuve éplorée. Je l'ai appelée dès que j'ai quitté la maison de Chika, mais elle a insisté pour qu'on se voie en personne.

— Je suis désolée, dit-elle dès mon arrivée.

— Entre, dis-je en lui ouvrant la porte.

Elle ôte ses lunettes et contemple mon mur de Post-it. Pendant un long moment, elle reste plantée là, à absorber tous les éléments concernant la mort de Sade Dawodu.

— J'aurais pu t'épargner tellement de tracas ! dit-elle d'une voix brisée.

— Tu en sais plus que tu ne m'en as dit ?

— Pas vraiment. Juste sur ça, j'aurais pu te donner plus d'informations. Te parler du danger auquel tu risquais de t'exposer. Tout est de ma faute. Folake ne me le pardonnera jamais.

Elle recommence à pleurer. Je la prends dans mes bras et j'attends qu'elle se calme.

— Folake ne te reproche rien du tout.

Elle me regarde à travers ses larmes.

— Et toi ?

— Ça va dépendre de ce que tu ne m'as pas dit, je rétorque avec sévérité.

Kenny s'assied sur une chaise et je me pose sur le bord du bureau. Le silence s'éternise, puis elle sort son téléphone.

— La veille de sa disparition, Sade m'a envoyé un texto, explique-t-elle en me remettant l'appareil.

Plusieurs messages précèdent celui qu'elle veut me faire lire.

Occupe-toi de maman pour moi.

— Je ne comprends pas. J'ai essayé de l'appeler pour obtenir des explications, mais elle ne répondait pas.

— Pourquoi toi ?

— Nous étions proches. Quand elle s'est éloignée de moi ça m'a blessée, mais un jour elle est venue me voir à mon bureau. Phil, Sade ne venait jamais, *jamais* me voir à mon bureau. Donc ça m'a surprise. Elle m'a demandé si elle pouvait me faire confiance. Je lui ai répondu que oui, alors, elle m'a donné une clé USB.

Mon estomac se noue. Pitié, mon Dieu, pas ça !

— Elle m'a dit qu'elle disposait d'informations qu'elle ne comprenait pas tout à fait, mais qu'en tant que comptable, je pouvais l'aider. J'ai ouvert le fichier. Au début, je ne voyais pas trop. Des centaines de transactions représentant des milliards répartis sur des comptes en banque. Je lui ai demandé comment elle avait obtenu ces données. Elle m'a répondu qu'il valait mieux que je n'en sache rien. Je lui ai dit de me laisser quelques jours pour y voir plus clair. Elle m'a remerciée et elle est partie.

— De simples transactions ? Pas de noms ?

— Pas de noms. Juste des comptes en banque. Et des virements. J'aurais pu trouver les noms afférents, mais j'ai eu peur, Phil. C'était mon Église, mon sanctuaire. Si ce que je pressentais s'ébruitait, ça risquait de détruire des tas de gens, et leur foi.

J'essaie de cacher mon soulagement. La liste de noms est une condamnation à mort, comme l'a prouvé le sort d'Ewang.

— Qu'est-ce que tu as fait ?

— Je la lui ai rendue. Je lui ai dit que je n'avais aucune idée de ce que représentaient ces données. Elle ne m'a pas crue, mais elle a dit qu'elle comprenait. Et elle a cessé de me parler.

— Mais elle t'a quand même envoyé un message pour que tu t'occupes de sa mère ?

— Elle savait que je m'en voulais. Elle savait que j'aurais fait n'importe quoi pour me faire pardonner. Je n'ai pas été là pour elle, Phil. Elle savait qu'il se passait quelque chose au sein de l'Église. J'ai laissé ma foi me dissuader de l'aider.

— Qu'est-ce que tu aurais pu faire ?

— Je ne sais pas.

Elle se remet à pleurer.

— Tout ce que je sais, c'est qu'elle m'a fait confiance, et qu'au moins j'aurais pu l'aider à comprendre ces transactions.

— Tu crois qu'elle s'est adressée à une autre personne pour décoder le fichier ?

— J'en suis persuadée. Et je pense que c'est Ewang qui s'en est chargé.

— C'est Ewang qui lui avait donné le dossier.

Elle me regarde avec surprise, puis incrédulité.

— Tu penses qu'elle est retournée le voir pour lui demander des explications ?

— Non. Ewang m'a dit que Sade avait coupé les ponts avec lui dès qu'elle avait obtenu les données. Écoute, Kenny, il est crucial que tu me dises la vérité : as-tu gardé une copie de ces informations ?

Kenny fait non de la tête.

— Tu es absolument sûre que nul ne sait qu'elle te les a données ?

Elle opine.

— Je ne peux pas en être sûre à cent pour cent, mais elle m'a dit qu'elle n'en parlerait à personne. Je ne pense pas qu'elle aurait menti, d'autant qu'elle a cessé de communiquer avec moi juste après.

— Pourquoi ne me l'as-tu pas dit quand tu m'as demandé mon aide, au début ?

— Je n'étais pas sûre que ça ait le moindre lien avec sa disparition. Elle m'a transmis ce fichier il y a plus d'un an. C'est seulement ce texto qui m'a donné l'idée de te demander de l'aide.

— Mais sa mère ne voulait pas que j'enquête…

— À ce moment-là elle ignorait que sa fille était morte. Elle ne voulait pas attirer l'attention pour rien sur le comportement de Sade. Les anciens la voyaient déjà comme irresponsable et indigne d'être Première Dame. C'est pour ça que Mme Bucknor était réticente à l'idée d'engager un enquêteur. Mais je l'ai convaincue que, comme tu étais mon frère, tu resterais discret.

— Tu aurais dû me prévenir !

— Je suis désolée. Je suis vraiment, vraiment désolée !

Sa voix s'étrangle. Je la reprends dans mes bras et la berce comme quand nous étions enfants.

— Ça va, ça va, lui dis-je. Tout va bien se passer.

Mais franchement, je ne vois pas comment.

Il me faut encore une heure pour calmer Kenny. Puis une autre pour la presser de questions. Je la fais pivoter vers mon mur de notes et j'insiste pour qu'elle me dise tout ce qui peut leur donner un sens.

Je désigne un nom épinglé : *Pr U. Ohaeri.*

— Je ne le connais pas.

— C'est un psychiatre. Tu disais que Sade avait des problèmes psychologiques.

— Je ne suis pas experte, mais vraiment on partageait beaucoup de choses. Dont certaines qu'on pourrait considérer comme assez intimes. Et Sade ne m'a jamais dit une seule fois qu'elle voyait un psychiatre ou en avait vu un. Elle me parlait de spécialistes de la fertilité en Inde, en Turquie et aux États-Unis, mais pas de psychiatres. Et encore moins d'un certain Pr Ohaeri, dit-elle en désignant le mur.

— Tu penses qu'elle pouvait en avoir honte ?

Kenny réfléchit puis rejette l'idée.

— Sade n'était pas comme ça. S'il y avait un sujet dont elle ne voulait pas parler, elle ne l'abordait pas. Mais en matière de santé on se disait tout.

— Comment était-elle quand elle t'a donné le dossier ?

— Détendue, calme, maîtresse d'elle-même. Comme si elle l'avait déjà regardé et avait compris ce qu'il contenait. Et qu'elle était en paix avec ça. Je n'ai pas eu l'impression que ça lui pesait émotionnellement. C'est pourquoi je n'ai pas eu trop de mal à lui dire que je ne pouvais pas l'aider. Même quand elle a quitté mon bureau, elle ne semblait pas particulièrement ébranlée par ma décision.

— Tu penses qu'elle s'est adressée à quelqu'un d'autre ?

Je songe à l'inspecteur Bello.

— Ça ne me surprendrait pas, mais en toute honnêteté je n'en sais rien.

Ses yeux s'emplissent à nouveau de larmes.

— J'aurais peut-être dû l'aider. Elle n'aurait pas eu à se tourner vers les gens qui l'ont mise en danger. Elle serait peut-être encore en vie.

— Ce ne sont que des conjectures, dis-je pour la réconforter.

Sur mon portable, j'ouvre le journal des appels de Sade Dawodu et je compose un numéro.

— Qui appelles-tu ? demande Kenny en reniflant.

— Le numéro associé à cet Ohaeri.

— Ohaeri, me répond une voix masculine à la quatrième sonnerie.

J'active le haut-parleur et me présente.

— Vous êtes psychiatre ? me demande le Pr Ohaeri.

— Non, psychologue.

— Alors vous devez savoir que je suis tenu au secret médical.

Kenny se rapproche.

— Mais, monsieur, les circonstances qui entourent la mort de Mme Dawodu sont possiblement suspectes. J'essaie…

— Vous êtes policier ?

— Non, mais…

— *E má bínú*[1], monsieur, intervient Kenny. Je m'appelle Kehinde Bhadmus.

Elle tire la chaise et s'assied près du téléphone.

— Je représente la direction de l'Église de la Grâce, qui a engagé Dr Taiwo pour examiner les circonstances du décès de Mme Dawodu. Je peux vous faire parvenir son contrat pour le prouver.

Kenny me lance un regard m'intimant de ne pas la juger. Je hausse les épaules. Je ne me ferai jamais à sa capacité à recourir au subterfuge pour obtenir ce qu'elle veut. L'image de ma pieuse sœur s'en trouve ternie, mais je dois confesser que je préfère cette version-là.

— Monsieur, insiste Kenny, si vous voulez bien m'envoyer votre adresse électronique...

— Allez-y, répond la voix d'un ton brusque. Posez-moi vos questions.

Je ne perds pas de temps.

— Nous voyons que Mme Dawodu vous a payé deux millions de nairas le...

Je m'interromps pour consulter rapidement la date sur l'écran de l'ordinateur.

— Oui, en effet. Mais je n'avais rien demandé. J'imagine que c'est le salaire de la culpabilité.

— Le salaire de la culpabilité ? répète Kenny avant de porter rapidement la main à sa bouche en voyant mon regard désapprobateur.

Il y a un long silence, comme si l'homme se demandait s'il était sage d'en dire davantage. Nous retenons notre souffle.

1. « Je vous demande pardon », en yoruba.

— Écoutez, quand Sade était étudiante, on l'a aiguillée vers moi pour que je l'aide à faire son deuil. Son père était mort subitement et cela avait des répercussions sur ses notes à l'école de médecine. Nous avons bien progressé, et j'ai appuyé son changement d'orientation quand elle a voulu étudier la sociologie. Elle a même eu son diplôme avec mention. Elle s'en est bien sortie. La dernière fois que je l'ai vue, c'est quand sa mère et elle sont venues me voir, le jour de la remise des diplômes.

— Mme Bucknor ? je demande.

— C'est sa mère, oui. Elles m'ont apporté des cadeaux afin de me remercier pour les deux ans environ pendant lesquels je l'ai suivie. En temps normal, je n'accepte pas de présents pour avoir simplement fait mon travail, mais c'étaient des babioles. Un stylo, je crois, et une boîte à mouchoirs.

Dans le silence qui suit, Kenny et moi attendons comme deux concurrents suspendus au verdict d'une course serrée. Mais le silence se prolonge.

— Monsieur ? dis-je.

— Oui, je suis là. Je me demande juste si je fais bien de vous parler…

— Oui, monsieur, encourage Kenny, pleine d'assurance. *E sé gan ni*[1]. Vous faites le bien.

Un soupir las émerge du haut-parleur.

— Sade m'a contacté l'année dernière. J'étais heureux d'avoir de ses nouvelles. Nous avons parlé de nombreuses choses. J'étais fier d'elle, mais au bout d'un moment je me suis rendu compte qu'elle n'était pas heureuse. Plus nous parlions,

1. « Merci beaucoup », en yoruba.

plus je comprenais qu'elle avait besoin d'aide. Mais je ne pouvais pas lui apporter ce qu'elle a fini par me demander.

Un autre long silence. Je ne veux pas prendre le risque qu'il change d'avis, alors je n'attends pas qu'il se décide.

— Quel genre d'aide, monsieur ?

— Je ne peux pas vous en dire plus. Mais je vais vous donner un numéro. C'est celui du Dr Raimi, ici, à Ibadan. Dites-lui que c'est moi qui vous envoie. Sa spécialité est… Enfin, disons que son domaine ne demande pas une confidentialité aussi stricte que le mien.

Il énonce une série de chiffres que Kenny note sur son mobile avant de tourner l'écran vers moi. Je les relis.

— Allez le voir. Il ne vous dira rien par téléphone. Bonne chance. Pour ce que ça vaut, Sade était une charmante jeune fille qui est devenue une femme étonnante. Je la pleure comme une amie.

Il est sur le point de raccrocher.

— Monsieur, que vouliez-vous dire par « salaire de la culpabilité » ?

Cette fois, il n'y a pas d'hésitation dans sa voix, mais une pointe de colère.

— Sade m'a volé son dossier médical dans mon bureau. Je ne sais pas pourquoi ni comment elle s'y est prise. Ensuite elle m'a envoyé un texto pour s'en excuser. Mais j'étais trop blessé. Après, je n'ai plus répondu à ses appels. Et je le regrette. Maintenant, au revoir.

Kenny ne peut pas m'aider davantage. De plus, j'ai besoin d'espace. Je la reconduis à la porte de mon bureau en lui faisant promettre de tout garder pour elle. Je ne veux pas lui parler de la liste de noms ni de la place prépondérante du pasteur Nwoko et de LaTanya Jacobson dans le système de blanchiment. Mais je ne peux m'empêcher d'être un peu déçu lorsqu'elle m'étreint, s'excuse de m'avoir entraîné là-dedans et me remercie d'avoir tenté d'innocenter l'évêque.

— Même après tout ça tu ne crois pas que l'évêque Dawodu soit mouillé ?

— Comment pourrait-il l'être ? Tu l'as vu à la morgue. Il est dévasté par la mort de sa femme.

— Tout cet argent transite par sa propre Église et il n'en sait rien ?

— C'est possible. Il est pasteur, pas comptable.

C'est tout. Le fait que l'aveugle dévotion envers un homme prenne le pas sur les faits est le triomphe ultime des religions organisées. Je prie pour que mettre au jour la corruption de l'Église de la Grâce serve à protéger ma famille mais aussi à libérer ma sœur de son emprise.

Seul devant mon mur de preuves, j'essaie de juguler le désespoir qui me menace. Si ma dernière mission recelait certains risques, je savais d'où ils provenaient et pourquoi. Là, je suis perdu.

La seule personne qui détienne toutes les réponses est Mme Dawodu.

Je fixe l'agrandissement de son portrait.

— À quel jeu jouiez-vous ? je lui demande.

Abubakar a raison : la seule personne à disposer de plus de réponses que nous tous est la victime. Sade Dawodu est le seul lien évident entre Victor Ewang, Enomo Collins et, à présent, l'inspecteur ripou Bello. Tout mène à la conclusion devinée par Chika : avant sa mort, Sade mettait en œuvre un plan complexe. Mais un plan visant à quoi ? Je ne peux plus le demander à Ewang, bel et bien mort. Je ne veux pas affronter Enomo tant que je n'ai rien de concret. Et Abubakar m'a mis en garde contre l'inspecteur. Pourtant, des deux, je suis convaincu que c'est sur Bello que j'aurais le plus de moyens de pression. La preuve des virements qui lui ont été adressés par la victime pourrait le forcer à me fournir des informations, quel que soit le but de ces transactions. Si j'avais le moindre indice sur leur raison d'être, ça nous mènerait directement à ce que Sade Dawodu pouvait tramer avant sa mort.

Le coup monté chez l'évêque, puis la fuite à Ibadan avec Enomo, le vol de son dossier médical et plus encore. Dans quel but ? Son plan incluait-il sa mort ? Et de ses propres mains, ou quelqu'un l'a-t-il forcée à sauter dans la lagune ? Si elle est bien l'autrice de la mise en scène ayant visé à piéger son mari, je dois partir du principe que c'est cet incident qui a mis en branle son plan.

Mais elle ne s'attendait pas à ce que je sois mêlé à ça, n'est-ce pas ?

Donc pourquoi se serait-elle tuée si tout se passait comme elle le voulait ? Si j'en crois les transferts de fonds qu'il lui accordait, son mari était à sa botte. Elle avait de l'argent, et des hommes comme Enomo Collins et l'inspecteur Bello prêts à obéir à ses moindres désirs. J'aurais donc tendance à penser que Sade Dawodu ne s'est pas suicidée. Si elle voulait quitter l'évêque et, dans la foulée, extorquer de l'argent aux gens figurant sur la liste, qu'est-ce qui a sabordé son plan entre la mise en scène de son meurtre et la découverte de son corps dans la lagune de Lekki ? Et si on l'avait droguée puis noyée ?

Le temps passé immergé aurait détruit toute trace de lutte sur le corps. Et puis impossible de savoir si on l'a poussée à l'eau ou si elle y a sauté.

J'attrape mon téléphone et compose un numéro.

— Enomo a menti, j'annonce dès que Chika décroche.

— Ça alors ! dit-il avec une ironie évidente.

— Il prétend avoir déposé Sade Dawodu dans un hôtel d'Ibadan. Mais il n'y a pas la moindre trace d'hôtel dans ses transactions. Admettons que ce soit lui qui ait payé. Il ne l'aurait pas laissée là. Il a dû rester avec elle, l'accompagner pour faire quelque chose, et ils sont revenus ensemble. Ce type, tel qu'on l'a vu, ne l'aurait jamais laissée seule.

— Où veux-tu en venir ?

— Déjà, si Enomo ne nous dit pas la vérité au sujet de la dernière fois qu'il a vu Sade, c'est qu'il cache quelque chose ou qu'il protège quelqu'un.

— Ou qu'il a peur ? Surtout s'il connaît l'existence de la liste.

— Comme tu l'as dit, si ce type avait des informations pour faire tomber Dawodu, il ne craindrait pas pour sa vie.

— OK, alors il faut prouver qu'il a menti à propos de sa dernière entrevue avec la première dame ?

Sur le mur, mes yeux ne quittent pas la photo de Sade, dont les yeux recèlent des secrets qu'elle ne partagera pas.

— Si nous réussissons à situer l'heure et le lieu exacts de sa mort, nous ferons un grand pas vers la résolution de l'énigme.

— Tu ne crois pas au suicide, dit Chika.

— Je dis juste que j'ignore pourquoi elle aurait fait une chose pareille, et ça me rend dingue.

— Ça nous laisse où ?

— Je ne sais pas, mais ça nous mène certainement à Ibadan. On va retracer son trajet le jour de sa disparition. Et puis j'aimerais parler à quelqu'un.

Je lui raconte mon coup de fil au Pr Ohaeri.

— Quand veux-tu partir ? demande Chika.

Si j'avais le choix, tout de suite. Mais d'abord la famille.

Adressez-vous à mon avocat

Quand nous franchissons le portail de l'École du personnel de l'université de Lagos, je suis renvoyé à une scène que Folake et moi avons vécue à San Francisco. Le Crown Heights College ne possédait pas de campus, mais c'était tout comme. C'était, et c'est toujours, un lycée sélect fondé à la fin des années 1950 pour fournir une éducation privée aux rejetons de familles blanches de la classe moyenne arrivées dans le sillage de l'embourgeoisement qui a chassé des dizaines de familles noires du quartier jazz de Fillmore.

« J'ai appelé Docteure Cowan, m'a dit Folake en retouchant son rouge à lèvres pendant que j'obliquais vers Upper Fillmore. Apparemment elle n'avait pas reçu d'invitation.

— Peut-être que ça ne concerne que les classes des garçons, alors », ai-je répondu malgré mon étonnement.

Il y avait moins de voitures que d'habitude devant Crown Heights. Clairement, l'invitation à la réunion parents-professeurs n'avait pas été aussi largement diffusée que Folake et moi l'avions cru.

« C'est bizarre, m'a-t-elle fait remarquer. Je me demande de quoi il s'agit. »

Nous nous sommes garés et dirigés vers le hall, où nous attendaient Tai et Kay.

« Qu'est-ce qui se passe ? ai-je chuchoté en entrant.

— Aucune idée », a répondu Kay.

Il venait de muer et je ne m'étais pas encore habitué à sa grosse voix de baryton.

Nous avons failli percuter Folake, qui s'était arrêtée subitement. En regardant autour de nous, nous avons vu que tous les parents et les élèves étaient des gens de couleur.

« J'ai un mauvais pressentiment », a murmuré Tai.

À la manière dont le visage de Folake s'est durci, il était clair qu'elle aussi. Elle a gagné avec une lenteur excessive les places libres devant l'estrade vide. Personnellement, je ne me serais pas installé aussi près, mais j'ai été assez sage pour ne pas remettre en question sa détermination à ce que nous soyons vus et entendus.

Le proviseur Paul McAdams est apparu sur l'estrade. C'était la première fois que je voyais cet homme d'âge mûr sans cravate et veste en tweed avec pièces sur les coudes. C'était en outre le seul Blanc de la salle. J'ai jeté un bref regard à Folake. Ça allait mal finir.

McAdams s'est éclairci la gorge.

« Merci, chers parents et étudiants, d'être venus à cette réunion. Je suis sûr que vous avez tous entendu parler des événements tragiques survenus au Texas il y a deux semaines. »

Le silence était tel qu'on aurait entendu voler une mouche. La photo de Jordan Edwards est apparue sur un écran derrière le proviseur. Tout le monde avait déjà vu l'image de ce jeune Noir de 15 ans qui avait été sauvagement assassiné par la police de Balch Springs, Texas, dix jours plus tôt.

« Si les circonstances du décès de ce jeune homme...

— C'était un adolescent ! a crié un homme assis sur le côté de la salle.

— Un enfant ! » a renchéri dans le fond une voix de femme étranglée par un sanglot.

L'agitation s'est propagée et tout le monde a commencé à parler en même temps. Tout le monde, à l'exception des Taiwo. Les jumeaux et moi observions Folake du coin de l'œil. Elle avait le visage fermé, dur, et tapotait le sol du pied droit.

« S'il vous plaît, s'il vous plaît. »

Le proviseur a étendu les mains en signe d'apaisement, ce qui est apparu comme aussi condescendant que menaçant envers la salle pleine de gens de couleur affligés.

« Je vous promets que nos intentions sont bonnes. La mort de cet enfant…

— C'était un assassinat ! a lancé une autre voix pleine de colère.

— Eh bien, ce sera à la justice d'en décider. Comme vous le savez, le rapport de police portant sur les événements est très incriminant pour cet adolescent…

— La police lui a fait sauter le caisson ! »

La dernière personne qui avait parlé s'est levée. Un homme noir imposant, tant par la taille que par la carrure, avec une voix puissante. Il était outré.

« C'est ce que disent les médias », a répondu le proviseur McAdams sur le ton d'un professeur qui rectifie la grammaire d'un élève.

Le battement de pied de Folake s'est accéléré. J'ai sondé la pièce du regard. McAdams avait intérêt à aller droit au but avant que la situation ne dégénère. Malheureusement, comme beaucoup de Blancs d'un certain âge lorsqu'ils font face à une assemblée de personnes issues des minorités, il était aussi perdu qu'un pommeau de douche dans le désert.

« Nous voulons nous assurer qu'une telle chose n'arrivera pas à l'un de nos élèves. C'est pourquoi nous avons invité le directeur des relations publiques de la police, le chef adjoint Aaron Black, à venir dispenser à nos jeunes élèves de couleur des conseils quant au comportement à adopter face aux forces de l'ordre. Chef adjoint Black, je vous prie... »

Le proviseur a fait un signe en direction des coulisses et son clone est venu se ranger à son côté. Je connaissais Black. Je l'évitais autant que possible, d'autant plus qu'il savait que je faisais partie des personnes qui avaient signé une pétition pour contester sa promotion au dit rang de directeur des relations publiques du SFPD.

Son nom de famille n'était pas la seule chose empreinte d'ironie chez lui. Alors qu'il était marié à une médecin taïwanaise, cet homme était considéré comme l'un des officiers les plus racistes de son département. Et sa promotion à la tête des relations publiques était perçue comme une tentative de redorer son blason avant de remplacer le chef de la police lorsqu'il partirait à la retraite.

« Salut à tous, on veut juste que nos enfants soient en sécurité, pas vrai ? »

Il a élevé la voix comme s'il s'adressait à un groupe de malentendants.

« Pas vrai ? »

Le silence ne semblait pas le déranger.

« Alors, allons-y ! »

Il s'est tourné vers l'écran et a appuyé sur la télécommande. Le visage de Jordan Edwards a cédé la place à un PowerPoint.

Que faire quand la police nous arrête : un diaporama de la police de San Francisco à destination des jeunes hommes noirs.

Un grincement strident de chaise sur le sol a interrompu net les bavardages furieux et les remarques préliminaires de Black. Tous les yeux se sont braqués sur Folake tandis qu'elle se levait pour passer devant les jumeaux et moi, et nos chaises ont fait tout autant de bruit lorsque nous nous sommes reculés. Folake est sortie de la salle comme un mannequin lors d'un défilé. La tête haute, les épaules droites, emplissant la salle du claquement de ses talons. Sa colère suintait telles des émissions radioactives ; la seule façon de s'en abriter consistait à s'écarter de son chemin le plus vite possible. Les jumeaux et moi lui avons emboîté le pas, moins bruyamment. Dès lors, c'était inéluctable.

Sept mois plus tard, nous étions au Nigeria.

Cette rage bouillonnante qu'a éprouvée Folake à Crown Heights semble l'envelopper également au moment où elle gare la Prado. Puis, sans m'accorder ne serait-ce qu'un regard, elle sort et se dirige vers le bâtiment administratif de l'École du personnel. Et, comme je l'ai fait à Crown Heights dix jours après l'assassinat de Jordan Edwards par la police de Balch Springs, Texas, je la suis.

Folake pose le carton de crèmes éclaircissantes sur le bureau, ce qui cache l'écriteau au nom de la directrice de l'établissement : MME AZUKA OJOE, PROVISEURE. Nous sommes passés par chez nous récupérer les « preuves » dès que Folake a eu confirmation du rendez-vous. Même un cadavre sur notre pelouse il y a deux nuits n'a pas pu détourner mon épouse du sentier de la guerre sur lequel elle s'est engagée.

Après une décennie à la tête de l'École du personnel, la proviseure semble revenue de tout. Même du carton posé devant elle. Elle a la réputation d'être très portée sur la discipline, une réputation méritée, et le visage de qui a l'habitude d'émettre des sentences sévères. Elle me rappelle le pasteur George.

Mme Ojoh regarde le carton, puis Folake.

— Je comprends votre inquiétude, professeure Taiwo.

— Nous sommes plus qu'inquiets, répond Folake avec le même calme. Le harcèlement qui a poussé notre fille à acheter ces produits chimiques ressemble à une stratégie de marketing.

La proviseure pouffe.

— Je n'accorderais pas une telle sophistication à ces filles.

Folake tourne les paumes vers le ciel, yeux écarquillés par une surprise feinte.

— Devons-nous partir du principe qu'un adulte est derrière cette histoire ? Que quelqu'un pousse ces filles à en harceler d'autres afin de créer de la demande pour… ce poison ? demande-t-elle en indiquant avec mépris les cosmétiques.

Je n'ai jamais été aussi impressionné par la technique juridique de Folake. Intenter un procès à des mineures serait excessif, et rejeter la faute sur l'école pour n'avoir pas protégé une élève, très discutable. Au lieu de s'engager sur ces voies, elle laisse entendre à la proviseure qu'elle a l'intention de tenir les parents pour responsables des actes de leurs enfants.

Vu la manière dont notre interlocutrice se renfonce dans son fauteuil et affronte le regard implacable de Folake, il est clair qu'elle comprend exactement où mon épouse veut en venir.

— Je vous assure, professeure Taiwo, que ces filles seront punies. Pas la peine de…

— Oh, si, cela en vaut la peine ! D'une part, je me contrefiche qu'elles soient punies ou pas. Qu'est-ce que ça apporterait ? Par ailleurs, vous savez comme moi qu'une sanction rendrait la vie de ma fille encore plus difficile au sein du lycée.

— Me suggérez-vous de les renvoyer ?

L'imperturbable Mme Ojoh semble inhabituellement troublée.

— Ce sont les enfants de vos collègues. Je suis sûre qu'il y a d'autres façons de…

— Nous n'attendons pas non plus leur renvoi, madame, j'interviens afin de lui épargner une crise de panique.

Impossible que ma femme projette le renvoi d'enfants d'un établissement scolaire.

— Ce que nous voulons, c'est un changement de comportement, dit Folake. L'état d'esprit de ces filles nuit à leur propre bien-être et à leur avenir. J'aimerais que nous discutions de cela.

La proviseure paraît fort perplexe.

— Mais comment faire ? Nous ne sommes pas un pensionnat. Nous faisons tous de notre mieux, mais ces filles rentrent chez elle tous les soirs, au sein de familles qui ont toutes leurs propres codes moraux.

Folake hoche la tête avec compassion.

— Je comprends bien. J'ai une proposition à vous faire, mais d'abord j'aimerais que vous me disiez une chose.

Mme Ojoh hausse un sourcil avec méfiance, mais encourage d'un signe de tête Folake à poursuivre.

— J'aimerais connaître le niveau scolaire de ces filles…

— Je ne peux pas transmettre ces informations sans l'accord des parents, bafouille la proviseure, horrifiée.

Folake agite une main hautaine comme s'il s'agissait d'un détail.

— D'une manière générale, est-ce que ce sont des élèves moyennes, mauvaises, ou excellentes ?

Mme Ojoh secoue la tête comme pour accepter sa défaite.

— Je vous assure, professeure Taiwo, que les élèves qui ont harcelé votre fille sont loin de briller, du moins au niveau scolaire.

— Nous pouvons donc partir du principe que leurs performances dans des matières basiques telles que, par exemple, les mathématiques sont très inférieures à celles de ma fille ?

La proviseure paraît choquée par cette comparaison.

— Votre fille est pratiquement un génie des maths. Certains enseignants sont épatés par ses raisonnements.

Folake sourit.

— Je sais. Voilà pourquoi vous allez apprécier ma proposition.

— Tu es sûre de toi ? je demande tandis que Folake conduit la voiture hors du complexe.

— Je n'ai jamais été aussi sûre de moi, répond-elle les yeux fixés sur la route, résolue.

C'est ce que je craignais, mais j'essaie quand même.

— Pourtant, demander que Lara donne des cours de soutien aux filles qui la harcèlent paraît... Je ne sais pas, contre-productif ?

Elle me glisse un regard en coin.

— Honnêtement, chéri, pour un psychologue, tu ne comprends vraiment rien aux femmes.

Je suis trop inquiet pour m'offusquer de ces mots.

— Ce ne sont pas des femmes, chérie, ce sont des enfants.

— Des enfants qui seront bientôt des femmes.

— J'ai peur que Lara vive ça comme une torture.

Elle hausse les épaules avec nonchalance.

— Au début, peut-être. Et elle mérite cette sanction pour avoir commis ces larcins. Mais passé un temps mon plan sera peut-être la meilleure chose qui puisse lui arriver, juste après m'avoir eue pour mère.

— On dirait que tu sais quelque chose qui m'échappe, dis-je sèchement. Comment ça peut marcher ?

Folake prend une profonde inspiration, s'arrête à un feu rouge puis se tourne vers moi.

— Chéri, toi ou moi pourrons répéter à notre fille des milliers de fois qu'elle est belle et intelligente, elle ne nous croira jamais parce que nous sommes ses parents.

— Certes, mais…

Elle lève les mains. Elle n'en a pas terminé.

— Si ces petites brutes ont plus de poids que nos paroles, alors qu'elles utilisent leur pouvoir pour réparer les dégâts qu'elles ont causés.

— Comment ça ?

Peut-être suis-je particulièrement obtus aujourd'hui, mais sa logique m'échappe.

— En les obligeant à regarder Lara au-delà de son apparence, et à découvrir l'intellect supérieur de ma fille. Peut-être qu'elles comprendront qu'elles aussi elles peuvent atteindre ce niveau d'excellence scolaire tout en restant aussi belles qu'elles le sont.

— Ça ne marchera pas. Avec les ados, de nos jours, et les réseaux sociaux…

— Chéri, ce n'est pas Snapchat ou Instagram qui a donné à ma fille l'envie de s'éclaircir la peau. Ce n'est pas une star qui lui a vendu une idée de la beauté ou qui a amoindri sa propre estime. Ce sont de vraies personnes. Et si ça se trouve elles souffrent autant qu'elles et ont aussi besoin d'aide.

— C'est vert, dis-je en indiquant le feu.

Folake redémarre.

— Donc on va transformer le mal-être de notre fille en activisme pour le bien de la communauté ?

— Disons que ce sera une expérience sociale. Si les harceleuses n'en tirent rien, Lara aura au moins eu l'occasion de faire montre de son intelligence supérieure. Cela revigorera davantage son estime que si c'est toi ou moi qui nous occupons du problème.

— Et si la proviseure n'obtient pas l'accord des parents ?

Elle me jette un regard qui ravive mes inquiétudes quant à l'infortunée proviseure.

— Oh, elle l'obtiendra, j'en suis sûre.

J'aimerais dénoncer les risques que revêt cette « expérience », mais nous sommes arrivés près des bureaux de la sécurité du campus. Et entre ces murs nous attend une autre bataille ; j'ai besoin de tout mon sang-froid et de Folake à mes côtés.

Le bureau grouille d'hommes et de femmes en uniforme ; un tourbillon flou de coton amidonné et de plaques nominatives mélangeant vrais policiers et vigiles. J'essaie de dissimuler mon dédain lorsque j'aperçois Lawrence Bello. Inspecteur Ripou.

Difficile de le voir comme un policier à présent que je sais ce que je sais.

— Professeure ! Bienvenue, lance le chef de la sécurité du campus à Folake. Merci de vous être présentés si rapidement.

En effet, nous avons fait vite. Son message est arrivé alors que nous nous préparions à aller voir la proviseure. Il y avait un chevauchement de 30 minutes, que Folake a arrangé en appelant le CSC. Ce dernier a décalé l'entrevue et nous a assuré qu'il en informerait la police, officiellement invitée à investiguer sur l'affaire.

« Nous n'enquêtons pas sur les causes de la mort, a-t-il insisté au téléphone, comme si cela devait nous rassurer. Nous ne sommes pas équipés pour. Nous avons appelé la police pour découvrir comment ce malheureux était décédé. »

Nous voilà donc. La tension est palpable.

— Merci d'être venu, dit Bello pas plus amical que les fois précédentes.

Il salue Folake avec un sourire pincé.

— Votre mari et moi travaillons ensemble sur une enquête.

Folake ne répond pas. Une avocate formée en Amérique n'échange jamais de banalités. S'il n'existe pas de version nigériane du droit de garder le silence, Folake m'a briefé pendant qu'elle se garait.

« Parle uniquement de ce qui s'est passé devant chez nous, m'a-t-elle prévenu. Dans le doute, tu me laisses répondre. »

— Le département de pathologie a délivré le rapport préliminaire de l'autopsie.

Le CSC nous en transmet des copies sur papier à en-tête de l'université.

— Je tiens à vous informer que nous n'avons pas pu autoriser une autopsie plus poussée sans le consentement de la famille.

— Comme vous pouvez le voir, intervient Bello, la victime a été torturée et très probablement étranglée. Il paraît s'être écoulé un temps assez long entre sa mort et le moment où le corps a été déposé devant chez vous.

— Environ trois heures selon le légiste, ajoute le CSC.

Bello lui lance un regard vif ; un langage corporel qui semble vouloir lui intimer le silence. Puis il se retourne vers Folake et moi.

— D'après vos dépositions, vous étiez chez vous à l'heure présumée de sa mort.

— Alors, que faisons-nous ici ? demande Folake, impassible, en reposant le rapport sur la table.

Je garde mon exemplaire, le survolant rapidement pour en comparer les informations à mes impressions initiales quant au corps d'Ewang.

— Pour que je puisse demander à votre mari pourquoi, selon lui, on déposerait un cadavre sur sa pelouse, lâche l'inspecteur.

J'essaie de garder un visage neutre et le regarde. Me rappeler sa corruption m'aide.

— Nous avons mis dans notre déposition tout ce que nous savions, dit Folake avant que je puisse répondre.

— Pardon, madame, mais vos dépositions ne nous aident pas. Un homme est mort.

Folake recule sa chaise et plante son regard dans celui de l'inspecteur. Lorsqu'il finit par détourner les yeux, elle commence à parler lentement, avec une fermeté annonçant qu'elle n'entend pas répéter ce qu'elle dit ; c'est son ton de professeure.

— Nous sommes très conscients qu'un homme est mort, inspecteur. Mon mari et moi n'avons qu'un seul lien avec la victime : elle faisait partie de l'Église de la Grâce, avec laquelle mon mari était sous contrat afin d'enquêter sur la mort de la femme de l'évêque. Une mort classée comme suicide, ce qui signifie que l'affaire est close. Mais vous le savez déjà, n'est-ce pas ?

— Votre mari ne peut pas parler pour lui-même ? dit-il sur un ton vexé.

— En plus d'être témoin directe des événements de l'affaire, je suis également son avocate. À moins qu'on ne nous inculpe de quelque chose, je répondrai à sa place à toute question.

L'inspecteur me regarde en bouillonnant.

— Docteur Taiwo, dites à votre femme…

— Je ne dis rien à la *professeure* Taiwo, inspecteur, je réplique sans hésiter.

Folake se tourne vers le CSC.

— Chef ? L'université a-t-elle besoin de notre aide sur quelque chose de particulier ?

Il se redresse sur sa chaise.

— Tout est dans votre déposition, *ma*. Nous l'avons remise à la police, et le corps est transmis à la garde de l'État en ce moment même.

— Dans ce cas, pourquoi nous imposer ça ?

Si elle ne regarde pas Bello, il ne fait aucun doute que le « ça » le définit et sous-entend l'opinion qu'elle a de lui.

Le CSC se tourne vers Bello, visiblement en quête d'aide.

— Il dit travailler avec votre mari.

— C'est le cas, *inspecteur* ? je lui demande en appuyant d'un accent moqueur sur son titre. Nous travaillons *ensemble* ?

Sous la table, Folake me flanque un coup de pied.

— Avez-vous parlé à quelqu'un au sein de l'Église de la Grâce, inspecteur ? enchaîne-t-elle. L'épouse de la victime ? Les autorités de l'Église ? L'évêque ?

Bello passe sur la défensive.

— Les gens de la criminelle s'en chargent. Je suis ici à cause de ça.

Il lui transmet une feuille dans une pochette transparente. C'est une photocopie, mais je reconnais le message trouvé sur le corps d'Ewang. J'arbore une mine curieuse et attends que Folake l'ait lu avant de me le faire passer.

— Qu'est-ce que ça signifie ? demande-t-elle, et son impassibilité me laisse admiratif.

Tout à coup, j'ai l'intuition que son plan concernant Lara va marcher. Ma femme est une dure à cuire, de la meilleure façon qui soit.

— On a trouvé ça sur le corps, répond Bello en me regardant. Ce message est une menace adressée à votre mari.

Je parie que l'inspecteur ne nous montrerait pas ce message si la police était au courant de la combine de blanchiment.

— Mais vous n'en êtes pas complètement sûr, n'est-ce pas ? le défie Folake.

— C'est ce que nous essayons de déterminer.

— Si nous avions d'autres informations, pensez-vous que nous vous les cacherions ? je demande pour mettre ma théorie à l'épreuve.

Le soulagement qu'éprouve l'inspecteur à m'entendre prendre la parole le rend encore plus sérieux. Presque désespéré.

— Vous savez qu'il se passe quelque chose au sein de cette Église, me répond-il. Vous ne pouvez pas continuer à la protéger. À le protéger.

Je ne lui fais pas l'honneur d'une réponse. Il n'est donc pas au courant de l'existence de la liste.

Folake se lève.

— Inspecteur, nous resterons en contact avec l'équipe de sécurité de l'université pour découvrir comment ce corps en est venu à être déposé devant notre maison. D'ici là, je vous assure que si Dr Taiwo découvre quoi que ce soit d'utile, il contactera vos services dans les plus brefs délais. En attendant, faute d'autre chose, je crois que cette entrevue est terminée.

Elle se dirige vers le CSC, lui serre la main et, avant que l'inspecteur ait pu protester, quitte le bureau.

Je rassemble ma copie du rapport.

— Vous savez qu'il y a un lien, docteur Taiwo, dit Bello.

Si je n'étais pas plus avisé, je dirais que sa voix recèle une note suppliante. Puis il gâche tout.

— Et si je découvre que vous étiez au courant de quelque chose que vous ne m'avez pas dit…

La liste des virements qu'a effectués Sade Dawodu à ce criminel en uniforme me traverse l'esprit. Il ne manque pas d'air.

J'agite le rapport d'autopsie en l'ignorant volontairement.

— Je peux le garder ?

Je n'attends pas la réponse du CSC pour sortir.

Folake est déjà installée derrière le volant. Mon sourire triomphant s'effondre lorsque je remarque qu'elle fulmine.

— Tu as été fantastique, chérie.

Elle se tourne vers moi.

— Arrange ça, Phil. Je ne sais pas comment tu vas faire, mais arrange tout. Cette affaire s'est glissée dans notre vie de la plus horrible des façons, et au pire moment possible. Je ne supporterai pas les médias, et même si j'adore Chika et Onyinye mon lit me manque. Je veux qu'on en finisse. Rapidement.

Elle démarre au moment où je m'apprête à m'excuser et à promettre de faire de mon mieux.

Mon téléphone bipe tandis que Folake fait marche arrière. C'est un texto d'un numéro que je connais mais que je n'arrive pas à situer.

Est-ce que je peux vous faire confiance ?

Étrange.

Je scrute encore le numéro et le reconnais enfin, grâce aux heures passées à éplucher la liste des appels de Sade Dawodu. Je lâche un sifflement alors que Folake s'engage sur la route principale conduisant vers la faculté de droit.

— Quoi ?

Ma main tremble légèrement quand je lui montre le téléphone.

— Ne panique pas, mais je viens de recevoir un texto de Sade Dawodu.

LIVRE III

Le pauvre et l'oppresseur se rencontrent ; c'est l'Éternel qui éclaire les yeux de l'un et de l'autre.

PROVERBES, 29, 13

Les étapes du deuil

Tu en es peut-être encore à la première phase du deuil. Le déni. Tu auras peut-être la tentation d'en rester là, de prier et d'espérer que tout cela soit un cauchemar dont tu vas bientôt te réveiller. Ne fais pas ça. Le déni est une cachette sombre et chaude qui vous piège avec les chimères de ce qui aurait pu être. Je suis passée par là.

Je l'ignorais, alors, mais mon deuil a commencé lors de ma nuit de noces.

« Prions », a-t-il dit quand je suis sortie de la salle de bains de notre suite, dans cet hôtel luxueux des Maldives. Ce n'était pas mon mari qui me demandait ça, mais Évêque.

J'imaginais différemment notre première nuit, mais je me suis agenouillée. Il s'est tenu au-dessus de moi et a prié jusqu'à ce que j'aie perdu tout désir de faire l'amour. Puis il m'a violée. Pendant des mois il m'a prise uniquement quand je ne le voulais pas, et j'ai fini par comprendre que seule ma peur excitait mon mari.

Je te raconte cela parce que, si tu choisis de demeurer dans le déni, tu finiras comme moi. Tu feras comme si tout allait bien, te répéteras que ce qui t'arrive sera terminé d'ici quelques jours. Jusqu'à ce que les jours deviennent des semaines et les mois des années.

S'il te plaît, fais face à la vérité. Rien ne changera ce qui est. Mais, lorsque la douleur cédera la place à la colère, la deuxième phase du deuil, tu seras prêt pour les dernières étapes.

Les preuves sanglantes que nous avons répandues dans toute la maison ne le garderont pas en prison. Pas plus que la découverte de mon corps. Mais, je t'en prie, chasse l'inquiétude et la nervosité. Rappelle-toi que nous jouons sur le long terme. À présent, il est cerné par le doute comme un étron par les mouches. Il est exactement où nous voulions qu'il soit.

Ghosting

Folake manque de faire une sortie de route quand je lui lis le texto.

— Réponds ! ordonne-t-elle en finissant par s'arrêter sur le bas-côté. Réponds quelque chose, n'importe quoi.

Je lève brièvement les yeux de l'écran pour la regarder.

— Elle est morte. Je l'ai vue, dis-je, la voix prise de panique.

— Vite, Philip, insiste-t-elle en désignant mon téléphone.

Vous pouvez me faire confiance.

Nous attendons, respirant si fort que nos souffles couvrent le bruit de la climatisation.

Vous aidez quelqu'un de mauvais.

Folake se rapproche légèrement.

— Dis quelque chose comme : « Vous n'êtes pas censée être morte ? »

Mes doigts volettent déjà sur le clavier.

Je n'aide personne.

Je veux simplement découvrir la vérité.

Je tourne le petit écran vers Folake. Elle hoche la tête.

Nos yeux restent braqués sur les trois petits points d'un message en cours de rédaction.

La réponse apparaît.

La vérité peut vous coûter la vie.

Folake et moi échangeons un bref regard.

Si vous êtes morte, qui m'écrit ?

La réponse arrive rapidement.

La justice.

Je suis tout aussi prompt.

Dites-moi qui vous êtes.
Nous pouvons peut-être travailler ensemble.

Nous attendons, mais rien ne vient. Folake reprend sa respiration.

— Tu penses que tu lui as fait peur ?

Je scrute l'écran en grimaçant.

— Je ne sais pas. On va bien voir.

Je remets le téléphone dans ma poche, déçu.

— Je crois que c'était un test, pour voir si j'étais ouvert à son point de vue.

Folake s'engage de nouveau sur la route.

— Et c'est le cas ?

Je pense à cette femme qui encourageait les jeunes filles à faire leurs propres choix. Cette femme qui inspirait à ma sœur une loyauté si féroce qu'elle est prête à me payer pour découvrir la vérité. Cette femme qui, elle-même, a dû déceler des secrets si effroyables que cela lui a coûté cher. Cette femme que quelqu'un essaie de venger.

« Elle est tellement belle », a dit Lara.

— Il est arrivé quelque chose à Sade Dawodu, chérie, dis-je à Folake. Quelque chose d'affreux. Quelque chose qui a étouffé sa lumière et ne lui a pas laissé d'autre choix que de mettre fin à ses jours. Si j'aurais pu passer sur le fait de ne pas savoir quoi, je ne peux plus fermer les yeux à présent que ma famille est en danger.

Nous sommes arrivés à la faculté de droit. Folake gare la voiture et se tourne vers moi.

— Tu subis beaucoup de pression, Phil, et je suis désolée d'avoir été dure avec toi tout à l'heure. Tu ne peux rien réparer si tu ne sais pas ce qui est cassé. Mais je suis sûre d'une chose : tu es sur la bonne voie. Tu es doué dans ton domaine. Si quelqu'un peut découvrir ce qui est arrivé à Sade Dawodu et en quoi c'est lié à la mort de ce pauvre homme, c'est bien toi.

— Je n'en suis pas si sûr. On a déjà tellement de problèmes de notre côté. Lara a besoin de…

Elle se penche par-dessus le levier de vitesse et m'embrasse.

— Laisse-moi m'occuper de Lara. Règle cette affaire, et on retrouvera notre vie.

Je suis trop troublé pour me reprocher ma désinvolture à faire cours.

— Comme le montrent les recherches, la psychologie du subterfuge s'ancre dans un terreau complexe de partis pris culturels, sociaux et même religieux, aussi bien chez l'interrogateur que chez l'interrogé.

Je suis sûr de parler comme un robot.

— D'après les sources que je vous ai indiquées la semaine dernière, quelqu'un peut-il nommer certaines des variables à prendre en compte lors d'un interrogatoire ?

Plusieurs mains se lèvent. La plupart des réponses sont correctes – les conditions dans lesquelles un mensonge est prononcé, sa nature même, les conséquences qu'aurait la vérité ou, au contraire, la découverte du mensonge – mais je les entends à peine. J'opine, je note diverses choses sur le tableau noir et congédie ma classe plusieurs minutes avant la fin de l'heure.

Vous savez qu'il y a un lien. Les mots de Bello résonnent dans ma tête tandis que je rallume mon portable. Quel est le lien entre l'inspecteur et Sade Dawodu ? Ils sont certainement entrés plusieurs fois en contact avant le virement de sommes aussi importantes. Qui est allé voir l'autre ? Est-ce récent ? Était-ce purement financier et un intermédiaire faisait-il le lien ?

Les textos que j'ai reçus du téléphone de Sade Dawodu juste après une nouvelle entrevue avec ce policier très clairement corrompu compliquent encore les choses. Et si c'était lui qui tirait les ficelles ? Est-ce qu'il opère seul, ou avec d'autres agents ? Connaît-il le rôle d'Enomo dans tout cela ?

Tant de questions que j'en ai le vertige. Je dois me calmer. Me concentrer. Me focaliser sur ce point. Le lien. Le lien.

J'envoie un texto à Kenny.

Tu ne m'as jamais transmis le nom
des amies de la première dame.

Kenny met plus de temps que d'habitude à répondre, et puisque je n'arrive pas à oublier les messages reçus du téléphone de Sade je compose son numéro.

« Salut. Je ne peux pas répondre, mais si vous voulez que je vous rappelle dites-moi de quoi il s'agit. »

La voix de Sade est aussi mélodieuse que lors des interviews que j'ai vues en ligne. Calme et mesurée. Pour la énième fois, je me dis que je l'aurais sûrement appréciée. J'hésite à laisser un message, mais ce serait en pure perte. Je sais ce que j'ai vu à la morgue. La personne qui envoie ces messages n'est pas Sade Dawodu. J'aurais aimé avoir plus d'éléments avant d'appeler Chika, mais le temps presse, et plus tôt il sera au courant mieux ce sera.

— Je viens de t'envoyer la capture d'écran d'un échange très intéressant, dis-je au moment où il décroche.

— Un instant, répond-il.

Pendant ce temps, je consulte ma messagerie sur le portable. J'ai un e-mail du Pr Cook. Je clique sur la pièce jointe sans lire ce qui, je le sais, est un bref message de Prof prenant des nouvelles de ma famille et me rappelant que je lui suis redevable pour cette faveur.

— Wow ! Du ghosting dans le vrai sens du terme, dit Chika.

— Tu as lu ?

— Il n'y a rien de plus ? Juste ça ?

— Oui. Donc son téléphone est de nouveau opérationnel, je réponds en ouvrant le dossier envoyé par Prof.

Des scans de la carte de sécurité sociale de LaTanya Jacobson, son historique de crédit et des dossiers de police.

— Tu pourrais le géolocaliser ?

— Pas en temps réel. Si on te recontacte et que tu m'en informes immédiatement ce serait possible. Mais pour l'instant on ne peut que confirmer le moment où il a été allumé pour la dernière fois, et à quel endroit. Mais aucune garantie qu'il sera activé de nouveau au même endroit, cela dit.

— Hum. Travaillons avec ce que nous avons pour l'instant.

— Ça va nous coûter cher si nous n'avons pas un mandat en bonne et due forme de la police.

— On oublie la police pour le moment, Chika. Pas tant que nous ne savons pas à qui ou à quoi nous avons affaire.

— Pigé. Je fais passer en note de frais, donc.

Ses réponses sont plus acérées lorsqu'il est nerveux. La mort de Victor Ewang l'inquiète.

Je clique pour agrandir les portraits de police d'une LaTanya Jacobson bien plus jeune. Arrêtée le 4 avril 1996. Son prénom est le même, mais son nom de famille est joint à un autre par un trait d'union.

— Phil ?

La voix de Chika me sort de ma concentration.

— Tu es là ?

— Je dois filer. Je t'appelle plus tard.

Je coupe l'appel sans quitter des yeux l'écran du portable.

Le dossier contient plusieurs documents : des empreintes digitales, des déclarations de revenus, des contraventions pour stationnement illégal et excès de vitesse, quelques autres délits, des audiences de caution et un certificat de mariage. Je clique sur ce dernier, émis le 17 septembre 1995 dans le District of Columbia. Il est accompagné d'un certificat d'annulation de mariage pour « différends insurmontables », daté du 23 juillet 2017.

Le nom de l'époux, sur les deux documents, danse sous mes yeux et ne fait plus qu'un.

Jeremiah Dawodu.

Point de bascule

— Mais il sera tard le temps que tu arrives…

Folake laisse sa phrase en suspens, et je l'imagine secouant la tête avec désapprobation.

— Je dois m'assurer qu'il n'a rien à voir avec la menace qui pèse sur nous.

— Mais, si tel est le cas, ce n'est pas dangereux d'aller le voir ?

— Qu'est-ce qu'il pourra faire au sein même de l'Église de la Grâce ?

Ma résolution est entamée par l'image subite de milliers de paroissiens m'assaillant à coups de bible et de tambourin.

— Je veux le regarder en face, et qu'il sache que je sais. Peut-être qu'on parviendra à un accord. Je laisse tomber l'affaire et il nous laisse tranquilles.

— Tu sais comme moi que ce n'est plus aussi simple.

Pendant un instant nous ne disons rien. Je suis à quelques minutes de Graceland, m'étant précipité hors de mon bureau dès que Dawodu a accepté de me voir. Je ne peux plus faire demi-tour.

— Chika sait où je suis, dis-je pour la rassurer.

Le ton de Folake m'indique que je n'y parviens pas.

— Mais il n'est pas avec toi.

— Je n'ai pas besoin d'un garde du corps.

J'ai rappelé Chika pour lui dire où je me rendais, et refusé son offre de m'accompagner. Il aurait fallu attendre encore des heures pour nous retrouver à l'école de police. J'aurais eu le temps de me décourager.

— Je suis désolé, dis-je pour briser le silence. Je veux juste qu'on en finisse. Tout le monde va bien ? je demande pour changer l'atmosphère.

Folake joue le jeu. C'est plus facile comme ça.

— Oui, ça va. Onyinye est fantastique et Adaora adore avoir autant de gens qui s'émerveillent sur elle.

— Et Lara ?

— Elle me fait la tête depuis que la proviseure a appelé pour me dire que les parents avaient accepté ma proposition.

Je comprends quelle horreur doit éprouver Lara à l'idée de se retrouver avec ses harceleuses pour des heures d'étude.

— Je suis arrivé.

Pas tout à fait, mais je dois recentrer mes pensées avant de franchir les portes de l'Église de la Grâce.

— Tu vas réussir, chéri. Et tu n'as pas besoin d'un garde du corps. Désolée de t'avoir donné cette impression.

Elle raccroche.

Graceland scintille comme un sapin de Noël, un contraste saisissant avec l'obscurité à travers laquelle j'ai roulé. La propriété bourdonne d'activité : des voitures entrent et sortent, les résidents reviennent du travail et les paroissiens d'un énième service. On dirait que même le deuil de leur première dame ne ralentit pas les affaires évangéliques.

— Il vous attend avec Mlle Jacobson, mais s'il vous plaît ne les retenez pas trop longtemps. Il y a une réunion de prière dans moins d'une heure, m'avertit la secrétaire tandis que j'ouvre la porte du bureau de l'homme que je ne supporterais plus de qualifier d'« évêque ».

Avec ou sans article défini.

Aujourd'hui, il ne se lève pas pour me saluer d'un coup d'épaule ou d'une tape dans le dos tel un politicien en campagne. Dawodu est assis derrière son bureau, et son visage porte un masque impénétrable. LaTanya Jacobson se tient derrière lui, ses ongles bariolés reposant sur son épaule telles des médailles. Je comprends l'image. Ensemble, nous sommes plus forts.

— Vous vouliez me voir, docteur Taiwo ? demande Dawodu avec tiédeur.

— J'aurais pensé que c'est vous qui voudriez me voir après ce qui s'est passé devant chez moi.

— Un malheureux incident, mais nous avons toute confiance en les autorités pour mener l'enquête. À moins que vous ne sachiez pourquoi mon directeur des missions internationales a été tué et son corps jeté sur votre pelouse ?

Je bafouille presque devant tant de culot.

— Je ne connaissais pas ce type avant que vos anciens ne m'engagent.

— Engagement officiellement terminé puisque, comme vous le savez, la police a déclaré que la femme de Jerry s'était suicidée, intervient LaTanya.

— Et le meurtre d'Ewang ?

— De mon point de vue, il n'y a pas de lien entre les deux. À moins que vous ne pensiez le contraire ?

Dawodu hausse un sourcil interrogateur.

Mon regard va de lui à LaTanya, puis revient sur lui. Ils ont tout prévu. Ils veulent me pousser à révéler jusqu'à quel point je suis au courant de leurs combines. La visite mouvementée de

Dawodu à l'école de police, afin de me remercier très ostensiblement pour mes services, apparaît désormais sous son véritable jour : une pêche aux informations. Le temps qu'il a passé à scruter mon mur de preuves n'était pas un signe d'admiration mais une tentative d'analyser ce que je savais et quelles connexions j'avais établies. Trompe-moi deux fois, honte sur moi.

Je m'assieds en face d'eux et affiche ma plus belle incrédulité.

— Vous ne voulez plus savoir qui a pu vous piéger ?

— Pour quoi faire ? Pour punir les coupables ? La vengeance appartient au seul Éternel, dit Dawodu avec une telle chaleur que ça m'horripile.

— Pour découvrir la vérité ? je rétorque tout aussi cordialement.

Mais je plisse les yeux pour bien lui faire comprendre que je ne suis pas une seconde le naïf qu'il voudrait voir en moi.

— Ou peut-être la raison qui a poussé votre femme à sauter dans la lagune ? j'ajoute.

— Nous connaissons la vérité, m'assène LaTanya avec hauteur.

J'ouvre les mains en signe d'encouragement.

— Je meurs d'envie de la connaître. Je vous en prie.

Dawodu se penche en avant.

— Ma femme était quelqu'un de profondément troublé, et tandis qu'elle planifiait son suicide elle s'est d'une façon ou d'une autre persuadée que j'étais la source de tous ses maux ; elle a donc œuvré pour donner l'impression que je l'avais assassinée.

— Sur quels faits vous basez-vous ?

LaTanya pousse un soupir impatient et contourne le bureau pour me toiser.

— Docteur Taiwo, il n'est pas utile que ça traîne davantage. Jerry est un homme puissant, il a des tonnes d'ennemis. Trop de gens, partout, aimeraient utiliser cette histoire pour l'abattre. Peut-on simplement clore le chapitre et se dire au revoir ?

Je montre la porte du doigt.

— Vos anciens, la congrégation… est-ce qu'ils sont au courant de votre… union ?

Dawodu frappe dans ses mains.

— J'ai vu vos tarifs, docteur Taiwo, et je dois dire que vous êtes trop bien payé si c'est tout ce que vous avez déniché.

— Votre femme savait-elle que vous vous adonniez à la bigamie ? Est-ce pour cette raison que…

— Ce mariage a été annulé bien avant que son union avec Sade ne devienne officielle, dit LaTanya d'un ton las.

— Oui, mais votre épouse le savait-elle ?

Je regarde Dawodu, qui me paraît beaucoup moins sympathique qu'avant. Sans son glacis de piété, cet homme ressemble à un maquereau de luxe. Un dandy qui se prend pour un prince.

Il hausse les épaules.

— L'information ne me semblait pas utile à notre mariage.

— Et la rendre complice d'un délit peut être considéré comme utile ?

— Quel délit ? Ce que vous appelez « bigamie » aux États-Unis est parfaitement légal ici.

LaTanya agite gracieusement ses serres.

— Il avait besoin d'une carte verte et moi d'argent pour financer une sale habitude. Vous avez dû découvrir de quoi il s'agit quand vous avez demandé à vos copains du SFPD de faire des recherches sur moi.

Dawodu se lève et contourne son bureau pour gagner la porte.

— C'est terminé, docteur Taiwo. Je vous prie de respecter les termes du contrat et de cesser de nous harceler, mes associés et moi. Puis-je également vous rappeler la clause de confidentialité que vous avez signée ? Gardez-la en tête au cas où vous projetteriez d'utiliser des informations découvertes au cours de votre mission pour m'embarrasser en tant qu'homme de Dieu.

Mon mépris rend toute réponse inutile. La main de Dawodu est posée sur la poignée de la porte. LaTanya joue avec une énorme babiole pendue à son cou.

— Et les menaces contre ma famille et moi ?

— Savez-vous quoi que ce soit qui pourrait mettre votre famille en danger ?

Le regard de LaTanya me fixe avec dureté.

Mes yeux parlent pour moi : tant qu'ils se tairont, je me tairai aussi.

LaTanya agite encore ses griffes, et un sourire de reptile se faufile sur son visage.

— Alors vous n'avez rien à craindre des personnes qui vous menacent.

Pour la première fois depuis longtemps, j'éprouve un accès de violence. Je rejoins Dawodu à la porte et le dévisage.

— Pas touche à ma famille.

— Dieu soit avec vous, dit-il en m'ouvrant la porte avec un sourire.

Des images de Folake blottie chez nous avec mes enfants se mêlent aux images du corps de Sade Dawodu à la morgue et des yeux sans vie d'Ewang. Tant de chagrins et de douleur sont liés à cet individu.

— Allez au diable, je lâche avant de sortir.

Cent quatre-vingts degrés

Le pasteur George se tient près de ma voiture, sans sa grimace caractéristique. Au contraire, il semble vieilli, anxieux. Je ne suis pas d'humeur à compatir.

— Avant que vous ne disiez quoi que ce soit, écoutez-moi, s'il vous plaît, lance-t-il dès que je l'ai rejoint.

— Je n'ai rien à vous dire.

— J'avais tort, docteur Taiwo. J'ai fait une erreur. Je vous en prie, écoutez-moi.

Il semble désemparé.

— Qu'est-ce que vous pourriez me dire qui…

— Ceci.

Il me prend les mains comme pour les serrer et glisse un papier dans ma paume.

— Ne l'ouvrez pas ici. Je vous en prie. Je vous retrouve hors de Graceland.

Il me tape la main, m'étreint et me murmure à l'oreille :

— Rendez-vous à l'église du Christ rédempteur. C'est plus loin sur la route. Je vous y rejoins.

Je m'écarte et, sans lui accorder un regard de plus, je monte dans ma voiture. Je démarre et déplie le papier. Il y est écrit, à la main et en majuscules :

SI QUELQUE CHOSE M'ARRIVE, APPELEZ DR TAIWO. IL EST AU COURANT. PARDON.

Je glisse le papier dans ma poche et entame une marche arrière. Quand Ewang a-t-il rédigé ce message ? Lorsque nous nous sommes parlé ? Quelqu'un de l'Église a-t-il épié notre entrevue ? Ou l'a-t-il écrit en proie à une crise de paranoïa qui confirmerait mon estimation de son agitation et de sa peur ? Une peur tragiquement justifiée.

Je fais demi-tour pour prendre le même chemin que le jour où j'ai rencontré Victor Ewang. Qu'est-ce qu'ils trouvent tous au Christ rédempteur ? Quelque chose qui manque à Graceland ?

Je me gare devant le portail, où j'attends le pasteur George.

Il arrive quinze minutes plus tard. Je ne l'aurais pas reconnu s'il n'avait pas arrêté sa Volvo S70 à côté de moi. Il me fait signe de le suivre en voiture. Je lui emboîte donc le pas au-delà du portail et m'arrête avec lui un peu plus loin, sur le bord de la route principale. Il sort, regarde brièvement autour de lui et s'approche de ma voiture. S'il ne se montre pas aussi anxieux qu'a pu l'être Ewang, sa démarche trahit son désarroi.

— Vous ne pouvez pas abandonner l'affaire, docteur Taiwo, me dit-il dès qu'il a refermé sa portière.

Je brandis le message.

— Qui a écrit ça ? je demande juste pour être sûr.

— Victor Ewang. Sa femme l'a trouvé caché dans sa bible.

Il me scrute.

— Qu'est-ce que vous savez, docteur Taiwo ?

Voilà qui est culotté ! Surtout de sa part. Et lui ? Qu'est-ce qu'il sait ?

— Vous avez mis fin à mon contrat, vous vous souvenez ?

— J'avais peur, répond le pasteur George. Je n'en suis pas fier, mais quand cet inspecteur a dit avoir confirmé le suicide de Première Dame, j'ai eu peur.

— De quoi ?

— Pas *de* quelque chose, mais *pour* quelque chose. J'avais peur *pour* l'Église. À cause de ce que vous risquiez de découvrir, et de la manière dont cela pouvait ébranler le socle même de notre existence.

— Vous vous souciez plus de votre Église que de la vérité ?

Il relève la tête si brutalement qu'on croirait que je l'ai giflé.

— Je croyais faire le bien. Protéger l'Église…

— Vous protégiez surtout votre évêque, je crache.

La colère que j'éprouve encore quant à la façon dont il m'a traité me rend peu charitable.

— Peut-être. Je le reconnais. Au fil des ans, j'ai découvert des aspects de lui qui m'ont fait me demander si j'étais au bon endroit. Mais je pensais que ça venait de moi. Que ma maturité allait au-delà de la structure de l'Église de la Grâce, et que par conséquent je n'en voyais plus que les défauts. Ce jour-là, quand on nous a dit que sa femme s'était tuée, et vu la manière dont il a réagi…

Il secoue la tête comme pour se débarrasser d'un souvenir désagréable.

— … et avec cette horrible femme à côté de lui, j'ai paniqué, tout simplement.

Maintes études se sont intéressées aux gens pris contre leur gré dans les toiles d'intrigues de religions organisées. Mais très peu portent sur des individus comme le pasteur George : ceux qui ferment consciencieusement les yeux sur ce qu'ils ont juste sous le nez. Je n'ai aucune pitié pour lui.

— Jugez-moi autant que vous le voudrez, docteur Taiwo, dit-il.

Pour une fois, je ne regrette pas d'être incapable de cacher mes émotions. Je veux qu'il sache ce que je pense de lui.

— Je le mérite, et la seule manière dont je puisse me racheter est de vous demander, ou plutôt de vous supplier, de rester sur l'affaire.

— Même si l'on finit par prouver que votre chef n'est pas celui qu'il prétend être ?

Je me rappelle notre rencontre. L'expression qu'il a adoptée lorsque Nwoko a prétendu qu'on voulait piéger Dawodu a fait écho à la mienne : dubitative.

— Si la vérité permet d'obtenir justice pour Victor...

— Ce n'était pas un innocent frappé par malchance, dis-je en m'interrogeant sur ce qu'il sait vraiment.

Il se pourrait que je fonce droit dans un piège.

— Je n'en doute pas, mais personne ne devrait mourir comme ça. Il avait trois enfants. Quoi qu'il ait fait, si cela avait un rapport avec l'Église, l'Église doit rendre des comptes. Et puis il y a Première Dame. Quelle douleur peut pousser une femme de Dieu à rendre sa propre vie ? Qu'aurais-je pu faire pour la sauver ? Qu'est-ce que j'ai laissé passer ?

Sa voix se brise sous l'effet de l'angoisse.

— Oh, mon Dieu, qu'est-ce que j'ai laissé passer ?

Ses épaules tremblent. Je lui laisse le temps de recouvrer son calme. Le silence s'étire. Il se balance d'avant en arrière comme s'il priait. Je détourne les yeux en attendant que ça se termine, vite si possible, et je résiste à l'envie de tapoter des doigts sur le tableau de bord. Une bruyante expiration me fait me tourner vers lui. Son regard croise le mien, ses mains retombent sur ses cuisses et il lisse le tissu de son pantalon. Un geste qui trahit sa nervosité. Ou sa peur ? Comme je ne l'ai jamais vu si expressif, j'ai un peu de mal à déchiffrer ce nouvel aspect de sa personne.

Il se penche vers moi.

— Je ne cesse de demander à Dieu pourquoi Il ne m'a pas éloigné d'ici. Mais au cours des dernières semaines j'ai commencé à comprendre Ses raisons. Cette épreuve que subit l'Église. Et vous rencontrer en fait partie.

Il est si près de mon visage que je recule, autant que cet espace clos me le permet.

— Cette note dit que vous savez quelque chose. C'est la dernière volonté d'un condamné à mort. Aidez-nous, docteur Taiwo, ajoute-t-il avant de s'adosser à son siège et de fermer les yeux comme pour puiser de nouvelles forces.

Je relis le message d'Ewang. Il me semble à présent aussi menaçant que celui qu'on a laissé sur son corps.

Nous savons que vous savez. Parlez et vous serez le prochain.

Je regarde le pasteur George.

— Il serait plus prudent, pour ma famille et moi, de laisser tomber dès maintenant.

— Aucun de nous n'est en sécurité si un tueur est en liberté, répond-il avec assurance.

Je me tasse sur mon siège face à cette évidence. Je ne peux plus laisser tomber.

Agent infiltré

— Tu peux te fier à lui ? demande Folake.

Son inquiétude me fait presque regretter de lui avoir fait le compte rendu détaillé de ma journée à l'Église de la Grâce, dont ma conversation avec le pasteur George.

Je m'avachis sur le lit ; si ce n'est pas le mien, il n'en est pas moins confortable.

— Franchement, à ce stade je ne sais plus à qui me fier. Et ça inclut Kenny, dis-je avec un soupçon d'amertume.

— D'après ce que tu m'as dit, elle croyait agir pour le mieux.

Que mon épouse défende ma sœur me hérisse un peu.

— Elle aurait dû me dire ce qu'elle savait dès le début, dis-je en baissant la voix.

Nous ne sommes pas chez nous et il est tard.

— Comme quand tu m'as parlé de cette liste ? réplique-t-elle d'un ton rogue.

— Je voulais juste te protéger.

Je regrette ces mots dès qu'ils quittent mes lèvres.

Sa réponse est aussi glaciale qu'immédiate.

— Sans me demander mon avis.

— Je suis désolé.

J'essaie de la prendre dans mes bras mais elle résiste.

— J'ai eu tort. J'aurais dû te donner une idée de ce que je…

— De ce que *nous*, corrige-t-elle en s'écartant avant de céder.

— De ce que *nous* devions affronter, je rectifie. Mais ça restait un travail, et outre la clause de confidentialité je préférais ne pas impliquer trop de monde avant de cerner l'ampleur du danger.

— Arrête de me balader avec ta clause de confidentialité. Dès que le corps de ce type a atterri sur notre pelouse, elle est devenue caduque et tu le sais très bien. Et puis je te parie mon diplôme de droit que tu n'as pas fait toutes ces simagrées avec Chika, si ?

— Nous avions un accord tacite.

Je sens que je m'enfonce.

— Entre mâles alpha ? Vous comptiez tout démêler de votre côté avant d'impliquer le sexe faible ? Le patriarcat dans toute sa splendeur ! Philip, moi, ta femme, tu m'as privée du droit de participer activement à la protection de notre famille.

La vérité de ses mots me blesse, mais je tente une parade.

— En quoi ?

— En gardant pour toi des infos vitales qui nous concernaient tous. En me laissant sur la touche avec des scénarios catastrophe que j'aurais pu aborder autrement si j'avais eu toutes les données.

— Et à quel moment aurais-je dû te livrer ces informations ?

Je suis un peu sur la défensive, j'avoue.

— Quand nous avons dû fuir la maison, par exemple ? Ou quand j'ai défendu ton cul face à cet infect inspecteur ?

Ses yeux jettent des éclairs.

Comment le récit de notre journée a-t-il pu virer ainsi ?

Vous avez peur tous les deux, me chuchote ma petite voix intérieure. *La peur engendre la colère.* Mais je suis trop énervé et mon ego est trop blessé pour écouter cet avertissement.

— Est-ce que j'ai fait une seule chose bien ? je demande. Tu crois qu'il m'est déjà arrivé de bien agir ?

— Tu veux vraiment qu'on s'engage sur ce terrain ?

Elle se lève d'un bond et me foudroie du regard.

J'en fais autant et nous nous faisons face autour du lit, qui apparaît comme un gouffre.

— Ouais, allons-y, je siffle. Même quand je ne fais rien de mal, on dirait que c'est ma façon de faire qui te dérange.

Folake semble halluciner.

— T'aurais mieux fait de t'excuser simplement. Franchement, ces jérémiades…

— Ne me prends pas de haut. L'autre jour tu disais que j'étais le plus apte à remédier à la situation…

— … dans le cadre de ton travail. Ça s'appelle avoir foi en tes compétences professionnelles.

— Ah, d'accord. Donc le problème c'est mes compétences de mari et de père ?

— C'est toi qui le dis.

En partant vers la salle de bains elle passe à côté de moi.

— Cette conversation est stérile et en plus je ne peux même pas te crier dessus puisque nous ne sommes pas chez nous. Mon intimité me manque.

— Je suis désolé. Sincèrement, profondément désolé. Tu as raison, j'aurais dû te tenir au courant.

Nous restons un instant les yeux dans les yeux. Puis je l'embrasse.

— Je suis… je suis désolé, je répète en ponctuant chaque mot d'un baiser.

Il lui faut un moment, mais elle finit par me les rendre.

Contrairement à Folake, je pourrais très bien m'habituer à vivre sous le toit de Chika. Onyinye nous gâte. Adaora ne se lasse pas de Lara et des jumeaux. La cuisinière/nounou/gouvernante est une femme solide, elle a les pieds sur terre et fait les meilleurs pancakes du monde. Le chauffeur amène Folake au travail et les enfants à l'école. Je me surprends à siffler au rythme du morceau pop qui passe à la radio sur le chemin de l'école de police.

Mon mur de preuves est le rappel à la réalité dont j'avais besoin pour me mettre au travail. Au vu des derniers événements, je dois changer de stratégie. Kenny vient de me signaler par texto qu'elle m'a envoyé par e-mail la liste des amis de Sade Dawodu et leurs coordonnées. Comme elle me l'avait dit, cette liste n'est pas très longue. Cinq noms avec des adresses électroniques et des numéros de téléphone, dont l'un est celui de la présidente du conseil d'administration de Girls in Control. Je me souviens d'elle dans le documentaire. Il y a aussi Enomo Collins, et je me demande si Kenny sait que sa relation avec Sade allait au-delà de l'amitié. Ça ne me surprendrait pas. À l'Église de la Grâce, tout le monde semble en savoir plus qu'il ne l'avoue.

À côté du nom de Margie Njoku, Kenny a écrit : « La meilleure amie de Sade. Elles étaient ensemble à l'université, à Ibadan. Vit au Canada. »

Elle est facile à trouver en ligne. Elle est inscrite sur tous les réseaux sociaux. Elle n'est pas très active sur Facebook, mais sur ses comptes des autres plateformes elle l'est beaucoup plus. Il y a maintes photos d'elle au travail, avec ses collègues (elle est enseignante), avec sa famille (trois enfants en bas âge et un mari militaire), chantant au sein du chœur de l'église, et plus encore. Je descends jusqu'à la date où l'on a découvert le corps de Sade. Naturellement, un post rend hommage à son amie défunte.

Ton sourire étincelant et ta belle voix ne sont peut-être plus, mais ton souvenir vivra pour toujours dans nos cœurs. #HouseofLevy2004.

Je clique sur le hashtag « House of Levy », qui renvoie à des tonnes de résultats. Apparemment, c'est le nom d'une chorale populaire dans le monde entier, mais aucun n'est assorti d'un « 2004 ».

Elles sont allées à l'université ensemble. Ah. Ce doit être la photo de la chorale de l'université. En agrandissant l'image, j'essaie d'imaginer de quoi avait l'air Sade Dawodu plus jeune. Même vêtue de l'aube de la chorale, elle n'est pas difficile à repérer. Plus grande que les autres, elle affiche un large sourire entre la menue Margie et un jeune homme grand et maigre à la peau sombre qui me rappelle quelqu'un, mais je ne saurais dire qui.

La photo doit être un scan. On voit des bords usés, et la bulle de lumière, au centre, a jauni avec le temps. Elle est datée du 23/10/2004 à 21 h 03.

J'y suis. Lorsque j'ai affaire à Bello, je ne le vois jamais sourire avec la même joie que ce jeune homme sur la photo. Mais ses dents du bonheur sont les mêmes. Et aussi ses fossettes sur les joues. L'inspecteur s'est empâté, empli d'assurance et de maturité, mais cela n'enlève rien à sa ressemblance avec le jeune homme qui a le bras passé autour des épaules de Sade.

Il n'y a pas de coïncidences.

Dans le dossier de l'affaire, je reste dubitatif quant au calme de l'informateur qui a signalé le crime, mais pour l'heure je vais me pencher sur les numéros effacés.

Pourquoi la police a-t-elle réagi si promptement ?

Je cherche sur Google le numéro gratuit de la police. Il en existe plusieurs à sept chiffres, plus le 911, gratuit. Je commence par là.

Un bruit de parasite, puis un clic comme si l'appel était transféré. Je retiens mon souffle. Un message enregistré commence.

— Tous nos opérateurs sont actuellement occupés. S'il ne s'agit pas d'une urgence, veuillez composer l'un de nos autres numéros. Tous les appels sont gratuits.

Trois tentatives plus tard, la réponse demeure la même. J'essaie les trois numéros à sept chiffres indiqués sur le site de la police. Tous sont occupés ou sonnent dans le vide. Je recommence ; toujours pareil. Aucune réponse.

J'appelle Abubakar.

— J'ai vu vot*l*e voitu*l*e deho*l*, dit-il en décrochant.

— Je suis dans mon bureau. J'ai juste besoin d'une vérification.

— Je vous écoute, dit-il avec prudence.

— J'ai essayé de joindre les numéros d'urgence de la police…

— Et ? Qu'est-ce qui ne va pas ?

— Rien. Je voudrais juste être sûr d'une chose. Donc j'ai appelé toutes les lignes, et aucune n'a répondu.

— Ce n'est pas inhabituel, dit Abubakar avec soulagement. Les lignes sont financées pa*l* le gouve*l*nement, qui de temps en temps oublie de payer les opé*l*ateu*l*, et donc ils coupent les communications. Alo*l* quand elles fonctionnent elles sont su*l*cha*l*gées.

— Mais le jour où Bello prétend avoir reçu un appel anonyme, elles fonctionnaient.

— Je n'ai pas dit qu'elles ne fonctionnaient pas, j'ai dit qu'elles…

Mon pouls s'accélère.

— Oui, oui. Mais l'informateur a appelé plus d'une fois. Et chaque fois un officier lui a répondu. En fait, d'après le rapport…

Je feuillette le dossier jusqu'à la page qui m'intéresse.

— … non seulement quelqu'un a répondu chaque fois, mais la police se tenait prête à recevoir d'autres appels. Comment est-ce possible quand les lignes d'urgence ne fonctionnent pas ou sont constamment saturées ?

— Vous pensez que c'est pou*l* ça que Bello a *l*eçu de l'a*l*gent ? Pou*l* falsifier le jou*l*nal d'appels ?

Je regarde la photo agrandie de la chorale House of Levy. Il ne fait aucun doute, pour moi, que le grand jeune homme maigre qui se tient à côté de Sade Dawodu est Lawrence Bello.

Je me souviens d'avoir demandé à l'inspecteur pourquoi il détestait l'évêque.

— Je pense que ça va plus loin que ça, dis-je à Abubakar.

— Quel se*l*ait le lien ?

— Ibadan.

Extra-muros

— Parfois, on se croirait dans un État policier, je me lamente tandis qu'on nous fait zigzaguer à travers un nouveau checkpoint inutile.

Le premier, moins de cinq minutes après Graceland, était tenu par la brigade des Stupéfiants, dont le sigle BS était imprimé sur les gilets pare-balles. J'ai du mal à assimiler l'idée que des gens puissent trimballer des quantités astronomiques de drogues dures en étant conscients qu'ils vont devoir franchir des barrages. Quatorze minutes plus tard, c'étaient les services de l'Immigration, taxes et douanes. Ils ont vérifié notre identité, se sont assurés que notre véhicule n'était pas un modèle de contrebande venu de l'étranger et que les taxes idoines avaient été payées lors de son achat. À présent, nous franchissons le checkpoint des agents de la Sécurité routière, qui ont joint leurs forces à celles de la police pour débusquer d'éventuels voleurs armés, des kidnappeurs et des terroristes. Ce processus défie la logique : difficile d'imaginer l'un de ces criminels œuvrer librement sur la voie publique.

— Parfois seulement ? me demande Chika en appuyant sur l'accélérateur pour rattraper le temps perdu aux trois checkpoints.

Je n'ai pas eu à insister beaucoup pour le convaincre de m'accompagner dans ce voyage. Et Folake et Onyinye nous ont donné leur bénédiction. Elles préfèrent nous savoir ensemble pour retracer les derniers pas de Sade Dawodu avant sa disparition.

« La chronologie ne colle pas, ai-je dit à Chika en lui expliquant pourquoi un coup de fil au Dr Raimi ne suffirait pas. Le Pr Ohaeri m'a dit que Sade était allée le voir plusieurs fois à Ibadan, mais pas il y a trois semaines. Pourtant, sa mère m'assure que Sade lui a affirmé qu'elle allait à Ibadan. De son côté, Enomo dit l'avoir laissée dans un hôtel dont il a oublié le nom. »

Chika a ri.

« On s'est toujours doutés qu'il mentait.

— Oui, mais pourquoi tout semble lié à cet endroit ? Même Bello était à la fac avec elle.

— Donc tu penses que la personne qu'elle faisait peut-être chanter sur la liste est à Ibadan ?

— Pas vraiment. Je veux juste remonter la trajectoire des événements. Si elle s'est rendue à Ibadan le matin, et en partant du principe qu'Enomo l'y a laissée, qui y a-t-elle vu et comment est-elle revenue à Lagos à temps pour se jeter dans la lagune de Lekki ?

— Toi et ton obsession des chronologies… », a dit Chika, désabusé.

J'ai souri. Quand nous enquêtions sur l'affaire des Trois d'Okriki, il avait remis en question mon insistance à retracer à plusieurs reprises et chaque fois en nous chronométrant le cheminement des victimes poussées par la foule en colère vers le lieu de leur exécution. Pourtant je ne regrette pas de l'avoir fait.

« Aucune personne de la liste ne vit ou ne travaille à Ibadan », a renchéri Chika.

Mais je savais que l'affaire était dans le sac, qu'il allait m'accompagner.

« Moi, a-t-il dit, je propose de bousculer un peu Enomo, histoire qu'il nous chante ce qui s'est passé ce jour-là. Et en mode soprano.

— Pour être honnête, moi c'est Bello que j'aimerais bousculer un peu. »

Même si je déteste les flics corrompus – et j'en ai croisé un bon nombre au cours de ma carrière –, comprendre pourquoi il s'est livré à ces subterfuges m'empêche de dormir depuis que j'ai découvert qu'il connaissait Sade Dawodu. Néanmoins, Abubakar me répète que je ne peux pas interroger l'inspecteur tant que je n'ai pas davantage de preuves. C'est frustrant.

Nous avons largement fait la moitié du trajet entre Lagos et Ibadan, mais nous avons l'impression de rouler depuis une éternité. La route n'est bordée que de fermes et de forêts. De temps à autre, nous croisons des cultivateurs qui vendent des ignames, des bananes ou d'autres produits frais. Hormis cela, le parcours est d'une monotonie écrasante.

Si c'est un pur et dur enfant de Lagos, Chika semble réussir à s'orienter dans Ibadan, qui a connu peu de changements depuis mon dernier passage il y a trente ans. Toujours ces toits rouillés, ces routes goudronnées laissant place à des chemins de terre.

— Mon père disait souvent pour plaisanter qu'Ibadan comptait les meilleurs mécanos du monde, dis-je.

Nous venons de nous arrêter à un feu rouge à côté d'une voiture qui, si j'en crois le logo du radiateur, a dû être une

Nissan mais ressemble à présent à un amalgame d'autres japonaises, si bien que plus personne ne sait d'où elle vient depuis longtemps.

— Les gens d'Ibadan ne gaspillent jamais rien, répond Chika.

Il tourne sous un pont et dépasse un arrêt de bus très fréquenté (que je crois me souvenir s'appeler Bodija) avant de gagner une voie rapide relativement dégagée en direction de l'université.

Un texto arrive tandis que nous suivons les instructions du GPS pour gagner l'adresse que nous a donnée le Pr Ohaeri.

Voilà qui vous protégez.

Le message est accompagné d'un fichier vidéo assez volumineux.

— Ouvre-le, dit Chika en ralentissant pour s'arrêter sur le bord de la route, non loin du quartier où se situe le cabinet du Dr Raimi.

Il attrape son propre téléphone et compose un numéro.

— J'appelle mon technicien avant que la personne n'éteigne l'appareil.

J'ouvre le fichier et je reste confus : je vois d'abord une série d'extraits des sermons de Dawodu.

« Ne touchez point à mon Élu, mais en vérité je vous le dis, Il a élevé son Élu au-delà de votre portée. Aujourd'hui, son Élu a été élevé pour siéger à côté de Lui, pour régner sur la Terre comme au Ciel. »

— Notre gars est en ligne. Fais vite avant qu'il coupe, dit Chika.

— Oui, je sais, je sais. Je me dépêche, répond le technicien.

Chika raccroche et se tourne vers moi.

— C'est un simple montage de sermons, dis-je en fronçant les sourcils.

Chika se rapproche et regarde avec moi.

Un autre extrait de sermon.

« Je suis ici Dieu sur Terre. Celui à qui Il a donné tous Ses pouvoirs pour régner ici sur Terre. »

La vidéo contient trois minutes d'extraits de cet acabit. Différents tronçons de sermons mis bout à bout comme une publicité pour Dawodu et son Église.

— Ah. J'ai compris ! je m'écrie.

— Qu'est-ce qui m'échappe ? demande Chika d'un ton bourru.

— Voilà le vrai Jeremiah Dawodu. On veut nous montrer un prêcheur mégalomane qui s'est érigé au rang de Dieu. Ce n'est pas un homme de Dieu : il se présente comme *étant* Dieu.

— Rien de nouveau. La plupart de ces pasteurs New Age se prennent pour des demi-dieux et ont un petit problème là-dedans, dit Chika en se tapotant la tempe.

— Tu ne comprends pas ? Ceux dont tu parles jouent à se montrer comme ça, alors que Dawodu non.

— Mais, *Oga*, commence Chika.

Oga est le surnom qu'il me donne quand il n'est pas d'accord avec moi.

— *Oga*, ce sont des citations décontextualisées. Il faudrait écouter les sermons entiers pour avoir une image fidèle, non ?

— Je crois qu'on a monté cette vidéo pour nous épargner cette tâche. Voilà le type qu'a épousé Sade Dawodu, avec qui elle a vécu et mûri. Cet aspect de l'évêque que le reste du monde ignore.

— Mais toi tu sais déjà. Le blanchiment d'argent, la bigamie, les mensonges…

— Oui, oui, mais eux…, dis-je en désignant l'écran de mon mobile, eux ne savent pas que je sais.

Je relance la lecture. La vidéo est bien montée. Les extraits s'enchaînent sans maladresse. Regarder l'ensemble des homélies, isoler certains passages et les compiler a dû demander pas mal de temps. Seul un professionnel peut faire ça. Je me rappelle le studio d'Enomo. L'équipement, les logiciels d'enregistrement et de mixage. Et de montage.

— Tu peux rappeler ton technicien ? je demande à Chika.

— Je ne préfère pas. Ça va plus l'irriter qu'autre chose. S'il trouve un truc, c'est lui qui nous appellera. Allons plutôt à…

Mon téléphone bipe. Cette fois, aucun message n'accompagne l'arrivée de nouveaux fichiers.

Ce sont des PDF. Le certificat de mariage de LaTanya et Dawodu, puis le procès verbal complet de son annulation. Le troisième est un autre certificat de mariage, émis à Ikoyi, pour Jeremiah Dawodu et Folasade Bucknor, daté du 29 mai 2013.

— Elle savait ? demande Chika.

— Apparemment. Mais va savoir quand elle l'a appris.

— Elle ne me semble pas du genre à tolérer la bigamie.

— Kenny m'a appris que la mère de Sade avait quitté son mari parce qu'elle ne pouvait pas concilier ses croyances chrétiennes et un mariage polygame. Je pense que Sade ne serait pas restée mariée à Dawodu si elle avait su pour LaTanya, ni même que Mme Bucknor y aurait consenti.

— Et puis que se serait-il passé si l'Église l'avait appris ? On dirait que ta première dame en savait assez pour faire chuter l'évêque. Et violemment.

— Et c'est pour cette raison qu'on m'enverrait ça ?

Je fais défiler les PDF comme s'ils contenaient des messages codés qui m'échappent.

— Qu'est-ce que ça signifie ? Que l'évêque et LaTanya l'ont tuée ? Peut-être que c'était ça, leur mobile, et pas la liste ?

Le téléphone de Chika bipe à son tour. Il le regarde, fronce les sourcils et tourne l'écran vers moi. C'est la capture d'écran d'une carte, dont un quartier a été entouré au feutre rouge. Anthony Village. Où se situe le studio d'Enomo Collins.

— On dirait qu'il vaudrait mieux être à Lagos qu'à Ibadan, fait Chika en s'engageant de nouveau sur la chaussée.

« Tournez à gauche dans 1,5 km », annonce la voix désincarnée du GPS.

Ça me fait mal de l'admettre, mais il a raison. Mais c'est trop tard. Nous sommes à Ibadan. Autant découvrir ce qui a pu mener Sade dans cette ville universitaire une décennie après l'obtention de son diplôme, et plusieurs fois au cours des mois qui ont précédé sa mort.

Le bon docteur

Si le cabinet du Dr Lukman Raimi est situé dans la banlieue populaire d'Agbowo, il n'est pas censé être vu ou identifié facilement. Le panneau indiquant la maternité Shalom se résume à un carton A4 punaisé sur le portail clos d'un bâtiment brut qui paraît inachevé mais bien entretenu.

— C'est une clinique, ça ? je demande, stupéfait.

— Oui, mais pas du type légal, me signale Chika, pince-sans-rire.

Il frappe à la porte pendant que j'observe les alentours. Plusieurs bars à bière et motels bordent la route en terre. Je soupçonne que toute la rue se transforme en quartier de passe à la nuit tombée.

— *Who you be*[1]? aboie une voix à travers un judas rectangulaire.

Nous n'apercevons qu'un menton rond, des dents gâtées et le tiers inférieur d'un nez.

— On a rendez-vous avec le Dr Raimi, *o*, annonce Chika.

— *Dr Raimi no dey treat man, o. You no be man?* demande le garde sur un ton soupçonneux.

1. « Qui est-ce ? », en pidgin.

— *Tell am say na Professor Ohaeri for UCH send us*[1].

Le judas se referme brutalement.

De l'autre côté de la rue, un bâtiment délabré abrite un bar à bière déjà plein de clients. Sur le toit, une pancarte mal fichue annonce qu'il s'agit du COOL SPORT HOTEL & BAR. Deux femmes d'un âge indéterminé nous font signe, sans enthousiasme mais avec espoir. Je me retourne rapidement vers la porte et ma gêne fait ricaner Chika.

— Je pense que tu as raison, je lui chuchote.

— Je sais que j'ai raison.

La porte s'ouvre. Le garde est un petit homme à la peau sombre, au visage décoré de scarifications tribales.

— *He say make you come for back*, dit-il.

Apparemment, il s'attend à ce que nous sachions où aller, puisqu'il regagne son poste et s'assied sur un tapis, prend son exemplaire du coran et caresse les perles de prière qui lui servent de marque-page.

La porte d'entrée est blindée, protégée par des grilles anti-effraction et fermée par un cadenas. Nous nous arrêtons un instant, et les yeux de Chika filent de droite à gauche, tentant de savoir quel côté nous conduira à l'arrière du bâtiment. Il désigne la droite. Je le suis en regardant discrètement par les fenêtres ouvertes. Des femmes sont assises sur de longs bancs, quatre ou cinq. Il y en a peut-être plus. Elles semblent fatiguées, nerveuses, et toutes regardent droit devant elles ; elles attendent quelque chose.

L'entrée de derrière nous fait traverser une ancienne cuisine où une infirmière dispose des pilules dans des gobelets.

---

1. « Le Dr Raimi ne soigne pas les hommes. Vous êtes pas un homme ? – Dites-lui que c'est le Pr Ohaeri du CHU qui nous envoie. »

Sans lever les yeux de sa tâche, elle désigne la porte de ce qui a dû être une chambre mais sert actuellement de cabinet de consultation.

Le Dr Lukman Raimi se lève de derrière son bureau, devant un mur couvert d'affiches du système reproductif féminin. Une forte odeur de tabac émane de lui quand il se penche vers moi pour me saluer. Sa poignée de main est ferme mais son regard méfiant.

— Pr Ohaeri m'a prévenu que vous viendriez.

— Merci de nous recevoir, je réponds poliment avant de lui présenter Chika comme étant mon associé.

— Prof appuie ce que nous faisons ici.

Le Dr Raimi fait le tour du bureau pour débarrasser les chaises des manuels et papiers qui les encombrent et nous invite à nous asseoir.

— Et que faites-vous, au juste, monsieur ? demande Chika avec un air innocent.

Mes yeux se posent sur les certificats sous verre accrochés au mur. Ils sont rédigés en alphabet cyrillique.

— Il ne vous l'a pas dit ?

Raimi semble surpris, puis hausse les épaules.

— Ah, bien sûr que non. C'est bien lui, ça !

Son regard passe de Chika à moi, un peu sur la défensive.

— Je ne sais pas pourquoi vous êtes là, messieurs, mais les services que nous proposons ici ne sont pas autorisés par la loi. Il n'empêche que ma vocation me pousse à aider ces femmes.

— Les aider ? encourage Chika d'un ton doux, nullement menaçant, afin d'en savoir plus.

— Oui, les aider, répond Raimi avec plus de fermeté mais moins de tension.

Il se tourne vers moi.

— L'avortement est illégal dans ce pays, mais savez-vous combien de femmes sont victimes de viol ou poussées à l'infanticide parce qu'elles ne peuvent pas nourrir leur enfant ?

Se situer au cœur du quartier chaud ne peut pas être mauvais pour ses affaires, me dis-je en pensant à quel point Sade Dawodu devait être désespérée pour venir dans un tel endroit. J'en connais d'autres, aux États-Unis. On en trouve beaucoup dans les États qui ont réussi à contourner l'amendement Roe *vs* Wade qui autorisait les femmes à avorter sur tout le territoire. Savoir qu'au Nigeria les lieux tels que la maternité Shalom restent la seule option pour les femmes me remplit de tristesse et de colère. Ce n'est pas la faute du médecin, mais elles méritent mieux.

— Nos services sont discrets, dit le Dr Raimi, un peu plus détendu à présent qu'il comprend que nous ne le jugeons pas. Nous proposons également des consultations post-chirurgicales, ce que beaucoup d'autres cliniques comme la nôtre ne font pas.

— C'est pour ça que cette femme est venue ici ?

Je lui transmets par-dessus le bureau mon téléphone, avec la photo de Sade Dawodu affichée sur l'écran.

Le Dr Raimi lui jette un regard furtif et me le rend.

— Je sais qui c'est, docteur Taiwo. Et elle avait besoin de discrétion.

— Mais pourquoi vous ? Il doit y avoir d'autres cliniques qui proposent les mêmes services, je demande sans ajouter qu'il y a aussi des locaux mieux entretenus.

— Écoutez…

Son visage se durcit et il pointe l'index vers nous.

— Je vais vous dire tout ce que je sais à condition que vous ne reveniez pas. Tout le monde est au courant de ce qui lui est arrivé et je ne veux pas attirer l'attention. C'est bien compris ?

Nous hochons la tête ; ça nous paraît équitable.

Il prend une profonde inspiration.

— Vu le genre d'établissement que je dirige, je ne suis pas lié par les mêmes obligations que le Pr Ohaeri. Ma responsabilité se limite à ma clinique, aux femmes qui viennent ici et à faire en sorte que ni moi ni mon équipe ne finissions en prison. Vous comprenez ?

Nous opinons encore. Le Dr Raimi se rassied sur sa chaise ; il semble satisfait de notre réaction.

— Alors pourquoi moi ? Parce qu'il y a quelques années sa mère l'a amenée ici pour un avortement. Cette jeune femme était alors étudiante, et sa mère était résolue à ce que sa fille n'ait pas d'enfant hors mariage. Selon elle, elles ne pouvaient pas se le permettre. Naturellement je ne l'ai pas crue. Dans ma position, j'ai croisé beaucoup de femmes qui avaient de graves problèmes financiers. Mme Bucknor – je n'ai découvert son vrai nom que récemment – ne me semblait pas pauvre. Mais sa fille était désespérée, et elle souffrait déjà d'une grande culpabilité. Le côté religieux de sa mère était évident. Des mères comme elle, j'en ai vu beaucoup. On peut pardonner le péché d'adultère tant qu'il ne laisse pas de trace. Si j'avais refusé de l'avorter, elles seraient allées ailleurs, peut-être dans une clinique encore moins sûre. Ça semblait bien être le genre de la mère. Alors je l'ai fait.

— Vous êtes sûr qu'il s'agit bien d'elle ? je demande.

— J'ai beaucoup de patientes, et je n'en vois pas tous les jours de sa trempe. Sa mère voulait clairement que ça se passe dans l'endroit le plus confidentiel possible. J'ai posé peu de questions, mais je me souviens bien d'elles parce qu'elles n'étaient pas à leur place ici. Elles pouvaient s'offrir mieux.

— Quand était-ce ?

Le médecin fronce les sourcils.

— Elle était étudiante en premier cycle. Mais honnêtement je ne me souviens pas de l'année. En tout cas, il y a plus de dix ans. Je vous l'ai dit, je ne conserve pas de dossiers et… Mme Dawodu le savait, c'est pour ça qu'elle est revenue me voir.

— Si elle vous connaissait déjà, en quoi avait-elle besoin de la recommandation du Pr Ohaeri ?

— Parce que, lorsqu'elle est revenue me voir, il y a dix mois, elle m'a demandé une chose que je ne pouvais pas faire en toute conscience. Je savais qui était son mari. Elle voulait un avortement et une ligature des trompes.

Il s'interrompt et nous regarde comme s'il attendait une question. Je l'encourage à continuer d'un signe de tête.

— Je n'avais pas de problème par rapport à l'avortement. Je suis parti du principe qu'en tant que femme de pasteur elle avait eu une liaison. Mais l'idée de stériliser définitivement une jeune femme en bonne santé, en âge d'avoir des enfants…

— Lui avez-vous demandé pourquoi elle voulait faire une telle chose ? je demande, soulagé qu'il se montre assez direct pour que je n'aie pas besoin de tourner autour du pot.

— Oui, acquiesce-t-il. Elle m'a assuré que c'était un choix conscient et juste. Je lui ai dit que pour faire ça j'aurais besoin du consentement de son époux. Si elle changeait d'avis par la suite, qui pouvait m'assurer que ma clinique ne serait pas tenue pour responsable si le mari s'en prenait à moi ?

— Elle est donc revenue avec une attestation psychiatrique ?

Je commence à comprendre comment fonctionnait l'esprit de Sade Dawodu.

— En fait, c'est moi qui lui ai suggéré de s'en procurer une. Je lui ai dit que, si elle me fournissait la preuve concrète de consultations et disposait d'un document attestant son état psychique, j'accepterais de le faire sans le consentement de son mari. Cela restait une prise de risque pour moi, bien sûr. Mais tout ce que je fais ici est risqué.

— Elle est donc allée voir le Pr Ohaeri, dit Chika.

Le Dr Raimi le regarde en plissant légèrement les lèvres.

— Exactement. Et il ne peut pas rompre le secret médical, c'est pourquoi il vous a aiguillés vers moi.

Chika et moi échangeons un bref regard. Sade Dawodu est peut-être une énigme, mais elle savait obtenir ce qu'elle voulait. Quels que soient les moyens nécessaires.

— De plus, je ne garde pas les dossiers, répète Raimi. Elle le savait, et le professeur aussi. Je vous dis cela en toute confidentialité.

— Je comprends. Et, donc, quand vous l'avez vue pour sa dernière opération, dans quel état d'esprit était-elle ?

Il fronce les sourcils comme pour se rappeler un détail flou.

— Vous savez, j'ai vu beaucoup de femmes au fil des ans. Des milliers. La plupart arrivent en état de grande détresse. Désespérées, malheureuses. Pas Mme Dawodu, pas la deuxième fois qu'elle est venue dans cette clinique.

— Comment ça ? demande Chika.

— La première fois, elle était jeune et c'est sa mère qui la poussait. Mais cette fois elle était plus mûre, et elle savait exactement ce qu'elle voulait. Même quand je lui ai dit que j'avais besoin d'une attestation psychiatrique elle m'a promis de l'obtenir et a doublé mes honoraires jusqu'à ce que j'accepte. Elle n'a insisté que sur ma discrétion. En fait, elle était tellement déterminée à ce que sa visite ne laisse pas de trace qu'elle m'a payé en espèces. Elle était assise à votre place, et son chauffeur m'a donné un sac Ghana Must Go plein de liquide.

Si Chika et moi ne disons rien, je suis sûr que nous pensons la même chose : voilà pourquoi le nom du Dr Raimi n'apparaît pas sur les relevés bancaires de Sade Dawodu. Une énigme de résolue.

— Un chauffeur ? Elle n'était pas seule ? demande Chika.

— Elle me l'a présenté comme son chauffeur, mais il n'avait pas l'air d'en être un. Je me suis dit que ce type devait être le père.

Chika fait glisser son téléphone vers le Dr Raimi.

— C'était lui ?

Raimi fronce encore les sourcils.

— Je n'en suis pas sûr, mais ça lui ressemble. Ce n'est pas un chanteur ?

Il écarquille les yeux.

— C'est lui. Je n'avais pas fait le rapprochement, mais à présent je le reconnais.

Il nous regarde avec un peu plus d'assurance.

— C'est l'homme qui l'accompagnait.

Enomo Collins, donc.

La purge

Nous étions mariés depuis deux ans quand je lui ai parlé de l'avortement. Quand j'y repense, je ne sais pas ce qui m'a pris de confesser un passé qui n'avait rien à voir avec notre présent. Peut-être pensais-je que ça nous rapprocherait, que ça créerait l'intimité qui manquait à notre mariage. Ou peut-être avais-je l'impression que le mur qui nous séparait n'était pas dû au seul fait que mon mari ne me touchait qu'en public, ne me lançait des sourires affectueux que devant la congrégation ou les caméras, jamais lorsque nous étions seuls. Savait-il quel secret l'empêchait de m'aimer comme j'avais besoin de l'être ?

J'ai pensé que si je m'ouvrais à lui en tant que mari et père spirituel il me prendrait dans ses bras et me dirait que le passé est le passé et que notre mariage était un nouveau départ.

Comme j'étais naïve ! Au début, il ne m'a demandé que de prier et d'implorer son Dieu de me pardonner ce péché de meurtre. Voilà comment il qualifiait cela. Un meurtre. Même quand je lui ai dit que ça s'était passé à l'université, à l'époque où je confondais encore sexe et amour, quand j'avais si peu d'estime de moi qu'il me fallait quelqu'un pour me montrer que je méritais mieux que l'échec.

Il a voulu savoir qui était le père du bébé. Quel âge. Quelle taille. Sombre ou clair. Quelle tribu. Où il était à présent.

Quel genre d'amant c'était. Je devais tout confesser pour me purger de mon passé avant d'étreindre un présent sanctifié. J'ai répondu en toute franchise, afin qu'il n'y ait plus de secrets entre nous, en priant pour que ses questions cessent bientôt.

Ça n'est pas arrivé. Il a déménagé dans la chambre d'amis pour prier pour moi. Mon péché était si grave qu'il requérait une période d'éloignement.

Une fois, je lui ai demandé quand je saurais que j'avais été pardonnée. Mais ce que mon cœur voulait vraiment savoir c'était si j'étais encore digne d'être aimée.

« Je te le ferai savoir », m'a répondu mon mari avant de se transformer à nouveau en inquisiteur. Combien de fois avais-je eu des rapports ? Quand avais-je su que j'étais enceinte ? À qui en avais-je parlé ? Qui m'avait emmenée avorter ? Comment me sentais-je après ?

Pour briser ce cycle de confession et de pénitence, j'ai commencé à mentir. Au lieu de dire que j'avais aimé le père du bébé, j'ai prétendu comprendre à présent qu'il s'agissait de luxure. Le soulagement que j'avais ressenti lorsque nous avions décidé n'être pas prêts à devenir parents s'est mué en admission du péché d'égoïsme. Avec le temps, mes mensonges sont parvenus à mettre fin à ces retours sur un passé douloureux mais les ont remplacés par un jugement permanent. J'étais souillée et abîmée. Une tache sur le sol sanctifié de notre foyer et de l'Église.

J'ai prié, jeûné et demandé pardon pour mes transgressions. Pour devenir digne de l'amour de mon mari. Il a fallu des mois avant qu'il ne me déclare pardonnée et ne revienne dans notre chambre. À une condition.

Je devais me baigner dans de l'eau bénite avant de venir me coucher. Il ne me toucherait plus quand je n'ovulais pas. Et je ne devrais pas le toucher lorsque j'avais mes règles.

Cela pour mon bien. Afin que ma chair demeure soumise. Pure. Purgée. Après tout, j'étais l'Épouse de l'Église. La Première Dame.

Et je l'ai cru.

Armé et dangereux

Le checkpoint est désert et son fouillis de bidons rouillés, de jerrycans cabossés, de souches d'arbres, de vieux pneus et de bâches poussiéreuses, abandonné.

— Bizarre, dit Chika en regardant Ibadan rétrécir dans le rétroviseur.

— Peut-être qu'ils sont allés s'installer ailleurs ? je suggère, aussi surpris que soulagé de ne pas perdre plus de temps. Ou alors ils sont partis manger ?

— Peut-être, dit-il. Normalement, ce poste-ci est tenu par la BSAV, alors…

La Brigade spéciale antivol est réputée pour harceler les citoyens innocents. Abubakar a reconnu une fois avec amertume et résignation qu'elle œuvrait moins à prévenir les crimes violents qu'à fournir une source de revenus réguliers à une police en manque de fonds. Chika a raison de s'inquiéter. Si ce centre d'extorsion n'est pas là, c'est qu'il doit se passer quelque chose.

Je suis le premier à remarquer qu'un véhicule nous suit. Il ne me paraît pas inconnu, et sa plaque d'immatriculation masquée me préoccupe. Nous sommes sur la voie rapide, et plusieurs voitures nous dépassent pour ralentir seulement lorsqu'elles approchent d'un nid-de-poule ou d'un camion en panne.

— Ralentis, dis-je.

— Pourquoi ? répond Chika en s'exécutant.

— Pas trop, je précise en lorgnant le van Volkswagen dans mon rétro.

Toutes les voitures nous dépassent, mais pas ce van. Tout à coup ça fait tilt. Sa peinture gris métallisé était peut-être moins identifiable quand le corps d'Ewang en a été jeté, mais il n'y a pas d'erreur possible.

— Oh, dit Chika, toujours prompt à comprendre.

Du coin de l'œil, il a vu ce que je fixais. En louchant dans le rétroviseur, il accélère. Le VW en fait autant et gagne du terrain assez vite pour paraître franchement menaçant.

— J'ai un mauvais pressentiment, dit Chika, impassible, mais en accélérant encore.

— Moi aussi.

Ce n'est pas le moment de lui révéler où j'ai déjà vu ce véhicule.

— Combien de temps avant le prochain checkpoint ?

— Pas sûr qu'on y trouvera de l'aide. Le précédent n'était pas désert par hasard. Tu as vu les plaques ? C'est du sérieux.

— Ils ont éloigné la police pour nous poursuivre ?

— Espérons juste qu'ils… Baisse la tête !!!

Je me penche sur la gauche. Des coups de feu retentissent et mon rétroviseur latéral explose. Chika commence à zigzaguer sur la route mais la manœuvre nous ralentit, si bien que le van se rapproche encore plus vite. Soudain il est si près qu'en me tournant vers la droite je me retrouve nez à nez avec le canon d'un flingue.

Je me baisse.

— À terre !

Une fraction de seconde plus tard, une rafale de balles frappe le flanc de notre voiture, puis il y a une détonation bruyante et un sifflement ; l'un de nos pneus a été touché.

Chika plonge la main sous son siège.

— Tiens le volant !

En restant au-dessous du niveau de la carrosserie, j'obéis. Chika sort un pistolet de sous son siège et vise par-dessus ma tête.

J'ai l'impression que la détonation retentit dans mon crâne. Il tire encore trois balles et son coude m'envoie des décharges dans le dos. Des pneus hurlent.

Chika se retourne. Le VW doit de nouveau être derrière nous, ou alors il a quitté la route : mon pilote ne rate jamais sa cible.

— Tu sais t'en servir ? me demande-t-il en tirant une nouvelle fois par-dessus mon dos.

Je me redresse tandis qu'il reprend le volant. Un Glock 20. Je n'aime pas beaucoup ça mais me retourne. Le van est loin derrière. Je hoche la tête et Chika me remet l'arme, les yeux sur la route.

— J'ai des pneus anticrevaison mais ils ne vont pas tenir longtemps. N'essaie pas de viser juste. Tiens-les juste en respect.

Je vérifie le flingue. Chika a tiré quoi ? Cinq balles ? Il en reste peut-être dix. Je referme la culasse. Prêt.

Le VW revient à la charge. Toutes les autres voitures ont ralenti ; personne n'a envie d'être pris dans une fusillade. Même sur l'autre voie, la circulation a cessé. La route est vide, des conditions idéales pour une exécution. Le vacarme de notre pneu touché s'amplifie, et les roues du Pajero oscillent.

Je me penche par la fenêtre pour viser, mais le VW ralentit et se glisse juste derrière nous. Je m'étire un peu plus et vise la roue avant gauche. Le recul me projette en arrière et le choc dans l'épaule et le bras me déstabilise. Le VW gagne du terrain.

— Tire à travers la vitre ! ordonne Chika. Repousse-les !

Je me retourne et tire. La vitre arrière du Pajero explose.

— Vise les pneus ! crie Chika.

Je rate les pneus mais touche les phares, notre poursuivant vire vers la gauche. Je fais encore feu trois fois ; il faut que j'atteigne au moins une roue pour le ralentir. Il me reste trois ou quatre balles avant d'avoir vidé le chargeur. Je vise encore, mais le VW applique la vieille ruse de Chika en zigzaguant aussi. Je plisse les yeux pour mieux suivre ses mouvements, prêt à tirer.

Un violent coup de volant et ma tête cogne le toit ; je tire dans le vide. Chika vient d'envoyer la voiture valdinguer dans les broussailles qui bordent la route. Le Pajero rebondit sur un sentier étroit et mal entretenu, on passe dans les buissons comme dans une jungle verte. Je me retourne : le VW a disparu, dissimulé par le feuillage. Je m'accroche au tableau de bord tandis que de hautes herbes se plient sous l'assaut du 4 × 4. Des branches entrent par les vitres brisées. Je ruisselle de sueur.

Je me retourne encore. Le Pajero a ouvert un chemin dans la végétation et le van ne tardera pas à nous retrouver.

Chika arrête la voiture. Je regarde autour de moi. Rien que des buissons. Je me retourne vers lui : qu'est-ce qu'on fait maintenant ?

Il est hagard. Il agite le pouce dans la direction dont nous venons.

— Tu pars par là. Et moi par là, ajoute-t-il avec le même geste vers la droite.

Il ouvre la boîte à gants et en sort un .45 puis en ouvre le barillet. Il est chargé. Il me le donne.

— Je recharge celui-là, dit-il en me reprenant le Glock. Allez, vite !

Je sors d'un bond et m'élance dans la broussaille qui borde le chemin que nous avons dégagé, en direction du bruit du van qui approche. Je me retourne : Chika enfonce un couteau dans le pneu arrière du Pajero.

Je presse le pas et j'entends le VW se diriger vers moi ; je m'accroupis pour me cacher. Il faut je fasse confiance à l'instinct de Chika. Nos poursuivants doivent croire que nous nous sommes enfuis pour chercher de l'aide. Le van me dépasse et, une fois que le bruit du moteur diminue, je rebrousse chemin en courant courbé en deux vers notre véhicule.

Le VW s'arrête à côté du Pajero et deux hommes en sortent. À leur démarche, à la manière dont ils tiennent leur arme et aux coups d'œil rapides qu'ils jettent autour d'eux je devine une formation militaire. Ils guettent des signes de vie et sont prêts à tuer.

— Trouvez-les ! crie le chauffeur depuis son siège. Vite !

Les deux hommes armés contournent le Pajero cabossé. L'un examine les pneus et ils échangent des signes. L'un désigne la gauche et l'autre la droite puis tous deux se mettent en marche, s'éloignant de notre 4 × 4.

J'attends. Mon cœur bat fort dans mes oreilles. *Sors. Allez, sors…*

Le chauffeur finit par s'extraire de derrière le volant, armé. Des lunettes noires couvrent en partie son visage, mais il me rappelle quelqu'un. À sa manière de marcher, de tâter du bout du pied les pneus intacts du Pajero puis de se pencher pour inspecter l'habitacle... et soudain je vois pleinement son visage.

Samson Adamu !

Le garde de Dawodu. Il se tourne dans ma direction. Attend. Ai-je laissé échapper un hoquet de surprise ? Je me tasse un peu plus dans la broussaille et Samson lève son pistolet et s'avance vers moi. Je jette un bref regard à mon .45. Je tire ? Et si je le rate ? Je vise son genou à travers les buissons.

Une autre paire de pieds apparaît derrière ceux de Samson. Je lève les yeux juste au moment où Chika le frappe de la crosse de son pistolet. Je me redresse d'un bond, cherchant du regard les deux autres, et m'avance lentement vers le VW, le revolver armé et le cœur battant. Chika est plus rapide. Il pousse Samson à l'intérieur et se glisse sur le siège du conducteur.

Je commence à courir vers lui au moment où il recule vers la route et je saute à l'arrière. Une balle passe tout près de mon oreille gauche. Le bruit du van a dû alerter les deux autres. Je me prépare au choc quand Chika virera brusquement vers la route, mais il n'en fait rien. Il continue de reculer en tirant sur les hommes qui courent vers nous. Je ne suis pas assez stable pour rester debout. Je m'agenouille et vise. Je rate, mais ça les ralentit assez pour que je puisse refermer la portière coulissante.

Un grognement s'élève derrière moi au moment où elle se referme.

— Tire-lui dessus ! me crie Chika.

Je me retourne. Ensanglanté, Samson est en train de reprendre ses esprits.

Chika poursuit sa marche arrière à travers les buissons sans cesser de tirer. Des coups de feu passent près de nous et certains touchent le van. Je n'arrive pas à recouvrer l'équilibre, ça tangue trop et j'ai la tête qui tourne.

— Tire ! ordonne Chika.

Sa voix me parvient de très loin, comme un écho.

Tout est flou. Je ne peux pas rester debout. Quelque chose m'agrippe et je baisse les yeux. Le visage sanglant et hagard de Samson me fixe. Il tire sur ma jambe et ça me déstabilise un peu plus.

— Tire !

À présent la voix de Chika est trop forte. J'entends les battements de mon cœur et un coup de feu résonne dans ma tête. Le moteur hurle, il y a les grognements colériques de l'homme qui saisit ma cheville.

Je lève le .45 et j'en abats la crosse juste entre les yeux de Samson Adamu.

Otages

Chika ramène le VW sur la route sans accorder la moindre attention à la circulation. Nous accélérons dans un concert d'avertisseurs et de voitures qui virent pour éviter la collision. Il ne cesse de changer de voie sans lâcher du regard le rétroviseur. Les coups de klaxon irrités des autres conducteurs me rassurent. On ne nous suit pas.

Je jette un bref regard vers le corps avachi de Samson – si c'est son vrai nom. Il saigne encore du front, alors je m'avance pour…

— J'espère que tu ne vas pas jouer à mère Teresa.

La voix sévère de Chika et le regard menaçant qu'il me jette dans le rétroviseur m'interrompent dans mon élan.

Je finis par trouver des câbles sous le siège. Ils ne sont pas très longs mais devraient faire l'affaire. Je les sépare pour attacher les poignets et les chevilles de Samson. Les extrémités métalliques vont mordre dans sa peau et lui laisser de vilains bleus, mais quand il se réveillera ce sera le cadet de ses soucis. Je soulève ses jambes pour lui ligoter les chevilles. Un téléphone tombe de sa poche et je le prends. Un Huawei. Fin et léger. Coûteux. L'écran est vierge. Verrouillé. Je le glisse dans ma poche.

Sur son front l'entaille paraît profonde. Je déboutonne ma chemise et retire mon maillot de corps sous les yeux désapprobateurs de Chika, que j'évite de regarder. Le maillot me sert à essuyer le sang sur son visage : la blessure n'est pas aussi grave que je le craignais, il n'aura pas besoin de points. Je déchire le maillot en deux bandes et les enroule autour de la tête de l'assassin.

J'ai presque terminé lorsque Chika immobilise le van à l'entrée d'un sentier qui s'enfonce dans la forêt, ce qui nous cache partiellement de la route.

Je reboutonne ma chemise pendant qu'il descend et gagne l'avant du véhicule, où je le rejoins ; il arrache le tissu noir qui masque la plaque d'immatriculation.

— Pas la peine d'attirer l'attention, explique-t-il en faisant le tour du van.

Il se penche pour s'assurer que Samson est aussi solidement ligoté qu'il en a l'air, puis gagne l'arrière pour révéler la seconde plaque.

Je recule quand il ouvre le coffre, rempli de chiffons, de vieux vêtements, de verres en plastique et de bouteilles d'alcool vides. La roue de secours est sur le côté et non dans son logement. Chika la sort et la laisse tomber.

Je tire le tapis de sol synthétique. Dessous, un assortiment de pistolets et de munitions est soigneusement disposé dans le logement de la roue de secours.

— Ils ne plaisantaient pas, dit Chika en prenant un flingue pour en examiner la culasse.

Il est chargé. Chika tourne le dos à la route et le glisse dans la ceinture de son pantalon.

Pour ma part, je ne toucherai pas d'autre arme aujourd'hui.

Mais, sous l'artillerie, je remarque un rectangle luisant. Un mobile, un Samsung Galaxy dernier cri. Je l'allume tandis que Chika remet le tapis sur l'arsenal, contourne le van et jette sur Samson plusieurs vieux vêtements. Si l'on excepte le bandage de fortune qu'il a sur la tête, il ressemble à présent à un passager ordinaire faisant une petite sieste.

Une voiture de passage ralentit, visiblement pour nous proposer de l'aide, mais je lui fais signe que tout va bien en levant le pouce. Le téléphone est allumé. Il me faudrait le code pour l'ouvrir mais la photo de l'écran de verrouillage représente Victor Ewang, sa femme et trois jeunes enfants. Je rejoins Chika et le lui donne au moment où Samson remue, repoussant les vêtements et exposant ses liens, ce qui interrompt ce que Chika s'apprêtait à dire. Il saute dans le van et assomme le garde d'un coup de poing si violent que j'entends craquer l'os. L'assassin perd de nouveau connaissance.

Je referme la porte coulissante et gagne la place du mort au moment où Chika saute derrière le volant.

— C'est le van dont ils ont jeté Victor Ewang, lui dis-je.

Chika hoche la tête en démarrant, implacable.

— Le contraire m'aurait étonné.

À chaque checkpoint, Chika tend un billet de 1 000 nairas par la fenêtre, impassible. Les officiers attrapent son poing serré et ne le lâchent qu'une fois la transaction effectuée. Après deux autres checkpoints et un bref arrêt à un distributeur pour reprendre du liquide pour le reste du voyage vers Lagos, nous sommes chez nous.

L'équipe de Chika a pris sa journée, si bien que le vaste open space est vide quand nous tirons Samson de la voiture pour le lâcher par terre. Il commence à lutter contre ses liens. Chika coupe court à sa tentative de parler par une gifle et une main qu'il plaque fermement sur sa bouche.

— Papier, dit mon acolyte en désignant une imprimante non loin.

J'attrape une liasse de feuilles. Chika les froisse de son poing libre et, au moment où Samson semble s'apprêter à le mordre, il se contente de retirer sa main, de le gifler à nouveau et d'introduire de force la boule de papier dans sa bouche. Ensuite, il le déshabille jusqu'à la taille et le hisse sur une chaise pivotante, puis balaie du regard la pièce remplie d'ordinateurs, de serveurs et d'autres équipements de surveillance technologique. Il arrache un câble d'alimentation et en désigne un autre, sur lequel je me livre à la même opération en espérant ne pas causer trop de dommages.

Chika remplace les câbles de démarrage par ces deux cordons d'alimentation. Il travaille rapidement et avec efficacité, et je me sens inutile. Samson grogne. Cette fois, lorsqu'il fait mine de vouloir parler, Chika lui ouvre brutalement la bouche, en retire la boule de papier et la remplace par la chemise tachée de sang qu'il vient de lui enlever.

Il accomplit cela en silence, avec une habileté glaciale aussi impressionnante qu'inquiétante.

— Non ! dis-je avec autant d'énergie que je peux en trouver, la voix résonnant dans l'open space.

— Tu préfères qu'on le livre à la police ?

Chika dégouline d'ironie, raillant l'horreur que m'inspire son plan.

— Je suis sûr qu'Abubakar nous aidera à...

Chika désigne Samson attaché sur sa chaise.

— Ce type et son gang ont été mandatés pour nous assassiner à cause des informations qu'on a au sujet de personnes très puissantes, Philip. J'ai bien peur que même ton commandant ne puisse pas nous aider.

— On ne peut pas résoudre un crime en en commettant un autre nous-mêmes, je proteste tandis que Chika s'assure de la solidité des liens.

— Je ne te demande pas de participer.

Il ne quitte pas des yeux notre prisonnier ensanglanté.

— Ça n'en fera pas moins de moi un complice.

Il me rejoint, le regard incandescent.

— Phil, un peu plus et on ne revoyait pas nos femmes et nos enfants.

— Je sais...

— Je ne suis pas sûr que tu aies vraiment percuté, dit-il en me tapotant la tempe. Ce type allait te descendre, Phil. De sang-froid. Ils se sont démerdés pour vider les checkpoints. Et d'après toi où est-ce qu'ils nous ont pris en filature ?

Je jette un regard horrifié à Samson, dont les yeux me fusillent tandis qu'il tire sur ses liens. Chika a raison. Ils nous ont sans doute suivis depuis son domicile, où sont nos familles.

— Mais pourquoi ils ne nous ont pas attaqués chez toi à Lagos ? je demande, heureux que ça n'ait pas été le cas, mais désireux de comprendre. Pourquoi nous avoir suivis jusqu'à Ibadan ?

Chika hausse les épaules comme si la réponse était évidente.

— Pour savoir quelle piste nous suivions. S'assurer de ne rien laisser en plan. À mon avis, eux aussi ils se demandent quel est le lien entre Ibadan et la disparition de Sade Dawodu. Quand ils ont vu que nous nous contentions de visiter une clinique d'avortement, ils ont dû se dire qu'il n'y avait pas de raison d'attendre plus. Par ailleurs, un assassinat hors de la ville aurait été beaucoup moins suspect que sur le pas de ma porte.

C'est d'une logique effroyable. Je me laisse tomber sur la chaise la plus proche, momentanément soulagé. Aux États-Unis, la marche à suivre serait très claire : je me rendrais aux autorités pour me faire protéger pendant que des officiers professionnels interrogeraient Samson. Ma famille serait conduite en lieu sûr et je travaillerais avec les enquêteurs pour savoir qui a ordonné mon exécution. Mais, ici, vu ce que je sais sur la mort de Sade Dawodu et Victor Ewang, je n'ai personne vers qui me tourner, hormis Chika.

— Ne t'inquiète pas, dit-il en devinant mes pensées comme lui seul en est capable dans ce genre de situation. Ma maison est bien protégée par des gardes armés. J'ai demandé une faveur à un ancien collègue. Tout le monde va bien, dit-il en agitant son téléphone mobile. Si un oiseau passe le mur, on me préviendra aussitôt.

— Tu ne peux pas le tuer, dis-je à voix basse. Je ne te laisserai pas faire.

Chika, lui, veut que Samson l'entende et ne baisse pas la voix.

— Alors tu as intérêt à le convaincre de me dire tout ce que je veux savoir.

Mon téléphone sonne. Folake. Je m'éloigne pour répondre.

— Désolé, j'aurais dû t'appeler, dis-je en essayant de parler d'une voix égale.

— Ce n'est pas grave. Je me faisais juste du souci. Vous rentrez quand ? Onyinye s'inquiète aussi.

— Il vaut mieux qu'on ne rentre pas tout de suite, dis-je sur un ton que j'espère détendu.

— Qu'est-ce qui se passe ?

— Rien d'extraordinaire, je lui assure en m'éloignant un peu plus de Samson qui grogne derrière son bâillon en tirant sur ses liens. Mais on doit régler quelques trucs avant de rentrer.

Ce genre de réponse vague ne rassurera pas Folake ; il faut que je lui donne une version minimale de la réalité.

— Nous pensons être suivis ; Chika a proposé qu'on fasse profil bas dans ses locaux en attendant d'en être sûrs, histoire de ne pas être filés jusque chez lui.

— Non ! Tu vas bien ? Tu es avec lui ?

— Oui, et ça va. On attend juste d'être sûrs…

— Et lui ?

Je me tourne vers Chika, penché sur notre otage. Il lui assène quelques gifles et l'attrape par le cou.

— Ça va aussi, dis-je à Folake, espérant qu'elle ne va pas demander à lui parler.

— Dis-lui d'appeler sa femme. Et tu as intérêt à revenir en un seul morceau.

Elle raccroche avant que j'aie pu lui faire une promesse que je ne suis pas certain de pouvoir tenir. Je reviens auprès de Chika.

— Je me présente, dit-il à Samson comme s'il relayait le score d'un match de foot sans intérêt. Je m'appelle Chika Makuochi. Dans une autre vie, j'étais un soldat à vendre au plus offrant. J'ai fait la guerre et j'ai été prisonnier au Yémen pendant presque trois ans. Donc je connais au moins une centaine de façons de te faire regretter qu'une balle ne t'ait pas transpercé le crâne tout à l'heure.

Samson se débat de toutes ses forces, prêt à le massacrer.

— Je vais te retirer ton bâillon, poursuit Chika avec calme, et on va commencer bien gentiment et tranquillement.

Il parle bas, penché sur Samson dont le nez est en sang et le front brillant de sueur. Malgré son expression de défi, Samson a peur ; Chika peut faire ce genre d'effet aux gens.

— On va commencer par ton nom. OK ?

Chika retire la chemise de la bouche de Samson.

— Quel est ton vrai nom ?

Il crache du sang, et son regard incandescent dépasse Chika pour s'arrêter sur moi.

— Vous avez emmerdé le mauvais type !

Chika le frappe au menton.

— Mauvaise réponse.

Le garde du corps éclate d'un rire maniaque et sanguinolent qui me rappelle le visage de Jack Nicholson sur l'affiche de *Shining*.

— Vous êtes morts, tous les deux ! Ils vont venir me chercher.

Le pidgin et ce qu'il nous a raconté chez Dawodu n'étaient qu'une façade, Chika avait raison. Ils s'étaient mis d'accord sur une histoire. Le vrai vigile habituel faisait sûrement partie des employés auxquels Sade avait accordé leur journée.

Samson tire sur ses liens.

— Libérez-moi tout de suite ! Vous savez pas à qui vous avez affaire ! Ils vont me trouver et…

Chika ne se laisse pas impressionner.

— Oh, ça, je n'en doute pas. Le truc, c'est que c'est à toi de décider de ce qu'ils trouveront. Un cadavre, ou un type qui préférerait être mort ?

— Vous êtes foutus, dit Samson avec beaucoup moins d'aplomb.

— Tu commences à me saouler. Tu sais quoi ?

Chika se redresse, aussi détendu que menaçant.

— On laisse tomber les présentations et tu me dis qui va me trouver et me buter.

— Tu le verras bien, promet Samson, mais son sourire n'a plus la même conviction.

Chika lève à nouveau le poing mais j'en ai assez. Ce type n'est qu'un homme de main, il va se mettre à table mais nous manquons de temps.

— Chika !

Mon intervention stoppe son poing avant qu'il ne rencontre le menton de notre otage. Je lui remets le Huawei.

— J'ai trouvé ça sur lui. Si nous découvrons avec qui il était en contact…

Chika prend le téléphone et se tourne vers notre prisonnier.

— *You wan open am for me?* Tu le déverrouilles ?

Sans attendre de réponse, il se penche, saisit la main droite du vigile et lui appuie le pouce sur l'écran avant de se redresser pour agiter l'appareil déverrouillé devant lui.

En quelques clics, Chika ouvre le menu des appels reçus, me remet le téléphone et revient à Samson.

— Je vois que tu as passé beaucoup d'appels à ton *American Madam*, aujourd'hui.

LaTanya Jacobson. C'est elle qui a ordonné notre assassinat. Avec la bénédiction de Dawodu, bien sûr. Ce lâche est trop pieux pour se salir les mains.

Chika se dirige vers un buffet dans un coin de la pièce et en sort une boîte à outils dont il étale le contenu par terre. Lentement et délibérément. Si Samson essaie de le cacher, il a peur. Je me rappelle le rapport d'autopsie d'Ewang et je soupçonne que ce type sait mieux que quiconque ce qu'un tournevis ou un marteau peuvent faire à un corps. La sueur dégouline sur son visage mais une sorte de calme a envahi son regard fiévreux. Il va craquer avant que Chika n'emploie le moindre outil.

J'appelle un Uber.

Noctambule

— À une heure pareille ?

L'inquiétude de Kenny met ma patience à bout.

— Il n'est même pas 19 heures.

Mon ton est brusque et après la journée que je viens de passer je n'en éprouve aucun remords.

— Oui, mais c'est tard et je ne sais pas si…

Je prie pour garder mon sang-froid tandis que l'Uber descend le Third Mainland Bridge. Je ne peux décemment pas dire à ma sœur que je suis déjà en route vers la maison de la mère de Sade et que je l'appelle par pure politesse.

— Tu es la dernière personne qui devrait considérer comme un problème le fait que je veuille voir la mère de la victime, je lâche, sans aucune envie de prendre des gants.

Kenny comprend.

— Je vais la prévenir de ton arrivée.

Je raccroche pour appeler Abubakar.

Notre échange de politesses reste bref ; il sait que je ne le contacterais pas à cette heure si ce n'était pas urgent.

— Je pense qu'il est temps de parler à Bello avant que la situation parte en vrille et éclabousse toute la police.

— Vous avez plus de p*l*euves ? demande-t-il sur un ton indiquant très clairement que dans le cas contraire ça ne l'intéresse pas.

— Hormis le fait qu'il connaissait la victime depuis beaucoup plus longtemps qu'il ne le prétendait ? Non.

Abubakar expire bruyamment et je l'imagine avec un halo de fumée autour de sa tête.

— D'acco*l*. Mais laissez-moi lui pa*l*ler d'abo*l*.

— Vous pensez qu'il vous verra aujourd'hui ?

— Vous voulez di*l* ce soi*l* ?

Pourquoi tout le monde se soucie de l'heure qu'il est ?

— Oui, ce soir.

— Je vous tiens au cou*l*ant, lâche Abubakar avec brusquerie avant de raccrocher.

Je suis content que le chauffeur Uber ne soit pas du genre bavard. Il me demande seulement si les instructions du GPS sont bonnes. Je confirme tandis que nous tournons dans le quartier de Mme Bucknor. Quelques voitures sont garées dans la résidence et à l'extérieur : elle n'est pas seule.

Comme sur commande, mon téléphone vibre tandis que j'entre. Kenny.

Elle t'attend.

Mme Bucknor se lève dès que je pénètre dans le salon. Elle adresse un sourire rassurant aux femmes assises autour d'elle et me fait signe de m'approcher.

— Allons parler là-bas, dit-elle.

Je la suis dans une vaste cuisine où deux adolescentes lavent des assiettes et s'interrompent à notre arrivée.

— Tout va bien. Nous devons parler, dit Mme Bucknor.

Elles s'essuient les mains et décampent.

J'attends un peu pour m'assurer que nous ne serons pas dérangés. Mme Bucknor hausse un sourcil, plus maîtresse d'elle que lors de ma première visite.

— Pourquoi ne m'avez-vous pas parlé du Pr Ohaeri ?

La surprise qui envahit son visage tourne rapidement à l'irritation.

— Comment êtes-vous au courant ?

— Je vous ai demandé si vous le connaissiez, et vous m'avez répondu que non. Pourquoi ?

Son visage devient le défi même, et son ton l'évidence.

— Parce que c'est un psychiatre. Je ne voulais pas salir le souvenir de ma fille.

Une réplique qu'elle a soigneusement répétée.

— Il n'y a pas de honte à chercher de l'aide quand on souffre de problèmes psychologiques, dis-je.

— D'où vous venez, peut-être, docteur Taiwo. Mais pas ici, répond-elle avec un sourire fragile. Vous parlez bien yoruba ?

— Assez.

— Alors vous connaissez le dicton : « *Wèrè dùn wò l'ójà, kòsé bí lómo* » ?

Le fou fait rire, sauf quand c'est votre enfant. Un aveu terrible de la manière dont nous percevons encore les troubles psychologiques.

— Pas question que je laisse le passif médical de ma fille la tourner en ridicule. Ou donner matière à ragots.

— Même si ce passif pourrait expliquer pour quelles raisons elle s'est ôté la vie ?

— Encore plus ! Quoi qui ait pu la pousser à faire ce qu'elle a fait, ça n'avait rien à voir avec un médecin fréquenté dans son adolescence.

— Elle est retournée le voir. Vous n'en déduisez pas que quelque chose clochait ?

— Elle n'est plus parmi nous désormais.

Sa voix se brise et je m'en veux de faire ça. D'être seulement venu.

— Si quelque chose n'allait pas, comment je peux l'arranger maintenant ? Il ne me reste qu'à préserver ses meilleurs aspects. Protéger son souvenir.

— Elle ne vous a jamais parlé de rien ? À propos de son mariage, ou d'une chose qu'elle aurait découverte et qui aurait pu la pousser à cet extrême ?

Ses yeux s'emplissent de larmes et elle se détourne.

— Une mère devrait savoir quand ça ne va pas, mais je n'ai pas vu. J'aurais dû.

Des sanglots commencent à agiter ses épaules et ses mains se mettent à trembler.

— Je suis sa mère, et elle a choisi de… de…

Il serait cruel de l'interroger davantage, même si je désespère d'obtenir d'autres réponses. Alors je fais la seule chose possible. Je regarde Mme Kikelomo Bucknor s'effondrer sur une chaise et pleurer sa fille disparue. Quand je pose la main sur son épaule, elle me repousse et je recule d'un pas.

— Je veux être seule.

Malgré les larmes qui roulent sur ses joues, sa voix reste froide.

Je retombe sur le même chauffeur Uber silencieux qu'à l'aller, moins d'une demi-heure plus tôt. La paranoïa me rend méfiant et j'adresse ma géolocalisation à Chika.

Il m'appelle immédiatement.

— Tu as tiré quelque chose de la mère ?

— Rien d'utile.

— Et les virements sur son compte ?

Difficile de lui expliquer pourquoi je n'ai pas pressé de questions Mme Bucknor. Elle était au point de rupture et je ne voulais pas la faire basculer. De plus, lorsque les gens éprouvent de vives émotions, ils ont tendance à ne pas être dignes de confiance. Je préfère donc partir de rien que d'une information inutile ou invérifiable.

— Je ne suis pas allé jusque-là.

Je fais confiance à Chika pour ne pas insister.

— Et toi ? Tu as tiré quelque chose de notre… invité ?

— On progresse, dit-il très fort.

Il veut que Samson l'entende.

— Chika, méfie-toi.

— Non, c'est à lui de se méfier. J'ai obtenu confirmation que Samson Adamu était son vrai nom. Et, grosse surprise, c'est un ancien militaire !

— Il n'est pas un peu jeune pour être à la retraite ?

— Ça dépend. One sait pas pourquoi il l'a prise.

C'est vrai. Tueur à gages, c'est mieux payé que soldat.

Mon Uber tourne déjà dans Anthony Village. Ironie du sort : l'heure tardive facilite notre travail. En soirée, la circulation fluide n'a rien à voir avec le chaos que Chika et moi avons dû affronter dans Ibadan.

— Je suis près de chez Enomo, là.

— Passe-lui le bonjour. Moi, je vais devoir me montrer un peu plus persuasif.

— Chika…, je commence, mais il a raccroché.

Enomo Collins semble encore plus éméché que la dernière fois. Il se tient dans l'encadrement de la porte, nullement surpris de me voir. Sans un mot, il fait demi-tour et rentre dans son studio, où il congédie les jeunes musiciens à dreadlocks et piercings que j'ai croisés lors de ma précédente visite et que je n'arrive toujours pas à différencier. Ils me lancent des regards curieux en sauvegardant leurs fichiers puis enfoncent quelques boutons de la console. Lorsque les veilleuses digitales s'atténuent, ils s'en vont rapidement.

Je fais le tour de la petite pièce en passant la main sur certaines machines et en ignorant Enomo pour le laisser mijoter. Il me suit du regard.

— Vous ne me semblez pas être du genre noctambule, docteur Taiwo.

Je le fixe droit dans les yeux.

— Vous ne l'avez pas laissée à Ibadan.

— C-c-comment le savez-vous… ? bafouille-t-il.

— Parce que ce n'était pas la première fois que vous la conduisiez là-bas et que vous restiez avec elle. Le Dr Raimi peut le confirmer.

— Vous vous trompez de date. Je l'ai emmenée dans cette clinique il y a des mois.

Il me faut un énorme effort pour ne pas reculer face à son haleine chargée d'alcool.

— Qui protégez-vous, Enomo ? Elle est morte.

Il a un rire amer.

— Vous pensez que je l'ai oublié ?

— Alors pourquoi mentez-vous ?

— Parce que c'est ce qu'elle aurait voulu !

Je sais reconnaître un homme prêt à soulager sa conscience quand j'en vois un.

— Expliquez-moi.

Je garde un ton sec et autoritaire pour laisser planer le doute sur ce que je sais déjà.

Il s'assied sur le canapé et se prend la tête dans les mains.

Je sors mon téléphone et compose un numéro. La voix de baryton d'Enomo chantant « Endless Love » remplit la pièce. Il lève la tête, confus, et je tourne l'écran vers lui afin qu'il voie quel numéro j'appelle. Je mets le haut-parleur tandis que la sonnerie personnalisée bascule sur répondeur.

— Vous êtes bien sur le répondeur de Sade Dawodu. Veuillez laiss...

Je coupe.

— Ce n'est pas ce que vous pensez, dit doucement Enomo.

Il semble vaincu, mais étrangement soulagé.

— Quoi que je pense, ça se présente mal pour vous.

Au lieu de répondre, il tend le bras par-dessus l'accoudoir et attrape une sacoche en cuir abîmé. Il glisse la main dans la poche latérale et en sort une enveloppe qu'il regarde brièvement puis me remet.

— J'aurais peut-être dû vous donner ça la dernière fois, je ne sais pas. Je ne vous faisais pas assez confiance et... vous savez, ça s'adresse à moi et je voulais sans doute juste la garder un peu plus longtemps...

Il enfouit de nouveau sa tête dans ses mains.

— … avant de la partager, quoi.

Le nom d'Enomo est écrit dans une cursive affirmée. Je soulève le rabat et sors une feuille qui paraît avoir été lue tant de fois que ses bords en sont froissés. Par endroits, certains mots semblent avoir été brouillés par des larmes.

Mon amour,

C'est drôle, non ? Au moment où je renonçais à aimer, tu es arrivé dans ma vie. Mais je suis navrée je n'ai rien à t'offrir. Tu mérites mieux.

Quand tu te seras remis de ton chagrin, tu verras que c'était pour ton bien. Tu es jeune et talentueux. Tu as besoin de quelqu'un qui croit encore au bien et à l'idée de Dieu. Et cette personne n'est pas moi.

Mais, pour le temps que tu as passé avec moi ici, je ne peux que te remercier,

Sade

Je secoue la tête, mon regard allant de la feuille à Enomo.

— Je ne comprends pas.

Son sourire amer se teinte de mélancolie.

— Nous ne sommes pas allés à Ibadan ce jour-là. Je suis passé la chercher chez elle et nous sommes venus ici. C'était la première fois que nous…

Sa voix s'éteint. Puis, au bout de quelques secondes, il reprend doucement comme s'il ne parlait qu'à lui.

— Je n'ai rien vu venir. Je croyais qu'elle était heureuse avec moi, que nous allions partir ensemble.

Je remets la lettre dans l'enveloppe.

— C'est pour ça que vous l'avez aidée à maquiller la scène de crime chez elle ?

Enomo ne semble pas remarquer que je suis venu m'asseoir à côté de lui sur le canapé. Il regarde dans le vide, désarmé.

— Elle m'a dit que c'était la meilleure façon d'empêcher cet homme de nous suivre.

Je me trompais peut-être au sujet de Bello, alors.

— Dans ce cas, qui a prévenu la police ?

Enomo se tourne vers moi avec un regard si tourmenté, si empli de douleur que je dois prendre sur moi afin de ne pas détourner les yeux.

— Je ne sais pas ! J'étais ici et je me demandais où elle avait bien pu aller. J'essayais encore de comprendre ce que signifiait cette lettre quand j'ai appris la nouvelle, en même temps que tout le monde. À ce stade, il était trop tard. Et alors j'ai compris ce qu'elle m'avait écrit. À ce moment, une partie de moi espérait que la police continuerait de penser que c'était son mari le coupable. Parce que même si ce n'est pas lui qui l'a poussée dans la lagune c'est lui qui l'a tuée !

— Attendez, je l'interromps. Commencez par le début. Quand est-elle partie d'ici ?

— Nous sommes venus ici directement de chez elle.

Si Sade était encore en vie pendant que Bello recevait prétendument son tuyau anonyme, peut-être que c'est elle qui adressait des messages à l'inspecteur ?

— Quand est-elle partie d'ici ?

— Je ne sais pas ! Sans doute au milieu de la nuit. Je me suis réveillé et j'ai trouvé cette lettre.

— Pourquoi n'avez-vous pas prévenu la police ?

— J'avais peur qu'on me soupçonne. J'étais la dernière personne avec qui on l'avait vue.

— Et vous n'avez pas trouvé bizarre que personne ne cherche à vous interroger ?

Enomo renifle.

— La police ? Sans blague ! Je me suis juste dit qu'ils étaient tous incompétents, ou que l'évêque avait réussi à leur faire clore l'enquête puisqu'ils avaient prouvé que c'était un suicide.

La puissance de la police lorsqu'elle fait son travail est aussi redoutable que quand elle ne le fait pas. Ce que Bello et Sade semblent être parvenus à exploiter au mieux.

— Et quand je suis venu vous voir ?

— C'est là que j'ai commencé à avoir vraiment peur. Surtout quand vous avez dit que tout le monde était au courant que j'étais la dernière personne à l'avoir vue en vie. Je ne savais pas si je pouvais vous faire confiance. Mais la manière dont vous avez parlé m'a donné l'espoir que oui. C'est pour ça que je vous ai envoyé des messages depuis son téléphone.

Ça se tient. Les SMS ont commencé à arriver après ma première visite à Enomo. J'avais raison. C'était une façon d'éprouver ma fiabilité.

— Le dossier ? je demande. Celui que vous l'avez aidée à voler au Pr Ohaeri… ?

Je tente ma chance un peu à l'aveuglette.

Enomo regarde au loin, l'air concentré.

— Je ne sais pas où elle l'a laissé. Peut-être qu'elle l'a détruit ? Elle m'avait dit que son mari cherchait à la faire passer pour folle et qu'elle ne voulait pas lui faciliter la tâche. Mais je ne l'ai pas. Les seules choses qu'elle m'ait laissées, ce sont cette lettre, son sac de voyage et son téléphone.

Je parie que Sade Dawodu n'a pas détruit ce dossier. Pourquoi se donner tant de mal pour le voler puis simplement le détruire ?

— Pourquoi désirait-elle à ce point fuir son mari ? Était-elle au courant de certaines de ses activités ?

Enomo lève la main tout en allumant le téléphone de Sade.

— Jusqu'à ce qu'elle me montre ça, je ne la croyais pas. Je veux dire, j'avais envie de la croire mais je n'y arrivais pas.

Il me donne le téléphone et j'appuie sur l'icône « Lecture » d'un fichier vidéo.

Au bout de 45 secondes, je comprends quelle horreur se déroule sous mes yeux. Et je n'arrive pas à empêcher mes mains de trembler.

Cause ou conséquence ?

La vidéo est de mauvaise qualité. Elle date de 18 mois. À plusieurs reprises personne n'apparaît à l'écran, sans doute parce que l'appareil utilisé pour filmer a été discrètement posé à un endroit fixe, orienté vers le lit. Mais, même quand personne n'est dans le cadre, des voix résonnent. Manifestement, elles prient. Des hommes nus font le tour de la pièce, entrant et sortant du cadre les yeux clos avec ferveur.

Puis Sade Dawodu arrive, vêtue d'une courte chemise de nuit. Elle s'agenouille près du lit, et seul un observateur particulièrement attentif peut remarquer le bref regard qu'elle lance à la caméra. Elle a dû choisir l'endroit où s'agenouiller en fonction de la place de l'appareil, pour une raison qui devient évidente quelques secondes plus tard, lorsque Dawodu entre dans le champ et entreprend de verser de l'huile sur la tête de sa femme. Les autres hommes sont alors tous hors cadre, mais on les entend prier avec encore plus d'ardeur, d'une voix plus forte et avec des paroles absurdes.

Lorsque Sade est couverte d'huile, elle lève de nouveau la tête vers la caméra. Son regard est froid et résigné. En cette brève seconde, il me semble découvrir enfin cette femme qui m'est restée si énigmatique au cours des deux dernières semaines.

L'énigme devient un livre ouvert qui paraît me mettre au défi de le lire. Ses yeux sont clairs et pleins de bravade lorsqu'ils plongent dans les miens, au moment où sa chemise de nuit tombe par terre.

Maintenant que vous me voyez, qu'est-ce que vous allez faire ?

Dawodu est nu, comme les autres hommes, et sa nudité est aussi obscène que l'acte qui se déroule sous l'œil de la caméra. Il hausse le ton, et ses mots ne sont plus des prières mais des ordres donnés dans un anglais ponctué de yoruba et de glossolalies.

— Je Vous offre cette femme en sacrifice vivant. Son corps est un temple. De même que j'ai béni Votre Église, je pose à présent mes saintes mains sur son ventre, pour préparer le réceptacle à l'enfant de l'Église, né de mon nom, pour Votre gloire.

Lorsque les hommes reviennent dans le champ, j'en compte quatre. Deux sont dos à la caméra. L'un se tient près de Dawodu avec un air lubrique et répète les paroles de l'évêque comme un mantra. La scène me paraît d'autant plus cruelle, vulgaire et insoutenable que je reconnais Nwoko ; lorsqu'un autre se retourne, je vois que ce n'est autre que le plus ennuyeux de tous les gens que j'ai interrogés : le pasteur Coker.

Au moment où Nwoko se couche sur le lit, Chika crie :

— Assez !

J'appuie sur « Stop ». Je l'ai prévenu dès mon retour du studio d'Enomo. Il a insisté pour voir ce qui m'avait à ce point ébranlé et révolté. À contrecœur, j'ai ouvert le fichier du téléphone de Sade Dawodu. Maintenant, au milieu de cette vidéo extrêmement perturbante, je peux dire que je n'ai jamais vu mon ami aussi affligé, aussi furieux.

— C'est donc ça qu'elle subissait ? demande-t-il d'un ton chargé de regrets.

Puis il s'adosse à sa chaise et porte sa main à son front. Dévasté.

— Pas étonnant qu'elle ait voulu en finir !

Nous sommes éreintés. En mon absence, Chika a passé trois heures à travailler sur notre otage. Si je déteste imaginer ce qu'il a pu lui faire, je me sens soulagé de voir que ses outils ne sont pas tachés de sang. Le visage de Samson est constellé de bleus, et Chika arbore un air satisfait. L'homme ronfle bruyamment, toujours ligoté. Sa morgue s'est évanouie, on dirait un enfant épuisé d'avoir trop hurlé dans un train fantôme.

— Je ne suis pas sûr qu'elle voulait mourir.

Chika me lance un regard étonné.

— Pourquoi se serait-elle tuée, alors ? Tu sais, quand j'étais au Yémen, on a passé beaucoup de temps à se former à identifier les kamikazes qui commettaient des attentats suicides, et en particulier les femmes. Les hommes étaient faciles à repérer. Mais les femmes, il fallait vraiment être aux aguets. Parce que la plupart du temps on ne voyait d'elles que leurs yeux. Tu as vu le regard de cette femme juste avant de s'allonger ? Ses yeux étaient morts. Vides. Pas d'émotion. Une kamikaze.

Je hoche la tête en repensant à toutes mes lectures académiques sur le suicide.

— Oui, c'est vrai. Pourtant, si on regarde bien, il y avait plus. Si les gens qui commettent des attentats suicides sont souvent très mal présentés par les médias, leur typologie est très claire pour les psychologues. On part toujours du principe qu'ils sont motivés par la vengeance, ou simplement fous et manipulés par leurs supérieurs. Mais ce n'est pas tout à fait vrai. Les kamikazes se situent dans une sorte d'altruisme professionnel.

— Un suicide professionnel, c'est un peu paradoxal, non ?

Ce sarcasme de Chika me décontenancerait en temps normal, mais là je suis trop occupé à me triturer les méninges pour m'attarder dessus.

— Par « professionnel », on entend une approche. Ces gens croient en une cause à laquelle ils sont prêts à sacrifier leur vie. Ils sont calmes, précis ; souvent lucides quant à ce qu'ils vont faire.

— Ça ressemble à notre victime.

— Oui, mais pas tout à fait. Une étude plus précise de Sade Dawodu démontrerait qu'elle ne correspond pas au type du suicidé altruiste, ni à aucun autre. Comme elle ne semble pas non plus égoïste, elle ne correspond pas non plus au martyr. Dans cette catégorie, il y a pas mal de gens très dépressifs, hautement désespérés et seuls. Certes, elle était peut-être déprimée, mais elle n'était pas seule. Elle a fait des choix froids et calculés il y a déjà dix mois. Et puis elle ne se comportait pas en victime, mais prenait le contrôle.

Je fais les cent pas dans le petit bureau de Chika. Si je m'attarde sur le contenu de la vidéo qu'Enomo m'a donnée, la colère risque de me faire dévier. L'otage, lui, dort. Mais sans la moindre sérénité : sa tête ne cesse de partir en arrière, il est très agité. Je me tourne vers Chika.

— La plupart des analyses se concentrent sur le lien entre un suicide et ses causes, et pas assez sur le lien entre un suicide et ses conséquences.

— Mais les kamikazes connaissent très bien les conséquences : ils vont mourir pour la cause. C'est pour ça qu'ils font ce choix.

— Non. C'est trop simpliste. La typologie la plus proche de Sade est celle du vengeur fataliste…

— Difficile d'obtenir vengeance si on est morte…

— C'est une façon de reprendre le contrôle, a fortiori quand on est perdu en tant qu'individu au sein d'un contrat social comme celui du mariage. Mais Sade ne rentre pas tout à fait dans cette case non plus. En fait, le cas le plus significatif est peut-être… Mince, je regrette de ne pas avoir mon ordinateur.

Sur mon téléphone, j'ouvre Safari.

— Voilà, dis-je d'un ton morne lorsque l'article que je cherchais apparaît. Un suicide « samsonique ».

— Le Samson de la bible ? s'étonne Chika en pointant du doigt notre assassin putatif. L'homonyme de ce type ?

Je suis frappé par cette ironie du sort. Comme ce serait approprié si mon hypothèse était avérée !

— Oui. Rappelle-toi : il fait s'effondrer le bâtiment dans lequel il est, sachant que ça va le tuer mais que ça tuera aussi tous les ennemis que contient le lieu.

— D'accord. Mais Sade Dawodu n'a tué qu'elle-même, et à présent on sait pourquoi.

— Je pense qu'elle s'est tuée pour déclencher des conséquences en cascade. Ça, c'est très commun en Inde, en Chine et dans certaines régions d'Afrique. Beaucoup de femmes se suicident en espérant que leur communauté les vengera.

— Sade Dawodu ne me donne pas l'impression d'avoir été du genre à laisser le soin d'agir à la communauté. Ni à n'importe qui d'autre, d'ailleurs.

Je fais les cent pas. Au lieu de les remettre en question, cette remarque de Chika confirme mes soupçons.

— Exactement. Alors elle n'a rien laissé au hasard : elle s'est assuré des complices, auxquels elle n'a jamais donné une vision complète de la situation ; elle les a tous manipulés afin que sa volonté soit accomplie, certaine que leur principale motivation deviendrait sa mort. Tu comprends ? Elle a combiné toutes les typologies. Elle savait qu'elle allait se supprimer pour reprendre le contrôle, mais au lieu de faire s'effondrer le bâtiment comme Samson elle a trouvé des gens pour le faire à sa place.

— Bello et Enomo ?

— Je crois qu'il y en a d'autres.

Je recommence à aller et venir pour calmer mon agitation.

— Mais je ne vois pas qui.

— Tu penses à quelqu'un qui serait au courant de la liste ?

— Oui.

Je m'arrête pour faire face à Chika.

— Ça ne semble pas être le cas de l'inspecteur Bello, et je pense sincèrement qu'Enomo m'a dit tout ce qu'il savait, d'autant plus qu'il a peur d'être accusé de la mort de Sade.

— Alors pourquoi il a envoyé ces messages depuis son téléphone à elle ?

— C'étaient des tests pour voir s'il pouvait me faire confiance. Ce que je veux dire, c'est que si on peut expliquer le suicide de Sade par les événements qu'elle voulait provoquer après sa mort, la liste qu'elle a obtenue d'Ewang est le chaînon manquant.

Je désigne Samson ligoté dans le bureau voisin.

— Qu'est-ce que tu as tiré de notre invité de marque ?

Chika hausse les épaules.

— Pas grand-chose. Ce n'est qu'un homme de main. Il reçoit ses ordres de Dawodu mais soupçonne qu'il y a d'autres gens au-dessus.

Je suis déçu. J'espérais que notre bref recours à la violence porterait plus de fruits.

— Il a avoué avoir torturé Ewang. C'est comme ça qu'ils ont su qu'il t'avait parlé de la liste.

— Qui l'a tué ?

— Il est mort sous la torture. Son cœur a lâché pendant qu'ils l'électrocutaient. L'abandonner devant chez toi était une idée de l'Américaine pour te faire peur.

— C'est stupide.

— Non. C'est téméraire. Et c'est ce qui m'a donné à réfléchir. Ce truc est plus important que nous ne le pensions. Pour recruter d'anciens soldats comme assassins et être capable de vider une route de ses policiers afin de se jeter sur nous… il faut avoir au-dessus de soi des gens très puissants.

— Plus que Dawodu ?

— Possible. Mais lui, dit Chika en désignant Samson, il ne connaît que Dawodu et LaTanya, qui le paient directement et lui versent des fonds qui lui servent à payer les autres.

J'hallucine.

— Ils font ça souvent ?

— En fonction des ordres. Ce ne sont que des gros bras. Ils œuvrent pour une machine complexe. Ils peuvent donner une ou deux leçons si on le leur demande. Mais ce ne sont pas des têtes pensantes.

Je me tourne vers la vitre qui nous sépare du reste du bureau. L'otage épuisé est toujours plongé dans un profond sommeil. De la salive rougeâtre coule de sa bouche ouverte. Je l'envie presque. La journée et la nuit ont été longues, et si j'en ai plus appris aujourd'hui qu'au cours de tout le reste de l'enquête, je ne sais pas plus comment protéger ma famille.

— Qu'est-ce qu'on va faire de lui ? je demande à Chika, qui se prépare à dormir.

Il ajuste l'appuie-tête de son fauteuil de direction et remue le postérieur pour trouver une position confortable.

— On attend.

— Quoi ?

Il s'installe et ferme les yeux.

— Phil, les deux autres sont rentrés à Lagos, à l'heure qu'il est. Ils ont raconté ce qui s'était passé. Ceux qui les ont envoyés savent que nous savons, qui que ce soit. Et ils sont en train de mettre en œuvre un plan d'action.

— Qui risque de mettre en danger nos familles. On devrait peut-être le laisser partir ? On dispose d'assez de preuves pour qu'Abubakar…

— Du calme, *Oga*. Crois-moi : à cet instant, ils discutent du meilleur moyen de te faire changer de camp, de négocier avec toi pour ne plus t'avoir sur le dos.

— Ils étaient prêts à me tuer, dis-je en sentant revenir la panique. À *nous* tuer.

Chika feint l'indifférence.

— Et ils ont échoué.

Mon téléphone sonne. Appelant inconnu.

Chika se redresse brusquement.

— Décroche.

— Docteur Taiwo, dit la voix de LaTanya Jacobson, nous aimerions vous voir.

Pas ce genre

Je pourrais te dire que je l'ai fait parce que je ne voulais pas mettre au monde un enfant au milieu de l'enfer qu'était devenue ma vie. Ce ne serait pas exactement la vérité. Je pourrais agiter le motif de la vengeance, parce que quand je lui ai dit ce que j'avais fait sa colère m'a fait éprouver ce qui se rapproche le plus de la joie depuis des années de mariage.

« Mais pourquoi ? a-t-il grogné.

— Parce que j'en avais envie », ai-je menti, et je lui ai adressé un si grand sourire qu'il s'est jeté sur moi. Ses grosses mains ont serré mon cou et son corps m'a écrasé de tout son poids. Pendant qu'il m'étranglait, il y a eu un instant où ses narines frémissaient et où ses postillons aspergeaient mon visage au rythme de ses insultes. Là, j'aurais pu le laisser faire. J'ai fermé les yeux et les ténèbres m'ont prise dans une chaude étreinte. J'ai ressenti de la paix. Ç'a été fugitif mais suffisant. J'ai su que la seule manière d'éprouver de nouveau cette paix serait de disparaître. Mais pas par sa main.

J'ai rouvert les yeux ; sa prise s'est affaiblie et le doute a envahi son regard. Je lui ai calmement rappelé que par sécurité j'avais mis de côté les documents. Je lui ai dit que je ne doutais pas qu'il pouvait me tuer ici et maintenant sans en être inquiété, mais que rien ne le sauverait de la colère de ceux qui viendraient le chercher une fois les informations révélées.

Sa respiration saccadée est le seul bruit qu'il a produit pendant un long moment. Puis il a encore hurlé, il m'a giflée de toutes ses forces et m'a relâchée.

Avant, quand je croyais que c'était moi le problème, que mon péché m'empêchait de concevoir, j'aurais fait n'importe quoi pour tomber enceinte. À cette époque, j'étais sûre qu'il m'aimerait si je lui donnais un enfant. Que je deviendrais digne. J'ai essayé sans relâche. Au moment où j'étais au plus bas, quand le poids de ma culpabilité faisait de moi un pion entre ses mains, il m'a dit qu'il « discernait en son âme » qu'il avait hérité les conséquences de mon péché. Après tout, si « deux » doivent « devenir un », il était logique que nous partagions la punition du meurtre de mon enfant.

Désespérée, je lui ai demandé ce que je pouvais faire.

« Offre-toi en sacrifice vivant », a-t-il ordonné.

Tu vois ces photos de femmes enceintes qui caressent en souriant leur ventre rebondi ? Moi, je n'imaginais rien de tel. Je m'allongeais sur ce lit telle une offrande vouée à concevoir, et je pensais à toutes les femmes qui n'avaient jamais remis en question cette destinée. À qui l'on avait dit que nul sacrifice n'était trop grand pour accomplir leur vocation à la maternité. Je m'allongeais sur ce lit et j'essayais de penser à l'enfant qui serait issu de ces scènes, mais malgré tous mes efforts je ne me voyais pas engendrer le fruit des unions qu'il exigeait.

Peut-être est-ce pour cette raison que ma mère n'avait pas eu à insister beaucoup pour me convaincre d'avorter la première fois, à l'université. Je ne sais pas. Peut-être que j'ai toujours su que ce n'était pas pour moi. Mais j'avais trop peur d'être différente, ou de décevoir qui que ce soit, encore. Peut-être qu'il m'a fallu ces horribles « sacrifices » pour m'ouvrir les yeux là-dessus. Je ne suis pas une mère.

J'aurais pu continuer à être ensemencée ainsi une nuit par mois, à prier et espérer couchée là. Et pendant un moment c'est ce que j'ai fait. Jusqu'à ne plus pouvoir.

Courses du samedi

Les signes qui faisaient de la demeure de Jeremiah Dawodu une scène de crime ont disparu.

— Tu es toujours là ? dis-je dans mes Airpods.

— *Oga*, Phil, répond Chika. Même si je voulais m'en aller, ta femme me démonterait rien que pour avoir songé à te laisser seul.

Il est garé dans une rue adjacente, Samson ligoté à l'arrière du van.

« Pas question de le quitter des yeux », a-t-il insisté lorsque je lui ai suggéré de demander des renforts à Abubakar.

L'éclat dur de son regard m'a dissuadé de toute discussion. Même s'il sait à quel point j'admire le commandant, sa méfiance envers les forces de l'ordre est trop profonde.

— J'entre dans la résidence, à présent. C'est une vraie forteresse. Je compte au moins six gardes armés dehors.

Vu ce que j'ai découvert sur les agissements de Dawodu et à présent que je sais jusqu'où il est prêt à aller pour les protéger, cela ne me surprend pas. Avant de franchir le portail, j'ai subi une fouille en règle par deux vigiles à la mine sévère comme si j'entrais dans une ambassade américaine du Moyen-Orient.

L'un d'eux a dit dans son mobile :

« Il n'a rien, *ma.* »

Une pause.

« Il est seul. Oui, *ma.* »

Un froncement de sourcils, puis :

« On lui prend son téléphone ? »

J'ai élevé la voix.

« Vous pouvez dire à Mlle Jacobson que je n'irai pas plus loin sans mon téléphone. »

Le garde a écouté la réponse, impassible.

« Oui, *ma*. OK. »

Il a adressé un signe de tête à son collègue.

« Il peut entrer. »

Il a raccroché puis s'est tourné vers le portail fermé, la main sur l'AK47 qu'il portait en bandoulière. J'avais l'autorisation de poursuivre ; je n'étais donc plus digne de leur attention.

— Je vais me rapprocher, me dit Chika pendant que je me dirige vers le manoir.

— Mieux vaut éviter. On ne sait pas combien d'hommes de main sont postés dans la rue. Ils remarqueront forcément le VW.

J'ai atteint la grande porte d'entrée.

— Code « Okriki », me rappelle Chika.

C'est celui que nous utilisons pour nous signaler de garder notre téléphone allumé en situation dangereuse.

— Pigé, dis-je avant de glisser mes oreillettes dans ma poche.

J'ai désactivé l'auto-déconnexion du Bluetooth, donc le téléphone restera allumé. Du point de vue des caméras qui sont braquées sur moi, je viens de raccrocher. Je refoule le réflexe de renifler mes aisselles et de lisser ma chemise froissée. La nuit a été longue.

Dawodu est assis, les jambes croisées, au centre du plus grand canapé de la pièce. Son blazer est déboutonné, sa chemise assez ouverte pour montrer son carré de soie. L'image même du calme et de la maîtrise. LaTanya est installée sur un fauteuil à oreilles tendu de damas. Je me tiens à l'entrée, entre le vestibule et le salon.

— Je vous en prie, asseyez-vous, docteur Taiwo.

Dawodu désigne une chaise, mais je ne bouge pas. Ce n'est pas une visite de courtoisie, nous le savons tous.

— Je vais vous chercher quelque chose à boire, dit LaTanya en se levant. Eau ? Jus de fruits ? Pour ma part je vais prendre du vin.

En effet. Une bouteille de chenin blanc est ouverte devant elle. Il est à peine 8 heures du matin, mais puisque moi-même j'aurais bien besoin d'un bon remontant, je ne peux pas le lui reprocher.

— Non, ça ira.

LaTanya se rassied et regarde Dawodu.

— Tu t'en occupes ou je m'en occupe ?

Dawodu décroise les jambes et se penche en avant, tout sourire.

— Il serait plus facile d'avoir une conversation si vous vous asseyiez.

— Je n'en ai pas pour longtemps, je riposte d'un ton vif. N'y allons pas par quatre chemins. Vous savez que je détiens votre homme de main, et il s'est montré coopératif.

LaTanya fait claquer sa langue.

— Je ne vous voyais pas comme un homme violent, docteur Taiwo.

— Moi non plus, mais c'est la première fois qu'on essaie de m'assassiner, dis-je avant de me tourner vers Dawodu. Nous avions un accord. Vous étiez censé vous tenir à l'écart de ma famille et moi.

— C'était avant que vous ne commenciez à éplucher la liste, répond-il.

Je hausse un sourcil.

— Plusieurs banques ont remarqué des connexions dans leur système et les ont remontées jusqu'à Lagos, explique-t-il. Ça ne serait pas vous et votre Rambo de complice, si ?

Je hausse les épaules.

— J'aime comprendre ce qu'on m'a confié, mais ça ne signifie pas que je vais m'en servir.

— Ce n'est pas un risque que nous sommes prêts à prendre, intervient LaTanya en sirotant délicatement son vin, les serres autour du pied du verre.

— Maintenant, vous savez que je sais. Donc vous souhaitez conclure un accord, j'imagine ?

Dawodu se lève. Il n'aime pas que je le toise.

— Vous êtes un homme malin, et sensé. Nous voulons savoir combien vous demanderiez pour oublier tout ça. Vous partez de votre côté, en toute sécurité et avec votre famille, et nous partons du nôtre, certains que vous vous... rappellerez les risques qui vous guettent s'il vous vient l'idée de parler... au-delà des limites de cette pièce.

Nous sommes à présent nez à nez.

— Pourquoi vous ferais-je confiance alors que votre femme n'y est jamais parvenue ?

— Et voilà, il fallait que vous abordiez le sujet..., dit LaTanya, mais mon regard ne quitte pas Dawodu, hérissé. Cette fille était folle ! Elle ne voulait pas un deal, elle voulait divorcer.

— Je divorcerais aussi si mon mari et ses petits camarades me violaient, dis-je en le dévisageant.

Ses yeux flamboient.

— C'est faux ! Elle était d'accord, elle voulait un enfant.

— Et c'était à elle de souffrir alors que c'est vous qui tirez à blanc ?

Son poing se serre. Je m'approche un peu de lui pour le mettre au défi de frapper.

— Les enfants ! intervient LaTanya. Soyons un peu adultes.

Elle me regarde.

— Jerry vous a posé une question. Que voulez-vous pour oublier tout ce qui s'est passé ?

— Des garanties.

— Nos partenaires en affaires détesteraient savoir que quelqu'un est au courant de nos arrangements, dit-elle. Ils doivent être sûrs que les risques vont être contenus.

— Comment puis-je être certain que quelques-uns d'entre eux ne savent pas déjà que j'ai la liste ?

— Ils ne savent rien, crache Dawodu par-dessus la tête de LaTanya. D'après vous, pourquoi sommes-nous allés aussi loin ?

— Ça, c'est à vous de me le dire, je réponds avec un sourire glacial. Je n'avais encore jamais rencontré de pasteur qui blanchit de l'argent et engage des assassins.

Dawodu fait un pas en avant. LaTanya le retient, sans cesser de me fixer.

— Docteur Taiwo, voulez-vous que nous parvenions à un accord ou pas ?

— Je veux des garanties. Vous nous laissez tranquilles, ma famille et moi, et cela inclut également mes amis.

— Et ?

— Deux millions de dollars sur un compte numéroté à l'île Maurice, je lâche sur un ton que j'espère impassible.

LaTanya et Dawodu semblent tellement soulagés qu'ils commencent à sourire.

— Alors comme ça, on descend de ses grands chevaux, docteur Taiwo ? dit-elle.

Je hausse les épaules.

— Chaque homme a son prix. Et puis la seule manière d'obtenir votre confiance est de devenir votre complice. Gagnant gagnant.

— Il me faudra quelques jours pour prendre des dispositions, dit LaTanya, tellement ravie qu'elle retourne se servir un verre.

— Je garde votre tueur jusque-là, je rétorque en faisant mine de partir. Et je dois vous prévenir que les frais de bouche seront élevés. Ce n'est pas exactement un petit gabarit.

— On est samedi, docteur Taiwo, me lance Dawodu comme si j'étais un enfant difficile. Les banques sont fermées. Libérez-le.

— Pas votre banque de Hong Kong. Je vous enverrai mon RIB dès que j'aurai ouvert le compte. Faites le transfert dans les 48 heures.

Je pars afin qu'ils comprennent bien que je ne négocierai pas davantage. Mais en vérité c'est surtout pour ne pas vomir.

— Tu as été génial ! s'écrie Chika dès que j'entre dans le van. Il donne un joyeux coup de poing sur le volant.

— Merde, j'aurais payé cher pour voir leur tête !

Je me retourne pour m'assurer que Samson est toujours ligoté et bâillonné. L'assassin est beaucoup moins agressif à présent. Mais son regard trahit sa curiosité. Il doit se demander si on l'a dénoncé et si ses employeurs se préoccupent encore de lui. Bien. Je m'affaisse sur le siège passager, épuisé. Vingt-huit heures à courir en tous sens, avec un intermède de moins de trois heures de sommeil sur le canapé des bureaux de Chika.

— Quel est le plan, maintenant ? demande ce dernier.

— On pourrait prendre l'argent et se tirer ? dis-je avec un air pensif.

Chika me regarde, éberlué.

— Je croyais qu'on se contentait de gagner du temps pour...

À mon tour de rire à gorge déployée. Sa surprise n'a pas de prix.

— C'est le cas, mais on peut aussi réfléchir au bien que nous feraient deux millions de dollars.

Il siffle et démarre. Il déteste être le dindon de la farce.

— Tu me le paieras.

— Du moment que tu as deux millions, je réponds en me calant contre l'appuie-tête. Une petite sieste devrait me...

Mon téléphone vibre ; je décroche.

— Bello accepte de pa*l*ler, dit Abubakar sans cérémonie.

Je ne veux pas me demander pourquoi le commandant a mis si longtemps à me rappeler. Disons qu'entre être l'otage de Chika et me faire cuisiner par le commandant de l'école de police, je serais tenté de choisir la première option.

— Où êtes-vous ? je demande.

— Dans mon bu*l*eau. Venez.

Il raccroche et je me tourne vers Chika.

— Un dernier détour avant de retourner à ton bureau.

— Pour gagner du temps ? demande-t-il en engageant le VW sur la voie principale.

— J'espère que ça nous évitera d'en perdre, je lance avec plus d'optimisme que de certitude.

Le campus de l'école accueille encore de nombreux cadets. Il n'y a pas de cours le week-end, mais des manœuvres et des exercices obligatoires. Chika désigne du pouce l'arrière du VW.

— On peut le laisser là ?

Je fais signe à un cadet de ma connaissance. Il arrive en courant.

— Surveillez ce véhicule, je lui ordonne en imitant le mieux possible Abubakar. Si une mouche s'approche, prévenez-moi. Je serai dans le bureau du commandant.

Le cadet acquiesce et se met au garde-à-vous.

Je me tourne vers Chika.

— Tout va bien, allons-y.

Dans le bureau d'Abubakar, l'atmosphère est lourde de tabac et de tension. Il semble avoir pris un coup de vieux pendant la nuit ; son uniforme d'ordinaire irréprochable est déboutonné, et le cendrier déborde de mégots.

Mes yeux filent vers Bello. Depuis combien de temps est-il debout là, l'air d'être prêt à s'effondrer d'un instant à l'autre ? Il a des bleus sur le visage. Et pourquoi ces yeux rouges et ces traits bouffis ? Manque de sommeil ou quelque chose de plus pernicieux ?

Je me tourne vers Abubakar mais il reste dur, inflexible, et recrache sa fumée en agitant vers Bello une main dédaigneuse.

— Il est à vous.

Je regarde Chika, dont le visage est tout aussi dénué de compassion que celui d'Abubakar. Ici, pas de pitié pour les flics corrompus. Plus aujourd'hui.

— Est-ce qu'il peut s'asseoir, au moins ? je demande.

— Non, aboie Abubakar.

— Ça va, docteur Taiwo, dit Bello d'une voix vacillante en regardant droit devant lui. Le commandant dit que vous avez des questions à me poser, je suis à votre service.

Pour la énième fois, je pense qu'il aurait fait un policier fantastique. Le dos droit comme un *i*, les épaules carrées, et le dossier sous le bras – quoique bâti sur des éléments plus que rudimentaires – témoignaient que, les bons jours, l'inspecteur savait ce que son métier exigeait de lui.

— Je n'ai qu'une seule question, dis-je sèchement.

Pas la peine de faire traîner.

— Pourquoi ? je demande.

Les yeux de Bello filent vers Abubakar, qui renifle avec dédain, sa manière d'autoriser à parler un officier en disgrâce.

— On était amis, docteur, dit Bello en évitant mon regard. La victime et moi étions ensemble à l'université.

Ses épaules s'affaissent et son regard croise brièvement le mien, en quête de compréhension.

— On était amis parce que sur le campus on appartenait à la même confrérie. Et puis quand nous avons été diplômés nous nous sommes perdus de vue.

— Vous aviez une liaison ? je m'enquiers en repensant à la première visite de Sade chez le Dr Raimi.

Est-ce que Bello serait le… ?

— Non, docteur, répond-il, perplexe. Elle sortait avec un copain de fac. Je sais que ça s'est mal terminé entre eux parce qu'ils ont subitement arrêté de se voir. À l'époque, quand je lui en ai parlé, elle m'a dit que cette histoire ne pouvait pas marcher. Qu'ils étaient dans le péché. Ça s'est arrêté là. Ensuite on a été amis sur les réseaux sociaux avant son mariage, et quand elle a fermé tous ses comptes j'ai de nouveau perdu contact avec elle. Jusqu'à ce qu'elle me joigne, il y a environ huit mois.

— C'est elle qui vous a contacté ?

— Oui. Elle m'a raconté quel type répugnant était son mari. Elle m'a montré une vidéo de ce qu'il l'obligeait à faire. J'étais en colère et je me disais que j'avais vraiment bien fait d'arrêter de fréquenter ces fausses Églises.

— Pour quoi vous payait-elle, à l'époque ? demande derrière moi Chika.

Les narines de Bello frémissent face à l'insolence de son ton. Ses mains se serrent et son regard glisse de nouveau vers Abubakar. Le commandant n'est pas d'humeur miséricordieuse : il pointe cette fois sa cigarette vers Chika. C'est à lui que Bello doit répondre.

— Elle voulait rompre ce mariage, dit Bello en regardant le plafond. Et son mari refusait de lui accorder le divorce. Elle m'a dit être amoureuse d'un autre et compter s'enfuir avec lui. Alors elle m'a demandé de déstabiliser son mari. En créant simplement du soupçon. De le mettre un peu sur les nerfs afin de lui laisser à elle le temps de disparaître. Il fallait que l'évêque soit tenu à l'écart pour quelques jours, et une fois qu'elle serait en sécurité je pourrais le relâcher ; il serait trop tard pour qu'il la retrouve.

— Elle vous a donc payé pour le piéger ? je demande.

Il se tourne vers moi avec un air suppliant.

— C'est elle qui s'est chargée de la mise en scène, docteur Taiwo. Certes, je lui ai donné des conseils sur certains indices à disposer pour me faciliter la tâche, mais elle a tout fait elle-même. Je lui ai dit à quel point ce serait dur, mais elle m'a convaincu de payer les bonnes personnes afin qu'elles ferment les yeux et ne posent pas trop de questions, et que tout irait bien.

— Qui avez-vous arrosé au sein de la police, alors ? demande Chika.

Cette fois, c'est un regard obstiné que Bello lance à Abubakar.

— Monsieur, nous étions d'accord.

Abubakar s'occupe en allumant une autre cigarette, dont il tire une longue bouffée.

— Sachez qu'il a t*l*ansmis l'a*l*gent de Sade Dawodu à quelques officiers supé*l*ieu*l*. J'au*l*ai une petite discussion avec eux plus ta*l*, mais j'ai donné mon acco*l* pou*l* qu'il ne vous *l*évèle pas leu*l* nom.

Je soutiens son regard. Il protège des gradés mais je suis assez sage pour ne pas remettre en question son jugement. Il n'est pas arrivé à sa place actuelle en vendant ses camarades.

Je fais un signe de tête en direction de Chika, qui hausse les épaules, le visage figé en une grimace cynique.

— Alors vous avez pris l'argent pour vous et vos supérieurs histoire de fermer les yeux *yawa gas*[1] ? demande-t-il.

Bello scrute le plancher.

— Je ne voulais pas que ma série de preuves soit remise en question, c'est tout. Je leur ai assuré que je libérerais l'évêque et qu'il n'y aurait pas de retombées politiques.

Une chose m'a toujours turlupiné.

---

1. « En cas de pépin », en pidgin.

— Le sang de la scène du crime correspondait à celui de Sade. Comment avez-vous… ?

Bello se tourne vers moi.

— Elle m'a donné une copie des biodonnées tirées de son dossier médical.

— Pourquoi ne l'avez-vous pas versé au dossier de l'affaire ?

Il baisse la tête et ses épaules s'avachissent.

— Elle m'a dit de ne l'utiliser que si c'était absolument nécessaire.

— Pourquoi ? demande Chika, mais je n'ai pas besoin de réponse, je commence à comprendre comment fonctionnait Sade.

Bello regarde Chika avec aigreur et se redresse.

— Parce que ces données datent de la fac et ne sont pas récentes. De plus, elles portent la signature d'un psychiatre, et elle ne voulait pas qu'on pense qu'elle avait agi ainsi parce qu'elle était folle.

— Elle ne vous a pas transmis la totalité du dossier ?

— Seulement la page des données biologiques. Je ne pensais pas avoir besoin de les verser comme preuves puisque son mari devait être relâché.

— Et tout à coup il s'est avéré qu'elle était morte, dis-je.

Bello relève la tête et me lance un sourire désabusé.

— Non, docteur Taiwo. Vous êtes arrivé.

J'imagine sans mal à quel point j'ai bouleversé ses projets. Et combien il a dû paniquer quand le corps de Sade a été retrouvé. Pas étonnant qu'il m'ait transmis le dossier. Il a été pris de court, et il avait peut-être autant besoin de mon aide que j'avais besoin de la sienne, tout en priant pour que je ne découvre pas à quel point il était impliqué.

— C'est tout ce qu'elle vous a dit ? Elle ne vous a pas parlé de ce qui se passait au sein de l'Église ? Des finances ?

Bello fronce les sourcils.

— Non. Elle m'a seulement montré la preuve des abus qu'elle subissait.

Il semble soudain prendre conscience de quelque chose.

— L'argent qu'elle m'a donné, elle l'a pris sur le compte de l'Église ?

Il ne sait rien de la liste. Je me tourne vers Chika afin d'avoir confirmation que c'est le moment de mettre mon plan en action. Il hoche la tête. *Vas-y.*

Je m'adresse alors à Abubakar.

— Monsieur...

— Quand vous m'appelez comme ça, dit-il avec un sourire résigné, ce n'est jamais bon signe.

— Je voudrais juste savoir si vous pouvez parler aux supérieurs de l'inspecteur Bello pour vous assurer que l'accord sur l'affaire Dawodu tient toujours.

— Je suis sû*l* de pouvoi*l* leu*l* fo*l*cer la main, dit Abubakar comme s'il avalait une gorgée de vinaigre. Vu à quel point ils sont comp*l*omis...

Je me tourne ensuite vers Bello.

— Nous avons besoin que vous procédiez à une arrestation médiatisée.

Un voleur pour attraper un voleur

Resplendissant dans son uniforme, l'inspecteur Bello annonce l'arrestation à la presse. S'il y avait un oscar du meilleur acteur au sein de la police, il serait nominé. Après une brève déclaration, il exhibe devant les journalistes l'ex-sergent Samson Adamu, ainsi que le van VW et les armes qu'il contient.

— La découverte du téléphone de Victor Ewang dans le véhicule du suspect est une preuve accablante de sa participation à l'assassinat. Nous pensons également qu'il n'a pas agi seul, et la police mène l'enquête pour veiller à ce que tous les complices du meurtre de feu Victor Ewang soient traduits en justice, lance-t-il aux caméras.

Chika et moi échangeons un regard, impressionnés par sa fidélité au script. Nous venons d'effacer les traces des trente-six dernières heures. Nous sommes assis dans la salle de détente de son bureau, et l'énorme écran est allumé sur Channels Television.

Des micros sont brandis sous le nez d'Adamu, qui paraît abasourdi.

— Qui a commandité le meurtre ?

— Est-il vrai que vous n'avez pas agi seul ?

— Où vous êtes-vous procuré les armes ?

— Quelle somme d'argent avez-vous reçue ?

Les questions l'assaillent de toutes parts, et pour une fois Samson brille par son absence de bravade. En gros plan, sa peur irradie tels des faisceaux lasers.

Je ne comprends toujours pas cette habitude de présenter les suspects à la presse avant qu'ils soient formellement accusés de crime. Il me semble injuste de les livrer ainsi au tribunal de l'opinion publique. Et mon malaise s'accroît à voir le suspect s'escrimer à parler sans la présence d'un avocat.

— Je suis d'accord, mais pour une fois ce système de fous travaille en notre faveur, répond Chika lorsque je lui fais part de mes doutes. Ce crétin parle plus que lorsqu'il était ici.

En effet, Samson parle. Mais cela ressemble plus à des supplications. Le sourire narquois qu'il arborait au moment où Chika le détachait et lui rendait les clés du VW quelques heures plus tôt a totalement disparu.

Dès que nous avons eu fini de mettre au point le plan dans le bureau d'Abubakar, j'ai appelé Dawodu.

« J'ai repensé à votre proposition, ai-je dit. Nous sommes en train de libérer votre gros bras.

— C'est très sage, docteur Taiwo », a-t-il répondu.

Je le voyais déjà toper avec LaTanya entre deux rasades de Dom Pérignon.

« Vous ne le regretterez pas, a-t-il ajouté.

— J'imagine que notre accord tient toujours.

— Nous n'avons qu'une parole, docteur Taiwo. Vous libérez Samson, nous transférons les fonds dès que vous nous envoyez votre RIB.

— Je vous rappelle », ai-je dit avant de raccrocher.

Nous sommes retournés au VW, nous avons roulé quelques kilomètres et nous sommes garés sur le bas-côté. Chika a retiré sans un mot les liens de Samson. Bien sûr, le tueur à gages a cru que mon acolyte avait recouvré la raison après avoir subi la pression de ses « patrons ». Il a récupéré ses clés avec un sourire arrogant et, si cabossé fût-il, est rentré dans le van et a décampé.

Il a eu quinze minutes de liberté avant d'être intercepté par l'inspecteur Bello et une équipe de police déployée à un checkpoint stratégique, plus loin sur la route. Selon toutes les apparences, c'était une fouille aléatoire ; rien d'inhabituel à Lagos. Mais Samson a compris qu'il était fichu. Dans le van, les munitions et les traces de sang garantissaient son arrestation immédiate.

— *Dem send me, o! Abeg save me, o*[1]*!* lance-t-il à présent aux journalistes, assis par terre sans chemise et menotté.

Chika et moi attendons que la caméra revienne à l'inspecteur Bello, qui accepte à présent de répondre aux questions des journalistes. Il désigne du doigt une personne et nous sommes soulagés d'entendre la voix du cadet en civil que nous avons envoyé lire une question savamment préparée.

— Inspecteur, dit-il en singeant parfaitement l'attitude d'un vrai journaliste. Y a-t-il un lien entre la mort de Mme Dawodu et cette arrestation ?

Bello lance sa réplique au moment idéal.

— Pour l'heure, la police n'écarte aucune piste. Nous nous en remettons au rapport d'autopsie qui a statué que la mort de Mme Dawodu était un suicide. Nos pensées et nos prières vont

1. « C'est eux qui m'ont envoyé ! Pitié, à l'aide ! », en pidgin.

à sa famille, et nos services regrettent tous les tracas qu'elle a pu causer avec son enquête à Évêque Dawodu. Notre suspect, ici présent, fait pour l'heure l'objet d'une investigation distincte de celle concernant le suicide de Mme Dawodu.

Bello sourit aux journalistes.

— Une autre question ?

Chika et moi topons. C'est parfait : il faut bel et bien un voleur pour en attraper un autre. User comme d'une arme de la corruption endémique de la police est une leçon que Sade Dawodu est bien parvenue à nous transmettre.

— Bon, je vais rentrer chez moi, me dit Chika. Ça ira ?

J'opine.

— Kenny a arrangé une entrevue avec le pasteur George et Mme Bucknor.

— Je peux t'accompagner, propose-t-il.

— Non, Folake et Onyinye sont trop inquiètes. Mettons fin à leur calvaire ; rentre.

— Et la liste ?

— Abubakar nous conseille de la remettre à la Commission des fraudes financières et de laisser la justice suivre son cours.

Chika a un rire sec.

— Vous comptez donner les noms de personnes impliquées dans une fraude financière à la Commission des fraudes financières du pays le plus corrompu au monde ? Bonne chance !

Mon téléphone vibre. Il s'agit d'un numéro inconnu et je fais signe à Chika de se taire.

— Qu'est-ce que vous foutez ? rugit la voix de Dawodu.

— Comment ça ? je réponds sur un ton innocent.

— Mon employé vient d'être arrêté par la police !

Sa panique me fait l'effet d'une mélodie joyeuse.

— Et on l'exhibe devant toute la presse ! ajoute-t-il.

J'ai dû mal à cacher mon ravissement.

— Mon collègue et moi n'avons rien à voir là-dedans, dis-je. Nous l'avons libéré.

— Quelqu'un a prévenu la police !

— Ce serait stupide de ma part, vous ne trouvez pas ?

— Alors qui ? demande Dawodu.

— Vous devriez contacter votre homme pour lui dire de ne pas parler.

À sa respiration haletante, je le sais conscient d'avoir raté le coche, et dans les grandes largeurs.

Fausse piste

Deux jours plus tard, je suis assis à mon bureau, chez moi, et je pousse un soupir d'aise. Mon travail est terminé. Histoire que ce soit clair pour tout le monde, je rédige un rapport superficiel pour valider les conclusions de la police quant à la mort de Sade Dawodu et vais même un peu plus loin en joignant ma facture. Pour faire bonne mesure, j'ai ajouté le malus de l'assurance du véhicule de Chika, et adressé le tout au pasteur George, dont je ne m'attends pas à recevoir de nouvelles dans un futur proche. Mon débriefing chez Mme Bucknor l'a réduit en miettes. Kenny s'accrochait à elle comme à une bouée de sauvetage.

« Ne me la montrez pas, s'il vous plaît, a dit Mme Bucknor quand je lui ai parlé de la vidéo. Ne la tuez pas une seconde fois, je vous en prie.

— Vous étiez au courant ? » lui ai-je demandé.

Mme Bucknor s'est réfugiée contre la poitrine de Kenny.

« Comment aurais-je pu ? Comment aurais-je pu ? » répétait-elle en sanglotant.

Le regard de Kenny me suppliait d'en rester là.

« Est-il possible que vous vous soyez trompé, concernant le blanchiment d'argent ? m'a demandé le pasteur George.

— Vous savez bien que non. »

Mon ton était dur. Son refus de sortir du sable sa tête remplie de religion me mettait hors de moi.

« Et l'évêque a tué Victor ? » a insisté Kenny avec incrédulité.

J'ai refusé de me répéter. Je leur avais déjà tout dit, et je ne suis parti qu'après leur avoir fait jurer à tous de ne jamais parler de la liste ni du système de blanchiment. J'ai mis l'accent sur le danger mortel qu'ils encourraient dans le cas contraire, eux et leurs proches. Tous ont juré de ne jamais souffler mot de cela à qui que ce soit.

Je me lève et m'étire. J'en ai officiellement fini avec l'affaire de la Première Dame de l'Église de la Grâce, disparue puis défunte. Je descends, mais la scène que j'aperçois autour de la table m'arrête dans mon élan. Dès que nous sommes rentrés, Folake a mis sa menace à exécution : c'est le premier cours de soutien que Lara donne à ses harceleuses. Et ça ne se déroule pas très bien.

Lara passe de son iPad au cahier qu'elle a sous les yeux. Les petites brutes, plus maquillées encore que dans une boutique Cover Girl, sont assises face à elle. Elles gloussent et chuchotent en regardant sur des tablettes des vidéos YouTube de stars asiatiques.

Je désespère. Lara a le dos voûté face à son ordinateur portable et ses livres de cours. J'aimerais que Folake change d'avis, mais elle tient à ce que ces trois filles comprennent l'importance de se tirer mutuellement vers le haut. Je descends serrer l'épaule de Lara, qui lève vers moi un regard implorant.

Je me tourne vers les pestes.

— Les filles, c'est l'heure de travailler, ici.

Elles rangent les iPad, sortent des cahiers et rapprochent leurs chaises de celle de Lara. Elles s'exécutent si rapidement que cela m'interpelle. Ce ne sont que des enfants ; peut-être ont-elles besoin d'une main un peu ferme le temps de trouver leur voie, mais cela reste des enfants.

— Je ne sais pas si on vous l'a déjà dit, mais nous sommes tous très heureux que vous fassiez des efforts pour vous entendre, je poursuis, conscient que mon sourire doit paraître artificiel.

Elles me regardent, gênées. Méfiantes.

— Croyez-moi, jeunes filles : si vous vous en donnez les moyens, vous verrez que ça ne peut vous apporter que de bonnes choses. Lara est un génie des maths…

— Papa ! proteste ma fille.

Sans quitter des yeux les trois brutes, je leur adresse cette fois un sourire sincère.

— Et je suis sûr que de votre côté vous êtes tout aussi brillantes dans des domaines où elle pourrait s'améliorer.

Les filles se regardent puis fixent Lara, qui se tortille sur sa chaise.

— Tes sourcils…, commence l'une des filles.

Lara relève la tête.

— Quoi ?! Qu'est-ce qu'ils ont mes…, réagit-elle.

— Ils sont parfaits, enchaîne la deuxième. On peut t'apprendre à les épiler pour les rendre vraiment stylés. Angela, ajoute-t-elle en désignant la troisième, elle a un Insta où elle donne des conseils de make-up. Tu pourrais lui servir de modèle.

Lara écarquille les yeux et les trois autres échangent des regards qui me rappellent ces gays qui relookent des hétéros. Je ne suis pas certain que Folake avait en tête le partage de ce genre de talent, mais c'est un début. Tant que ça ne requiert pas de crèmes éclaircissantes. Je note d'aller jeter un œil à la page Instagram de cette Angela.

— Tu gères, dis-je en me penchant pour embrasser ma fille sur le front.

Ses épaules restent raides, mais elle ne s'écarte pas.

— Il a l'air cool, ton père, dit l'une des filles tandis que je remonte.

Lara grogne une réponse, mais les feuilles remuent et la leçon commence.

Dans la chambre, je compte confier mes inquiétudes à Folake quand elle me tend mon téléphone.

— Il vibre depuis tout à l'heure. Je ne voulais pas te déranger, je savais que tu travaillais sur ton rapport.

Je fronce les sourcils en lisant le texto de Chika.

Doc, va voir truth.ng.

Un nœud à l'estomac, je copie-colle dans mon navigateur l'adresse de ce site d'information populaire.

— Qu'est-ce que c'est ? demande Folake en ôtant ses lunettes de lecture.

Je lui remets mon téléphone et l'horreur envahit son visage.

— Mon Dieu, qui a fait ça ? Comment ils savent ?

Tous les médias parlent de la fuite, et certains la qualifient de « Panama Papers du Nigeria ». Le sujet est tellement tendance sur Twitter que la plateforme menace de planter. Je suis dans le bureau d'Abubakar, où nous nous sommes retrouvés.

— Samson est encore en garde à vue. Je l'ai interrogé au moins dix fois. Jamais il n'a parlé d'une liste, et c'est la première fois que j'en entends parler, m'assure Bello.

Chika renifle.

— Pourquoi vous croirait-on ? C'était peut-être la dernière info que Sade Dawodu vous a donnée ?

— Je n'ai aucune raison de mentir !

La tension et la honte font grimper dans les aigus la voix de Bello.

— J'ai fait tout ce que vous m'avez demandé. Je suis déjà dans le pétrin, alors pourquoi j'aggraverais ma situation en faisant fuiter dans la presse une liste dangereuse ?

Abubakar recrache sa fumée.

— Il a *l*aison.

— Je le crois, dis-je. Mais ça n'écarte pas le danger pour nous tous si Dawodu pense que la fuite vient de nous. Lui ou un autre, d'ailleurs. N'importe qui dans cette liste peut s'en prendre à nous.

— Laissez-moi *l*éfléchi*l*, coupe Abubakar tandis que Chika consulte son mobile, circonspect.

— Mes gars sont au bureau. Ils me disent de mettre GraceTV. Ils streament quelque chose.

Chika, Bello et moi nous rassemblons fébrilement autour d'Abubakar pour scruter l'écran de son ordinateur. Le commandant jure en haoussa, écrase sa cigarette et demande quel site chercher. Chika tend le bras par-dessus son épaule et tape.

La connexion internet de l'école de police n'est pas la meilleure du monde, et la vidéo met un certain temps à se charger. Dawodu a déjà bien entamé son allocution lorsqu'elle se lance enfin.

— Ces mensonges maléfiques, lance-t-il avec ferveur, sont conçus pour abattre l'Église. Les vertueux ont des ennemis, et notre Seigneur nous a assuré que nous lutterions contre les puissances et les principats, mais Il promet de nous sauver du filet de l'oiseleur. Alors je vous assure que l'Église continuera à avancer triomphalement, comme elle l'a toujours fait. Existe-t-il la moindre preuve que nous, bénis et fervents, ayons pu savoir quoi que ce soit des activités criminelles de ces quelques pommes gâtées qui, dans leur confusion, choisissent de se servir de la maison de Dieu ? Demandez-vous pourquoi des accusations si odieuses sont lancées à notre face. Qui sont les pécheurs qui n'hésitent pas à prendre la vie de leurs propres complices ?

— *Chiiiiiisos*[1], il met tout ça sur le dos de Victor Ewang ? demande Chika, incrédule.

— On dirait bien.

L'audace de Dawodu ne me surprend pas. Ce type ne s'avouera jamais vaincu.

— Le fumier ! siffle Bello dans mon dos.

Les réserves que je nourris quant à l'inspecteur m'empêchent d'agréer son propos. Dawodu est plus qu'un fumier : un criminel pervers doté du sens moral d'un chat de gouttière et d'un cerveau de psychopathe.

Il poursuit son discours de vertu indignée.

— Nous allons enquêter et coopérer avec les autorités pour nous assurer que, parmi nous, les malfaisants que le Malin a choisis pour trahir notre Église seront traînés devant la justice.

— Il va s'en ti*l*er, dit Abubakar avec résignation.

1. « Jésus ! », en pidgin.

Il prend son paquet de cigarettes et se dirige vers la porte.

— Entendez-moi bien : il y a t*l*op de gens puissants su*l* cette liste.

— Je suis en deuil, continue Dawodu d'une voix chevrotante, comme si parler lui demandait un effort surhumain. J'ai perdu mon épouse, et le diable n'est toujours pas satisfait. Il veut ébranler votre foi en moi et en votre Église. En Dieu. Mais le diable est un menteur !

Dans son studio, le public répète plusieurs fois « Le diable est un menteur ». Puis Dawodu reprend :

— Demain, j'honorerai la mémoire de ma femme ici, en ce sanctuaire. Je laisse aux autorités le soin de régler ce complot contre le temple de Dieu et prierai pour qu'elles chassent le Mal de notre cœur. Mais, demain, je célébrerai la vie de ma femme, et je vous enjoins à tous de prier pour moi, pour notre Église et ma précieuse Folasade afin de guider sa belle âme vers le sein du Seigneur.

— Il joue sur la compassion du public pour faire diversion, dit Bello, abasourdi par l'audace de l'évêque.

Le compteur de la vidéo enregistre plus de 1,3 million de spectateurs. De gens qui croient en son numéro. Abubakar a raison.

— Voyons le bon côté des choses, dit Chika avec un rictus cynique. Si la fuite de la liste ne peut pas être remontée jusqu'à nous, on est en sécurité.

Mais le silence qui suit prouve qu'une victoire à la Pyrrhus n'en est pas une.

Belle et brillante

— Tu fais ce qui est juste, me chuchote Folake tandis qu'on nous remet le programme de la « célébration » de la vie de Folasade Dawodu.

Je n'en suis pas certain, mais je suis heureux qu'elle m'accompagne pour me soutenir, comme elle l'a proposé. Bizarrement, j'ai l'impression de devoir à Sade d'être présent aujourd'hui. Je connais la vérité. Sa vérité. Mais cette cérémonie me serait intolérable sans mon épouse à mon côté.

Côte à côte, nous entrons dans la cathédrale de la Grâce le cœur lourd, non seulement en raison de cette vie perdue, mais aussi de l'hypocrisie dont nous allons être les témoins.

L'établissement est plein à craquer. Le service doit commencer dans l'heure, et je scrute la pièce tandis que des placeurs solennels, tout en blanc, nous conduisent à nos sièges. Des agrandissements de Sade Dawodu sont affichés partout. Une vidéo retraçant sa vie en images tourne en boucle sur un grand écran derrière l'autel.

— Je me demande si Kenny a changé d'avis, dit Folake en regardant autour d'elle.

Ma sœur a refusé net de venir au service mémoriel. Même quand je lui ai dit que l'invitation m'avait été envoyée par

Mme Bucknor, Kenny s'est contentée de renifler au bout du fil :

« Pas question que je participe plus longtemps à ce jeu de corruption et de mensonges. »

Je n'ai pas répondu mais, intérieurement, j'ai applaudi.

Je repère Mme Bucknor flanquée du pasteur George et de quelques autres anciens. Ils sont tous tendus et empruntés. Plusieurs personnes grimpent sur l'estrade pour saluer la mère, qui serre poliment des mains, accepte des étreintes réconfortantes et se tamponne le nez à l'aide d'un mouchoir.

Nwoko se rend à l'autel, suivi par Dawodu, sombre et altier en complet noir. Même son inévitable pochette est noire. Le silence tombe sur la congrégation lorsque Dawodu la balaie du regard. La plupart des paroissiens sont déjà debout, mais il agite la main sans conviction, comme pour leur indiquer que ce n'est pas le moment de lui témoigner l'adoration à laquelle il est accoutumé. Lorsque tout le monde se rassied, il place ses mains l'une contre l'autre, s'incline face à l'assemblée et rejoint sa belle-mère. Il se penche pour la saluer et, comme sur commande, des gémissements de peine s'élèvent de la foule.

Mme Bucknor ne regarde pas Dawodu mais droit devant elle, de marbre. Son calme d'airain face à cet homme dont elle sait ce qu'il a fait à sa fille est surhumain.

Le visage de Sade Dawodu, répliqué des dizaines de fois dans tout l'auditorium, semble se rire de la cérémonie.

— Levons-nous pour une brève prière, entonne Nwoko.

Je suis paralysé par la révulsion.

— Chéri ! dit Folake en se penchant à mon oreille. Tu es là pour lui rendre hommage.

J'ai accepté de participer à cette mascarade, alors autant témoigner mon respect à cette femme. Je me lève et me concentre autant que possible sur les photos de Sade Dawodu afin de ne pas entendre la voix de Nwoko. Quelle force aurait pu avoir cette femme si les choses avaient tourné autrement. Si elle avait trouvé l'amour et la sérénité qu'elle cherchait au sein de l'Église. Trouvé un mari qui l'aime sincèrement et non un être capable de n'aimer que lui-même. Si elle avait eu une mère qui l'avait assurée de sa propre valeur dans les moments importants. Lorsque Folake me tend un mouchoir, je me rends compte que j'ai les larmes aux yeux. Je m'éponge les paupières et lui tends la main. Je suis béni de l'avoir dans ma vie, me dis-je tandis que Nwoko termine sa prière en proclamant :

— Et maintenant, pour commencer cette célébration de sa vie, nous allons demander au chœur d'interpréter l'hymne préféré de notre Première Dame : « All Things Bright and Beautiful ».

La procession funéraire des chanteurs arrive, revêtue de blanc. Chacun se range sur l'estrade, puis Enomo Collins, très élégant dans son costume immaculé, rasé de près et impeccable, vient prendre place devant eux et se tourne vers le public.

— Nous sommes ici rassemblés pour célébrer une femme d'une force et d'un courage uniques. Une femme que la plupart d'entre vous ne connaissent qu'à travers des images comme celles-ci…, dit-il en agitant la main vers l'écran suspendu derrière lui. Mais qui a choisi de mener sa vie selon ses propres termes. Pour elle, tout était beau et brillant, et quand les choses ont cessé de l'être, elle s'est libérée de la seule manière possible à ses yeux.

Sa voix manque de se briser, mais il puise quelques forces dans un dernier regard vers le visage de Sade avant de se tourner vers le chœur. Il lève la main, et l'auditorium s'emplit de l'immense puissance de plus de 300 voix qui entonnent :

— *All things bright and beautiful*
All creatures great and small
All things wise and wonderful,
'Twas God that made them all.

Parmi la congrégation, il n'y a pas un œil sec. Les doigts de Folake sont étroitement entrelacés aux miens. Dawodu seul reste impassible, les yeux fermés comme s'il communiait en silence avec une divinité, certainement pas le Dieu que loue le chœur. Mes yeux filent vers Mme Bucknor, mais son visage est dénué d'expression, et elle regarde au loin. Sa main gauche est dans celle du pasteur George. Le chant se termine et Nwoko se lève de nouveau, prêt à se rendre au pupitre, mais s'interrompt en voyant Enomo se tourner de nouveau vers le public.

Son micro sans fil siffle, et amplifie sa respiration saccadée.

— Merci à tous, encore une fois, d'être ici ce soir pour honorer notre Première Dame, qui a mené une vie de courage et de force. Nous connaissions tous la même femme, et pourtant chacun la connaissait à sa propre manière, unique. Aujourd'hui, je souhaite vous montrer Sade Dawodu telle que vous ne l'avez peut-être jamais connue, parce qu'elle était secrète et décidait souvent d'affronter seule l'adversité, sans perturber autrui. Mais il est temps de découvrir et d'honorer tous les aspects de cette belle personne, cet être humain qui était tellement plus que ce que pensaient la plupart d'entre vous. Je vous offre donc Sade Dawodu, sa vie et le commencement de sa mort.

Une tension subite s'abat sur la foule, mon cœur se met à battre plus vite et je n'arrive pas à me départir d'une sensation de menace imminente. Folake a un léger hoquet ; elle pense la même chose que moi et redoute ce que nous sentons arriver. Malgré ma nervosité, je sais qu'Enomo a fait le bon choix. Ce choix courageux qu'aurait voulu Sade. Et, vu les circonstances, le seul choix possible.

Dawodu a rouvert les yeux et Nwoko s'est tourné vers le grand écran installé derrière lui. Dès que j'entends le murmure crépitant d'hommes qui prient, le bruit de leurs pieds allant et venant sur le sol, j'enfouis ma tête dans mes mains. Folake agrippe ma cuisse et m'oblige à regarder tandis que l'image devient plus nette. Personne ne comprenant ce qui se passe, le silence est lourd d'attente. Puis le premier homme nu apparaît et son visage se dévoile : Nwoko. Un instant plus tard, Sade Dawodu entre dans le champ, nue sous sa chemise de nuit, et la pièce s'emplit de hoquets et de cris outrés.

— Éteignez ça ! tonne la voix de Dawodu, mais personne ne s'exécute.

Les haut-parleurs diffusent ses prières tandis qu'il verse l'huile sur sa femme. Quand Sade se déshabille complètement, le public retient son souffle.

— Arrêtez, de grâce ! crie Nwoko, la peur prenant le pas sur l'outrage qu'il tente de communiquer.

Et, tout à coup, c'est comme si le sort était rompu et que l'esprit de Babel était libéré. Le pasteur George couvre Mme Bucknor de son corps, lui dissimulant la vidéo qui passe sur l'écran géant. Elle ne bouge pas, le regard rivé sur un point de l'horizon.

— Arrêtez ça ! Tout de suite ! hurle Dawodu comme si les flammes de l'enfer lui léchaient les basques.

Mais, pour la première fois de son ministère, personne ne l'écoute. Personne n'en a envie.

Nwoko se jette sur Enomo telle une hyène enragée, mais le chantre l'attend de pied ferme. Ils se battent sur l'estrade. Une partie des choristes tente de les séparer, cependant les autres restent cloués sur place, le visage tendu vers la scène horrible qui défile sur l'écran.

Les adultes s'empressent de faire sortir les enfants et de couvrir les yeux des vieillards.

Dawodu cesse de crier et se tourne vers les deux hommes qui se bagarrent sur l'estrade.

Un hurlement de douleur perce l'air. Une bible frappe le visage de Dawodu. Le hurlement, comme le projectile improvisé, provient d'une femme à présent agenouillée par terre. Elle hurle comme un animal blessé par une flèche empoisonnée. Un tambourin vient percuter la scène, manquant d'un cheveu Dawodu. La bible cartonnée qui le prend pour cible juste après ne le rate pas, elle. Elle l'atteint en plein visage et lui entaille le front. Il titube et trébuche sur Mme Bucknor et le pasteur George, puis chancelle tel un ivrogne vers l'avant de la scène. C'est une erreur. Des bibles, des *sèkèrès*[1] de différentes tailles, des tambourins, des bouteilles d'huile d'olive et plus encore viennent cribler la scène, visant tous Dawodu. Il se couvre le visage et vacille en arrachant son micro et son émetteur.

1. Instruments de musique, sortes de maracas creusés dans des courges.

Un homme bondit sur l'estrade et assène au podium un coup de pied si violent que tout s'effondre. Puis il fonce droit sur Dawodu. Le pasteur George, lui, oblige Mme Bucknor à se lever.

Alors que je m'apprête à me diriger vers l'autel, Folake me retient.

— Laisse-les faire, dit-elle avec douceur et tristesse. C'est ce qu'elle aurait voulu, tu le sais.

Je hoche la tête et me rassieds au milieu du chaos. Avec un plaisir pervers, je me dis que c'est peut-être la première fois que la cathédrale de la Grâce retentit d'une émotion sincère.

D'autres hommes et femmes sautent sur scène et fondent sur Dawodu, brandissant leur bible comme une arme, et Jeremiah Dawodu prend la fuite. Il traverse le pandémonium qu'est devenue la scène, passe le cyclorama et disparaît. Le passage vers les coulisses n'est pas large, mais cela n'empêche pas la foule de paroissiens en colère d'essayer de rattraper l'évêque.

De l'autre côté de l'estrade, on a réussi à séparer Enomo et Nwoko. D'une secousse violente, Enomo se libère des hommes qui le maintiennent, puis se tourne vers nous avec un sourire ensanglanté. Sa tenue blanche est froissée et tachée.

— Église, voici ton épouse, tonne sa voix amplifiée par les haut-parleurs par-dessus les grognements bestiaux des hommes qui violent Sade Dawodu. Vois ce que ton amour lui a coûté.

La vidéo se termine sur cette déclaration bien minutée ; combien de fois ce malheureux l'a-t-il vue ? Le silence retombe sur la foule. Nwoko tente à nouveau de se jeter sur Enomo, mais il est solidement maîtrisé et Enomo l'ignore pour rejoindre le pasteur George et Mme Bucknor, à qui il offre son bras. Après un dernier regard pour s'assurer que la vidéo est coupée, elle redresse les épaules et descend de scène avec le chanteur, traverse la congrégation traumatisée, regardant droit devant elle. Jusqu'à ce que ses yeux trouvent les miens.

Elle m'adresse un hochement de tête froid et déterminé qui me rappelle la dernière fois que j'ai vu ce regard.

Maintenant que vous me voyez, qu'est-ce que vous allez faire ?

Toutes les pièces s'assemblent à présent. C'est Mme Bucknor qui a transmis la liste de noms à la presse.

— Depuis combien de temps savait-elle ce qui se passait, d'après toi ? me demande Folake sur le chemin du retour.

J'écrase l'accélérateur, impatient de rentrer en sûreté avec mes enfants.

— Je dirais qu'elle l'a toujours su, ou du moins qu'elle l'a compris dès que sa fille a disparu. Je suis persuadé que c'est à elle que Sade avait donné la liste. Et cependant je pense qu'elle a reçu de l'aide. D'Enomo, certainement. Mais à mon avis Bello ne travaillait pas avec elle. Sade avait dû laisser des instructions à différentes personnes. Certaines œuvraient ensemble, d'autres seules. L'inspecteur était vraiment surpris quand il a entendu parler de la liste. De plus, s'il avait été au courant, il s'en serait servi pour sauver sa peau auprès de ses supérieurs quand ses plans lui ont échappé.

— Quelle femme ! dit Folake. Ç'a dû lui demander une force incroyable. Mettre de côté son chagrin pour sa fille et planifier sa vengeance avec une telle minutie…

— Je ne pense pas qu'elle voie ça comme une vengeance. Mais qu'elle a fait ce qu'elle estime n'avoir pas réussi à faire quand sa fille était vivante.

— Quoi donc ?

— Prendre sa défense.

Révélation

Ne pense pas que je sois devenue nihiliste. Pour survivre à ce que j'ai traversé, j'ai bien dû croire en quelque chose. J'ai abandonné toute foi envers un dieu qui n'avait aucun souci de moi et j'ai choisi de croire en moi. Pour mettre mon plan en action, pour t'écrire cela avant de quitter cette vie, j'ai dû croire que j'en étais capable. Alors, avant que tu commences à te reprocher mes choix, accorde du crédit à qui de droit. Moi. Ni au diable ni à ton dieu. C'est moi qui ai fait tout cela.

Je t'ai demandé de donner un sens à ton chagrin et de ne pas le gaspiller. J'espère que c'est ce que tu feras. Certaines choses ne se dérouleront pas comme prévu, mais je dois désormais compter sur toi pour improviser. Il le faut bien.

Quand tu te retourneras sur ce que tu as fait pour gratifier ma mort d'un but, j'espère que tu trouveras au fond de ton cœur la force de me pardonner, comme je t'ai pardonné toutes ces années où tu m'as poussée, façonnée et modelée pour faire de moi ce que tu pensais que désirait ton dieu. Parce que, en fin de compte, j'ai été bien des choses au gré du voyage qui m'a conduite à devenir celle qui t'écrit ces mots. J'en ai gardé certaines, perdu d'autres, mais toujours, toujours j'ai été l'enfant de ma mère.

Ta fille qui t'aime,
Folasade

#Blackgirlmagic

Un coup frappé à la porte de mon bureau interrompt mes préparatifs. Je dois partir tout de suite si je ne veux pas être en retard.

— Entrez !

La porte s'ouvre sur le pasteur George. Surpris, je suspends le rangement de mes dossiers dans la sacoche de mon portable. Il y a presque un mois, il avait la tête enfouie dans les mains, et était accablé par la honte de cette révélation signée Enomo Collins des dessous sordides de l'Église de la Grâce. Depuis, il a affronté une tornade de relations publiques tout en reprenant les rênes d'une Église brisée et abattue. La gestion de son image, ses efforts pour garder unie sa congrégation tout en coopérant avec les forces de l'ordre pèsent sur chacun de ses traits.

— Docteur Taiwo, me salue-t-il.

— Pasteur George, dis-je en jetant un coup d'œil à ma montre.

— J'espère que vous ne m'en voudrez pas de me présenter sans rendez-vous.

— Non, non, je vous en prie, asseyez-vous. Mon fils a une exposition aujourd'hui, et je dois partir tôt pour éviter les bouchons.

Il prend l'une des deux chaises disposées devant moi, et je me félicite que les cadets aient fait le ménage la semaine dernière. Après avoir finalisé les rapports et assisté à un débriefing dans les bureaux de l'USE, au quartier général de la police, nous sommes tous revenus ici pour classer mon mur de preuves et boucler officiellement l'affaire.

— Comme vous pouvez l'imaginer, commence le pasteur George, ces derniers temps ont été mouvementés.

— Je comprends bien.

Ça ne doit pas être facile pour lui.

— Comment s'en sort tout le monde ? je demande.

Son sourire ne monte pas jusqu'à ses yeux.

— Cet homme a laissé un sacré désordre derrière lui, me répond-il.

— Est-ce que quelqu'un sait où il est ?

Aucun bagout, aucune manipulation des faits n'aurait pu sauver Dawodu des preuves que ses ouailles ont vues de leurs yeux. L'homme a disparu lorsqu'il a quitté le service funéraire de Sade. Depuis, les médias spéculent quant à son devenir. Une grande chasse à l'homme a été lancée. La CFF a placé en garde à vue ses avocats et plusieurs autres personnes de son entourage afin de les interroger. Mais ce type est un fantôme. Interpol et la police locale ont lancé des vérifications et montré qu'il n'existait aucun Jeremiah Dawodu avant son obtention d'un numéro de sécurité sociale aux États-Unis. Au Nigeria, personne n'a revendiqué être de sa famille. Il est apparu sur les radars de façon tout aussi mystérieuse qu'il en a disparu.

D'après les informations obtenues de Samson au sujet de la mort d'Ewang, l'État souhaite également inculper Dawodu pour complicité de meurtre. Si l'exil à l'étranger de plusieurs grands noms de la finance fuyant l'arrestation a dominé les infos, lui reste introuvable. On pense qu'il pourrait être quelque part en Asie ou sur une île lointaine, avec l'argent pris à l'Église. Même l'arrestation de LaTanya Jacobson par le FBI dès son arrivée à l'aéroport JFK n'a pas jeté la moindre lumière sur les agissements actuels de l'évêque, alors que les images de cette dernière menottée a constitué un point fort de l'actualité pendant plusieurs jours, et même donné lieu à une vague de mèmes sur les réseaux sociaux.

— Serait-il insensible de ma part d'affirmer que je m'en fiche ? demande George après avoir soupesé ma question. Où qu'il soit, j'espère qu'il demeurera aussi loin que possible des vrais croyants.

— Il n'osera pas lancer une nouvelle Église, dis-je, mais je ne suis pas certain d'en être convaincu.

Le monde grouille de pasteurs déchus ayant su laver leur image pour revenir encore plus forts et populaires.

Le pasteur George hausse les épaules avec nonchalance.

— Parmi nous, certains pensent qu'il s'est tué, par honte. Mais Évê… mais Dawodu ne me semble pas de ce genre.

Il secoue la tête.

Pour finaliser mon rapport, j'ai fait des recherches exhaustives sur le trouble de la personnalité narcissique au sein du clergé. L'incidence du TPN chez les chefs religieux du monde entier est plus élevée que parmi la population ordinaire, et tous les sujets partagent un trait : un égocentrisme qui les immunise contre la honte et les remords. Le pasteur George a raison. Jeremiah Dawodu ne se tuera pas.

— Je passe beaucoup de temps avec Mme Bucknor, ces jours-ci. En toute logique, elle ne veut plus entendre parler de l'Église, mais je continue d'aller la voir et de prier avec elle.

Vu la frénésie médiatique et le chaos juridique dans lesquels il est plongé, je suis impressionné que le pasteur George demeure à l'écoute de la véritable tragédie humaine qui a généré tout cela. Qu'il prenne du temps pour la mère de Sade me réchauffe le cœur, et je le lui dis.

— Ai-je le choix ? Il est bien triste qu'elle ait dû perdre sa fille avant que nous ne nous rendions compte que nous placions notre foi en un charlatan. Un escroc et un…

Il n'arrive pas à dire le mot.

— Les délits peuvent être jugés, mais ce que lui et les autres anciens ont fait à Sade est une horreur. Une immense tragédie. Nous avons tous échoué dans notre rôle.

La meilleure nouvelle reste peut-être l'arrestation de Nwoko et des deux « anciens » impliqués dans la vidéo. Si la victime n'est plus vivante, l'inspecteur Bello, sur le pied de guerre, est parvenu avec l'appui d'Abubakar à les faire accuser de viol. Le suicide de Sade apparaît comme la preuve qu'elle n'a jamais donné son consentement et, la vidéo présentant la pénétration comme un fait indéniable, le procureur a ordonné l'arrestation immédiate des trois hommes.

Enomo Collins, lui, s'est lancé dans ce qui promet de devenir une longue et très médiatique campagne contre les « hommes de Dieu » qui usent de leur position pour abuser sexuellement de leurs ouailles. Il a déjà levé des millions de nairas pour obtenir des accusations en bonne et due forme contre les quatre hommes impliqués (Dawodu *in absentia*), afin d'appuyer l'idée que leurs agressions ont poussé Sade au suicide. Kenny et moi avons participé. Nwoko et les deux autres ex-anciens sont en détention, et l'inspecteur Bello m'a assuré qu'ils ne bénéficieraient pas de privilèges et seraient mêlés de bout en bout aux criminels ordinaires.

Le pasteur George plonge la main dans son blazer et en sort une enveloppe.

— Je suis venu vous remettre votre chèque. Il m'a semblé qu'un virement serait aussi impoli qu'ingrat.

— Merci, dis-je, surpris et touché.

En vérité, comme l'idée d'être payé pour avoir découvert ce qui a conduit au suicide de Sade me semblait relever de l'abus, je n'ai même pas songé à lui donner suite.

Il pose l'enveloppe sur mon bureau et la pousse vers moi.

— Vous verrez, nous couvrons également le coût du véhicule de votre ami.

— Ce n'était pas nécessaire. Il était assuré, et je lui avais payé la franch…

— Croyez-moi, docteur Taiwo, c'est le moins que nous puissions faire. En outre, nous en avons les moyens. Prenez ce chèque, mais pensez à payer votre dîme de gratitude.

Il me faut une seconde pour réaliser qu'il plaisante. Il sourit et je me dis que j'en suis venu à apprécier, et même à respecter ce prêcheur.

— Je la paierai dès que j'aurai trouvé la bonne Église, dis-je.

— Oserais-je vous recommander celle de la Grâce ? Il paraît que la direction a changé.

Il a prononcé cette phrase d'un ton pince-sans-rire, mais son œil pétille d'humour.

— Touché.

Nous bavardons quelques instants de plus, puis je me rappelle mon engagement.

Le pasteur se lève et me lance un regard implorant.

— Je sais que vous devez partir, mais j'aimerais vous demander quelque chose.

Tiens. Je n'ai pas envie d'être impliqué dans de nouvelles histoires religieuses.

Il s'agenouille et baisse la tête.

— Priez pour moi.

La panique m'envahit.

— Je ne suis pas sûr d'en être capable.

Il lève les yeux.

— Avec Dieu, vous pouvez.

Je prends une profonde inspiration et me prépare à fermer les yeux lorsqu'il prend ma main. Je cherche quoi dire et comment le dire. Mon cœur bat vite parce que rien ne me vient.

— Je connais le Notre Père, dis-je pour m'excuser.

Il m'adresse un grand sourire.

— Parfait, m'assure-t-il avant de baisser de nouveau la tête.

Le hall de l'école est bondé. Les voix des étudiants qui montrent leur travail à leurs parents emplis de fierté résonnent dans l'air. Je me fraie un chemin vers le coin qui semble accueillir le plus de visiteurs.

— Mon exposition est intitulée « #Blackgirlmagic ». Elle vise à aller à l'encontre des stéréotypes négatifs au sujet de la peau noire, dit Kay tandis que je me rapproche, rayonnant, de Folake et Tai.

— Pas trop tôt ! me chuchote Folake, plus soulagée qu'accusatrice.

— Désolé.

L'exposition de Kay présente six photos agrandies accrochées au mur. Elles sont encadrées de bois blanc tout simple, ce qui fait ressortir les couleurs vives des fleurs en papier servant de toile de fond à sa muse, Lara, avec ses yeux lumineux et sa peau sombre et satinée.

Ma fille n'a jamais paru si belle. L'adolescente en colère avec qui j'ai vécu des mois a disparu. À la place apparaît une beauté en herbe qui lance à l'appareil un regard intrépide. Sur une image que je garderai en moi jusqu'à mon dernier souffle, son image est fixée dans un éclat de rire. La joie anime tout son visage et fascine.

— J'ai ajouté le hashtag pour contrer la culture des filtres qui sur les réseaux sociaux donnent une image faussée de la beauté. J'ai pris ma sœur comme modèle parce qu'elle incarne la beauté de la peau noire, explique Kay à la foule rassemblée autour de lui. Et maintenant j'aimerais vous la présenter.

Je suis au bord des larmes lorsque Lara s'avance, encouragée par ces mêmes filles qui se moquaient d'elle il y a quelques mois. Ces pestes sont précisément celles qui applaudissent et poussent des cris de joie lorsque Lara rejoint son frère. Si elles sont toujours ses élèves récalcitrantes, ce shooting semble construire entre elles le pont dont elles avaient besoin pour conclure une trêve.

Tai me donne une tape dans le dos.

— Qu'est-ce que tu dis de notre surprise ? chuchote-t-il.

Je hoche la tête, ému. Malgré tout ce que nous venons de traverser, ma femme et mes fils ont su garder la tête froide et préparer l'intervention la plus efficace de l'histoire. À l'avenir, Lara aura tout ce qu'il faut pour se voir à travers les yeux de ses parents, de ses pairs, des gens avec qui elle sortira ou travaillera, de la personne avec qui elle choisira de passer sa vie. Mais l'objectif de son frère l'a capturée telle qu'elle est aujourd'hui. Belle et, plus que tout, aimée. Tant que je respirerai, je me consacrerai à lui rappeler cela. Chaque jour si nécessaire.

Elle savoure l'admiration des élèves et des parents, et agite la main telle une reine de beauté. Lorsque Kay s'incline, le regard de Lara croise le mien. Je lui envoie un baiser et Folake pose la tête sur mon épaule. Lara me lance un clin d'œil et fait une petite révérence. Des applaudissements s'élèvent autour de nous mais je ne les entends pas.

Je me perds dans la magie du sourire de ma fille.

Remerciements

Tout ce que j'ai lu ou entendu au sujet de l'épreuve du deuxième roman est vrai. Écrire ce livre a été un véritable voyage à la découverte de moi-même. À chaque étape, par chance, j'ai eu des gens pour me tenir la main, me guider et me réconforter quand tout semblait perdu. Au-delà de l'euphorie de l'avoir terminé, je pense être devenu une meilleure personne grâce au soutien que m'a envoyé l'univers. J'en suis reconnaissant.

Merci à Tracy Brain, dont la compassion, la gentillesse et les conseils sereins m'ont donné de l'assurance.

Merci à Gerard Woodward et C. J. Skuse, qui nous ont pris, ce livre et moi, sous leur aile avec un tel enthousiasme qu'ils ont rendu ce voyage bien plus facile que je ne l'imaginais.

Merci à l'incroyable équipe de Raven, dirigée par mon éditrice du Royaume-Uni Alison Hennessey, qui a une façon de croire en Philip Taiwo qui me rend humble tout en m'inspirant.

Merci à la merveilleuse équipe de Mulholland, dirigée par mon éditeur américain Josh Kendall, pour son soutien. La profondeur de ses réflexions et son souci du détail font de ses retours des défis enrichissants.

Merci à mon agent, Harry Illingworth, d'avoir mené mes combats avec cette bienveillance peu commune.

Merci à Kate Woodworth, ma partenaire de comptabilité par excellence, mon inspectrice de la grammaire, ma vérifieuse d'intrigue, ma défenseuse et amie.

Merci à Edwin Hill, Chiedozie Dike et Temitayo Olofinlua, qui ont affiné mes pensées et mes phrases à différents stades des multiples versions de ce livre.

Merci à mon opiniâtre Cercle des bêta-lecteurs : Idiare Atimomo, Ebben Kalondo, Ese Esosa, Pearl Osibu, Sahara Sintayo-Obende, Toni Chappelle, Sabrin Hasburn, Frank Edozien, Pheadra Farah, Susan Daniels, Bosede Ogunlana, Leye Adenle, Zukiswa Wanner, Felicitas Kakoro-Gowases, Yinka Adeleke et Nyasha Nyandoro pour avoir accueilli Philip Taiwo dans leur vie bien remplie.

Merci aux chers amis qui m'ont offert du réconfort, un repas, un toit, un coin de table où écrire et des échanges enrichissants : Matthias Langheld, Irmela Schnebel, le clan Tyce et les équipes de beaucoup trop d'hôtels, de gîtes et d'Airbnb pour que je puisse les mentionner.

À papa, maman et Bose ; une triade de guerriers de la prière qui continue de brandir les couleurs de ma passion.

À mes fils, Simi et Tomi, qui m'enseignent tant de choses sur le précieux cadeau d'être leur père.

À Nneka, ma « à la vie, à la mort », qui a vécu avec cette histoire bien avant et bien après que je tape le mot « fin ».

À Dieu, la source.

Imprimé en France par
CPI Bussière
en septembre 2025

*Composition réalisée par
Facompo, Montrouge*

#lisez! engagé
www.lisez.com
Pour plus d'information :
Imprimé sur du papier issu de forêts gérées durablement.

N° d'impression : 2086050